陈思和 著

海派与当代上海文学

复旦大学出版社

总序

陈思和

海派文学向来有狭义与广义之分。但无论是"狭"还是"广",都有一些彼此相通的特点:其一,是开埠以来发生于上海地区的各种文学现象;其二,是中外文化交流、融汇和冲撞的产物,产生了偏离中国传统的新元素;其三,美学上与新兴市民阶级的文化趣味联系在一起,呈现出现代都市文学的特殊形态;其四,海派文学不是孤立发生的,它与整体的海派文化、海派艺术(戏曲、绘画)等一起在变化发展中逐渐形成特色鲜明的地方文化。

从审美风格而言,开放、杂糅、新异、叛逆构成海派的四大元素。开放就是不保守,具有开阔的全球视域;杂糅就是不纯粹,不承认老祖宗传下来的"传统"是正宗,敢于吸纳异质文化;新异就是不守旧,喜欢标新立异,夸张自身优势,以吸引受众眼球;叛逆就是不安分,求新求变,敢于反对一切压制它发展的力量。——这样综合起来看,海派是一种含有先锋意识的文化现象。一旦这种文化意识与新兴的现代的市场经济结合起来,它会产生一股势不可挡的力量。

但具体到海派文学而言，情况就有些复杂了。海派文学一开始就不像新文学那样充满先锋性和理想性，它是一种大都市的通俗文学，趣味上迎合市民阶级的口味。海派文学杂质丛生，包罗万象，枝枝杈杈旁逸横生。在海派文学形成过程中起到重要作用的、市民大众趣味主导的文化市场，是一把双刃剑，既能推波助澜，又会导致文学艺术发生异化，背离初衷。民国初期的海派文学起源于新兴的都市通俗文学，一方面在古代话本小说基础上增添了新的元素，另一方面也受到后起的五四启蒙运动的强烈排斥与批判。于是，海派文学很快就改变了自身的生存状态，与其他海派文艺一起转向现代都市新媒体，成为现代都市电影、广播（无线电）、戏曲、小报副刊、休闲读物、连环画等文化领域的新宠。"新媒体"这个要素正是海派文学求新求变、不墨守成规的特点所决定的，它以牺牲纯文学的传统为代价，成了非驴非马的新变种和新形态。紧接着，新文学的重心南移，在上海的现代消费市场环境下生存以后，很快也出现了海派文学的特征：一种是继续走市场、走情色男女道路的文学，我们称它为繁华与糜烂同体生存的文学，这种文学将新老海派合二为一，别树一帜地成为上海的特色文学；还有一种海派文学，则是现代性的另一面，即在现代大工业基础上产生的社会底层与工人生活的书写，也是具有社会主义因素的左翼书写。这就是海派文学在20世纪30年代全盛时期的所谓"两个传统"。这两个传统互相渗透影响，新与旧、雅与俗、中与西、繁华与糜烂、反抗与颓废……现代性的多重面向都得到了张扬。

所以，文学的海派其实是一个复杂、暧昧的定义，不能以某一个面向来代替它的全部意义。我举一个例子：几乎没有人认为鲁迅是海派。鲁迅早期的创作确实与海派无缘。他成名于北京，属于

《新青年》的启蒙文人圈子，他的著述除了正宗的学术著作外，就是纯粹的白话小说、散文诗和散文，都属于高大上的新文化主流。但是鲁迅晚年携许广平到上海定居以后，一切都变了：首先他成为上海左翼文坛的领军人物，爆发出强烈的叛逆性，其次他成为体制外的自由职业者，依靠卖文为生，他的大量作品都是发表在报纸副刊上的杂文，就像现在流行的新媒体推文，写作形式变得不那么正宗纯粹了。他的杂文内容大量取材于上海市民生活现象，最典型的就是《阿金》，那篇作品既可以当作小说来读，也可以作为杂文，鲁迅描写的是后弄堂娘姨的私生活，正是典型的海派文学。鲁迅晚年家居山阴路大陆新村，属于半租界，与鲁迅日常生活相伴的，是电影院、咖啡馆以及日本人办的小书店，他接触的是带有一点危险性的地下反叛者以及流浪青年，这与他的二弟周作人在北平苦雨斋里喝苦茶、写小品、读古书的旧式士大夫生活，成为一个鲜明的对照。我们前面所举的开放、杂糅、新异、叛逆——"海派"四大元素，鲁迅先生一概具备。因此，以海派文学的两个传统为标准来品定鲁迅，他当然就是一个海派作家。

我之所以取鲁迅为例，就是想说明，即使在看上去可能与一般人理解的"海派"距离最远的作家，即使他也始终不懈地对沪上市侩风气进行批判和嘲讽，但他——哪怕是鲁迅，只要长期浸淫在海派文化的大环境下，也可能会朝着海派转向，不自觉地成为其中的一员。以此类推，像创造社时期的郭沫若、郁达夫，左翼时期的茅盾、蒋光慈、丁玲、田汉、夏衍等人的创作及其文学活动，都应该被纳入海派文学的范畴来考察。只有坚持了海派文学两个传统的观点，才能赋予海派文学以历史概念。把海派文学的历史发展与今天的上海文学创作联系起来，成为上海文学在美学风格上的一个品牌。

这套"海派文学研究丛书"是陈麦青先生建议编辑的。他邀请我参与其间,并且要为之写一篇总序。但我在《海派与当代上海文学》的编后记里已经阐明自己对海派文学的认识和探讨,似乎在这里不宜多加重复。

不过,出版社推出这套丛书是有长远计划的。当下的上海在日新月异地发展变化,"海派"越来越成为城市的文化名片。研究海派的前世今生,探讨海派的优势短板,认清海派文化的何去何从,对于当前上海的文化建设有着重大关系。而文学艺术是文化金字塔的顶尖部分,也是海派文化中最精致、最高标的部分。20世纪三四十年代,海派文化一向受人轻蔑和非议,但上海文学的活跃和领先,保持了全国弄潮儿的地位。弄潮儿向涛头立,手把红旗旗不湿——这就是海派文学的历史写照。1949年以后,就物质文明的创造而言,上海依然走在全国的前头,这也是文化的根基;但就精神文化的创造而言,说上海领先全国就有点勉强了。这是上海人心中一个解不开的心结。20世纪90年代初,上海拉开了浦东开发的序幕,随着经济实力的迅速增长和国际化的日益普及,海派怀旧之风越吹越盛,海派文学的呼声也随之水涨船高。一部《繁花》不胫而走,洛阳纸贵,就是这个趋势的征象。

趁着这个时机,复旦大学出版社推出三部对近代、现代、当代海派文学的研究论著,希望能够在上海文学的发展轨道上,起到一个助力器的作用。虽然这三部著作研究的都不是当下的海派文学——段怀清研究开埠时期的上海文学如何在传教士与第一代睁眼看世界的知识分子的实践下开创海派新局面;许道明生前着力研究民国时期海派文学,也是海派文学在全盛时期的一部分镜像;而我的这部论文集,则是几十年来参与其间的当代海派文学建设中所获的点滴心得。三本书搭建一座小小的黄金台,谈不上研究的规模和系统,但可以抛砖引玉,以吸引更多的青年才俊加入研究海派文学的行列。

我期待着有更多更好的研究海派文学的力作涌现而来。

2020年4月16日

目录

总序 / 1

"海派"文艺 / 1
上海人、上海文化和上海的知识分子 / 4
论海派文学的传统 / 16
复杂的叛逆性——现代海派文学的特点 / 30
读刘建辉《魔都上海》/ 40
文学中的上海想象 / 45
文学的上海与经验的上海 / 49
五十年弹指一挥间——《〈上海文学〉五十年经典文选》总序 / 55
走通两仪,独立文舍——主编《上海文学》的一点追求 / 68
城市文化与文学功能——兼谈上海城市文学品牌 / 71
关于"都市文学"的议论兼谈几篇作品 / 83
都市文学中人性探索的两个维度 / 99

告别橙色的梦——读王安忆的三部小说 / 108

双重叠影·深层象征——从《小鲍庄》谈王安忆小说的叙事技巧 / 126

营造精神之塔——论王安忆1990年代初的小说创作 / 142

试论《长恨歌》中王琦瑶的意义 / 163

《富萍》：漂到大上海的浮萍 / 173

从细节出发——世纪之交的王安忆短篇小说艺术初探 / 176

读王安忆《启蒙时代》/ 184

《天香》与上海书写 / 200

王安忆笔下变化中的上海 / 206

徐兴业：《金瓯缺》对时间帷幕的穿透 / 211

赵长天的两个侧面：人事与自然 / 226

笑声中的追求——沙叶新话剧艺术随想 / 239

在两个文本之间——致沈善增谈《正常人》/ 250

由故事到反故事——谈李晓的小说 / 257

走你自己的路——谈程乃珊《望尽天涯路》/ 265

竹林的小说——文学书简之一 / 276

现代都市社会的"欲望"文本 / 283

读彭小莲《美丽上海》/ 298

杨浦三作家简论 / 302

工人题材是海派文化的一个传统
　　——从长篇小说《工人》创作说开去 / 310

【附录】我"痛"什么——陆星儿访谈 / 318

代后记：谈谈上海文化、海派文化和上海文学、海派文学 / 335

"海派"文艺

过去谈"海派"总是与谈"京派"联系在一起的,现在却讨论"海派"的多,议论"京派"的少,而且很多评论文章中论述的"京派",往往变成了小说中的"京味",气魄毕竟小了许多,不及"海派"的声势日见雄壮。

如果从本义上去推敲,我发现舆论中的"京派"与"海派",不但含义混淆、互渗,有些地方甚至换了个位置。譬如说,过去"京派"指责"海派"赶时髦,欢喜翻新花样,什么唯美派、现代派、新感觉派,"为艺术而艺术",等等,都是来自十里洋场。现在呢?文学创作和文学理论的新招——从方法论到"后现代",均是先在京华炒热,再向全国普及。北京的民众情绪容易激动,说近的,一部戏,一部电视剧,报上都用了"轰动京华"的标题,更不要说前几年的什么现代艺术展览、人体模特的风波之类的事了。这些作品在上海大约不会产生如此轰动效应,上海就像一个海,任何石子丢下去都马上沉没,引不起半点漪涟。上海的文学在技巧上和理论上的探索有时候要先于北京,但在上海不会引起什么大反响,只有几经辗转到了北京一亮相,才会引起全国性的注意。这到底是司空见惯,见怪不怪呢,还是因为对日常生活的操心太多,于想象的世界反倒麻木了?

过去沪宁地区是全国政治经济中心,政治斗争必然影响文学,激进的左翼文艺运动和保守的民族主义运动都在这里摆开战场。现在呢,这种现象也变了,"京派"侧身于政治文化中心,急功近利的现实要求是不言而喻的存在,无论创作者还是接受者,都容易在艺术作品中找到政治情绪的宣泄口,这本来也是海派文化被纯粹的"京派"文人不以为然的特征之一。现在上海人的文化心理生出一种自我调节,以求平衡的本领:上海的马路是窄的,人行道是挤的,但一切都不混乱,连交通车的堵塞和拥挤也激不起乘客的怒气和怨气。住房虽狭小,却能布置得井井有条,即便是"螺蛳壳里做道场",也做得有滋有味。这种苦中作乐的满足感,本来都是"京派"文人的遗传,如今却在上海的市民中生下根了。我不想对这种文化现象作价值是非的判断,我只想说,六十年风水轮流转,"京派""海派"像王子与贫儿一样换了个了。

因此,今天探讨"海派"文化对文学创作的负面影响,已经无法沿用过去对"海派"概念的理解了。照过去的说法,"海派"的缺点在于:一、创新有余,深度不足;二、缺乏地域性文化的氛围。但我们似乎没有意识到这两种批评的参照标准都是来自京味文化传统,特别是后一类批评。事实上的上海经济文化多元结构和人口结构,都决定了文学上无法产生出一种堪与北京四合院文化风味相比的审美风味。我过去与王安忆有过一次谈话,她那时正在起劲地写上海风味小说,我则认为上海根本就没有独特的地区审美风味。后来她写出了一篇篇惊世骇俗之作,没有一篇是在上海风味上取胜的。我也逐渐修正了自己的偏颇,在去年写的一封致沈善增的信中,我承认了他写石库门文化是对上海小市民心理的批判,也反映了上海市民文化的某种负面影响。但这种"石库门文化"只是当代上海市民生活中的一小部分人的生活方式，无法代表上海文化的总体风格。过去老舍写四合院能够基本无误地写出北京风味，而上海的石库门则无法拥有这种涵盖面。上海的文化特征不在地域性文化，这是很明显的。至于前一种批评，本来已不确，因为"创新有余"的桂冠早被北方的文学理论界朋友拿去了，只剩下"深度不足"还留在上海，这就给人一种误解（这种误解在上海文学创作中也确实存在），认为"海派"就是通俗小说、大众小说之类"邪豁豁"的作品。

我的看法是，讨论海派文化的负面影响，应该从它在当代的文化特征出发，如前面所说的，一是见多识广而造成的见怪不怪现象，这无疑是大都市人所具的曾经沧海、处变不惊之感，与刘姥姥进大观园的心态不一样。二是追求个人生活情趣，以调节日见沉重的诸种外界困境。这两大特征都包孕了未来文学创作中大作品产生的可能性，但若是没有给以足够的认识与准备，它也可能会滑入另外一种陷阱：一、因其见怪不怪而使艺术家缺乏艺术上刻意求新创新的自觉，减弱了创作中"置死地而后生"的艺术激情，由于都市公众对艺术趣味的普遍麻木，使艺术家劳动得不到应有的反馈和刺激，艺术则走向平庸。二、因其内心自我调节功能的健全，既可能导致艺术家暂时放下现实的种种羁绊而潜心鸿篇巨构，也可能会为回避现实而故意闭上眼睛，去玩味一己之小爱小憎。这两种负面影响都可能会直接成为上海出现大作品的妨碍。

初刊《文汇报》1991年5月15日
原题为《再谈"海派"文艺》

上海人、上海文化和上海的知识分子

一

上海曾经是个移民城市。

要谈什么是上海文化,就像问谁是上海人一样,是个很难回答的问题。记得在我小的时候,有一个小朋友是本地江湾人,每有人问起籍贯来,他总是很骄傲地晃着头,高声说:"阿拉是的的刮刮格上海人。"小孩子没有籍贯尊卑的观念,这份骄傲不用说也知道是从父母那儿继承来的。我至今还没有弄清楚江湾算不算"的的刮刮"的上海,不过小时候听到这个说法确实肃然起敬,接着就心虚起来。尽管我也出生在上海,但在我的履历表上,籍贯总是填上祖籍广东番禺,就仿佛自己来路暧昧似的。在日常社交生活中,上海人明知对方是上海人,也会问对方:你是哪儿人?这样的问题一般不会引起被问者的反感。由此我常常想,当我们今天在马路上、在公共汽车上,看到来自外地的民工便口吐一句带有贬义的"外地人"时,我们似乎忘记了自己的履历表,不自觉地扮演起那个小江湾的角色。谁也不能否认,过了若干年后,这些外地移民的子女都在上海住下、寄读、成长,然后混迹于街头市井,成了新一代的上海人。

所以我们今天讨论的上海人,其实并不是一个地域性的概念,真正地域性的上海人,比如川沙人、南汇人、青浦人,除非加上一些类似"的的刮刮""真正""正宗"等定语修饰词,通常倒不用"上海人"的称谓,而一般人所理解的上海人,也就是指在过去一百多年间陆续迁来的外地人。一个朝气蓬勃地发展着商品经济的现代化大都市,不仅给外国的冒险家提供了创造奇迹的机会,也给有眼光有魄力的中国人提供了施展才能的好机会。我们的父亲、祖父上几辈里,自称是身无分文到上海来创业的人有的是,成功则留,不成功则去。正是这些离乡背井、流动量很大的外来移民,带着他们各自的地域文化和生活习惯来到上海滩,在一个共同的半殖民地文化背景下交流混杂,逐渐形成今天这样的一个开放性的文化特征。所谓"上海人"的概念,在1949年以前大约只是指那些居住在上海这块地区的人而已。如果按地区划分,当时上海的外来人口主要是三大系统:广东、浙江和苏北,其次才是江南各地,彼此间不但保持了独立的语言和生活习惯,而且拥有专门的职业和社交圈子。由这些移民群体组合而成的一个相对稳定的文化环境,我们称之为上海,已经逐渐取代了原生于斯长于斯的本地上海人及其文化。(这仿佛是上海曲艺中的浦东说书与滑稽戏之分,著名的独脚戏段子《十三人搓麻将》,涉及宁波、绍兴、无锡、苏州、常州、杭州、山东、苏北、广东等十三种方言,崇明话和浦东话仅仅是作为其中的两种方言而存在。)这种文化杂糅的状况与同样是移民城市的北京也不一样。在北京被称作"老北京"的是土生土长的北京人,而上海人所指的"老上海",往往是在上海居住时间比较长的外地人。

二

有两个"上海文化"的概念。

一个是地域性的上海文化,另一个是文化意义上的上海文化。后者是借用了上海这个地域发展而来,但它自身并不受地域的限制。我们现在常常把1930年代上海文化的繁荣视作骄傲,并为今天的上海不再是全国文化中心而深感失落。在我看来,这种骄傲和失落都是虚幻的,其原因就是没有分清这两种上海文化概念的差别。

上海是个很奇特的地方,从开埠以来就长期处在多种文化的冲撞与互渗之中,不仅是中西文化的冲撞,还有源源不断地从内地来的中国人,形成了现代都市文化与内地传统文化的冲撞。这多种文化冲撞的结果,是上海开放风气的形成。按理说,五口通商,上海并非是走在最前面的城市,但其他四城,居民的基本成分与文化的基本构成都没有太大的变化。广州虽也是得风气之先的城市,但因排外意识强烈,外省籍移民似乎很难与本土居民融为一体,更遑论西方文明;而唯独上海人天性开放,对新奇事物也无反感,外来者往往反客为主。1608年徐光启在上海徐家汇建立天主教祈祷所,西方宗教在上海传教得以成功,并非偶然。沪上租界确立,西方文明渐渐传播,上海进入半殖民的经济文化时代:一方面是商品经济刺激了经济发展,在一批批涌入上海的外来人中逐渐形成新型的中产阶级;另一方面商品经济迅速瓦解了本来就岌岌可危的传统伦理道德,使中国人在失去了价值取向和精神依凭后第一次遭遇物质文明的挑战。如果我们要考察上海近代文化的起源,大约就是这样开始的。现在有一种说法，认为上海在二三十年代的文化繁荣正是这种半殖民地的经济文化环境造成的，1930年代上海与世界经济接轨推动了经济的高速发展，造就了新型的中产阶级的文化消费阶层，使中西文化交流和撞击得以可能，由此造就了文化的繁荣。我想这恐怕也是一种表面的现象。当时相对内地经济的落后状况而言，上海的经济繁荣是引人瞩目的，但这与文化的发展并没有必然的联系。经济繁荣的地方不一定文化繁荣，以前的香港就是一例。这当然不是说这些城市没有文化，而是看从什么角度来理解文化。如果以物质文明——洋楼、舞厅、百货大楼、各种现代娱乐设施等——为标志，那上海的半殖民地经济在促进物质文明的迅猛发展方面确实起过大作用，但从上海市民的精神生活而言，经济畸形发展带来的阴负面同样不容回避。以上述上海半殖民地经济文化的两个特征而言，前者造就了现代都市市民文化的繁荣，后者带来了现代文明与生俱来的糜烂、恶俗的精神现象。历史现象很复杂，就在本世纪初，上海已经被列为世界十大都市之一，但其精神生活呢？著名的上海小说家包天笑在一篇小说里这样介绍上海市民的黑幕文化：

> 世界上事事物物哪一件没有黑幕。中国的黑幕更多，中国的上海黑幕更加多……上海的黑幕，人家最喜欢看的是赌场里的黑幕，烟窟里的黑幕，堂子里的黑幕，姨太太的黑幕，拆白党的黑幕，台基上的黑幕，还有小姐妹咧，男堂子咧，咸肉庄咧，磨镜咧，说也说不尽。要是就这几样做出来，要比大英的百科全书还多。……你要看报时，就留心报上的本埠新闻和那种小新闻，这里头就有许多黑幕在内。……那种黑

幕,也并不是绝对的不正当的书,只要出版以后,各报馆多登几天告白,请他介绍介绍,他还赞得你天花乱坠,说什么摘奸发覆,裨益世道人心咧,又说什么振聋发聩,警醒社会不少咧。还托几位大名家、教育家,提倡提倡,或题几个字或写一句成语,作为一种标帜,说得好的,便是济世之宝筏,指迷之南针。……[1]

虽说这里谈的是小说,但它所折射的上海市民的精神世界确让人触目惊心。所谓的通俗小说,言情也罢,黑幕也罢,大致都反映了上海商品社会下的市民文化导向和审美趣味。这种市民文化从一开始就带上了殖民地文化的基本特征:殖民地文化与知识分子的精英文化天生是对立的,从本质上说,殖民地的人才教育目标只是技术管理人员和现存经济体制的服务人员,而不是特立独行的思想人才,更不是它的批判者和人文精神的捍卫者,而上海的市民文化正是在下里巴人的层次上迎合了这种殖民文化的需要。这就是为什么在本世纪第一个十年,暮气沉沉的古城北京会成为新文化的策源地,而生气勃勃的新兴城市上海却是旧文学的大本营。

当然不能说这样的教育和训练对上海人的精神发展没有一点好处。殖民地人才教育的内在规定性,对于后来上海人群体人格的形成起过极其重要的作用。所谓上海人"精明但不高明",所谓上海人"聪明实惠、开化宽容、遵守规则",所谓上海人"整体文化素质高、重视工作质量和生活质量"等等,多少都积淀了这种文化教育和精神训练的遗迹。今天有不少学者出于对上海经济发展的愿望,把现代经济管理和生活秩序与现代文化建设混为一谈,以为地铁、摩天楼、高级商品以及第一流的文化设施,就是都市文化发达的标志；上海市民的西式教养、精致生活以及遵纪守法，就是文化素养高的表现，因此陶醉于1930年代上海的物质文化，津津乐道，以为这就是上海一度成为全国文化中心的理由。这种说法对于鼓励一般市民维护上海的文化形象，自然是不错的，但若真以为这就是上海文化建设所要追求的目标，或把这样的一种文化现象当作上海文化的主要特征，那就未免太简单化了。我刚才说要区分两种上海文化的概念，这一种上海文化特征，充其量只是地域性的上海文化，属半殖民地的上海市民的文化。20世纪以来，中国最优秀的知识分子无论其是否在上海居住，对于这个城市在经济的畸形发展下形成的市民文化都抱有不同程度的批判态度。即使在今天，有许多上海人都并不以这些所谓的上海文化性格为然，全国任何一个城市都没有像上海的知识分子那样强烈地批评自己居住城市的群体性格形象，甚至连一般的上海人，也常常以自己的个性"不像"上海人为荣。

　　同时，从对上海市民文化的自我批判中，我们似乎看到了上海文化的另一个范畴：一种非常优秀的文化素质，它不是立足于一个城市或某个地域，而是与全国甚至世界文化联结在一起的、通过不断的自我批判来激活自己的生命力，使之生生不息、除陈纳新的文化。上海开放性的文化生态环境非常有利于它的发展。其一，上海开埠以来的世界性经济结构促进了东西方文化的对话和冲撞，20世纪初的上海是世界信息的汇集之地，它不仅拥有通往世界各地的港口，而且报业、出版等信息传媒工具一直处于全国领先地位；其二，由于租界的主权受到洋人的控制，中国统治者的权力无法直接施行，使之政治上的专制权力有所削弱，思想言论自由有了一定的可能性。清末以来，革命派、改良派都利用了租界的特殊条件来宣传自己的政治主张；民国以来，知识分子也利用了这一环境来从事新思想的传播。20世纪的政治文化几度风雨几度晴，每当政治比较开明，或统治者处于弱势时，知识分子的舞台就转向北京，如戊戌变法和五四运动；每当政治趋于专制，或统治者处于强势时，知识分子的活动舞台就转向上海，如戊戌变法失败和大革命失败之后。上海的这两大优势吸引了全国大批知识分子精英，就如滚滚而来的民工、盲流、投机家、冒险家等等外省籍人一样，这些来去无定、风云际会的知识分子凭借了上海这块风水宝地龙腾虎跃，创造了纯粹文化意义上的上海文化。历史就是这样形成的：戊戌变法失败，蔡元培、张元济等人南下上海，有的从事教育，有的从事出版，开创了现代知识分子脱离庙堂后的新价值取向；五四运动以后，新青年集团分化解体，文学研究会和创造社倚仗了商务印书馆和泰东书局的力量在上海崛起，不久北新书局也南移上海，共同把新文学引向深入；大革命失败后，知识分子云集上海，利用租界的有利条件开展左翼文化运动，鲁迅、茅盾、巴金等资深作家以及新感觉派、唯美派、论语派等作家以各自的创作建构起上海的新文化格局，与"京派艺术"遥遥对峙；直到日寇侵犯，上海沦陷，一大批知识分子先是蛰伏孤岛，后又转向民间，在战火中保存了文化的精血……正是他们以高扬的人格力量创造出一种与当时的官方政治话语不相一致的社会文化话语，"上海和北京，一为社会中心点，一为政治中心点。各有其挟持之具，恒处对峙地位"。上海文化的地位与格局由此而来。

如果说，1930年代的上海曾经文化繁荣，一度成为全国文化的中心，主要就是指后一种纯粹意义上的上海文化。这是有特定历史背景的。在传统的封建社会中，知识分子的文化主要通过庙堂里的政治活动来传播,所以京城往往又是全国的文化中心,只有当知识分子完成现代转型,脱离了庙堂,另在文化意义上重新确立自我价值取向,也就是庙堂文化与知识分子文化相脱离的时候,才有可能在京城之外确立另外一种意义的文化中心。五四新文化运动之所以在北京发生并能影响全国,就是因为知识分子还借着原有的士大夫余威,不过是把活动场所从庙堂移到了广场。但到了北伐以后,国民党南京政府建立,虽然也企图利用知识分子的"士大夫"余威(如起用蔡元培、吴稚晖等所谓"四皓"),但经过了五四洗礼后的知识分子毕竟成熟了,大多数人都放弃了对庙堂的幻想,在现代社会重新寻找并确立自己的岗位。这时的上海,凭借了繁华的经济实力和租界的特殊环境,得天独厚地发展起新的文化格局。所以从某种意义上说,这并不是上海本身的地域文化,而是汇聚了全国最先进的知识分子的文化。如果失却了这样一个前提,上海在经济上再繁荣、再与世界接轨,也很难创建出一流的文化。

很显然,上海出现的两种文化,虽有共同的物质基础和生态环境,但它们之间质的区别非常明显。上海市民文化是一种地域性文化,与任何一种地域性文化一样具有相对保守、自私狭小的缺陷,而且上海作为一座新型的大都市,历史短,文化构成杂,远不如北京这样一些古老城市拥有纯粹的文化风味。因此无论从历史的方面还是从审美的方面说,上海的市民文化都是先天不足,后天又受到扭曲,并不是一种很健康的文化型范。而作为纯粹文化意义上的上海文化则是在流动中产生,它是一种开放型、进取型、具有远大眼光和胸襟的现代文化,它不安于现状,对自身的生活环境和文化环境充满批判精神,敢于冒险,善于吸收,勇于试验,富有原创性。这样的文化形态不仅有知识分子的参与,也吸引了大批各行各业勇于探险的外省籍人士参与，可以说是来自五湖四海的"上海人"共同创建了这样一种与现代生活品质相吻合的文化。这两种文化也不断发生互渗，许多外来者为上海带来了生机勃勃的新文化素质以后，一旦在上海站稳脚，就很快融入上海的市民队伍，成为保守的市民文化的维护者，然而，只要上海的人口流动不停顿，外来人口（无论来自外国还是来自外省）在上海的文化建设中起作用，生机勃勃的大上海文化的命脉就不会中断。

三

1949年以后，户籍制度严格健全，人口流动受到控制，地域意义比较确定的"上海人"概念大约就从这时开始形成，其主体成分就是那些移民们的后代。由于政治文化实现了一体化的局面，上海在国家的计划体制里仅仅占据了经济上的重要位置，文化上八面来风的优势却随之丧失。虽然也有过1950年代的上山下乡、1960年代的支援边疆、1970年代的四个面向和插队落户，但都只出不进，上海人习惯了扮演老大哥支援外地的说法，至于从外地和外国吸收新鲜有生命力的文化营养来发展自身，却考虑得很少很少。而且，血液里流着移民因子的上海人本能地反感着新的移民，市民的保守性、封闭性逐年增长，最终以地域性的上海市民文化基本替代了纯粹文化意义上的上海文化。长期以来经济在计划体制上的优势和文化的弱势，腐蚀了一代人的素质，原来充满着创业冒险精神的上海人不见了，来自五湖四海、放眼东洋西洋、敢开一代风气之先的上海人不见了，甚至连龙门敢跳狗洞敢钻的"大丈夫"气度的上海人也不见了。打个不中听的比方，近40年来的上海人，不过是生活在大上海的小媳妇,是失去了上海人精神气质的上海人。我不知道现在还有没有原来意义上的"上海人"和"上海文化"了。

再说上海的知识分子,由于上海作为全国文化中心的前提不存在了,所以知识分子的人格萎缩是必然的。近些日子上海有不少知识分子在讨论重倡"人文精神",这里有一个前提似乎不能忽略:从表面上看,人文精神的失落似乎跟商品经济大潮的冲击有关,但实际情况还要复杂得多,作为现代知识分子理想人格的特定含义,人文精神在1950年代以后的历次政治运动打击下早已荡然无存,知识分子的人格在长期的思想改造中被扭曲得十分萎缩。因此不能简单化地认为商品经济大潮导致人文理想沦丧,因为本来就不存在的东西无所谓沦丧。在当前经济改革潮流中所暴露出来的,是精神状态长期萎缩的知识分子对计划经济体制下的生活方式将被淘汰的一种恐惧,是原来为国家意识形态服务而设计的一整套人文学科体制的自然淘汰,是依附在国家体制下自以为还能重返政治文化中心的文人梦幻的破灭。由于很久以来知识分子缺少人文理想的教育和熏陶,他们突然面对了社会大转型就不能不惊慌失措起来。在上海,知识分子中间这种惶恐的情绪主要表现出两种极端的心态:一种是世俗的欲望张扬起来,由于人文理想不存在了,他就可以一头扎进俗流中去,趋炎逐臭,追名求利;还有一种就是窝窝囊囊地退入书斋去,把自己与社会疏离开来,在"甘守清贫"的言辞背后是对知识分子责任的自动放弃。这两种极端态度虽然表现形式不一样,但都是知识分子人格理想丧失的结果,是积四十年腌臜之气而来的一次大展览。针对这种状况提出知识分子应重建人文精神,重新确立其工作岗位,意义并不仅仅在于眼前的自救。

没有历史的上海人,其真精神就在于没有历史只有构成,一且失去了携带着时代精气的大构成,"上海人"只能成为文明的消费者和享受者而不是文明的原创者。在改革开放政策实践了十多年以后的今天,市场经济越来越成为社会发展的杠杆,政治文化一体化的格局也随之向经济文化综合化格局过渡,这种小媳妇式的上海人素质显然无法与日新月异的经济发展趋势相匹敌。有些人总是好心地以为上海过去有殖民地租界,有过一些中西文化的积累,现在要建设一种国际大都市文化比较容易些。这种看法太乐观了。且不说殖民地文化本身还有很大的消极面,不值得上海人沾沾自喜,更大的问题是现在我们首先面对的是这40年计划体制下形成的文化局限,一种墨守成规、甘心平庸、敷衍萎缩、患得患失而缺乏大构思大手笔大气度的精神遗产,已经成了上海人创造新文化的沉重包袱。目前知识分子中间出现的惶恐,就是一个证明。前些日子有朋友与我讨论过这样一个问题,现在的上海能否恢复1930年代全国文化中心的地位。我说,如果真要恢复上海在1930年代的文化地位,只有一个办法,忘掉上海的地域概念,那口号就是"在上海搞一个全国文化中心",而不是"把上海搞成全国文化中心"。1930年代上海的文化地位并不是上海人搞起来的,就当时相对闭塞的全国文化环境而言,上海只是提供了一个中西文化交流的平台,而且它有比较好的经济环境和文化设施,有相对开阔的文化视野,就是有了这点优势,吸引了全国的知识分子。现在来说,这种文化优势不再是上海的专利,任何一个沿海城市,只要在文化上实行真正的开放政策,让全国,甚至国外的知识分子到那儿去工作,政府部门在政策上允许他们根据自己的能力从事各种文化活动,只要不违反宪法,就给以政策上的保护;如果在一个城市里云集了一大批全国第一流的学者、作家、艺术家、制片人、文化经纪人,让他们有缘则来，无缘则去，自由发展；如果一个城市拥有上百家出版社、杂志社、制片中心以及各类文化产品的发行渠道，让它们各显神通，自由竞争，优胜劣败，那么，当文化随着市场经济体制的发展渐渐从一元化的体制里分化出来，成为独立、多元、丰富的社会形态时，这个城市在全国文化发展格局中的中心地位是不言自明的。

1994年5月12日写于黑水斋

初刊《上海文化》1994年第4期

注 释

1 转引自范伯群编：《民初都市通俗小说2：通俗盟主包天笑》，台湾业强出版社，1993年，第165页。

论海派文学的传统

一

像上海这样一个城市,有理由要求其自身的历史风貌和文化形象在文学创作上获得更多的艺术再现。这不是一个新要求。近代上海开埠以来,中西文化的冲撞激荡不断,逐渐形成了以西方殖民话语为主导的所谓"现代性"的文化特征。在传统文化的观念里,中国文人对这种现代性历史怀有极为复杂的心情——现在上海人常引为自豪的昔日繁华"家底",正是在丧权辱国的租界阴影下形成的。就如台湾诗人林痴仙于1898年游沪地时有感而发的诗作:"险阻申江号隩区,择肥人早割膏腴。和戎卖塞频年有,留得偏安寸土无。"[1] 被殖民的台湾诗人在上海最敏感的是割地求和的耻辱,由此产生了同病相怜的心理反应。这也是半殖民地上海的最早的文学篇章之一。

殖民地的统治者不会真正按照西方文明的标准来塑造上海,他们所需要的,一是在殖民地维持宗主国尊严的形象,二是使殖民地变成一个他们即使在自己的国土里也不便放纵的情欲乐土。前者使他们在殖民地建造了许多与西方接轨的物质设施,成就了现代文明发展的标志；而后者，则在物质设施中寄予了畸形的原始欲望，就像一个在庄严的大家庭里循规蹈矩的男人难免在外面格外胡作非为一样，一切在法律或者宗教禁止以内的情欲都可能在殖民地领土上变本加厉地膨胀起来。[2]所以，当上海被西方冒险家们称作"东方魔都"时，它已经担当了西方文明的情欲排泄口的功能，西方冒险精神正是在这种种犯罪欲望的刺激下变得生气勃勃，风情万种。

从另一方面来看，被殖民地固有文化的种种弊病，也不会因为西方文明的进入而自然消亡。对处于弱势地位的本土文化而言，冲撞中首先被消灭的往往是文化中的精英或是传统的核心部分，至于文化渣滓与泡沫，非但不会被淘汰，反而顺理成章地融入强势文化的情欲体系，作为异国情调而得到变相鼓励。这就是为什么像亚洲各国地区的雏妓、人妖、蓄妾、吸毒、赌博、迷信等等所谓国粹级的糟粕文化现象即使在经济发达以后也始终得不到根除的原因之一。欲望鼓励了经济上的冒险与繁荣，也鼓励了种种情欲肆无忌惮地畸形膨胀，构成了典型的东方殖民地的文化奇观。这种糟粕文化之所以在上海这个东方城市中发展得比较充分，是因为上海本来就地处东海边陲，国家权力控制不严密，传统文化根基也不深厚，再加上经济开发人口流动，鱼龙混杂的地方民间文化都以弱势的身份参与了新文化的形成，因此，西方强势文化的进入不曾得到本土精英文化的丝毫阻挡。

这一文化特征反映在文学艺术创作中，构成了"海派"文学的最大特色——繁华与糜烂的同体文化模式：强势文化以充满阳刚的侵犯性侵入柔软糜烂的弱势文化，在毁灭中迸发出新的生命的再生殖，灿烂与罪恶交织成不解的孽缘。当我们在讨论海派文学的渊源时，似乎很难摆脱这样两种文化的同体现象，也可以说是"恶之花"的现象。但上海与波德莱尔笔下的巴黎不一样，巴黎从来就是世界文明的发射地，它的罪恶与灿烂之花产生在自己体腔内部，具有资本主义文化与生俱来的强势特性，它既主动又单一，构成对他者侵犯的发射性行为；而在上海这块东方的土地上，它的"恶之花"是发酵于本土与外来异质文化掺杂在一起的文化场上，接受与迎合、屈辱与欢悦、灿烂与糜烂同时发生在同体的文化模式中。本土文化突然冲破传统的压抑爆发出追求生命享受的欲望，外来文化也同样在异质环境的强刺激下爆发了放纵自我的欲望，所谓的海派都市文学就是在这样两种欲望的结合下创造了独特的文化个性。

二

当文学面对这样一种复杂的文化现象时，它所展示的形象画面也必然是意义含混、色调暧昧的。在近现代中国的现代化进程里，西方文明一直作为知识分子所向往追求的目标出现，也为知识分子的启蒙提供了遥远、朦胧而美好的参照系，但在海派文学里，现代化的意象却要复杂得多，也含混得多。从19世纪末期的海派小说《海上花列传》（韩邦庆著）到20世纪中期的市井小说《亭子间嫂嫂》（周天籁著），这之间构成一组以上海各色妓女为主题的故事系列，其中引人入胜的是，作者叙述语言竟是香艳娇软的吴方言，制造出一种靡靡之音，它曾经弥漫在上海的情色场所，形成了感性的、肉欲的、对所谓"现代性"充满物质欲望的人性因素，用这种方言写的小说与以北方官话为主体的政治小说之间自然划出了一道明显的鸿沟。也许正因它所显示的异端性，《海上花列传》在正统的晚清文学史上没有很高的地位，正如《亭子间嫂嫂》在1940

年代的文学史上名不见经传一样。由此所形成的一个海派文学的创作传统,在五四新文学传统中也是受尽鄙视与轻蔑,在陈独秀、周作人、郁达夫、鲁迅、郭沫若等新文学主将的笔底下,上海的文化与风尚一直是以不堪的形象被描述出来的。[3]

如果我们仅仅把《海上花列传》所代表的美学风格视为海派小说的唯一传统当然是不全面的,因为当时的上海也同样活跃着各类批判现状的通俗革命小说,表现出上海文化多元与开放的特性,也许我们把所有这些异端色彩的作品统称为"海派小说"更为适宜。然而《海上花列传》在表现上海这个城市"恶之花"的文化特征方面,被人认为是海派文学的早期代表,则是当之无愧的。上海情色故事含有更多的繁华与糜烂的都市文化特色,《海上花列传》明显高于其他地区创作的狭邪小说之处,就是它的"恶之花"中包含了"现代性"的蓓蕾。在它所展示的嫖客与妓女的故事里,传统才子佳人的成分减少了,活跃在情色场所的是一帮近代商人,他们不仅仅把情色作为个人感情世界的补充,更加看重为商务活动中不可缺少的一环,使现代经济运作与道德糜烂结合在一起。小说里描写一个醋罐子姚二奶奶,她大闹妓院反而自讨没趣,阻止不了丈夫的问花寻柳,因为她知道,她丈夫要"巴结生意,免不得与几个体面的往来于把势场中",就与现在做生意的商人也免不了要"腐败"一下有异曲同工的道理。再者对妓女形象的刻画,韩邦庆也打破了传统才子佳人小说过于浪漫的艺术想象,恢复"平淡而近自然"的写实手法,这也是现代社会的复杂性决定了作家的艺术表现。本来晚清盛行的狭邪小说,不过是言情小说的翻版,因为自《红楼梦》后家庭爱情已被写尽,伦理束缚又不敢突破,只好把情色场景从家庭换到妓院,男女又可以杂沓在一起,但故事仍不免伤感虚幻之气弥漫，嫖客妓女的故事仍然是才子对佳人的浪漫幻想。而《海上花列传》则以平实的笔调打破这一幻想境界，实实在在地写出了妓家的奸谲和不幸，小说里的妓女作为近代上海商业环境下的真实剪影，她们既有普通人的欲望、企盼和向往，也有近代商业社会沾染的唯利是图、敲诈勒索、欺骗嫖客等恶行，她们对男性的情爱早已让位给对金钱物质的骗取。虽然作者的描绘里包含了"劝诫"的意思，但其意义远在一般劝诫之上，贴近了近代上海都市转型中的文化特征。

《海上花列传》是一部空前绝后的文学杰作，它不仅揭示出上海经济繁华现象中的"现代性"蓓蕾，同时将现代都市的经济繁华与这个城市文化固有的糜烂紧密联系在一起，两者浑然不分。在《海上花列传》之前，是充满了伤感言情的虚假浪漫小说，在它之后是朝着黑幕一路发展下去的海派狎邪小说。前者仅仅是传统社会束缚下末流文人的感情余波，而后者则是现代都市文化中现代性与糜烂性相分离的结果。当时有另一部海派小说《海上繁华梦》（孙玉声著）便是着重于表现糜烂的因素，成为一部专揭花界黑幕的通俗读物。但吊诡的是，在上海发达的商业经济的刺激下，大众文化消费市场宁可认同《海上繁华梦》揭发隐私的黑幕道路，使海派小说在发轫之初就在媚俗趣味上越走越远。[4]长期以来海派小说被排斥于新文学的阵容之外，与充斥于大众文化市场的通俗读物为伍，正是与这种市场选择有直接的关系。

三

五四新文学发动以来，海派小说的传统一度受到打击，新文学发起者对上海作家竭尽嘲讽之能事。如郭沫若等创造社作家发迹于上海，刘半农教授就嘲笑他为"上海滩的诗人"[5]；到了鲁迅来概括上海文人时就干脆用"才子加流氓"[6]一锤而定音。其实在北京的文人中，刘半农和鲁迅都来自南方，更像是"海派"一些。而郭沫若一面被别人当作海派骂，一面也跟着瞧不起海派，在一首题为《上海印象》的诗里，他对上海人骂得更凶："游闲的尸/淫嚣的肉/长的男袍/短的女袖/满目都是骷髅/满街都是灵柩/乱闯/乱走。"[7]

就在阵阵讨伐声中，一种新的海派小说出现了，那就是创造社的主将郁达夫的小说。郁达夫在日本留学时期开始创作，他的忧郁、孤独、自戕都染上世纪末的国际症候，与本土文化没有直接的影响。郁达夫对上海没有好感，对上海的文化基本持批判的态度，但这种批判精神使他写出一篇与上海有密切关系的小说《春风沉醉的晚上》。这部作品依然未脱旧传统才子佳人模式，但人物身份又有了变化，男的成为一个流浪型的现代知识分子，女的则是一个上海香烟厂的女工，也许是从农村来城市打工的外来妹。上海经济繁荣吸引了无数外来体力劳动者，他们不再是像《海上花列传》里赵朴斋兄妹那样沉溺于花天酒地的物质迷醉中的消费者，他们依靠出卖劳动力换取生活资源，以艰苦的工作精神与朴素的生活方式直接参与了这个城市的经济建设，成为这个城市里的新人类——最原始的工人阶级。在现代都市文化格局里不可能没有工人的位置，一旦这种新人类出现在文学作品里，都市文化的性质将会发生变化。郁达夫未必意识到他笔下人物所具有的新的阶级素质，但是他第一次以平等、尊重和美好的心理描述了这个女性，写出了知识分子与女工相濡以沫的友好情谊。

郁达夫笔下的流浪知识分子还不具备自觉的革命意识，他与女工对社会的仇恨都停留在朴素的正义与反抗的立场上。但是随着1920年代大革命风起云涌，革命意识越来越成为市民们所关心的主题，许多激进的知识分子不但被卷进去，而且还成为民众意识中的英雄。尤其在上海那样一座有着庞大工人队伍的城市里，革命风云不可避免地席地而起。新文学发展到"革命文学"阶段，上海作家们沿着郁达夫的浪漫抒情道路创作了一大批流行文学，主人公是清一色的革命知识分子，他们依然浪漫成性，不断吸引着摩登热情的都市女郎，不倦地演出一幕幕"革命加爱情"的活报剧。依然是纠缠不清的多角恋爱的幻想，依然是才子佳人现代版的情欲尖叫，丁玲、蒋光慈、巴金、潘汉年、叶灵凤等时髦的作家无不以上海为题材，创造了新的革命的海派文学。很显然，新的海派文学也敏感地写到了上海的现代性，那些男女主人公既是现代物质生活的享受者与消费者，同时又是这种现代性的反抗者与审判者。与老的海派作家不同，他们对于这个城市中繁华与糜烂同体存在的"恶之花"不再施以欣赏或艳羡的眼光，而是努力用人道观念对其作阶级的分野，他们似乎在努力做一件事：在肯定这个城市的现代性发展的同时，希望尽可能地根除其糜烂与罪恶的因素。

上海是一个开放型城市。1927年以后，由于租界的存在，近在咫尺的南京政府无法把它完全控制在国家权力的阴影下面；中西文化的密集交流与全方位的对外开放，使同步发生在世界上的各种政治文化资讯能够及时地传入上海，因此，思想界的活跃程度可以与世界接轨，形形色色的文学思潮和新名词、新意识都层出不穷地冒出来，马克思主义与无政府主义等左翼文化思潮左右了上海文学的流行话语，与在政治高压下的北京死气沉沉的文人意识相比，确实显得生气勃勃，孔武有力。所谓京派与海派之争，与其说是艺术化与商业化之争,还不如说是五四新文学以来不同的意识形态之间的争论。

四

现在我们可以来讨论海派文学的传统。自《海上花列传》以来,海派文学出现了两种传统:一种是以繁华与糜烂同体的文化模式描述出复杂的都市文化的现代性图像,称其为突出现代性的传统;另一种是以左翼文化立场揭示出现代都市文化的阶级分野及其人道主义的批判,称其为突出批判性的传统。1930年代前期是两种海派文学传统同时得到充分发展的年代,前者的代表作品有刘呐鸥、穆时英、施蛰存等"新感觉派"作家的作品;后者的代表作品有茅盾的《子夜》。但需要强调的是,两者虽然代表了海派文学的不同倾向,但在许多方面都不是截然分开的。比如关于现代性的刻画也是《子夜》的艺术特色之一,现代性使小说充满动感,僵尸似的吴老太爷刚到上海就被"现代性"刺激而死,本身就是极具象征性的细节。同样,在新感觉派作品里,阶级意识有时与上海都市文化中的"恶之花"结合为一体,如穆时英的《上海的狐步舞》《夜总会里的五个人》等许多小说里关于贫富对立的描写就是明显的例子。

过去学术界对海派文学有些轻视,有意回避左翼文学在海派中的地位,却忽视了左翼文学正是海派的传统之一,它的激进的都市文化立场、对现代性既迎合又批判的双重态度,甚至才子佳人的现代版结构,都与传统海派有千丝万缕的联系。《子夜》描写的上海的民族资本家与外国财团利益的斗争细节及其场所(如丧事与跳舞、交际花的间谍战、太太客厅的隐私、交易所里的战争、宾馆的豪华包房、丽娃河上的狂欢以及种种情色描写）体现的是典型的繁华与糜烂同体结构模式。茅盾以留学德国的资本家来代替流浪知识分子，以周旋于阔人之间的交际花代替旧式妓女，其间展开的情色故事从心理到场面的境界、技巧都要远远高于一般的海派小说。只是作家为了突出左翼的批判立场，才不顾自己对工人生活的不熟悉，特意安排了工人罢工斗争和共产党内路线斗争的章节，但这方面他写得并不成功。所以，从本质上说《子夜》只是一部站在左翼立场上揭示现代都市文化的海派小说。

比较怪诞的是"新感觉派"刘呐鸥的作品，这位出身于日治时代下台南世家的年轻作家，从小接受日本的殖民教育，对中国文化、语言都是相当陌生的，尤其不谙现代汉语的运用，但他直线地从"西方—日本"引进了"新感觉"的现代主义的表现技巧，用来表达他对上海现代都市的特殊敏感。当我们读着他的小说里那种洋腔洋调、别扭生硬的句子时，立刻会唤起一种与酥软吴方言的通俗小说和五四新文艺腔的白话小说截然不一样的审美体味，他的小说与另一位也是中国传统文化修养极差、直接摹仿了西方现代派文学艺术的作家穆时英[8]的创作结合在一起，构成了一幅殖民地上海的外来移植文化的图景。海派文学从通俗小说走到五四小说再走到完全欧化的小说，暗示性地提示了上海都市文化发展的几个阶段。刘呐鸥的海派小说里呈现的都市文化图像脱胎于繁华与糜烂的同体模式，但他并不有意留心于此道，更在意的是都市压榨下的人心麻木与枯涩，他怀着淘气孩子似的天真，呼唤着心灵自由的荡漾，一次偷情、一次寻欢、一次男女邂逅，在他的笔底都是感受自由的天机，以此来抗衡现代工业社会的高度压抑。他从糜烂中走出来，通过对肉欲的执着追求，成为更高的心灵境界的隐喻。当时的上海读者读到这些怪怪的语句和出格的叙述内容,不但不会像阅读《海上花列传》或者郁达夫、茅盾的小说那样由衷欢迎,而且会感到别扭邪气,极不舒服,那是因为刘呐鸥把都市文化的本质高扬到极致,也达到了现代人性异化的表现高度。

刘呐鸥创作《都市风景线》时,京派作家沈从文指责刘的小说"邪僻"。这也是知识分子传统的艺术趣味向异端的、邪气的另类艺术发起的一场论战。但张国安教授曾这样指出:"就对生活的观照态度来看,刘呐鸥和沈从文,应当说是在同一地平线上的。善恶美丑是非等等,这些价值观念,在他们单纯和全然的观照态度中,纯属多余。不过,刘呐鸥的单纯和全然,是都市化的,沈从文的则散发着泥土的芳香。刘呐鸥和沈从文,都缺完美,……他们最吸引人的是单纯和全然。……沈从文的单纯和全然,是自然而然的。刘呐鸥的则矫揉造作,是造作人为的单纯和全然。正如湘西的山山水水和人物,都原本是自然地与自然一体的,而都市风景全是人为。"[9] 把刘呐鸥的生活观照态度归结为单纯和全然,又将这种单纯和全然的风格与现代都市的人为造作文化联系起来,构成半殖民地上海的独特的风景线,可以说是对刘呐鸥为代表的海派文学最传神的写照。

五

如果说,1930年代是"新感觉派"与左翼文化把海派文学的两个传统推向顶峰的年代,那么,1940年代的海派小说是在忍辱负重中达到了成熟与完美;如果说,刘呐鸥与茅盾从各自的西方立场出发强化了上海都市文化的殖民地素质,那么,1940年代的上海作家们却又重新回到《海上花列传》的起点，还原出一个民间都市的空间。接下来我们要讨论的两个作家是周天籁和张爱玲。

我在叙述海派文学的演变过程时，有意无意地忽略了海派文学早期的一个特征，那就是都市文化的民间性。晚清海派小说从《海上花列传》滑向《海上繁华梦》的通俗文学时，我宁可重砌炉灶，论述五四一代作家创作的新海派小说如何移植了外来思潮，却放过了长期被遮蔽的民间海派文学的自在发展。我有意用这种叙事视角来保持与五四新文学传统的一致性。但到了上海沦陷期间，知识分子的精英力量受到沉重打击，都市民间才被有意凸现。事实上，这种以吴方言写作的通俗小说一直延续到1940年代的上海，比较出色的作品有周天籁的《亭子间嫂嫂》。这部以一个住在石库门亭子间里的私娼为题材的长篇连载小说，作家的艺术处理非常别致，小说里嫖客与妓女的情色故事都放在舞台背后，而通篇叙述的是一个旁观者的观察与旁白。这种人物结构关系有似郁达夫笔下的流浪知识分子与女工的单一结构，叙述者虽然是个有着明确职业的知识分子，但叙述者的主体因素并不强烈，基本上不产生单独的故事意义，他所叙述的故事都有着广泛的社会内容，在私娼与社会各色人士的遭遇中，从伪君子的学者名流到江湖的流氓地痞，林林总总地展览了丰富的市民众生相。

我把《亭子间嫂嫂》引入海派文学的研究视野，就是因为它在其中隐含了一个新的表现空间。由于上海是一个中西文化不断冲撞的开放型的城市，也由于五四以来的新文学基本上是一个欧化的传统，所以海派小说的主人公主要是与"西方"密切相关的资产阶级、知识分子及其消费圈子，而普通市民在海派小说里只是作为消极的市侩形象出现。像《亭子间嫂嫂》一类的通俗作品却相反,上海普通市民形象始终占了主要的地位,他们似乎更加本质地制约了上海这个城市里的大多数阅读趣味。这样两种不同的审美趣味在1940年代大紫大红的张爱玲小说里获得了统一。张爱玲是一个深受五四新文学教育长大的作家,但她一开始创作就有意摆脱新文学的西化腔,自觉在传统民间文学里寻找自己的发展可能。她早期小说,如《沉香屑 第一炉香》中描写女主人公如何在现代物质诱惑下层层褪去纯洁外衣的病态心理,仍然未脱海派小说的繁华与糜烂同体模式,但是她很快就超越了一般海派文学的传统,从艺术气质上把握了市民阶级的心理,开拓出都市民间的新空间。

我在另外一些文章里论述过都市民间的性质与意义,在此简要地说,像上海这样一座移民城市,它的许多文化现象都是随着移民文化逐渐形成的,它本身没有现成的文化传统,只能是综合了各种破碎的民间文化记忆。与农村民间文化相比,它不是以完整形态出现的,只是深藏于各类都市居民的记忆当中,形成一种虚拟性的文化记忆,因而都市民间必然是个人性的、破碎不全的。张爱玲头一个捡拾起这种破碎的个人家族记忆,写出了《金锁记》《倾城之恋》这样的海派风格的作品。由于张爱玲对现代性一直怀着隐隐约约的恐惧感,及时行乐的世纪末情绪与古老家族衰败的隐喻贯穿了她的个人记忆,一方面是对物质欲望疯狂的追求,又一方面是对享乐的稍纵即逝的恐惧,这正是沦陷区都市居民沉醉于"好花不常开"的肺腑之痛,被张爱玲上升到精神层面上给以深刻的表现。张爱玲对都市现代性的糜烂性既不迷醉也不批判,她用市民精神超越并消解了两种海派的传统,独创以都市民间文化为主体的海派小说的美学。

如果说，韩邦庆的嫖客与妓女传奇难免媚俗，郁达夫的流浪文人与工厂女工的故事难免浅薄，茅盾的资本家与交际花的纠葛难免受到政治意识形态的制约，刘呐鸥、穆时英的情色男女难免过于另类，周天籁的小报记者与私娼的隐私难免通俗文学的局限……这将近半个世纪的传奇故事，终于在张爱玲的艺术世界里获得了新的升华，海派小说的各种传统也终于在都市民间的空间里综合地形成了比较稳定的审美范畴。

2001年6月30日

初刊《上海文化》2001年第1期

注 释

1 《林痴仙诗钞》卷一，台湾图书馆藏《台湾文艺丛志》，1919年，第20—21页。
2 正如贝蒂·佩-狄·魏（Betty Peh-T'i Wei）在《上海：现代中国的熔炉》中所指出的，这种外来的异性因素在其本身的文化传统，即以基督教为中心的正统价值体系中也可能是异端，如对于世俗欲望的无止境的追求和商业主义。参见 Betty Peh-T'i Wei, *Shanghai: Crucible of Modern China,* Oxford University Press, 1988, p.1。事实上，中西方交通的历史上存在着这样的事例：当一种思想（即使这种思想曾经是主流）在本土受到怀疑或排挤时，便寻求向外发展的途径，当代西方对自身环境的保护和节约资源的主导思想可能使之向外寻求资源，进行资源掠夺，即在其他国家表现出对资源的滥用和环境的破坏。
3 陈独秀在《上海社会》中指出："上海社会，分析起来，一大部分是困苦卖力毫无知识的劳动者；一部分是直接或间接在外国资本势力底下讨生活的奸商；一部分是卖伪造的西洋药品卖发财票的诈欺取财者；一部分是淫业妇人；一部分是无恶不作的流氓，包打听，拆白党；一部分是做红男绿女小说，做种种宝鉴秘诀，做冒牌新杂志骗钱的黑幕文人和书贾；一部分是流氓政客；青年有志的学生只居一小部分，——处在这种环境里，仅仅有自保的力量，还没有征服环境的量力。"见《独秀文存》卷二，上海亚东图书馆，1922年初版，第94页。周作人等也有相似的议论，不一一列举。
4 据陈伯海、袁进主编的《上海近代文学史》（上海人民出版社，1993年，第

240页）中所说："在狭邪小说中，当时只有《海上花列传》走的是表现人生的路子，而与《海上花列传》差不多同时创作的《海上繁华梦》，走的便是单纯暴露妓家奸诡，揭露其欺骗嫖客伎俩的'溢恶'路子。只是海上小说后来的发展，反倒是《海上繁华梦》'溢恶''媚俗'的通俗小说渐成气候，而《海上花列传》那种艺术地再现人生的写法还未形成气候，便由于'小说界革命'的问世而中断了。"《海上花列传》出版后销路并不好，据颠公《懒窝随笔》记载，该书连载于《海上奇书》时，"惜彼时小说风气未尽开，购阅者鲜，又以出版屡屡衍期，尤不为阅者所喜，销路平平实由于此"。

5 转引自郭沫若：《学生时代》，人民文学出版社，1979年，第68页。

6 鲁迅：《二心集·上海文学之一瞥》，收《鲁迅全集》第4卷，人民文学出版社，1981年，第292页。

7 郭沫若：《女神》，收《沫若文集》第1卷，人民文学出版社，1957年，第139页。

8 穆时英（1912—1940），浙江慈溪人。20世纪30年代"新感觉派"的主将。据说他在上海光华大学中文系读书时，国文教授是钱基博，他每学期成绩都不及格。他的朋友回忆说，他的古典文学和文言知识水平低得还不如一个中学生。直到1932年，他的小说里还把"先考"写成"先妣"，原来"考""妣"两字他还分不清。（见施蛰存：《我们经营过的三个书店》，《新文学史料》1985年第1期。）

9 张国安：《刘呐鸥小说全编》（"海派文化长廊"丛书），学林出版社，1997年，"导言"第5页。

复杂的叛逆性
——现代海派文学的特点

袁进先生在谈近代上海文学的特征时,概括了一个词,叫做叛逆性。[1]我接着他的话题谈下去,还是从叛逆性来谈五四以后上海文学的特点。不过,这个叛逆性的文化现象相当复杂,可以作多种角度的理解。上海在开埠以后,逐渐成为一个经济畸形发展的魔都,人口大量流动成了它标志性的文化特征,其他的文化现象诸如文学、艺术、语言、习俗、信仰、时尚、心理等等,都围绕这一个标志性特征而发生相应变化,所以,我们考察"海派文学"的前提,是要认识到它已经不是属于上海地区土著的历史的文学现象,而是一种因为特殊的经济环境而造成人口流动,并随之发生的文学以及一切文化艺术的新元素。这些"新"的元素具有流动变化、庞杂无章、稍瞬即逝的特征。从反面的意义说,流动变化便是没有历史作为支撑,庞杂无章便是没有主导来决定秩序,稍瞬即逝便是没有永恒的价值观念。这就使海派文化虽然新潮,但要成为全国性的主导文化却极为困难。比如,我们从文学史研究中可以感受到,清末民初的作品,无论是《海上花列传》还是四大谴责小说,尽管不乏有人鼓吹和演绎,但是要我们真正赏心悦目地接受,并承认其艺术的恒久价值，恐怕总是有些难度的，连张爱玲也对此感到无奈。[2]但是我们一旦把反面文章正面做，那就产生了不一样的理解：没有历史积淀，它可以没有负担地接受新的外来元素，敢于创新，这与中国传统所谓"周虽旧邦，其命维新"的古训不大一样；没有主流秩序，它可以百无禁忌地多元发展，多头并举，利于创新；而稍瞬即逝的特点，本身就是为满足一时的新奇和刺激，制造各种各样的流行时尚，善于创新。敢于创新、利于创新、善于创新，这就构成了海派文化的正面意义：缺乏历史感成了创新的前提性条件，多元发展是创新的客观环境，流行时尚则是创新的主观动力。当时，中国的大部分地区还处于古老的保守秩序下的超稳定结构中，新型的经济城市所形成的海派文化与处于缓慢变革中的古老中国的整体文化环境之间，构成了特定意义下的一种紧张的关系，我把这种紧张关系称为"叛逆性"。它不仅仅是针对传统文化，而是指对于整体环境所形成的主流文化，它是一种姿态更加先锋的叛逆。

以陈独秀为例。他在上海创办《新青年》（第一卷名为《青年杂志》），只是一个思想开放、言论激进的青年修养类杂志，但他大逆不道地喊出了"打倒孔家店"，批判中国古老的传统文化；《新青年》真正发生全国性的影响，构成新文化的主流，是陈独秀到了北京并且主掌北大文科以后的事情。可是当《新青年》的激进民主主义成为社会主流的时候，陈独秀已经走得更加激进了，他又回到上海组建共产党，领导了具有更大叛逆性的政党活动。我们应该把陈独秀这个举动看作他对《新青年》传统的叛逆；1927年大革命失败，当第三国际把陈独秀作为替罪羊抛出的时候，陈独秀又进一步走向了共产国际的叛逆——更激进的托派。这一切，都是在上海发生的。陈独秀的叛逆性格永远是针对他自身创建的主流文化而走向更激进的边缘。再以鲁迅为例。辛亥以后，鲁迅从家乡浙江绍兴到南京又到北京，是跟从蔡元培先生的安排，一步步从边缘走向政治文化的中心，后来又成为五四新文化运动的旗手；但是到了1920年代中期，他一面与军阀政府斗争，一面与许广平闹恋爱，于公于私都是当时的主流文化的反叛者，终于南下，几经周折辗转，在上海定居，以自由撰稿人的身份孤身作战。这是第一重叛逆。左翼文艺运动在上海兴起，起先也是旨在反抗五四主流的叛逆运动，激进的左翼青年把鲁迅也当作五四主流文化的代表人物来攻击，但鲁迅毫不犹豫地与他们联合结盟，共同反对国民党政府。但几年后，鲁迅又一次与左联的领导人周扬等人割席决裂，再次自我放逐，走向边缘。这时候的鲁迅身边已经团结了胡风、巴金、黄源、黎烈文等一班人，形成了自己的独特力量。这是第二重叛逆。鲁迅死后，抗战兴起，大部分知识界人士都撤离上海向后方转移，上海的叛逆文化氛围广陵散尽，但鲁迅的传人胡风、巴金等人依然坚持特立独行的叛逆原则，这自然是后话了。

陈独秀、鲁迅都是现代中国的文化巨人，他们人生道路的变化，深刻反映了现代文化发展过程中不断击进与分化的规律。现代主流文化一旦形成，仍然会不断遭遇新的叛逆，这种叛逆性不是来自传统的保守立场，而是来自更激进、同时也是边缘化的先锋立场；不是来自某种集团势力的反对，而是内部更具有个人色彩的特立独行的反叛。陈独秀和鲁迅的反叛都属于这样一种先锋、个人色彩的反叛。有意思的是，他们由边缘向主流演变都是在北京完成的，而他们从主流走向更加先锋的叛逆，恰恰是在上海完成的。并不是说上海是叛逆者的发源地，但它可以成为叛逆者的温床与庇护所。这与上海拥有巨大的人口吞吐量导致的宽松、流变、时尚的文化环境有关，也与上海的经济发达导致了现代出版业与现代媒体的繁荣有关。从晚清开始，上海就一直成为政治上反清、反袁、反国民党专制统治的叛逆势力的人口集散地，在文学创作上，随着五四新文化运动的主流被确立以后，上海就逐渐形成两股叛逆性文学：一股是新文学所批判的旧派文学，五四以后，旧派文学家失去了主流文坛的话语权，却迅速地掌握了新型的都市媒体：小报副刊、连载小说、电影、说书、戏曲、连环画，等等，依然获得广大市民读者和观众的青睐，这一战略性转型，不能不在现代媒体得天独厚的上海完成；另一股叛逆性文学是以海归留学生为主体的"异军突起"，如1920年代初的创造社，1920年代末的"革命文学"倡导者，还有后期新月派的《新月》杂志社成员，以及从日本借鉴了"新感觉派"的一批都市文学青年。尽管他们的政治立场和文学理想都不一样，但同样都在各种激进立场的前提下从事政治或艺术的探索，我们可以将其笼统地以"叛逆性"命名。

应该说，这两股叛逆的文学力量始终以活跃的、善变的、时尚的形式存在，才使得以《新青年》《新潮》集团—文学研究会与语丝社—京派文学等为主体的新文学主流变得丰富、繁荣和充满活力。新文学主流是在不断击进和分化中发展过来的，这一发展过程中，北上的作家们均以严肃的创作和稳健的思想不断建构文学主流的规范，守先待后；而南下的作家则以探索性的创作和自由化的思想不断激活新文学的生命力，开拓新的文学空间。在现代文学发展的地图上，这一南北对流的人口迁移是非常壮观而奇特的图像，一直到抗战爆发才宣告结束。但是，即使在抗战期间的孤岛与沦陷区，也因为新文学主流在上海的原有力量比较薄弱，才可能出现了钱锺书（京派渊源）与张爱玲（旧派渊源）等多元的文学创作，他们在创作上杂糅了新旧文学的各种元素，突破了原来新文学主流的局限，多少也表达了对新文学主流的背离和拓展。因此，新文学经历了抗战的创伤以后非但没有削弱为各种政治力量的附庸，反而呈现了更加饱满的生存状况，在我看来，与作为沦陷区的上海提供了一大批离经叛道的文学有直接的关联。现代文学的发展史上，抗战前的京海两派到抗战后的国统区（重庆）、沦陷区（上海）、抗日民主根据地（延安）三足鼎立，上海始终是新文学的重镇，也是作家开拓创新、成名立业的福地，这是值得我们关注的。

我在《论海派文学的传统》一文中勾勒过半殖民地的上海和中国最大工业城市的上海所形成的两条海派文学的传统，一条是交织着繁华与糜烂同体生存的文化模式描绘复杂的现代都市图像，另一条是以左翼文化的立场揭示现代都市文化的阶级分野及其人道主义的批判，前者为现代性的传统，后者为批判性的传统。其实，这两条传统从1920年代以后总是若有若无地交织在一起，有些偏重于描绘繁华与糜烂，但也是潜伏着批判的眼光；有些立足于现实批判，但还是在描绘中渲染了现代都市的繁华与糜烂。两者不能截然区分开来。应该说这都是上海这一城市的特有的经济文化结构所决定的，与海派文学所特有的叛逆性也有密切的关联。

以其繁华与糜烂同体的文化模式为例。原先我将这种海派文化模式的产生简单地理解为来自亚洲国家被殖民文化所共同拥有的耻辱性记忆。我曾经这样阐述："被殖民地固有文化的种种弊病，也不会因为西方文明的进入而自然消亡，对处于弱势地位的本土文化而言，冲撞中首先被消灭的往往是文化中的精英或是传统的核心部分，至于文化渣滓与泡沫，非但不会被淘汰，反而顺理成章地融入强势文化的情欲体系，作为异国情调而得到变相鼓励。这就是为什么像亚洲各国地区的雏妓、人妖、蓄妾、吸毒、赌博、迷信等等所谓国粹级的糟粕文化现象即使在经济发达以后也始终得不到根除的原因之一。欲望鼓励了经济上的冒险与繁荣，也鼓励了种种情欲肆无忌惮地畸形膨胀，构成了典型的东方殖民地的文化奇观。"[2]我现在仍然是这样理解海派文化中的某些糜烂文化现象，但是，像上海这样一个向西方世界敞开一切的城市，除了其自身与生俱来的淫秽艺术传统以外，还杂糅了对西方先进艺术观念的借鉴，如刘海粟首先用人体模特进行教学所引发的争论，大量好莱坞电影与人体艺术作品的引进，甚至在社会风气与保护个人隐私方面也相对比较宽松，等等，这些方面也同样不能被轻易忽视。如果我们把海派文学里的颓废、情色等元素安置在这样一个宽松、多元、流行、时尚的文化背景之下，可以作更为宽泛的解释。我觉得它既是直接继承中国古已有之的淫秽艺术的文化传统，来自道家的养生术、阴阳理论、春宫画以及把女性视为玩物的享乐主义的综合传统，同时也是与人性对生理快乐的自觉要求有关。上海在开埠以后，经济的高度发达和外来人口的剧增，性的享乐主义与性的压抑苦闷同时纠结为尖锐的社会问题，上海滩比比皆是各种围绕性享乐而设的赚钱机构和骗局陷阱，与向往纵欲的人性自觉沉瀣一气地混杂起来，形成了特有的糜烂的生活风尚。海派文学很难回避颓废情色的元素。我们且不说像《留东外史》《九尾龟》等黑幕通俗小说，就是像《海上花列传》到《亭子间嫂嫂》这样比较严肃的狭邪小说中，情色也是其中的主要成分。在新文学的创作中，颓废、情色照样是海派文学的特色之一，创造社的大小伙计们——郁达夫、张资平、叶灵凤、滕固、潘汉年等人的作品，开创了现代小说中的情色描写之风，他们大胆描写男女情欲的各种心理表征，对于性爱的露骨描述，再加上叶灵凤模仿比亚兹莱风格的绘画，差不多形成一种淫荡的创作风气；1930年代以后，这种风气在海派作家的创作中没有丝毫收敛，就连左翼作家茅盾的作品里，情色描写也成了不可忽视的重要手段。这对于成为主流的道德教训的文学创作来说，是有不言而喻的叛逆性在里面。

在海派文学中的左翼书写中，叛逆性还表现在对新型的城市人的描写。现代都市的大量人口迁移流动中，除了投资者、投机家、冒险家、大小买办商人、流浪知识分子以外，真正的主体是来自各地农村的男女民工，他们忍受中外资本家的剥削而从事着非人的劳动，用血汗和劳动推动上海都市的经济繁荣，同时，工人的赤贫生活和社会底层的身份，以及他们身上展示出来的新的阶级素质，也渐渐地进入了作家的创作视野和感情世界。这种生活的积累与作家的左翼倾向是相互作用的。郁达夫在1920年代不是一个左翼作家，但是他在《春风沉醉的晚上》中描述烟厂女工，是用相濡以沫的视角表达了对女工的敬意。我们不妨比较郁达夫艺术视角下的两个社会底层的人物：《春风沉醉的晚上》中的女工和《薄奠》中的人力车夫，一个在上海的烟厂做工，一个在北平的街头拉车，叙事人是同一身份的流浪知识分子，与他所描述的故事主人公都有着同是天涯沦落人的平等襟怀。但在郁达夫的笔下，《薄奠》中的人力车夫始终是一个要强、忠厚、勤劳，而且有生活目标的体力劳动者，他有自己的道德原则，他希望在劳动中拥有生产资料（买一辆人力车），并且企图通过个体劳动和省吃俭用来达到这一目标，这与传统农民的劳动伦理没有根本的差异；而《春风沉醉的晚上》里那个女工陈二妹就明显有变化，她没有家业和生产资料，只是靠出卖自己的劳动力为资本家创造财富,来换取一点微薄酬劳。她也没有传统的勤俭持家观念,领了工资买零食吃点心,乐意与异性邻居(叙事人)平等分享,沟通感情,然而,她与自己所创造的劳动产品(烟卷)之间的关系是异化的人性关系,非但没有从劳动中感受到尊严和欢乐,反而是充满敌意。我们可以体会到,那位女工的劳动感情正是现代雇佣制度下的工人阶级所有的。再者,郁达夫的柔情笔调下描写出来的两人感情交流,是相当自然和自由的,假如叙事人没有及时抑制住如同《沉沦》《茫茫夜》中的叙事人那样的情欲,重复他们的情欲故事的话,那位女工也会坦然接受对方的示爱。我作如此的推断并没有什么标新立异的意思,只是想说明这位烟厂女工虽然来自农村,但是她的思想感情的表达方式与道德观念,已经逐渐脱离了传统农民身上的精神束缚,正在转化为现代城市的新人。由于叙事人的矜持(或者是面对新人的失措),使这些可以更加深刻表现城市人精神的场面没有被充分展示。随着上海的社会发展,尤其从五卅运动以后,这条关注工人生活和斗争的线索在上海的作家创作中逐渐发达起来,直至产生了《子夜》这样的大作品。

海派文学的叛逆性还表现在艺术形式的革新方面。现在人们习惯于将林林总总的上海文化特征都归为"海派",并且毫不吝啬地给以许多新的理解和新的注释。但是在早期的"海派"一词的理解上,多半是含有贬义的,而且有许多特定的所指。比如刘半农自己是出身于江南的小文人,一旦去了北京大学当教授,便翻脸不认以前伙伴,连刚刚从日本回来写新诗的郭沫若也不大看得起,称之为:"上海滩的诗人,自比歌德。"[3]话语里充满了嘲讽,害得郭沫若在回忆录里要写长长的一段话来为自己辩护。其实平心而论,郭沫若的诗要比刘半农的诗写得好,至少在形式上更加大胆,更加开放,也更加具有叛逆性。不过刘半农早些时候写的诗,吸取了民歌的语言和腔调,大胆创造新的诗歌韵律,那时是他刚从上海去北平不久,还保持了新鲜活泼的劲头,只是步伐没有后来郭沫若那么大,所以,以刘半农笑郭沫若,叫作"五十步笑百步",一点也不错。假如我们把他们在诗歌创作上的形式革新作为优点来解释,也就是形式革命上的"叛逆性"。从陈独秀在上海创办《新青年》,提出打倒孔家店,到胡适之提倡白话诗,再到刘半农学习民歌再造新韵,郭沫若把古今中外的一切意象和语词统统揽进他的《女神》,新文学就是这样一步步地背离了传统的古典诗歌美学和形式,形成了新诗的美学规范。1930年代以后的上海,戴望舒、邵洵美、艾青等在上海进行了更加大胆的诗歌实验,穆时英、刘呐鸥、施蛰存等人进行的小说实验,鲁迅、林语堂等人开创的杂文小品文写作,还有夏衍等人的报告文学以及结合了最新科技设备的电影从无声到有声的发展,都让人看到,艺术形式的大胆革新,成为海派文学的叛逆性的一个鲜亮特色。

我前面说过,海派文学的叛逆性特点,具有十分复杂的面貌,它的叛逆性主要是指突破和延伸了新文学的主流,它处于新文学的前沿与边缘,不断开拓,不断创新,甚至不惜以新文学的对立面出现,否定主流文学的某些方面,如创造社,以反对文学研究会垄断文坛的"异军突起";"革命文学"论者,是把鲁迅和茅盾设定为假想的敌人;左翼文化的领导人瞿秋白等,是以批判五四新文学"非驴非马"起家;邵洵美、章克标、施蛰存等海派文人又是以反对鲁迅而闻名;而鲁迅,更是在各种捉对厮杀中成为反权威的权威;而沦陷时期的钱锺书的小说,又是把新文学作家作为嘲讽对象……在混乱里面,新文学的疆域越来越扩大,实验的内容越来越丰富，终于形成了现代文学的蔚然大观。

2008年8月3日写于黑水斋

初刊《郑州大学学报》2009年第1期

注　释

1　袁进先生的文章《叛逆性——近代上海文学的特点》与我这篇笔谈同刊《郑州大学学报》2009年第1期。
2　《论海派文学的传统》，收入本书，引文参见本书第14页。
3　张爱玲是《海上花列传》的热心读者，曾将其改写成国语版。但她自己也认为，这部小说生不逢时，没有得到读者青睐。在《国语版海上花列传》的译后记里她自嘲地说，《海上花》最后还应有一回，曰："张爱玲五详《红楼梦》，看官们三弃《海上花》。"见张爱玲：《海上花落》，上海古籍出版社，1995年，第648页。
4　其原话是："听说上海滩上出了一个大诗人，比之德国的Goethe而无愧。"引自刘半农：《骂瞎了眼的文学史家》，载《语丝》第63期。刘半农此文主要是以嬉怒笑骂的姿态嘲讽现代评论派陈西滢，顺便带及了郭沫若，可见刘半农对"海派"是很不以为然的。此话转引自郭沫若的《创造十年》，见郭沫若：《学生时代》，人民文学出版社，1979年，第68页。

读刘建辉《魔都上海》

八年前我在韩国，有一位著名学者约我讨论东亚的文化问题，其中有一个话题是东亚有没有可能像欧共体那样，形成一个统一的价值观念。我对此毫无研究，当然也说不出一个所以然。然而，我觉得东亚诸国的历史关系似乎要复杂一些。如以中国、日本、韩国（还包括朝鲜与中国台湾地区）为范围来讨论，韩国与台湾都曾经是日本的殖民地，中国一度沦为列强的半殖民地，但是中国的文化曾经在历史上对日本产生深远的影响，近代又成为日本崛起以后的主要军事攻击目标，而日本在侵华战争中也遭受了原子弹的摧毁与战败国的耻辱；现在中国和韩国在经济上都迅速崛起，日本也将面对新的考验；朝鲜半岛的南北问题，台湾海峡的两岸问题，都有待出现新的格局。这多角关系充满了戏剧性的冲突，要理顺这些关系，实在是很困难的事情。

但这其间理顺中日文化的关系，找出它们之间的相似点，是一件十分重要和有意义的事情。最近读到刘建辉先生的《魔都上海》[1]，感到了一种震撼。刘先生我并不认识，以前印象里他是北京大学的比较文学研究生，后去日本留学。从书的后记里我才知道，刘先生从1983年就负笈东瀛，应该是一位对日本问题有深刻见解的专家。

这部著作原先是用日文写作，由日本讲谈社出版。2003年上海高校都市文化E-研究院将其纳入规划项目，翻译为中文出版。我是第一次读刘先生的著作，其简洁的笔法，材料的铺陈，怎么看都像是出自训练有素的日本学者之手。一本薄薄的著述里隐藏着大量的历史文化信息，实非我等门外人所能详尽，书中透过日本人的"上海"记载，探讨的是日本知识人的"近代"体验，这里的主角是变化中的日本，陪衬者是上海。随着日本的迅速"近代化"（所谓的"脱亚入欧"政策导致了明治维新的成功），"上海"这一最先西化的亚洲城市在日本人眼中如何发生变化，以及他们心中建构起怎样的"海派"意识？

我对日本的历史文化缺乏研究，谈不出什么心得，但对于海派的历史文化，多少有点自己的感受。刘先生用"魔都"来形容日本人的上海想象，实在是很恰当的比喻。我们过去称上海为"东方巴黎""冒险家的乐园"等等，意思大约是相近的，但都没有"魔都"这个名词来得贴切。这个词的发明者是日本浪人作家村松梢风，他读了芥川龙之介的《中国游记》后对上海这个城市产生强烈兴趣。芥川不喜欢半殖民地的上海，他笔底下的上海是一个"野蛮的都市"，与他想象中的"诗文般的中国"距离十万八千里。但是在村松的心目里，芥川嫌恶的糜烂因素，正是他所迷恋的颓废情调。他沉醉在魔都上海，充分享受那个城市提供的吃、喝、嫖、赌、戏"五大娱乐"（另一个日本作家井上红梅语），由此，他体尝到了上海作为"魔都"的两大特点：一是"它的无秩序无统一之事"，二是"混沌的莫名其妙之处"。这两大特点，用现在的话来归纳，一是混乱，二是刺激。前者是客观，后者是主观。这部书里摘引了村松对上海魔性的"礼赞"：

　　　　站立其间，我欢呼雀跃了起来。晕眩于它的华美，腐烂于它的淫荡，在放纵中失魂落魄，我彻底沉溺在所有这些恶魔般的生活中。于是，欢乐、惊奇、悲伤，我感受到一种无可名状的激动。这是为何？现在的我不是很明白。但是，牵引我的，是人的自由生活。这里没有传统，取而代之的是去除了一切的束缚。人们可以为所欲为。只有逍遥自在的感情在活生生地露骨地蠕动着。

我注意到村松梢风使用了一个词：恶魔。这个词应该就是鲁迅在日本时所用的"摩罗"，也就是魔鬼的意思。在西方有个相对应的词：the daimonic（恶魔性）。这个词在西方文学里有重要的意义。从古希腊埃斯库罗斯到近代的歌德，都塑造过这种恶魔性的形象。它的基本含义有两点：一是魔鬼般的、邪恶的；二是超人的、灵魂附体的，指它所含有的强大恶魔性，往往是一种身不由己的推动力量。也有人把这个词译为生命的原始冲动力，能够激发起人的巨大的潜在欲望，以大破坏的形式来达到大创造。所以，用恶魔性来形容和归纳上海的都市魔力，其实也就是波特莱尔所说的"恶之花"的巴黎，是资本主义畸形发展所带来的一种繁华与糜烂同体生存的文化现象；上海不同于巴黎的是，它本身并不是世界文化的影响源，而是一个半殖民地，被迫接受的"现代性"。我曾经提出过一个观点，西方殖民者的母国往往是天主教或者新教国家，在生活伦理上有许多禁忌之处，但是他们到了殖民地，一切禁忌都打开了，彻底放纵了，他们在道德上表现出来的颓废与糜烂，往往在殖民地变本加厉地体现出来。东方殖民地城市的繁华，是因为某些城市被作为西方掠夺殖民地资源的中心城市，它必须拥有西方发达社会同样享有的现代生活标准；而它所存在的糜烂现象，正是殖民者道德放纵的结果。上海的巨大魔性就是这样在现代化的过程中迅速形成的。"魔都"一词含有极为丰富和复杂的内涵，绝非现在许多学者单面赞扬的所谓"现代性"。

这种复杂的文化现象对于日本来说，表现出更为复杂的情况。上海一度还成为西方现代性的中转站，是日本知识分子向西方学习的第一个榜样。直到明治维新以后，日本直接向西方学习现代性，国家综合力量超过了中国，上海的现代性才在他们眼睛里"掉价"了。这才会有芥川笔下对上海的讥刺和贬斥。但是应该认识到，日本与上海的现代化性质是不一样的。日本是亚洲国家里唯一没有被西方列强殖民过的国家，它的现代化充满了主动性，而中国的上海，则是在半殖民的侵略和掠夺下被迫走上现代性的道路。这种差异导致了不同的后果：日本的现代性导致了军国主义和集权统治，而上海的现代性则在繁华与糜烂中贯彻了自由主义和市民精神。对于这种复杂性，刘建辉先生也意识到了。他在论述明治时期日本人的上海体验时，揭示了日本人对上海的另外一种理解。他说：

> 对于追求以天皇为顶点的具有彻底向心力的"国民国家"的日本而言，依然处于"杂糅"混沌状态的上海，毋宁说是一个"危险"的地方，甚至是一个"有害"的地方。不断追求"均一性"文化空间的日本，与两种不同文化之间相拮抗的上海之间的"落差"，使两者曾经有过的关系颠倒过来，也使得众多从那种"均一性"空间脱离出来的日本人有可能渡海来到上海。

我理解这段话里最关键的词是"脱离"。日本走上"现代化"的同时，也日益走向以天皇为顶点的具有彻底向心力的集权国家，于是，杂糅了繁华、靡烂、自由主义的上海，反而成为某些企图脱离日本体制的知识分子的向往之地。沉湎魔都的日本作家村松梢风、井上红梅、金子光晴等等，大约都是在这个意义上的"雄飞"的浪子们。

但是上海还是在变化，随着工业的发展，工人力量的壮大与左翼势力的时尚化成为海派文化的又一特色。这也是我对海派文化的两个传统的描绘。在我看来，海派文化除了半殖民地化的繁华与靡烂同体生存的特色外，还有一个特色就是工人阶级所构成的底层力量和左翼文化的时尚化与流行，左翼文化是1930年代知识分子的时尚，它与半殖民地文化的靡烂性既相依存又相抵抗，这也是"现代性"所必然会有的副产品。于是，就有了民族主义的"五卅运动"和后来的淞沪抗战，海派文化具有了新的定义。而所谓"繁华与靡烂"的半殖民地的海派文化，到了张爱玲的时代就已经是回光返照了。这一点，刘建辉先生在书的结尾部分也注意到了，可是没有进一步展开。但这并不是说，"魔都"不"魔"了，而是以另一种形式来展开其魔性的力量，这也是后话了。

2007年11月12日
初刊《文汇读书周报》2007年11月30日

注　释

1　刘建辉：《魔都上海——日本知识人的"近代"体验》，甘慧杰译，上海古籍出版社，2003年。

文学中的上海想象

我在十年前著文讨论海派文学的传统时，曾经提出过这样一个看法：自《海上花列传》以来，海派文学逐渐形成了两种传统，一种是以繁华与糜烂同体并生的特点描述出复杂的都市现代性图像，称其为现代性的传统；另一种是以左翼文化立场揭示出现代都市的阶级分野及其社会批判，称其为批判性的传统。这两个传统的区别不在描写对象而在描写态度，前一个传统也描写下层社会的疾苦，后一个传统也描写现代都市的繁华与糜烂，但是作家们的写作立场与写作态度是不同的，由此构成了两者相生相克的辩证关系。

我们今天的所谓"海派怀旧"，弘扬了旧上海繁华与糜烂的特点，并且给以无度的褒扬和追怀，有意无意地忽视了左翼文化对海派文化构成的建设和参与，海派文化被渲染成一派纸醉金迷、光怪陆离，从而遮蔽了"五卅"、工人武装起义、左翼文化以及抗战后的民主运动等等一条硬派传统。在文学上相应的是，郁达夫的《春风沉醉的晚上》、蒋光慈的《短裤党》、茅盾的《虹》与《子夜》、巴金的《灭亡》与《新生》、丁玲的《韦护》、夏衍的《上海屋檐下》，以及陈独秀、鲁迅、瞿秋白、郭沫若等文化大家在上海期间创作的大量杂文也被相应地排除在海派文学之外。这样认识海派文学，无疑是片面的，既不能真正凸显出海派的历史传统，也不能连接1949年以后海派文学的发展与演变，对于当下上海的文化与文学建设未必有益。正是基于这样认识，我读了张鸿声教授的论著《文学中的上海想象》[1]，有一种深获我心的感受。

这部论著指出："文学中的上海，并不完全来自于经验叙述。在很大程度上，它是一个被赋予意义的城市，也即文本上海。在20世纪，它表现为一种现代性意义的堆积，甚至表现出某种现代性修辞策略，并主要体现为近代国家意义与现代化意义，以此构成了'文学中的上海'强大的现代性身份。"这是一个新的视角，我们过去对于"文学上海"的认识多半基于"历史上海"，或者说基于"经验上海"，即用"老上海"的视角来说上海的历史掌故和文化积累，但这样一来，好像唯有土生土长的"上海人"才有资格研究上海和描写上海似的。其实，上海是一个流动、开放、与国际接轨的大都市，人们对于上海的想象远远超出了上海的本土经验，而张鸿声教授却走得更远，他干脆要求"文学上海"摆脱上海经验，成为现代性都市的想象空间。各个不同时代和社会阶层，对现代化都市有不同想象，他们在文学作品中对上海的描述是不一样的，充满了变幻。由此推理，一个没有来过上海的人（世界上任何一个国家地区的人），他在创作中也完全可以把上海作为一个象征性符号，与纽约、巴黎、伦敦等世界性城市一样，成为艺术虚构的一个空间。同样，研究者对于"文学上海"的构成也不限于上海经验，他们提出问题和讨论问题的关注点不在于这"是不是一个真实的上海"，而是"这是否符合你想象中的上海"，这样，就可以把上海从上海人的狭隘视域中解放出来，使之成为一个现代化进程中的共同的想象。

这部论著讨论了有关上海的"文学想象"中的两大形象谱系："基于国人的现代性想象，渐渐产生了关于上海的两大形象谱系，即一是从现代性中关于民族国家的意识出发，去认知旧上海作为世界主义殖民体系中的边缘性，和与其相伴随的消费性、工业破产、畸形堕落等特点以及它最终摆脱了殖民体系，获得民族解放，并成功消除资产阶级国家遗存的国家元叙事；二是作为中国现代化进程中的中心地位所包含的现代性普适价值，其与西方的同步，引领着中国现代化的进程，表现为物质的扩张与物质乌托邦、大工业的、组织化的与摧毁传统力量的种种情形。两种形象谱系造成了近代以来关于上海文学的总体风貌与主流，并构成在文学中表现上海的中心性。"这两大"形象谱系"相比我对海派文学所勾勒的两大传统，更加突出了上海想象的正面意义。由此结构中，1949年到1979年这一期间的有关上海的文学创作作为对一种现代工业化的想象，进入了研究者的视域。虽然这一阶段的文学创作在我看来乏善可陈，不过是当时上海市委的最高领导人伙同张春桥之流倡议"大写十三年"以及后来"文革"中写作班子搞阴谋文艺的产物，但如果换一个角度，讨论人们即使在专制体制的压榨下仍然怀有对现代工业化的向往和热情，那么，这些所谓的"工业题材"创作仍然可以从非文学角度让人体会到"上海"这一含义的丰富性和复杂性。这部论著把这一阶段的文学列入有关文学中"上海想象"的谱系，并进行了讨论，我觉得是一个颇有启发的尝试。讨论上海文学，绕过这一阶段的"创作"（姑且称这也是创作）也是不够全面的。

对于上海文学（或者称海派文学），我以为是由两个层面的含义所构成的：一是有关上海的艺术想象和描述；二是居住在上海的作家的创作。我前些时候参与了上海作家协会策划编辑的一套大型文库《海上百家丛书》，就是包含了两个层面的内涵。但是从实际创作来考量，这两个含义都有偏颇。从第一个层面的创作来看，假如作家从未来过上海，只是把上海作为一种符号来描写，要列入上海文学（海派文学）显然是不妥当的；从第二个层面的创作来看，假如一个居住在上海的作家所创作的作品与上海毫无关系，如萧军与叶紫，沙汀与艾芜，等等，他们曾经居住在上海，但要把他们称作为海派作家也有点不靠谱。所以，海派文学的概念不仅含混，还有明显的局限。现在好了，"海上百家"这个概念弥补了后者的偏颇，"海上百家"，自然包括了所有的居住在或居住过上海的作家的创作，并不以上海题材为限；而张鸿声教授提出的"上海想象"又弥合了前者的偏颇，即不管作家是否在上海居住，只要他的创作是有关上海的描写，就能列入"想象"的谱系，呈现出"文学上海"的面貌。我想，海派文化及文学，正是在研究者不断拓展概念中丰富内涵与扩大外延的。

2010年5月20日

初刊《汉语言文学研究》第1卷第2期

注　释

1　张鸿声：《文学中的上海想象》，人民出版社，2011年。

文学的上海与经验的上海

今年六月我两番南下香港参加会议,随身都带着张鸿声教授主编的《上海文学地图》[1]的打印稿,行色匆匆,也未必翻阅得了几页,但总也像上瘾似的,能看多少算多少。前一次在香港时,鸿声已经来电话催促写序,我漫声应道,快了快了,回去就写;不料回到上海后又是杂事缠身,暂且放下了。所以这回去香港走澳门一共才四天,在飞机轮船上都像赶考,一路翻阅,还特意提早一天返回上海,趁着电话铃声还没有响起,我想,今天无论如何也要把这篇序写出来。

所谓"序",只是一篇读后感,说说这部书稿勾起我的某些记忆,对书中某些内容略作一点补充和笺注。王国维考据学提出二重证据法,即"地下之材料"与"纸上之材料"的二重互证,我想人的经验在尚未消失之前深藏于脑海深处,如同深埋于地底下,把这些经验写出来也如同出土文物,与书中描写的细节两相对照,以证其说不虚。我生在上海,一生中没有连续半年以上的时间离开过这座城市,又因为频频搬迁,原来上海行政划为十个区十个县,我倒是居住过其中的五个区,同时还在当时隶属宝山县的复旦大学念书(我毕业留校以后五角场才归划为杨浦区),所以要说居住上海的经验，我还是有一些。当然一篇短序不可能全面铺开我的上海记忆，本文不过略举一二，为读者助兴而已。

书中所叙述的南京路、淮海中路等市中心地段，杨浦、虹口那些边缘地段，我都是居住过的；上海的各式住房，除特别高级的花园洋房和特别低级的滚地龙之类我没有住过外，一般老式石库门、新式里弄、街面房、写字楼、工人新村、现代公寓，等等，也都领略过风情，正因为如此，这部书稿在我读来非常亲切。这里我想补充的两段经验，一段关于第二章第四节：巴黎大戏院；另一段是在第五章第四节中涉及的：关于闸北。讲的都是经验中的小插曲。

先说巴黎大戏院：它坐落在淮海中路成都路口，斜对面弄堂直通渔洋里2号，1920年代中共领袖陈独秀领导的《新青年》编辑部就设在这里。戏院两旁是两家食品店，左边一家是野荸荠食品店，右边一家是冬夏点心店，以做赤豆糕等甜食著名。法租界霞飞路屡屡改名，1950年起改为淮海中路，"以纪念中国人民解放军所进行的淮海战役"。巴黎大戏院也跟着改为淮海电影院。与戏院为邻的是飞龙大楼，这座大楼后面本来有一个十字型的商场，中间有露天水池，四周是店铺，主要的顾客大约是飞龙大楼上居住或办公的外国人。当时的商铺一般都在楼下，二楼可以住人。到了抗战胜利，巴黎商场已经改观，变成了居民住宅区，大多数房客都是用金条为"定金"住进来的，一楼一底带厨房卫生间。我在那里住过整整二十年，不过那是在"文革"后期，十字街中间的水池早已被填上土成了一个花坛。花坛边还有几株夹竹桃、玉兰树，都长得很高大，大概有几十年以上的历史了，年年春天都盛开着花朵。书稿里引用施蛰存先生的小说《在巴黎大戏院》，写一个失意的小知识分子与女友坐在戏院里胡思乱想的意识流,顺便写出了这个戏院的空间逼仄和空气混浊。淮海电影院在1970年代还是二等影院,比国泰、大光明要差一些,但也不是最差的戏院,中等居上。施蛰存先生之所以选这个电影院作为小说场景,可能是这地方比较适合知识男女约会,因为它不是高档奢华的场所,但在市民的眼里又是一个高雅之处,符合"小资"的身份和情趣,繁华的霞飞路、近旁的巴黎商场和不远的复兴公园(当初大约叫法国公园),也都是闲逛散步的好去处。施先生是接受了西方现代文艺表现手法的作家,他写人物偏重心理描写,又是偏重性心理和猥琐心理的描写,这种手法似乎累及了巴黎大戏院。

不过这不是我要讲的主要内容,要紧的是:巴黎大戏院背后的长乐路上有一条杨家弄,从里面穿过去,在一排石库门中间有一家著名的文化生活出版社,创办人吴朗西柳静夫妇就住在这幢楼里。当年他们办出版社,合伙人是一批大名鼎鼎的作家:总编辑是巴金,还有散文家丽尼、陆蠡等。抗战爆发,巴金、吴朗西、柳静等人都去了内地,上海的大本营让散文家陆蠡镇守。陆蠡新婚燕尔,雄姿英发,与巴金的哥哥李林、科学家朱洗自成一个文人圈子,办杂志、出丛书、搞翻译、写散文,在恶劣环境下保持了一股知识分子的正气。为了更好地促销图书,陆蠡就在附近的巴黎商场里开设了一个图书门市部。但是好景不长,太平洋战争爆发,日本军队开进租界,借口出版社有抗日书籍,查封了巴黎商场的书店,还点名要抓出版社负责人。天真的陆蠡仗着精通法语,自己跑到法国巡捕房去讲理,结果被引渡到日本宪兵队,在魔窟里悄然失踪,没有留下任何档案。1980年代我住在飞龙大楼,80多岁的吴朗西先生来我家做客,站在我家门口,看着当年的门市部旧址,浑身颤抖不已，与我说了这段往事。

再说说闸北的上海民间生活。闸北不是天生的贫民窟和棚户区，那是上海的中国地界，原来也是热闹富庶之处，我听外祖父说，他当时就住在麦根路（现在的火车站南面秣陵路）附近的一幢洋房里，条件相当好。这一地段因为近火车站，在"一·二八"日本军队进攻上海时，被炸成废墟，从此才一落千丈，沦为贫民窟。战争爆发以后，难民越来越多，上海的居住环境越来越恶劣，闸北之所以首当其冲，可能是因为离火车站近，人多且杂，交通便利，才造成了鱼龙混杂、藏污纳垢的局面。但在战前，那里文化底蕴也相当深厚，著名的商务印书馆就设在闸北宝山路上，对面是号称"亚洲第一图书馆"的东方图书馆，其规模之大、设施之新、藏书之丰、善本之多，都是国内一流。当时世界语学会设在宝山路宝光里，轰轰烈烈地推广世界语和人类大同思想。1929年巴金从法国回来，曾经寄居在那里，创作了大量的长篇小说，包括《激流》第一部《家》的前半部。1920年代宝山路上还有一个台湾青年会，许多台湾青年从日本或者台湾到上海都曾在那里寄居和聚会。可以想见，战前的闸北，以商务印书馆为中心凝聚了中国现代文化的核心力量，有多少现代著名知识分子在那一带进进出出，从事着庄严的文化建设工作。战争却毁灭了一切。

但是毋庸否认，闸北不是租界，没有洋人的统治也没有西方文明的熏陶，一切都是中国本土的，也包括了生活中的陋习。我举一个例子，台湾作家张深切1923年到过上海，居住在宝山路的台湾青年会，他这样描写上海老百姓不雅的生活习惯：

每天早晨会馆附近一带臭气熏天，洗马桶的声音，哩哩咧咧不绝于耳。至若到闸北的铁路沿线一看,更呈奇观,一清早人头簇簇,排成长列的白屁股袒然展览大解脱,这种丑态实堪令人羞死。上海的社会现象,无一不使海外回来的侨胞怵目惊心。……租界里的阔人住洋楼,是用西洋卫生马桶,洋洋自得,看租界外的同胞,若异国人,若猪狗牛马,丝毫没有相怜的观念。[2]

张深切是一位受激进思潮影响的爱国青年,敏锐地观察到上海殖民性造成的不同生活方式的对立,同时,他批评上海平民生活陋习又带了五四启蒙的眼光,方能写出这段犀利文字。台湾在甲午海战后沦为日本殖民地,在现代生活设施及卫生观念上可能获得较好提升,犹如上海的租界,但是在当时上海的平民中间,生活陋习基本上没有得到改变。由于公共厕所的缺乏,男人随地大小便的陋习一直延续,到我少年时期还是很普遍的现象,我在上学路上经常看到有男人在路边大小便,不足为奇。但我感兴趣的是,为什么上海市民要在铁路边上集体大解,把现代化的铁路当成了公共厕所。张深切描绘的"闸北的铁路沿线",应该是指著名的吴淞铁路(后改为淞沪铁路),是中国近代史上第一条铁路,由洋商修建于1876年,原从现在河南路桥北的天妃宫通过江湾镇到达吴淞口,通车不到一年,因为遭到沿路居民的反对(破坏风水),后被清政府花重金买下主权,一段一段拆除;二十年以后,清政府又重新建造,1898年正式通车,全长16公里,途经宝山路、通天庵路、江湾镇到吴淞炮台口,有九个车站。张深切居住在宝山路,应该是指这条铁路。我在童年时居住虹口广中新村,离这条铁路不远,幼年时老是缠着家长要去看火车,多半也是到铁路附近站在那里等火车驰过。我印象中,附近居民都把它当一条普通马路,铁路两边没有栏杆（或许原先有,但被居民图走路方便拆掉了）,居民在上面走来走去也不觉得危险。外祖父为了警告我们不要乱穿铁路,特意在火车开过时让我们仔细听,火车发出什么样的声音？我们听了半天也听不出来名堂,外祖父就说,火车开过的声音节奏是：轧死不管——轧死不管——轧死不管……所以你们要小心啊！这个印象,现在还记忆犹新。想当年,宝山路是比较热闹的地段,但火车铁路沿线相对僻静,而且有人专职管理清扫,这样渐渐地就成了市民们的方便处了。淞沪铁路在1997年正式拆除,改建交通轨道三号线。

这样的书阅读起来真是有趣味,每一章每一节,鸿声教授与他的团队都作了认真的考证,结合文学作品的描写,将历史的上海和文学的上海互为见证。记得十多年前我在日本东京访问,有朋友计划带我去海边旅游,特意给我看一张东京周围文学地图,图上标出许多著名作家的足迹所至之处,令人向往。只可惜那次旅行刚刚出发就遇到意外,又折回了东京,成了一个美丽的梦。现在读这本《上海文学地图》才突然发现,其实文学的旅游之梦就近在身边,只要迈开双脚,放开想象,真是处处有奇想中的瑰宝。

2012年7月6日写于鱼焦了斋

初刊《文汇读书周报》2012年7月27日

注 释

1 张鸿声主编：《上海文学地图》,中国地图出版社,2012年。
2 转引自许俊雅：《日治时期台湾文化人与上海》,收《见树又见林——文学看台湾》,渤海唐文化公司,2005年,第31页。

五十年弹指一挥间
——《〈上海文学〉五十年经典文选》总序

《上海文学》五十年庆典本来将在沉默中悄然度过,今承华东师大出版社的美意相助,为我们推出一套庆典丛书。这对艰难中的刊物无疑是雪中送炭,编辑部全体同仁在感激之余深为鼓舞,短短几周里翻遍五十年来近五百本刊物,在历史尘影里寻找当年的雪泥鸿爪,按照体裁编辑了四卷文选,为前辈们昨天的辛劳留一道光影,为朋友们今朝的努力树一座丰碑,为20世纪文学史留下几篇佳作,为新世纪的文学铺张未来的道路。这四卷文选为——

第一卷:团圆(中篇小说卷)
第二卷:如愿(短篇小说卷)
第三卷:谁曾经宣言(散文诗歌卷)
第四卷:得意莫忘言(理论批评卷)

这四卷一百二十多万言的作品,当然无法概括《上海文学》在半个世纪中所奉献给读者的全部文字精华,但是从中可以看到一个刊物真实历史的价值所在,也足以唤起刊物的新老朋友们的真情而美好的回忆。

　　《上海文学》的前身是《文艺月报》，创刊于1953年1月，至今已经走过了半个世纪的路程，可以说传统源远流长。著名的作家和评论家巴金、唐弢、魏金枝、以群、钟望阳、李子云、茹志鹃等都辛勤灌溉过这片园地。它在历史上曾经改名《收获》《上海文艺》等。我对它的最初印象是在"文革"以后，记得它在1977年复刊的时候还没有恢复《上海文学》的名字，而是用了《上海文艺》，据说是忌讳与以前的"文艺黑线"相联系。但传统是割不断的，上海在1930年代起就风云际会，几度成为现代中国最活跃的文学中心。1950年代以降，上海需要有这样一份杂志来体现文学的群体面貌，于是由巴金先生领衔创办了这个刊物，各位资深作家与理论家也以鲜明的个性影响着刊物的风格：唐弢先生是文史专家和鲁迅研究专家，于是在刊物上曾经发表了许多珍贵的鲁迅佚文和学术性论文；以群先生是著名的文艺理论家，于是我们在刊物上读到了大量有影响的理论文章，如钱谷融先生名重一时的论文《论"文学是人学"》，长达数万字，居然也一次性在刊物上登完；魏金枝是位心地宽厚的老作家，他辛勤培养了许多工人作家，编发了他们的处女作，刊物上也留下了这道痕迹。所以，虽然在它创刊后的十三年里，文艺领域斗争之风鼓噪不绝，刊物在恶劣形势下也无法为繁荣文艺正常工作，但是我注意到，只要政治风浪稍有平息，作家们立刻就会写出最好的作品，而《上海文学》也是他们传达心声最信赖的场所。从创作上说，20世纪五六十年代里巴金最好的小说《团圆》，丰子恺最好的散文《阿咪》，吴强、刘知侠、柳青、周而复等在当代文学史发生过重要影响的长篇小说的节选，都在这个刊物上发表过；从理论上说，不仅有当时崭露头角而后来俨然一代宗师的蒋孔阳、钱谷融等先生的成名之作，还有著名作家秦牧阐释创作规律的名作《艺海拾贝》，翻译家傅雷有限的几篇文学评论，都是在这个刊物上问世的。"文革"以后的最初几年里，《上海文学》承担着拨乱反正、清除"文革"贻害的重要任务，正是在这破除坚冰、开拓新路的艰难曲折中，茹志鹃、李子云等第二代作家、评论家努力把《上海文学》提升为全国最重要的文艺刊物。当时《上海文学》领风气之先，尤其在理论队伍的建设方面，现在活跃在上海文艺理论领域的五十岁上下的文艺评论家，几乎都得到过这份杂志的栽培。由于编辑思想的活跃，很多作家都愿意把优秀作品交给它发表，像阿城的《棋王》与《遍地风流》、陈村的《死》、马原的《冈底斯的诱惑》、史铁生的《我与地坛》、张炜的《融入野地》、池莉的《烦恼人生》、方方的《祖父在父亲心中》等作品，许多年过去，我仍然认为这些作品体现了作家们全部创作中的最好成就。因此说，《上海文学》是一份分量很重的刊物，它的名字是与许多当代文学史上的名篇名作紧密联系在一起的，在长期的实践中形成了自己的历史和传统。

1990年代后半期，在市场经济大潮的冲击下，文学不再如同1980年代那样风光了，文学受到社会的关注少了，特别是网络文学的兴起和繁荣，使过去做文学梦的青年学生现在也无须依靠刊物来发表自己的作品。这对文学刊物是一个严峻的挑战，它面对的不仅仅是经济上的压力，更重的压力是来自社会关注点的减少。就像一个人经受贫穷的考验并不可怕，但是一旦连社会对他的尊敬也因为贫困而失去了，他就会觉得自己受苦受穷丝毫也不值得，信念既倒，一切都会付之东流。文学正是面临了这样的精神困境。许多文学杂志在市场经济冲击下惊慌失措,施浓脂掩饰旧面貌,献媚眼投靠新市场,文不如文,商不似商,人文精神散失殆尽。《上海文学》则是少数几家能够坚守阵地的文学刊物,但也坚守得很辛苦,周介人先生可以说是为杂志鞠躬尽瘁。在最艰难的岁月里,他殚精竭虑,想使刊物在不变其文学纯粹性的前提下争取市场与读者,他提出了"新市民小说"的文学主张,发表了大批贴近当下城镇生活的小说,推出了一批文学新人。早在池莉的《烦恼人生》还养在深闺人未识的时候,《上海文学》已经敏锐地注意到文学与市民阶级意识相从过密的创作潮流即将掀起,于是超前地刊登了这篇小说,从而使市民意识与日常生活形态均以自然主义的面貌进入文学创作的主流,受到广大读者和文学史研究者的重视。这与《上海文学》在1980年代率先发起为文艺正名讨论、现代主义小说技巧讨论、寻根文学讨论、小说形式与小说语言讨论等推动了文学创作一样,刊物的思想旗帜又一次感召与引导文学的潮流。但与前几次刊物率先把文学潮引向先锋意识不同,1990年代《上海文学》随之而亮出的"新市民小说"的旗帜,本意是为了在转型中的文化市场上开拓出一条新的创作道路,但是这次刊物有意识的抢滩行为并没有获得成功。本来,在一个成熟的文化市场中,流行音乐、影视传播和现代读物应该是鼎足而立,各成一套多层次多对象的文化产品体系,来适应日益丰富和情欲化了的城市市民的精神需要;可中国长期计划经济管理意识形态的模式严重束缚了文化市场的自我调节能力,尤其是知识分子的人文精神对文化市场的渗透和影响仍然受到了不该受到的阻力与挫伤。在这种举步维艰的环境下,周介人先生既想保持文学的纯粹性又想争取大众文化市场的努力就变得非常困难,似乎成为一种堂·吉诃德式的悲壮。周先生去世后,他的继任者蔡翔先生在艰难中仍然坚持了刊物的严肃立场，他以关注社会底层与强调思想的特色，使刊物在原有的海派风格中注入了卓尔不群的精神，这一特点从刊物新辟的栏目中可以窥探一斑："日常生活中的历史""思想笔记""上海词典"，等等，加上原有的"批评家俱乐部""人文随笔"等栏目，其思想、议论、理论探讨的特色淹过了文学创作的特色，也为这一阶段的文学理论和散文创作留下了独特的篇什。

《上海文学》发表创作有鲜明的特点。每一个不同的时期，文艺都有它最好的反映社会和时代精神的文体样式，这在杂志的编辑风格上清晰地反映出来。"文革"刚结束的时候，诗歌是反映时代心声最高昂的声音，尤其是来自地底下的民间诗歌，最自由地表达了诗人对时代与未来的真实感怀，显示了文学创作的新活力。当时的《上海文学》以显眼的篇幅编发大量诗歌，"百家诗会"栏目引人瞩目，1981年是栏目开辟的第一年，就一口气选发了一百零八位诗人二百四十多首诗作和来信，以后又相继改为"当代诗会""诗人自选诗""八方诗坛""上海诗坛""东西南北风"等栏目，吸引过全国几代诗人和诗歌爱好者。1980年代中期开始，随着作家对社会问题的认识不断深化，中篇小说以适中的容量成为作家们最有成就的文体。这时起，《上海文学》及时编发了大量有影响的中篇小说，如《棋王》《迷人的海》《冈底斯的诱惑》《小城之恋》《访问梦境》《女女女》《烦恼人生》《分享艰难》等作品，几乎每一部作品的发表都给文坛带来了冲击，形成了文学史上不可忽视的创作潮流。1990年代，文化议论类的散文创作弥漫市场之际，《上海文学》适时地推出"经典重读""人文随笔"和"思想笔记""日常生活中的历史"等栏目，在思想议论型的散文创作中堪称一绝，开拓了散文创作的境界和思想深度。而短篇小说，作为《上海文学》的一项主要的创作文体，自始至终发挥着重要影响。《上海文学》不是大型文学刊物，篇幅限制了它发表长篇小说和篇幅较大的中篇小说，而短篇小说在及时反映时代信息和审美信息方面总是具有得天独厚的优势。在"伤痕文学"时代，金河的《重逢》、曹冠龙的《锁》《蛇》《浴室》等作品都是以非常尖锐的艺术语言揭露了"文革"的罪恶，而陈村的《死》，我以为在今天仍然是反思"文革"的最好的一部小说，陈村与傅雷两代知识分子的精神气息的沟通与交流，把一般的时代悲剧上升到生死哲学的境界。在"反思文学"时代，我们谁也不能忘记张弦的《被爱情遗忘的角落》，农村青年男女的爱情悲剧和压抑不住的青春活力被出色地描写出来，它的意义不仅仅是对意识形态的愚昧野蛮与农村经济的衰败落后的真实揭露，更重要的是它真实写出了人性尊严遭受野蛮践踏的社会经济基础，令人不寒而栗。这些作品即使过了几十年，艺术魅力并未减弱。

文学贵在创新，墨守成规不能发展艺术生命。《上海文学》所坚持的文学创新的方向，是对文学观念、审美观念以及文学语言技巧的全方位的突破，我们所处的时代生活日新月异地发生着巨大变化，文学艺术只有坚持不断创新和突破，才可能真正形成反映我们当下生活的最好的艺术风格。《上海文学》的创新传统从1970年代初就已形成。当时王蒙率先抛出体现新小说文体革命的"集束手榴弹"，以六篇中短篇小说相继发表而震动文坛，其中发表在《上海文学》的《海的梦》，我认为是最贴近王蒙创作风格、最自然地表达王蒙一代人的人生观与艺术观的作品。这篇小说打破了传统小说讲故事的技巧，为小说的叙事形式拓展了新的空间，这在当时苦苦寻找小说形式创新的文学青年心里造成的震动是连锁性的。后来，在1985年小说形式革命的时候，张欣辛和桑晔发表口述实录《北京人》，阿城发表集束型小说《遍地风流》，为短篇小说的审美特征提供了新的内涵；再配上高行健等人讨论现代小说形式的问题，整个儿刷新了小说的审美观念。现在我们创作小说再也不会有意识地去追求现代主义还是什么主义，所有有益于小说表达的技巧都被融进现代小说观念之中，可是在二十年前的文学领域，正如鲁迅曾经形容过的，要在封闭的铁屋子里开一扇窗，会几乎闹到流血的地步。"与时俱进"这个口号在当时绝不是一个时尚，相反，在真正推动社会进步和文学革命的艰难历程中，《上海文学》每前进一步都要付出代价，承受各种压力，而一份杂志也就是这个时候才显现出真正的魅力所在。

文学要坚持民间立场，感受民间疾苦，善于在民间日常生活中发掘和感受真正的美和力量，寻找一种健康的精神力量。我认为这是《上海文学》所发表的创作的第三个特点。1995年第10期上，周介人先生以《当代文学的第三"范式"》为题发表"编者的话"，对他所倡导的"新市民小说"专栏开设一年来的成绩加以回顾。他认为，在创作上，一批既带有新锐的市民意识又各具地域文化特色的作家和作品相继涌现，如邱华栋、唐颖、殷慧芬、何顿等；在理论探讨上，也由此推动了上海和北京的一批青年学者如陈思和、李天纲、任仲伦、韩毓海、许纪霖、薛毅，等等，对于"市民社会""市民意识""人文精神与市民理想的关系""知识分子与市民社会的关系"等非常具有本土实践意义的问题进行了学术探讨，由此提出了一个观察当代文学乃至近现代文学的新视角，这就是除了"阶级斗争—革命范式"与"唤醒民众—启蒙范式"之外，还可以有一个"民间—市民范式"。我没有关心过周先生的"第三范式"提出后是否引起过讨论，但我想这一民间立场的出现，在事实上为1990年代知识分子的生存价值和学术价值提供了新的行为依据。1993年我在《上海文学》上发表《民间的浮沉》一文，试图用文学史上的例子来解释民间文化形态的价值与意义，这以后，关于民间的理论探讨我一直没有间断过。当时周介人先生发表我的文章也是希望这个理论主张与他所提倡的新市民小说联系起来，鼓励一种创作倾向。虽然我还没有理清楚两者的关系，但周先生的努力使民间立场成为《上海文学》创作的一个鲜明特色。1990年代在一片灰色的文坛上，杨显惠的"夹边沟"系列的发表就是一个有力的证明。民间不仅仅是揭示民间的悲苦，同时还有一种能力来揭示隐藏于民间的欢乐和生存力量。我一直记得在许多年前，《上海文学》首任主编巴金老人在病床上口授过一篇序文，他一字不差地背诵了柴可夫斯基的名言："如果你在自己身上找不到欢乐，你就到人民中去吧，你会相信在苦难的生活中仍然存在着欢乐。"他说得多么好！我想这也应该是我们《上海文学》今天走在民间道路上的欢乐所在。

《上海文学》从一开始就坚持理论与创作并重的特色，这从"文革"前的杂志上就鲜明地体现出来。像钱谷融先生的《论"文学是人学"》在1956年"双百"方针鼓舞下发表，体现了当时文学理论领域所能达到的最高成就。尽管这篇宏论发表后遭受了以姚文元为代表的文痞恶棍们的围剿，但它对当代文学理论思想的建设和创新意义无疑是深远的，我曾经有意将此与"双百"方针期间《人民文学》上发表的一批有深刻见解的文艺论文相比较，如《现实主义——广阔的道路》等，这些文章更多是着眼于宏观的创作倾向与社会主义文学发展方向的探讨，而《上海文学》所发表的钱文则更多地深入艺术创作规律以及对人性的关怀，即使在今天的文学理论领域，我认为钱先生的许多文艺观点仍然是有启发的。这不仅反映了钱先生的学术境界之高，也确实反映了当时《上海文学》的编者的学术眼光和胆识。1980年代，文艺理论成为《上海文学》的半壁江山。有意思的是，《上海文学》的许多理论创新是由爱思索的作家们经过创作实践后提出来的，那时候的作家不像后来的作家那样，以公然与理论相对立为时髦，他们主动思索许多文艺理论的问题，慎重提出自己的文学主张，甚至推动社会与文学的改革与进步。《上海文学》及时发表了这些虽然不成熟但有重大意义的理论主张，比如1980年代初关于西方现代主义文学的介绍，先是在研究领域出现，对创作影响并不大，但是当《上海文学》发表了著名的"三个风筝"的关于现代主义小说技巧的通信，立刻引起文坛上巨大的反响。在当时比较恶劣的形势下，老作家巴金、夏衍等人都挺身而出，以他们丰富的创作经验和切身的历史教训，抵制了那种企图继续闭关锁国愚弄国人的言论。关于现代主义小说技巧的讨论在1980年代初是思想文艺领域的一个漂亮战役，它既是文艺界拨乱反正的必然一环，也是推动社会观念改革、澄清如何向世界打开国门的思想理论的必然之途，更重要的是，它对于人性的解放与自我的确定起了振聋发聩的作用。还有关于寻根文学的提出，那次杭州会议的情况已经被许多当事人作了精致的回忆，不必再讨论细节，但这一理论的提出是与《上海文学》杂志有意识组织和提升作家的文艺主张分不开的。在此之前，张承志发表《北方的河》、贾平凹发表《商州初录》、郑万隆发表《老棒子酒馆》、阿城发表《棋王》、李杭育发表"葛川江"系列小说、陈村发表《走通大渡河》等,虽然都是无理论目的的创作,却在艺术追求中出现了相似的审美现象,这就引起一些有心的作家和评论家们的有理论目的的解读。记得当时在会上最热衷探讨这些问题的有李陀、韩少功、阿城、季红真、程德培、李庆西等人,这些理论探索反过来又推动了文学创作的有意识的追求,如以后出现的韩少功的《归去来》《爸爸爸》等都可以作如是理解。在这些理论问题的酝酿过程中,杂志的作用是非常鲜明的,它仿佛是一座桥梁,把文学理论与文学创作的实践紧密结合起来,文学理论是针对创作实践所出现的新情况而提出问题、讨论问题,那些被提出和讨论的问题也因为确实能够解释某些创作现象而被关注和认可,甚至会对作家们的创作发生实际的影响。我所说的影响不一定是指导性的,但确实存在着文学理论与文学创作之间彼此启发、相互补充、共同成熟的事实。

理论贴近创作,就必然地要求理论工作者贴近时代生活,从现实生活中发现问题、讨论问题,而不是简单地盲从潮流,跟在一些似是而非的外国思潮后面折腾。纵观《上海文学》的思想与文艺理论的探索,几乎没有发表过那种故弄玄虚、以示高深的伪学术文章,无论在1985年"新三论"风头正健的日子,还是1990年代初后现代流行的时候,《上海文学》都没有为时尚潮流所动,坚持从对象的研究中提出理论的探索。我以为这是《上海文学》理论版最有魅力的地方。坚持从现实出发、从对象出发的理论道路必然使杂志贴近生活矛盾和学术矛盾的尖锐之处,不断提出理论上的重大问题和重要概念,以一种比较宽宏的胸襟与学术视野来鼓励理论领域的创新探索,打破自我形成的藩篱,不断向新的领域拓展。《上海文学》曾经发表过许多看似与文学无关的文字,形成了它的一个鲜明特点。以我个人的经历为例,我发表在《上海文学》上的论文中,像《中国文学发展中的现代主义》《中国新文学发展中的忏悔意识》《民间的浮沉:从抗战到"文革"文学史的一个解释》《共名与无名:百年中国文学发展管窥》《当代文学观念中的战争文化心理》《民间与现代都市文学》等,都是有关20世纪文学史理论的探讨。我所提出的一系列文学史的新概念,几乎都是在《上海文学》这样一家文学性杂志上阐述的,这也许是我个人学术生涯中比较重要的一批成果,时间跨度有十几年,发表的时候也不曾有意识地给专门某一家杂志,可是现在回过头来看真是一个奇怪的现象,为什么我会把自己最重要的、在文学史研究上提出自己一套新概念的文章都交给了《上海文学》发表?也许在我潜意识里,我是把《上海文学》看作最能表达我的心声的一个阵地。在这个杂志的编辑部里,周介人先生和蔡翔先生都从未对发表我的文章表示出任何犹豫,也从未任意删节和变动文章的内容,他们甚至也没有担心过我的一些尖锐观点会给他们带来什么可能的麻烦。他们对我的放心使我也对他们放心,而他们的宽阔的学术视野也使我竟然心安理得地将一些不是当代文学评论的论文发表在上面。其实这并非我个人的待遇,如吴亮提出对城市文化形态的讨论,是以他的个人小辑的形式发表的,以当时的文化氛围而言,城市文化完全是属于文学之外的话题。在后来的"批评家俱乐部""思想笔记"里,学术视野更为开阔,著名的"人文精神寻思"的讨论,最早就是在《上海文学》上发出批判之声。后来对新意识形态的探讨,对纯文学的反思,等等,虽然没有坚持下去,仍然可以看作这一特色的延续。

在文学评论方面,《上海文学》所发表的文章是有鲜明特点的,它们一般不脱离创作实践,能够比较好地关注作家的艺术追求和艺术特点，关注艺术创造过程中的现象的发现与总结。"文革"后的《上海文学》发表了大量的作家论，经过了近二十年以后，证明它所评论和推崇的作家是经得起时间考验的，在他们刚刚走上文坛展露才华的时候，评论家对他们的肯定和批评，在他们的文学道路发展上是有积极意义的。有好说好，有坏说坏，任意而谈，无所顾忌，这是批评家与作家之间关系的最好解说。我记得当时王晓明教授在杂志上发表《所罗门的瓶子》一文，从作家创作心理的角度对张贤亮的创作进行了系统的批评研究，曾经引起作家们的"嫉妒"，虽然是尖利的批评，反而使许多作家希望有人来这么"批评"一下。这种批评与后来流行的所谓"骂"派批评和浅薄的"骂"名人完全是两种境界、两个层次，是在充分尊重作家的精神劳动的前提下，相知相交，以诚相待，这就形成了《上海文学》推崇批评的好风气。

我翻阅着厚厚的四卷文选，从这些不同风格的文字中，我深深地为这个刊物所走的维护文学尊严、伸张文学自由的精神历程所感动，同时也给我的工作带来了考验：我主编的《上海文学》杂志将会以怎样一种个性和精神面貌呈现在读者的面前？《上海文学》是有它的传统的，它在读者心中是一片文学气氛氤氲浓郁的理想绿洲，我当然要坚持刊物原有的高雅品位和文学立场，坚持它原来所坚持的贴近时代生活、敢于创新和民间立场的理想主义道路。文学是需要理想的，文学创作是人类精神飞翔的哨音，哪一天人类精神不飞翔了，文学也就死亡了。什么是文学理想？如何定义？我想，这还需要在创作实践中去逐渐感受和领悟，但是一本文学杂志让读者握在手里，我希望是如同握着一团理想之火，有催人自省，促人向上的力量，也有批判现实环境，维护人道权利的基本指归。

五十年弹指一挥间。如果我们的读者中间，有谁是在中学时代因为爱好文学而读第一本《文艺月报》的，那么，你们现在已经是从心所欲不逾矩的老者了；有谁是在中学时代因为爱好文学而读第一期《上海文艺》的，那么，你们现在也已经是人到中年阅尽沧桑了；如果你们现在还站在《上海文学》读者的行列里，那么，我们对五十年的《上海文学》的纪念也正是对你们所走的美好的文学阅读岁月的纪念，也是对五十年来你们对刊物的友情和信任的纪念。如果，有谁在中学时代还是因为爱好文学而读我们新一期（2003年第7期）的《上海文学》的，那么，你们，还有我们，一起来努力吧，一起来开拓《上海文学》的未来的五十年！

2003年5月31日初稿于黑水斋
2003年6月7日修改毕
初刊《文汇读书周报》2003年7月1日

走通两仪，独立文舍
——主编《上海文学》的一点追求

朋友约我写点主编《上海文学》的体会文字，我当然是十分乐意。但是从九月初起，《上海文学》连续策划两场活动，忙得不亦乐乎。一场是九月上旬与甘肃文学院、上海《文学报》等单位一起举办的"甘肃小说八骏"上海之行的大型活动；另一场是九月底与法国人文之家基金会、上海大学文学院、复旦大学中文系等单位举办的中法作家文学对话会。这两场活动之间还穿插了复旦的百年校庆和中文系八十年系庆活动，几乎是马不停蹄。所以这篇文章一拖再拖，到今天才提起笔来。

但因此也有了现成的题目——刚刚结束的中法作家文学对话会有一个固定的名称，叫"两仪文舍"。现在我把它借用过来，作为本文所要表达的《上海文学》的一点追求。其"两仪"，正好用来指刚刚举办的两场活动：西部文学与西方文学，虽一字之差，却代表了当今文化的两端。

西部为中国内地，还处于经济转型的过程中，经济发展相对沿海城市来说，还称不上发达。但正是由于在转换过程中，文学对时代变化的敏感性就特别强烈，在那里的精神文化生活中，文学依然占着重要的位置。看那甘肃"小说八骏",在研讨会上一字排开,个个彪悍威武,即可看出文学在西部地区仍然是堂堂正正的汉子们追求的理想之境,而非酒足饭饱之余小儿小女撒娇把玩之物。我在另外一篇文章里也说过这样的意思,世界板荡,文学边缘,需要有中流砥柱来支撑人文理想,不能一味在时尚大潮下随波逐流,把文学当作流行歌曲去消遣。为此,我接任主编后连续去了宁夏、甘肃等地,策划了西北青年作家小说、广西青年作家小说、甘肃小说八骏、河南作家小说等专号,就是因为我看好这些地区的文学创作的好势头,在那里文学仍然是一种可以被严肃讨论、被执着追求的神圣理想和崇高情操,而不仅仅是商品时尚、名利捷径或者变相的欲望宣泄。《上海文学》不仅仅是上海的文学杂志,它应该在上海这个城市为当代文学建立起一个平台,上海是一个文化交流频繁、信息网络发达、传媒体系极为强势的现代化国际大都市,它有责任把当代优秀文学创作推荐给广大读者,为当代文学划出一道高标准。

从这个愿望出发,再说与西方文学的沟通。我所指的不仅仅是欧美当代文学,也包括世界各国进步的、严肃的优秀文学作品。我执编《上海文学》以来,一直在抓优秀的翻译文稿,扩大世界文学的信息量。在相继翻译介绍的奈保尔的《波希米亚》、拜耶特的《森林里的怪物》、卡弗的《柴火》、耶利内克的《保拉》、雷肯的《海》以及《巴别尔小说两篇》等短篇精品中,对于短篇小说的艺术作了多方面的探讨。该栏目引起了外国作家的关注,著名汉学家、诺贝尔文学奖评委马悦然先生读了《上海文学》上发表的莫言的《小说九段》以后,主动寄来了模拟性的《小说九段》和他翻译的瑞典大诗人托马斯的诗集,已经在第七期与读者见面。第八期又发表了日本著名作家井上厦的反战剧本《和爸爸在一起》。可以说,托马斯的诗与井上厦的剧本，都是一流作家的一流作品。两年来，结合诺贝尔文学奖的颁发，《上海文学》都以第一时间编发了南非作家库切和奥地利作家耶利内克的专号，是与世界同步性地介绍了这两位作家的创作风格和文学思想。我的理想是不仅要把《上海文学》办成中国读者了解世界优秀文学的窗口，也要让外国作家知道中国有家《上海文学》杂志，可以把他们最好的作品介绍到世界上人口最多的国家里去。《上海文学》与法国人文之家基金会联手举办"两仪文舍"的作家对话活动、刊登中法作家的作品，也正是在这样的理念下展开的。

最后讲讲"独立文舍"的设想。所谓西部与西方，属于文学的两仪，走通两仪，就是为了搭建一个优秀文学的平台。文学与地域的关系，只有风格的相异之处，没有艺术的高低之别，任何地区任何形式的文学创作，总是有超越世俗平庸、超越时尚口味，具有特立独行精神的优秀艺术作品。文学杂志的功能，就是及时地把这些有价值的作品介绍和推荐给我们的读者，不管这作品是来自西部的天籁还是来自世界的精品。作家沈从文曾经把文学看作人性的神庙，我所希望的是《上海文学》也能够在文学普遍边缘化的今天，供奉起真正的人性之神。在这个意义上理解，"文舍"也即神庙，需要我们用独立于商品市场的审美精神来办好刊物，所以，我既在第八期纪念抗战胜利六十周年专号里刊发井上厦的反战剧本，又在第十期获得台湾皇冠文化公司的特别授权，全文首发新发现的张爱玲小说《郁金香》。对于一流的艺术作品我从不拒绝，这就是"独立文舍"的含义所在，也是我主编《上海文学》的一点追求。

2005年10月1日于黑水斋
初刊《文汇读书周报》2005年10月14日

城市文化与文学功能
——兼谈上海城市文学品牌

作为国际性大都市的上海,是否需要建设具有标志性的文学品牌?这涉及城市文化中文学功能的改变和再认识。从表面上看,文学艺术在城市文化建设中的地位式微是不争的事实。文学艺术作为人类文明中最精致也是最重要的精神现象,在商品大潮的冲击中溃不成军,处于极为艰难的境地。我可以举两个例子来说明这一事实。第一个例子是今年教育部资助全国高校的国家哲学社会科学研究创新基地项目目录里,几乎没有一个专门研究中外文学的项目;第二个例子是最近刚举行的第二届上海市社联哲学社会科学报告会上,哲学、历史、人文及其他学科合为一组,文学不知是归在"人文类"还是属于"其他学科"。这两个例子都可以提醒学界,无论在教育还是在科研的发展视野里,语言文学原来所处的文化班头地位早已不复存在,在下一轮竞争中能否生存下去都值得疑虑。

文学艺术在现代社会中赖以生存的三大空间——文学教育、科研资助和城市公共文化建设——中,前两项中的不利地位已经是摆明了的,那么,在最后的空间中文学是否可以得以比较健全的发展,正是本文所探讨的目的。应该指出,文学艺术在现代城市文化中总是会有它自己应有的地位，只要人类还存有复杂而丰富的感情世界需要表述，还存有对现实世界的审美的追求与建构，文学总是会自觉地发生作用，发挥其陶冶人们精神情操的力量。但是文学在未来社会的发展与人类生活中究竟能起多大的作用？这才是我们要关心的问题。就目前上海的文化建设的总体格局而言，政府并不缺乏宏伟构思，近年来上海有了足以令人赞叹的大剧院、音乐厅、图书馆、博物馆和展览中心等文化设施，也有每年一度的国际艺术节和国际电影节，以及各种公益性的文化讲座，与市民的文化生活保持了密切的联系。所有这些文化活动和文化设施都可以成为上海这个国际化大都市的标志性的文化品牌。那么，我们是否还需要独独关注文学，创立其在上海的标志性品牌呢？我们应该承认，到现在为止，上海的文学界基本上还处在沉默当中，尽管我们拥有作家协会和文学奖项，也有频繁的国内国际间的文学交流活动，但我所说的"沉默"是指另外一种状况：上海的文学传播方式与交流方式始终没有与上海市民的日常生活发生关联，其基本生存状况是在市民文化生活的视野以外的自娱性活动，当然也在政府规划文化事业的政策的视野之外。在这个意义上说，当前文学所生存于社会的三大空间中，它的被忽视和被排斥的处境实际上是相同的。

　　文学在今天的时代巨变下所遭遇的冷遇，应该说是由它的自身特点及其在人类文化的位置所决定的。文学艺术是最为精致的文化形态，它与欣赏人的关系超越了感官层面而直达抽象的精神的呼应，我们读小说、朗诵诗歌和欣赏散文，不可能像在电影院欣赏电影、美术馆欣赏绘画、音乐厅欣赏音乐以及大剧院里欣赏戏曲那样，身处一种公共性、交流性的社交场合，沉醉于各种感官的丰富享受。文学是静态的、内敛的艺术，它基本上是通过语言艺术来传播魅力的,现在城市里早已没有在公共场合朗诵表演诗歌的风俗,也没有在咖啡馆里朗诵小说的习惯,文学的欣赏越来越成为一种个人性的活动。文学的阅读者享受这项精神娱乐时,必须排除尘世的喧嚣:拒绝灯红酒绿的娱乐场所,关闭五色迷心的电脑与电视,放弃七荤八素的宴席和胡闹,以及无穷无尽的垃圾会议——所有吞噬人类美好理想的物质诱惑在这里一概不需要,它需要一种宁静的心情。文学可以真正做到为清贫的人服务,不需要任何纸醉金迷的排场和复杂的社会关系,你只要打开一本书,没有任何功利的动机,就凭着一个字一个字的极为神秘抽象的符号,可以进入美好的情感世界,与之进行高层次的精神交流,从而孤独的人不再孤独,封闭的心不再封闭,因为你通过文学知道了世界上人与人之间的相近相亲。这样的精神生活,难道是一个健康的城市文化所不需要的吗?作家王安忆说过一个很好的比喻,文学,与其他思想精神的劳动一样,就像是城市郊外的一片森林,也许在功利上对这个城市没有什么作用,但是有了它的存在,城市的空气得到了净化。

我就是在这样的意义上理解文学的沉默状况,它是排除了其他城市文化展示过程中所伴随的人们的交际愿望与功利动机,比较纯粹地体现了城市的审美精神,创造出一种个人性的精神享受形式。文学又是一种高雅艺术的形态,文学的语言艺术不可能直接地参与到公众文化活动视野中,即使有这样的参与也是通过潜移默化来完成的,而不可能直接与公众对话。(可以举一个例子:地铁车厢里的地铁诗,它是一种参与公众生活的样式,但它似乎不会与所有的乘客发生直接的对话,它的存在只能于潜移默化中产生影响。)文学与公共文化空间的关系是间接的、滞后的,如作品讨论会、文学讲座,都是人们交流阅读作品以后的感受,而不是文学直接与公众见面——凡作家与公众直接发生关系，多半是非文学性的，比如签名售书、形象代表等。所以，根据文学所具有的特点，它的传播与它的交流是相分离的，不可能在同时间内开展起来。相反，像戏曲、电影、电视、音乐、画展、晚会甚至时装表演等，都可以面向公众开放，它们诉诸受众的感官享受，在传播过程中同时提供了受众交流的集会。文学却不可能这样做。（即使在公众图书馆里，读者也不可能边读书边交流，它在本质上只能是面对个人。）正因为它更加精致地反映出人们的精神需求和想象，它与城市公众生活的关系只能是通过间接交流的方式来体现。所以，我们在讨论文学与城市公众生活的关系时，不能以一般文化形态的传播与交流方式来要求文学创作，并以此作为考察文学的公众影响力的标准。

假定我们仍然承认，文学语言艺术与其他艺术一样，是现代城市精神建设中的一个组成部分，而且是更高层次的精神审美现象，那么，在考察文学与城市的关系时，我们寻找其标志性品牌，就不能局限在作家作品的范围里。由于文学创作形式与传播形式的隐秘性和私人性，作家的创作本身与城市的关系并不是很密切的，在信息发达的今天，一个作家可以在任何地区的文学刊物上发表作品，也可以在任何地区的读书界发生影响，而不能具体代表一座城市的文化品牌。再者，以作家的个人性创作与城市文化的关系而言，两者也是疏远的。一个作家居住于某个城市并不说明他能代表这个城市的文化。就如鲁迅的后半生一直生活于上海，这座城市也保留了鲁迅故居和墓茔，但是很少有人把鲁迅看作上海文化的标志性品牌，因为他的精神气质与上海这座城市所体现的文化风格实在太远了。鲁迅是属于中国的，或者更远些说，是属于东方被殖民时代的民族作家，他的创作活动和意义，是上海这座城市的文化能量所不能涵盖的。一般来说，能够成为某座城市文化的标志性品牌的作家，要具备三个条件：其一，必须长期居住在一个城市里，并且留下许多实在的事迹可以供人瞻仰；其二，他的创作风格必须与这座城市的文化风俗、美学风格相吻合，并且仅止于这座城市的风格；其三，必须经过较长时间的检验而在公众中获得信任，如老舍的创作之于北京的城市文化，张爱玲的创作之于上海的城市文化。作家与城市的关系是无法人为地在短时间内建立起来的。所以城市文化建设中的标志性文学品牌，并不是作家的创作本身，而是帮助作家的创作在城市文化建构中广泛流布、真正沟通文学创作与城市文化的中介性的平台，具体地说，是文学期刊与文学批评。而这两者，恰恰是上海文学领域的两个闪光点。我把这两者视为这个城市的文学的标志性品牌。

上海的文学期刊与文学批评，可以说，在全国的期刊与批评领域内占据了半壁江山的位置。先谈文学期刊。在历史上，由于近现代出版业主要是在上海发展，而上海的租界文化环境在专制制度下又提供了许多有利于文化发展的空隙，各种文学期刊都在上海蓬勃发展起来，这是上海成为当时全国文化中心的一项首要标志，也为上海的文化出版和期刊事业提供了传统的经验。在今天普遍遭遇到的艰难时世里，上海的文化市场中一批文学期刊以它奇迹般的成功和编辑个性，显示了市场经济与多元文化结合而形成的一道亮丽的文化景观。大型文学期刊《收获》为当代中国纯文学的一面旗帜，在人文精神的传播与关注民间疾苦两方面始终标志了作家们创作的最高水平。《收获》最初的主编是巴金与靳以，当年中国几乎没有大型文学期刊，《收获》的办刊经验里显然包含了两位主编过去合作编辑《文学季刊》《文季月刊》《文丛》以及巴金主持文化生活出版社的编辑传统，干干净净的纯文学风格至今还是它的基本特色。这家杂志没有完全迁就市场化的潮流，在包容主流意识形态、知识分子精英意识与多元化创作风格上，它成功地走出了一条自己的道路，它在文化市场上获得十几万的发行量不是一种偶然的机遇，应该视为上海的标志性的文化现象。因为，即使国外经济发达的城市里，纯文学期刊要达到这样的发行量也是不可思议的。

再看通俗文学的杂志《故事会》，它创办了四十年，以通俗故事为广大农村读者提供精神食粮，现在月发行量达到近四百万册，占全国故事类期刊总发行量的一半以上。尤其可贵的是，在市场化大潮的冲击下，违法盗版、弄虚作假、低级庸俗等各色劣根性在通俗文化领域都应运而生，势不可当，而《故事会》却始终以"眼睛向下、情趣向上"的编辑方针实践自己的理想。如果将《收获》和《故事会》作一比较的话，这两家刊物的办刊方针、编辑理想、读者对象以及市场效应都是相对立的，但它们确实存在着某种潜在的同构性，它们都是在上海这一特殊的多元的文化环境里产生出来的标志性现象，毫无疑问各自又在同类型的文学期刊中，走在了全国的最前列。

成功的文学期刊在上海不止一家，当然也不是非要以发行量作为评判期刊是否成功的唯一标准。在实践中，上海文学期刊的大胆革新和独特的个性化追求始终是它的风格。当初《萌芽》是一个久负盛名的青年文学园地，为了改革编辑思路，编辑部毅然抛弃旧有风格，开拓了非主流的另类青年的文学创作。"新概念作文"在最初的创意，既包含了非正规教学出来的文学套路，提倡大胆表现青年的个性，同时又与批判应试教育和高考体制的知识分子人文思考相结合，实践中走出了自己的成功道路。这与目前大多数打着教辅幌子赚昧心钱的期刊有着本质的区别。再比如时尚类期刊中，上海原有一家《创意》杂志，是以男性读者为主的时尚类期刊，版式、印刷、内容、情调都堪称一流，在普遍弥漫着以女性读者为对象的卿卿我我的软语声中，一家讨论男性时尚的期刊独辟蹊径地显现出特别的智慧和情趣。有些期刊虽然是在外地出版社出版的，但主要的编辑人员却在上海工作，体现了沪上文人的文化襟怀。比如文史类的《万象》，它以特有的文化品位和高雅追求，汇聚中国内地和港澳台地区的文人俊才，以丰富的文史内涵和编辑视野，填补了同类期刊中明显的空白和盲点。当然在上海策划或者运作的成功例子远不止这几家。上海的期刊市场上，本地编辑的文学类期刊大约十几种，文化学术类的期刊几十种，当然是成败各有理由，但有这样一些不同类型的期刊能够在全国独树一帜，以至在海外的华文圈里都能有所反响，本身就标志了这个城市特有的文化素养。

　　文学期刊在效应上不像其他出版传媒那样有巨大利润和广泛影响，所以一向很少受到主管部门的相应重视，也没有什么经济上的保障措施，甚至持一种自生自灭的状态。但也是置之死地而后生，许多期刊都是在绝境中实践出一条生路，同时也形成了与市场相得益彰的期刊风格。也许，许多期刊因失败而消失，也有许多期刊在竞争中转向，但真正的文学理想总是体现在最后的生存者身上。可以说，上海期刊的生存环境也是在这样一种生存竞争中逐渐形成的。那也是相当严酷的商业的市场竞争。可能就是出于这样的原因，上海才有了这样一批个性各异、具有民间元气的期刊，形成了上海文化领域的特有景观。正因为上海的文学期刊是在市场竞争异常激烈的状况下形成它的民间生存方式和生存形态的，所以其形成过程也是非常缓慢和异常艰难。在我的记忆里，《收获》在十多年前一度经济上难以为继，曾经惊动过社会各界人士为之发出呼吁；《萌芽》在转变杂志风格时也遭遇过很大的压力。这都是必然的反应，甚至有些很有个性的期刊也可能在下一轮的竞争中被淘汰出局。事实上没有经过这样一个艰难转型就不可能有文学期刊的新生。这也是今天上海的文学期刊在文化市场上参与竞争的最为艰巨的任务。

每个城市都有其不同的文化环境和文化传统。像上海这样一个文化积累并非深厚、语言传统与以北方话为基础的普通话格格不入的现代化大都市，上海作家要在文学创作中探索出自己的语言风格并非易事。海派文学的开山之作《海上花列传》是用苏州方言写的，上世纪二三十年代的上海本地文学是以苏州文人圈为代表的，而新文学的作家，绝大部分是从全国各地流动到上海来居住和写作的。所谓的"海派"是上海的国际化都市的文化环境吸引了全国的文学人才，并非本地文学人才的现成格局。当文学人才的流动受到限制以后，上海文学创作的发展也必然会受到限制。而文学期刊则相反，它恰恰能够利用上海的文化平台，汇聚起全国最优秀的文学人才的创作和思想才华，成为某一类集体的声音。所以当文学创作在上海没有成为强势品牌的今天，文学期刊却在实践中逐渐成为上海文学的标志性品牌。

上海文学领域有两个亮点，除了文学期刊以外，还有一个亮点就是来自高校的文学批评队伍。我这么说，是因为目前在人才流动还不是非常畅通的状况下，高校成了知识人才流动、由外省进入上海的最佳途径。确实有一大批才华横溢的青年批评家从高校里产生出来，并且大部分都留在高校里工作，他们用自身的知识积累参与和研究当代文学，除了自己的专业以外，对当代文学的关注使他们热忱参与到社会实践中去，对上海的文学创作和文学批评作出了重要贡献。我不太赞成把这样一批学术生力军称作"学院派"，学院只是他们的学术背景，他们的学术成果是属于整个社会的，也是上海文学领域中一个最有生气的资源。

上海文学领域在上世纪80年代就形成一个良好的文学批评传统。随着"文革"中叶以群被迫害致死与"文革"后孔罗荪奉命北上，1950年代以来特有的文艺行政官员与文艺批评家兼于一身的批评家队伍迅速凋敝，取而代之的是高校的理论学者兼批评家的身份诞生。大约没有一个大城市的文学批评领域像上海转型得那么彻底，当年《上海文学》的主要负责人李子云慧眼独具，及时地把一大批学者引进了文学批评领域，以《上海文学》杂志为中心，凝聚起老中青三代学者兼批评家的理论队伍。这是上海在近二十年来文艺理论领域处于前沿地位的主要原因。上海的几座高校及研究机构（复旦大学、华东师大、上海师大、社科院文学所，后来加上了上海大学）文艺批评家队伍代代承传，发挥越来越重要的作用。作家协会与高校学者的合作，成为当代上海文学批评的主要声音。

批评家从高校走到社会，他们的岗位发生了变化。原来这些批评家的身份是学者，他们的主要工作范围是文学教育和文学研究，基本上是按照学术规范来进行活动。一旦投入城市公共文化建设领域，他们的身份就变得复杂，岗位的形态也变得多元。他们的身份可以是大众传媒的策划者、报刊的撰稿人、节目的访谈者、杂志的主编、丛书的总编辑、讲座的主讲人、文学奖项的评委以及各种文学座谈会的发言人。原来他们的工作岗位局限在学术教育的圈子，相对是封闭的,而现在活跃在社会公共文化领域,直接与城市的文化建设发生关系。他们的工作不仅仅是帮助文学创作与城市民众建立联系,成为文学创作与受众之间的中介,更重要的是他们将作为一种健康的声音出现在城市日常生活中。在商业利益的支配下,当代文化中大量粗俗低级的文化现象都可以借助商机泛滥于市场,败坏了读者的胃口,也败坏了作家们的审美趣味。而面对各种文化堕落现象提出有效批评和正面警告,正是当代文学批评的任务。作为高校教师的文学批评家们介入城市文化建设,并不是出于直接的个人功利目的,而是抱着对文学事业的热忱和对城市文化的责任,他们觉得有责任来承担这个任务,即帮助优秀的文学创作从商品经济大潮里分离出来,给以文学意义上的评估和宣传,同时可以使文学产品融入城市精神,成为市民的精神文化的一部分。

这就必然会引起新的冲突。由于文化市场培养出来的一般社会审美口味仅仅满足于感官功能的文化享受,仅仅满足于肤浅的表层的审美刺激,而对于稍微抽象一点的理论思维就表示拒绝,害怕对日常生活现象有更为深刻的剖析和批判,所以,市场对于文学批评的态度基本上是敌视的。它或者利用、收买批评家来为商业炒作宣传,从而把批评家一起拖下水,彻底败坏人们对于文学批评的信任;或者,就是千方百计地封杀批评家的声音。前十多年以来一再被人们诟病的所谓"批评的缺席",其实正是这种激烈冲突的消极性后果。但从上海的文学批评队伍整体发展来看,近十多年来,尽管拜金主义的不良风气弥漫社会文化领域,批评家们依然保持了生气勃勃的批判能力。从对流行文学的批判到人文精神的寻思,进而从事实践性的文学教育与出版、文学传播和文化批判,批评家们没有陷入商业炒作的圈套,反而尽其可能地发出自己的声音,在全国都产生了影响。

为什么上海的文学批评队伍能够保持这样的战斗力？我想关键一点就是他们主要是来自高校的背景，与社会功利性保持了距离。从理想上说，高等学府应当成为当代社会滚滚浊流中的精神绿洲，拥有这样的背景的批评家们有责任来力挽狂澜，对症下药地向城市发出他们的呼吁和抗议。同时，他们既来自全国各地又有所师承，人才流动在这个领域里特别显现了优势，在师承的传统中又相对保持了清纯的文学理想和道德责任，一代一代的青年批评家的诞生，正说明了高校这一资源的源远流长的生命力。目前，来自高校的批评家承担了社会上各种文学普及和介绍的功能，他们担任文学奖项的评委，举办各种文学讲座，参加各种作品研讨会，并且团结在严肃的文学期刊周围，发出各种声音来维护人文精神的纯洁性。这是上海繁荣文学批评的主要经验。事实上，不是所有的城市里都有高校作为理论人才的资源地，也不是所有的高校都可能产生出一大批代代师承的文学批评队伍；而上海在这方面得天独厚，形成了强势的文学批评圈。

理想中的城市文学批评状况应该是多元丰富的，由各种文学艺术的批评圈子所组成。来自高校的批评家本来都有各自的专业知识，带着他们各自的传统和谱系。批评家当然会有自己的审美趣味和审美选择，而不是无原则的包罗万象。同样的道理，一份优秀的文学期刊也应该是有鲜明文学个性的，它必须会提倡什么美学风格，拒绝什么。局外人常以为批评家和期刊的圈子太小，其实这是最正常不过的。任何文学批评和文学期刊都只能是相近的审美趣味的自愿结合，只有允许有多种的文学批评圈子和文学期刊的出现，在多元批评的格局下解决这个问题。事实上，只有真正体现了百家争鸣的文学精神，才是一个城市所应有的最健全的文化精神。

在上海这样一个国际大都市的文化格局里，建立标志性的文学品牌不是一件容易的工作。它需要在长期的文学实践中形成的一种信誉，不能靠主观的意志去拔苗助长。而且当品牌在实践中一旦形成，它仍然需要现代管理体制的保护和支持，而不是让它自生自灭，这也是检验国际大都市的文化设施与文化管理的功能是否健全的标准。我之所以把文学期刊和文学批评界定为上海的标志性文学品牌，是为了强调这两者在上海城市文化建设中的意义和它们在以往的几十年历史中形成的经验积累，它们实际上所承担的是这个城市原创性的高雅艺术的流通与传播的功能。这需要我们政府的管理部门正视它们的存在和作用。过去香港被人称为文化沙漠，并非它没有现代化的剧院和会堂，也不是没有著作等身的作家，但是文化是流行文化，文学是通俗文学，严肃文学期刊难以维持，作家都被蔑称为"稿佬"，大学精英学者都高高盘踞在学术领域，与尘世隔绝，而娱乐界充斥着声色犬马和六合彩，等等，一方面是经济华都，一方面是文化沙漠，这就是港英当局所实行的殖民文化政策的后果。这些经验教训值得我们注意，由香港联想到上海，前车之鉴也是值得重视的。

2004年7月3日于黑水斋
初刊《文汇报》2004年8月29日

关于"都市文学"的议论兼谈几篇作品[1]

一

《三城记》中上海卷的前两辑是王安忆编选的,她编得既认真又专业,仿佛是要通过所选的作品来证明自己的小说观念。我读了这两辑小说,明显感觉到一种鲜明而稳定的审美风格正在形成。但是,她在编第三辑的时候突然放弃了这项工作,不知是怎么回事,为此出版社找到了我,希望我继续编下去。我先是踌躇于应答,拖延了一些时候,应允下来后因为忙于其他紧要的事情,又拖延了一阵子,直到着手开始编选时,才发现这项工作实在不太好做——我在这两年主编《上海文学》的过程中,一直有意识地寻求能够体现上海文化精神面貌的作品,但总是知音寂寂,佳作难得。什么才是属于上海这一"城"的故事?心里每每想起,也总是生出寂寂寥寥的感觉。于是把这项工作一拖再拖,第二个年头也已经过去了一半,在茫然中悟出王安忆为什么不编下去的原因,多少也尝到了个中滋味。

但是答应了出版社的事情还总是要做的。我知道自己的性格缺陷,就是学不会拒绝别人的要求。但是一旦应答下来的事情又马上改变性质,成了对自己的苦刑。这样零零碎碎地抽时间阅读几年前的杂志，勉为其难地选出了风格迥异的五篇作品，当然不能说是最好的作品，但至少是我读来真心喜欢的小说。这些作品，不敢说是否反映了上海的都市特征，但是在从乡镇到都市再到发达国家的多元物质背景下，多棱角多色彩地映射了社会变动中的人性变幻与精神变幻的丰富性，描述了各个历史时期的人的精神状态。上海的文学创作多半离不开都市化的特点，但所谓"都市文学"的说法，本来就是现代都市建设尚不发达的舆论产物，而本系列是锁定了台北、香港、上海三城的配套小说，"都市文学"的意义就变得无足轻重，上海也不见得能以现代都市"化"而骄傲。所以文学中的人性与精神的审美比照依然是我衡量小说是否优秀的基本标准。

我之所以要特意地提出"都市文学"的问题是有感而发的。前不久在报刊上读到一则在深圳召开的"中国当代都市文学研讨会"的会议报道，讨论都市文学本来没有什么值得奇怪的，令人诧异的是记者报道会议所阐述的思路。据报道，许多评论家都不约而同地指出，中国的改革开放所启动的波澜壮阔的城市化进程，正在极大地改变着中国人的物质生活和情感生活，改变着人们对生活的看法，也改变着人们对文学的想象，城市化进程所催生的都市文学以各种方式变相发展，至今已蔚成景观；然而，由于乡土文学长期以来一直是中国文学的主流趋向，乡土的价值观念和审美意识仍在相当大的程度上左右着主流文学的创作和评论体系，因此中国当代文学的创作和评论仍然严重缺乏"都市经验"。接着还有一段报道，评论家们还指出，随着中国城市化进程的加快，城市生活越来越成为广泛的社会主潮，而都市文学也必将从以往的边缘地位一跃成为文学主流，文学界应该对此加以思考。因为，按照这篇报道的小标题所示，都市文学可能成为中国当代文学的主流。这是何等触目惊心的文字。中国的经济改革开放有二十多年的历史，实现社会主义市场经济的转轨也已经有十多年的历史，在这期间，国家确实设计了许多经济建设的"进程"作为改革开放的阶段性目标。我们有过实现四个现代化的进程，有过社会主义初级阶段向发达社会发展的进程，有过实现小康社会的进程，也有过发展沿海城市经济和开发大西北等等进程，但是我孤陋寡闻，未曾记得什么时候宣布过"城市化的进程"，而城市化进程的目标和标志又是什么？即使把全国有计划地建设县级市也算上，也不知道是不是县级市催生了"都市文学"的出现。当然，中国的城市经济建设迅猛发展是事实，农村经济的衰败也是事实，可是作家应对这样的社会剧变，可以有多种的视角和多种的选择，而这篇报道的思路和口气仿佛在宣布一种历史规律的到来，仿佛是新旧交替的社会变动"必然"为文学创作指出一条"出路"：都市文学将是顺应历史潮流的光明大道，而乡土文学则是将被淘汰的文学，这才需要提醒文艺界对此"加以思考"。这样一种理论思路的出发点和讨论问题的视角，对于今日日益多元丰富的文学现象的事实有没有指导意义呢？上海一位资深的评论家读了这篇报道后对我说：什么时候我们的评论家又学会周扬时代的口气了？我闻之哑然，读着这样的报道，让我想起的还远不止周扬的时代，不是鲁迅的时代也遭遇过创造社的批评家们"波澜壮阔"地宣布现在进入了无产阶级革命的文学，而敢问鲁迅属于第几阶级？不是连阿Q的时代也早已经死去了吗？

我这样提出问题，一点也没有质疑都市题材是否有文学价值的意思。我生活在上海，主编着《上海文学》杂志，始终在关注着反映都市精神的文学创作。但是我觉得中国经济发展与都市经济的繁荣都不能也不应该简单化地比附文学的发展轨迹,更不能预设一个"都市文学"的模式,轻易地宣布下一轮的文学主流就非他莫属了。文学固然要密切反映社会生活的变化,但是这种反映形态也应该是充分主观化的、精神化的和审美的。比如说最近相继问世的长篇小说《妇女闲聊录》《秦腔》《平原》等,都极为逼真地描述了当下农村经济的衰败和城市商品经济及文化对它的侵蚀,但作家们对其所描述的生活状况和发展趋向的感受是完全不一样的,都是从各自的极端立场来描述当下农村生活。这样的作品的价值观念和审美意识理所当然地"在相当大的程度上左右着主流文学的创作和评论体系"(如报道所言,其实何谓"创作和评论体系"的说法也是值得推敲的),这正是当下文学应对现实的重要标志。中国的社会结构极为复杂,各地民间文化风俗传统都不一样,作家只能在具体的生活环境下独特地感受生活和时代的变迁,理论家也只能在具体的创作现象中及时提升作家如何理解生活的思想文化的信息。这都是极为简单的道理,但在一些呼风唤雨的传媒批评中都变得模糊起来。提倡一种新的文学创作倾向应该尊重常识,都市的问题并不是新的问题,都市文学也不是什么新的创作思潮。在西方,左拉、德莱塞在他们的时代里就创作了辉煌的都市资本主义发展的历史画卷;在当代,文学巨匠索尔·贝娄等人早已把都市文学的精华都充分展现出来;在中国,从《海上花列传》到《子夜》,从张爱玲的海派风格到王安忆的《长恨歌》,都市题材的创作也同样经历了一条长长的探索道路,积累了丰富的创作经验。今天的创作所面对的,不过是在前人成就上如何进一步提高的问题。都市文学什么时候成为"边缘"?还需要"以各种方式变相发展"?把早已经有之,并且始终占据了文学史的重要地位的都市文学描写成仿佛是地下文学或者潜在写作一样,以压低前人的创作成果来突出自己提倡都市文学的重要性,这本身是违反文学史实际情况的。我从报道中读到的信息,仿佛是历史将使都市文学进入一个全新时代。都市文学还在被评论家们清醒意识到"缺乏普遍叫好的力作"的情况下,已经匆忙宣布将在"十年之后"可能"从边缘地位一跃成为文学主流"。且不说所谓的"边缘""主流"的提法是否准确,也不说"十年以后如何如何"这种算命式预言的依据在哪里,仅仅以这样的口气来鼓吹一个"缺乏普遍叫好"的力作的文学现象,我想,我们的评论家们是否太轻率了一点?今天要推动都市文学的创作,真正需要的根本不是起哄式的鼓吹,而是应该如实地分析今天描写都市的创作为什么缺乏力作,问题的症结在哪里,而这样的实事求是的理论分析文章,我却没有读到。

  我这么提出问题是因为这样的舆论导向并非始于最近的一个会议,而是作为一种似是而非的理论思路,已经对作家和读者都产生了误导。我去年先后去甘肃与宁夏,与一些青年作家交谈,大家普遍的困惑就是:他们这么写自己深切感受到的生活是否已经被历史所淘汰?是否应该关注那些对他们来说还是很陌生的都市生活?林白创作了长篇小说《万物花开》后一度也很苦恼,因为有些批评家认为她写的农村生活不真实,仿佛林白只配写她的私人生活似的。我不能想象,如果我们大批的农村出身的青年作家们都必须放弃对自己熟悉的、而且正在变化中的日常生活的观察和感受,而去追逐评论家们预支的"十年以后"的都市文学主流,一个个争着去做未来的随波逐流的弄潮儿,我们的当代文学将会出现怎样的一种结果?

二

　　幸好文学创作有自己的规律。一位优秀的作家生活在哪里并不重要，写什么题材也不重要，重要的是他如何来感受生活、理解生活和表达生活。我们回到原来的题目，如前所说，我为本辑上海卷挑选这五篇作品，与是否描述"都市"并无关系，我所看重的仍然是文学中的人性力量与审美精神的独特。这五篇作品的作者都与上海这个城市有关联，但是他们所创作的世界又未必是直接写上海这个"都市"的，在某些评论家眼里，他们的价值观念和审美意识可能还是"乡土"的，但他们都贴近自己所生活的这一片土地，从中感受到诗意盎然的魅力。如薛舒，她长期生活在上海的近郊县区，眼睛里看出去的刘湾镇是怎样的一派都市喧嚣以外的桃花源，然而这桃源里仍然有人的命运浮沉，有人的喜怒悲乐。在1960年代，张光明是刘湾镇上的外来户，他的家庭背景是资本家，赫赫有名的酱油大王，"张家是很有钱的，过去，在这个城市也应该算是声名显赫"。薛舒轻轻一笔带过了都市的背景："这个城市"当然是指上海而不会是刘湾镇。"文革"前"出身不好"的青年人被剥夺了高考升学的机会，高中一毕业，发配似的送到这个东海之滨的小镇上当营业员。像这样一个出身大户人家的青年人，温文尔雅的外表掩饰着怯懦、矜持和孤寂的性格，与眼前的世俗社会无法真正融洽起来。在过去许多作品里都读到过类似的形象，但是在薛舒的笔下，好像暂时把张光明忘记了似的，把笔墨转向了刘湾镇——自在地铺展着一个生命力充沛、生活有情趣的民间社会。玲宝、李季生、园玉等人的生活故事与张光明的生活故事不一样，他们是按照自己的民间观念和生活逻辑在发展和演绎，是一种自由、乐观而坚强的生活选择。张光明的出现一时间迷惑了玲宝，但他们的故事没有朝悲剧的方向发展下去，薛舒这样描写两人的不对等的交流：玲宝讨好他时只记得烧猪油咸酸饭给他吃，张光明曾借过几本书给她看，但是她连半本也没看完就还给他了，还说有这工夫不如打毛衣，纳纳鞋底。我注意到的是，这段略带一点学生腔的描述里，并没有一般作家处理这类细节时常有的揶揄口吻，她只是用一种不含价值判断的客观陈述，小说在这客观陈述中顺理成章地推导出张光明觉得"他的女人不应该是玲宝这样的"结论，而玲宝的世俗眼睛里，也觉得"张光明在刘湾镇是找不到合适的老婆的"。如果把故事中的"找老婆"情节置换成另外一种文化理想的话，那么刘湾镇的意义就不仅仅限于自在体系里的民间社会了。民间社会虽然有它的相对稳定的价值观念，但它绝不是封闭的，它仍然处在不断与外界主流社会的频繁交流与撞击中，并且试图改变自己。于是，在两个看似平行的各不相关的文化磁场中突然出现了新的碰撞。张光明看似了无生趣的生命发展轨迹里突然发生了裂变，于是就有了朝气蓬勃的阿四。阿四是刘湾镇的新的生命质，是刘湾镇的未来的希望所在。最后的故事则是一派病树前头万木春的景象，东海之滨的小镇按照自然的规律仍然在欢天喜地地变化着，旧的去新的来。原来小说真正要讲的不是落难公子张光明的风尘艳遇，而是上海的一个民间小镇的命运变化和怎样发生的变化。我注意到小说开始的第一段话非常有象征性：

  刘湾镇上有几大名人，阿四妈是其中之一。阿四妈的名儿挺好听的，叫玲宝。玲宝年轻时算是刘湾镇一大美人，后来嫁给了李季生，人们都说李季生有艳福。但玲宝一连生了四个女儿，人又说，李季生娶了玲宝可是断了后了，但玲宝这个名儿，李季生还是一如既往地叫着，除了他，大伙儿都已经习惯叫玲宝阿四妈了。

读完小说后才意识到这段话的意象丰富饱满。作家讲民间美人玲宝时，先是称其为阿四妈，然后改称玲宝，倒叙出从玲宝到阿四妈的故事，也就是先有了今天的阿四的故事，才回到历史中去想象那条生命线索的轨迹。而玲宝的丈夫李季生说是"断了后"，影射了阿四并非出于其血缘，然而李季生对阿四视如己出，虽然他是唯一的称阿四妈为"玲宝"的人，却仍然分享了阿四的福分，与"后"接上了姻缘。小说结尾回到了这一主题，这时候的刘湾镇已经走向"国际化"，变为"都市"了，然而对于阿四真正血缘上的父亲张光明来说，命运似乎不算公平，薛舒从容地写道："日子还是依旧在过着，或者是如李季生和玲宝一般过得有滋有味的，也或者，像圆玉这样实现了自己的梦想后心满意足的，最多的，是如张光明这般的芸芸众生，不能说苦难，却也并不十分快乐或者说索然无味地虚度着光阴。"张光明作为刘湾镇最初的新文化方式的传播者，他在短暂的本能冲动中延续了生命的火种以后，就像夏天黄昏中飞翔的小飞虫一样，完成了生命的辉煌和再生。然后就默默地隐没在民间社会，成为大浪淘沙的历史长河中慢慢沉淀下来的一粒沙子。新一轮的中兴年代，对于张光明来说，早已经是花非花叶非叶了。薛舒对结尾的处理虽然略显简单，但十分有力，不仅没有让刘湾镇落进庸俗历史循环的圈套，而且铺展了一股历史不可逆回、旧梦不能重拾的气势。

戴舫的《猎熊黑涧溪》更不是一部写上海的小说，而且比《记忆刘湾》走得还要远。故事发生在美国，作品里仅有两个人物，一个是美国人阿瑟，另一个吴泊均曾经是个中国人，但现在已经成了美国家族中的成员，而且作家也没有明确交代过他是否来自上海。但作家笔下的这个人物的性格的某些方面——谨慎聪明、处事周到、极度精明和善妒，以及理智压抑下的睚眦必报的无意识，等等，应该说是比较典型的上海人性格，而小说里从美国人阿瑟的心目中理解的吴泊均是一个"谨慎中所包含的大度，一种无可无不可的人生态度"的性格，恰恰是一种很深的误解，只有刚愎自用而又不无天真的美国人，才会犯这样的错误。

从故事的表面上看，戴舫写了人性中的恶魔性因素。虽然这个故事的叙事结构和方式都很老派，人物性格发展的被揭示过程也很老派，几乎从故事一开始就可以让有阅历的读者意识到将要发生的可怕结局。但这部作品仍然有一股力量紧紧抓住读者的情绪，带着读者去经历一个又一个紧张的场面，来不断延宕真正的可怕结局的到来。"熊"的意象，在西方许多经典小说里都具有象征意义，在戴舫笔下也同样如此。小说开头就说明了这两人去偷猎灰熊是违法的行径，说明了阿瑟的祖上曾经是海盗，猎熊是这两个文明社会的成功人士的一次回归天性和本能的预谋，至于他们将在自己的天性与本能中遭遇到天使还是魔鬼，那只有让命运去安排了，所以两个人物在小说中一开始的行为就带有高度的冒险性。而"熊"就在这个关键时刻充当了魔鬼的角色，犹如浮士德遭遇魔鬼的引诱一样，当熊突如其来地出现在两人的面前以后，两人之间所有靠互相信任和互相赏识而在实践中建立起来的善良、友谊和成就感彻底瓦解了，彼此心灵深处的恶魔性因素占了上风。应该说恶魔性因素是早就潜伏在他们的无意识中,并非一日,而且某种程度上是彼此自觉的,这才会在恶魔性因素突然出现时他们完全没有惊慌失措,最后的谋杀场面也才会写得如此诗意。

但是,导致人物关系可怕状态的真正原因,仍然是被遮蔽在人性因素下的恶劣的生存环境。从这个故事的人物结构来说,在西方文学的经典传统里有过各种各样的变形,如伟大的君王与身边的弄臣、骄傲的贵族与丑八怪的奴仆、高贵的奥赛罗与邪恶的埃古,等等,一种人格力量的绝对不平等关系导致了你死我活的残害与阴谋,以往的研究无不归咎为人性中的邪恶因素。但在这种主仆对立的人际关系中,经济地位和社会地位的不平等是诱发兽性爆发的主要原因,心理上的耻辱感和嫉妒心,是由经济社会地位的不平等关系引起的,也往往是由受到心理伤害一方所面临的生存危机而诱发的。这是在不平等的经济社会关系中无法克服的精神敌对性。而《猎熊黑涧溪》所展示的阿瑟与吴泊均的各种亲密关系中,雇主与雇员的关系依然是最主要的关系,制约双方的实质性的人际关系仍然是主仆的关系,尽管后者可能成为前者的继承人,但这个事实直到谋杀成功以后才被证实,因此说很难把这场谋杀归结为争夺家产的结果,其真正原因仍然是一场耻辱感与嫉妒心作祟的复仇行为。

如果我们把这个故事的人际关系放在后殖民的文化语境下加以理解,作为第三世界背景的留学生吴泊均与他的美国恩人阿瑟之间的故事就显得更加复杂。我们曾经在许多类似主题的故事里看到这样的人际关系,往往是通过两性关系来揭示的,而故事的背景也可能发生在第三世界发展中国家。而这个故事男人之间的友谊和背叛,除了缺乏同性恋的痕迹外,竟包含了一切男人间的关系:共同的事业追求、家庭的姻缘结合、性格的善恶互补以及同甘共苦的实践考验。但即使这样完美和亲密无间的合作，他们之间的紧张关系依然在无意识中保持下来，与其说是阿瑟平时的骄横脾性刺激了吴泊均，毋宁说是吴泊均与生俱来的弱势民族的集体无意识积淀。小说里写到吴泊均心里经常出现的一种下意识的幻想：

  他绑架了某超级大国的总统，叫电视记者实况转播；他在摄像机前说，他绑架总统没有任何政治目的，就是要他趴在地上让他当马骑一回；记者说你这不是太荒唐了吗；他说老子高兴你怎么样；总统拒绝给他当马，他便一枪崩了总统，对电视机前的观众说：别为他流泪，调查一下，他绝对不是个好东西。

这个下意识的幻想（也可以叫做白日梦）含有丰富的内容：总统的象征、骑马的象征、翻身的象征、枪崩总统的象征。总统来自某超级大国，其意毋须解释；骑马的意象在这里当然是属于游戏的规范，即骑与被骑的角色颠倒和更换；于是引出了对世界上各种角色的翻身欲望的理解；所谓"翻身"，指的是骑与被骑的角色在某种游戏规律中的互相替代，对于来自第三世界的公民吴泊均来说，"被骑"的压抑感肯定不是来自个人的屈辱经验，而可以看作集体被压抑的民族经验无意识。但是当这样一种游戏的愿望被彻底拒绝，紧接着就是暴力和毁灭，而这一切发生在电视机前面本身就显示了暴力原是一种游戏愿望的替代。那就是超级大国遭遇恐怖主义报复的结果。吴泊均的被殖民民族的暴力心理被很深地遮掩着，如作家所故意显示的，这叫做一种基因的获得性信息，上几辈子的民族屈辱的基因已经宿命地写入了他的命运里，这是无可逃避的。在紧张的人性关系背后深深埋藏着紧张的生存关系的前因。

如果把这篇小说与前一篇《记忆刘湾》摆在一起读的话，薛舒的缺点也就显而易见了。薛舒的作品最难得的是洗净了这个混乱时代强加给他们一代人难免有的焦虑和浮躁，她用从容不迫的笔调写出了自己记忆中的江南农村历史的变动，又因身处上海的郊区，那个庞大怪物的巨变不能不影响着她的日常生活，使之也发生深刻变化。薛舒的不足是她仅仅满足于自己记忆中的经验，而缺乏对这样一组记忆镜头的历史思考。她的笔下展示的历史画面仅仅是时间的组成，缺乏的是历史经验在人物心灵中的深刻积淀，而这，恰恰是超越时间正常运行的另一种时间因素。读薛舒的作品没有这种惊心动魄的感觉，大约也是缘此而来的。

三

余下的三篇作品都是直接描述上海的"都市文学"。我不认为未来的都市和今天或者以前的都市有什么本质的不同，尤其对于都市的文学理解和文学精神而言，不应该在彼岸世界找一个标准的现代都市模式，然后宣布别的都市都不是都市。任何国家和地区的大都市的飞机场、五星级宾馆以及现代城市设施可能是相同的，但是，每个都市中的居民的生活形态及其所呈现的精神面貌却是丰富而独特，而各有历史渊源的，对于都市的文学理解，就是要把这种各自不同的个人的精神特征通过细节描写表达出来。比如，现代大都市的重要特征之一是人们消费的多层次化，这当然主要是因为经济的差异性扩大而造成的，也包括不同居民群体的生活习惯的多元选择，如果简单地把城市前卫消费形态或者城市新贵的优雅生活认定为都市的现代标志,那就陷入当前所谓都市文学的一大误区。

本卷所选的这三个作品,都有意识地绕开了单一化的虚假的都市形式,表达了作家的个人生活经验和对城市的感受。在这里,我想着重介绍的应该是李肇正的《城市生活》。对于这位早逝的作家,我们虽然已经做过很多的介绍和评论,但是在我读他所留给我们的作品时,我越来越觉得我们其实对他是很不了解的。我曾把李肇正看作一位写作起点不高、文字通俗、贴近现实,但又不很走运的上海业余作家,因为他的不幸早逝才引起了我们的同情。而正是这种廉价的同情使我看不到李肇正对于他所生活的城市的深刻理解,看不到他对于这个城市在发展过程中的种种问题的看法就像是一把锋利的手术刀,无情地剖开了这个城市隐秘的腹腔内部,向我们展示究竟遭遇了什么病症。李肇正作品中通俗白描的写实笔调妨碍了我对他的深刻见解的关注,然而李肇正的与众不同之处,正是他心中没有一个所谓现代都市的先验模式,也没有借助所谓现代性的想象来编织他的都市故事,他是深深地根植在变动中的上海日常生活里面,感受着挣扎于其中的喜怒哀乐的平凡的人们。《城市生活》所描写的是上海居民在近年来普遍遭遇的住房问题,买房难和装修难(这里还没有涉及拆迁难的命题),对此一般上海工薪阶层有着切肤体会,但由于这种体会混杂了上海人解决长期住房难的喜悦,以及小人物能够在装修活动中体尝到别的领域很难得到的当家作主的满足,因此这些体会中含混着多重感受,很难用简单的理解来把握,然而这一切在李肇正笔下的两个小人物的全部甜酸苦辣感受中得到了非常真切和全面的展示。

李肇正是一位优秀的现实主义作家,在典型细节的刻画上他的写实功夫让人想到已故的农民生活书写者高晓声,他对于日常生活的每一个细节都是一分一厘地计较着。如写装修，可以计算到每一个项目需要多少钱；如写一位老人敲碎了一副假牙，可以从以前装一副假牙多少钱一直写到现在"种"一颗牙齿多少钱，极为忠实地记录了当下日常生活的种种细节。这种忠实程度让人有一种身临其境的感受，唤起每一个读者对日常生活的或热情、或恐怖、或厌倦的记忆，进而会质问自己：原来我们是生活在这么一种真实里面！为什么我们能够熟视无睹？李肇正的意义还不仅限于此，他透过细节的真实还原出一个时代的真实。什么是这个时代的真实？我们是无法用一些抽象的词来准确地概括的，而李肇正却通过两个小人物的婚姻解体，通过宋玉兰遭遇的人性异化，丰富而复杂地揭示了走向富裕过程中人性遭遇的悲剧。贫贱夫妇的悲哀在于他们经不起外界的任何因素介入，哪怕是购房这样一件天大的好事，仍然会像一种不可控制的恶魔，一步步把人引向丧失理性的陷阱。可以说，像杜立诚和宋玉兰那对夫妇所遭遇的购房装修经历，是大多数上海居民所亲历的经验，有许多人遭遇过杜立诚那样的困惑、宋玉兰那样的沉沦，但是他们可能都默默地承受，默默地消沉，而李肇正没有向弥散在这个城市里日益浓厚的小市民的市侩习气妥协，他终于让杜立诚义无反顾地走出这一怪圈。小说结尾时宋玉兰说：我肚皮里有一个块，不知是良性还是恶性。我想这是一句双关语，宋玉兰肚子里的"块"不正是这个时代传染给她的吗？在这个时代里，人人都忙忙碌碌，焦虑不堪，不正是传染了时代赐予的"块"吗？从购房装修到夫妻解体，从欣喜回沪到为钱疯狂，生活的辩证法和心灵的辩证法同步地展示着其自身的规律，关键是宋玉兰所说的，我们把握不住自己啊。而李肇正却把握住了这样的历史关键时刻，他写出了《城市生活》。

但是，如果仅仅是这样真实地表现了当下的上海普通市民的生活与追求，那《城市生活》只是一部忠实于日常生活的写实小说，而我觉得，李肇正对生活与艺术的理解远不至于如此的简单。在这部小说的结尾，离异了的夫妇的一场倾心对话令人读之悚然心动。宋玉兰连说了四个"想不到"，她说她想不到自己一生里会从上海去江西插队，会在江西与杜立诚结婚，又会回到上海来，还竟会分配到房子。她想表明她对于生活的追求都不是非分之想，而这一切都是预料不到的，生活的巨大变动推动着渺小的人物一步一步地朝前走去，或者走向幸福，或者走向灾难。也许宋玉兰的言下之意是想说，她也想不到患难夫妻最终会离异。她明明是知道他们离异的矛盾所在，但是被异化了的人性和情感已经视婚姻如敝屦了，她只是发出震动人心的呼喊："我是心不甘啊！"使她感到死不瞑目的究竟是什么？当然不是她没有能够享受到更好的物质生活，而是，为什么同样被生活命运推动着走的小人物，有的人会升上去，有的人却会沉落下来？生活既然提供了欲望的产生机制，为什么没有提供同一起跑线上的公平竞争？正是在这点上，李肇正笔下呈现的复杂感受里不仅涌动着多重的感情因素，而在宋玉兰这样的人物性格里隐藏了一种新质，一种硬朗的、明确的、不断进取的道德活力，这一点被作家敏感地捕捉到了。我以为这倒是更加值得都市文学的研究者重视的。

彭小莲的《回家路上》和王安忆的《发廊情话》都已经是名家名篇了，我不想在此多加赘言。提醒读者可以注意的是，这两篇小说所写的都是一条普通马路上发生的变化，而且这样的变化在改革开放中的城市生活里比比皆是，司空见惯。有意思的是这两位女作家的叙事立场和方法各不相同，以此呈现出来的历史的回忆，其主观记忆和复述的审美功能竟有那么大的差异。我想,多层次多色彩和多元结构的上海都市文化,需要的正是这样的多元性和无主调性,尽管从更高的要求来看,目前所选的作品要展现当下时代的上海意象还远远不够,那只能寄希望于下一卷了。

2005年7月30日于黑水斋

初刊《当代作家评论》2005年第6期

注　释

1　本文为《三城记》中上海卷第三辑的序文。该书收如下作品：李肇正《城市生活》,《人民文学》1998年第6期；戴舫《猎熊黑涧溪》,《小说界》2001年第3期；薛舒《记忆刘湾》,《收获》2002年第5期；王安忆《发廊情话》,《上海文学》2003年第7期；彭小莲《回家路上》,《上海文学》2003年第12期。

都市文学中人性探索的两个维度

我们的论坛主题是"城市研究"。这个"城市"是指具体的现代城市，上海就是现代城市的范本，因此，今天许多学者的话题都是特别实在的社会研究。然而，我们要讨论文学意义上的城市，就不能不虚一点，否则我们只能讨论"文学作品中如何描写城市场景"这类没意思的题目。所以，为了区别今天讨论的"城市"，我特意用"都市"来取代，标题是：都市文学中人性探索的两个维度。我说的"都市文学"，与传统意义的"乡村文学""城市文学"不一样，传统意义的"乡村""城市"都是指创作题材，或者是故事发生的场景。而我们要讨论的"都市文学"，无关乎具体的城市发展故事，它指的是一种新的文学维度，指人性探索领域新的生命形态。这种区分在台湾很早就出现了，大约上世纪90年代，我读过一套台湾希代版的《新世代小说大系》，共十二卷，编者有意把"乡野""工商""都市"并列为三种类型。也许在这套丛书的编者看来，在资讯发达的现代社会，"都市"代表了一种新的文学精神，至于它的故事是否发生在都市并不重要。然而具体的城市故事，譬如工业啊，商战啊，类似《子夜》这样的故事，可以称作"工商小说"。这个分类给了我很深的印象。那时候中国大陆改革开放刚刚启动不久，还没有出现国际大都市的文化精神，我们对都市的文学想象，还停留在上海石库门的小天地，像《亭子间嫂嫂》那样，很难感受到困扰现代人的各种精神问题。传统表现城市的文学方法，除了题材、场景不一样外，其他与传统的乡土文学是差不多的。但是随着中国现代化进程的迅猛发展，新兴的国际大都市模式迅速崛起，先是深圳，然后是上海的浦东开发，全国沿海地区形成了一种新的大都市文化圈，人口大规模的流动迁徙，国际化元素越来越普及，直接逼迫着都市人的精神面貌和文化内质发生巨大变化。

今天我们讨论的都市文学，是指后一种国际大都市模式对文学创作产生的影响，是一种大都市文化环境下的新的人性探索。它所展示的人性现象，可能是我们还不熟悉的，也可能让我们略感不适，但它确是被日常生活所遮蔽的更加真实的人性所在。它也许更加深刻地存在于我们的身体内部，存在于人性深处，更加本质地制约现代都市人的精神现象。我试图从以下两个方面来讨论这个问题。

都市文学人性探索的第一个维度，是人的生命形态的不完整性导致了破碎化的人物表现方法。传统文学中，我们强调文学是人学，强调要刻画大写的人，这个被刻画的"人"，具有完整的成长故事和人格发展史。人物是通过有目的的行为来塑造自己，同时也完成他的精神历程。譬如老舍的《骆驼祥子》就是一个典范。还有像《创业史》那样的，把两代人的创业故事完整地呈现出来，最后不仅先进人物得到成长，原来比较落后的人物（梁三老汉）的精神境界也得到了庄严提升。——这些作品无论写的是城市题材还是农村题材，也无论人物精神是向上的，还是堕落的，它们所展示的人物的生命形态都是完整的，人物的人生历程也是有序而完整的，甚至人物行为背后所呈现的社会背景也是完整的。这样的艺术表现方法来自传统的现实主义文学观念，更是建立在传统社会形态之上的文学表达形式。——这种文学表达形式在今天写城市的长篇小说里，仍然占着主流的地位。可以举个例子，最近任晓雯创作的长篇小说《好人宋没用》，是上海青年作家中颇获好评的作品。小说描写了一个苏北人的家庭的演变史，仍然用了一个人的完整历史来表现上海近半个世纪来的历史演变。因此"上海"作为一种城市因素在这部小说中呈现的，依然是故事发生的场景，而没有突出现代都市人的精神所在。同样的例子在表现北京城市生活的年代戏里尤其突出，如最近何冰主演的两部电视剧《芝麻胡同》和《情满四合院》，都是非常好的作品，但从中看到的依然是老舍时代的生活氛围，而不是我所说的都市文学精神。

在传统社会环境下，人们世世代代生活、繁衍在一块小小的土地上，人所呈现的生命形态，在周围人看来，是完整的、全面的，而且也是被公开展示的。以上所说的传统意义的城市文学，就是表达了这样一种生命生存状态。但是在今天的现代大都市，人的处境和生存状态完全不同。大都市的庞杂人流来自四面八方，他们交集在一起，互相并不认识，认识的也不知情，知情者也不了解其所有。每个人原有的社会关系都隐没在历史阴影里，被有意识地遮蔽。每个人所呈现出来的都是一个碎片，或者几个碎片，总是以不完整形态出现在一小部分人群面前。譬如我们现在相聚在这里讨论城市问题，大家都是以学者的面貌出现。可是到下一刻，有的回到办公室，扮演了领导的角色；有的回到课堂里，扮演了教师的角色；如果他走在马路上，就扮演了一个游荡者的角色；回到家里，可能又扮演了丈夫、妻子或者情人的角色，等等，每时每刻面对不同的人群，人的角色身份是互相分离的，不相一致，很多角色的另一种生活场景，周围人群是不知道的，也毋需知道。尤其是网络时代，这种隐身或者半隐身的角色比比皆是，构成了不完整的人生形态。我说一个发生在上海的故事：一对老父母突然获知儿子从外面带来一个女人，比儿子大十来岁，两人宣布已经登记结婚了。父母只能接受事实。过了不久，女人又从外面带来一个儿子，说是与前夫所生，按照法律也报进了户口。再接下去就发生了一系列的家庭纠纷，最后通过司法部门调解，律师询问儿子：你太太是从哪里来的？做什么工作？以前的婚姻状况如何？儿子除了知道那女人是外省来的，其他一问三不知。可是他铮铮有词地回答律师说：我爱的是她这个人，她也爱我，我们已经分不开了，至于她做什么工作、婚姻情况如何，与我什么关系呢？我们也许会对这个90后的儿子感到啼笑皆非，但仔细想，其实这个故事里包含了现代都市的真实人际关系，我们面对的都市人其实都是破碎的，不是完整的。父母并不知道儿女的一切，妻子不知道丈夫的所有，单位里的同事、朋友或者上下级之间，有谁觉得有必要知道对方的一切呢？如果从主体的立场来观察这类现象，文学所要处理的就是不完整的生命形态。在人物表现上，就形成了碎片化的表现方法，不再是传统文学中所谓的典型人物，也不再是完整的人生故事和完整的生命形态。

什么叫碎片化的表现方法？就是通过不完整的生命形态来揭示都市生活的本相。这样一种新兴的都市文学似乎还没有产生足以让读者信服的作品。但是在台湾新世代作家的创作实验中，如林燿德《恶地形》、张大春《公寓导游》、东年的《大火》等小说，都堪称现代都市文学的杰作。大陆作家叶兆言在上世纪80年代也尝试过先锋意味的现代都市小说,如《绿色咖啡馆》。但是随着90年代市场经济的冲击,通俗文学再度泛滥,都市文学的先锋精神被边缘化了,取而代之的依然是从通俗到庸俗的市民小说。这一点两岸的情况也差不多。但是文学是最敏感的,许多作家已经尝试着把新的美学感受熔铸到艺术形象的创造中去。精神碎片,当然不是指把人物的精神现象任意割裂,而是作家力图在文学中表现更为复杂的,内在多元、分裂的精神现象。

我举一个例子,就是长篇小说《匿名》,发表以后没有得到很好的解读,因为这部小说超出了评论界的一般阅读经验。小说描写了一个正常退休、又被返聘工作的公司职员,平时循规蹈矩,过着刻板的日常生活,可是在一次意外的绑架案里,他被带到荒无人烟的林区。那时他患了失忆症,还丧失了说话能力,一切只能从零开始,从最基本的文化形态——如记忆、认字、烧火、取食、游戏等做起,慢慢恢复自己的生活能力与文明人的本能。后来他被人从林区送到一个小镇,依靠国家机器以及现代科技手段被辨识出真实身份。就在他一步步接近正常状态,即将回上海的时候,不小心掉进河里意外死亡,没有人知道他的下落。他的这段奇异的生活经历和扮演的角色,永远无人知道。《匿名》的人物故事有一半场景发生在上海以外的偏僻山区,可是它表现的恰恰是现代都市文学的碎片化现象。小说的场景分裂为上海都市和荒村小镇两大空间。在都市场景下,主人公(没有名字)毫无理由地失踪了,家人艰难地寻找线索,由此牵连出一个个人物——吴宝宝、萧小姐、老葛……一连串的人物都面目不清、形迹可疑,他们分布在都市各种社会角落,呼之即来、挥之即去,所呈现的生命形态都是幽灵似

的。其中吴宝宝就是那个公司的负责人,也是一个失踪人,他的来历完全不清楚,小说里有一段描写:

> 吴宝宝——"吴宝宝"比"吴总"更像这个人,"吴总"是时代潮流,"吴宝宝"则是潮流里的一个人,爸爸妈妈的儿子,一点一点长大,读书,升学,就业,下海,做生意,越做越大,然后——人间蒸发。

"吴宝宝""吴总"原来是一个人,但"吴总"更像是现代大都市汹涌潮流中的一个符号,"吴宝宝"则像一个活生生的人。这已经是一重分裂了。其次是"吴宝宝"所呈现的"一个人",原来是一个完整的人,但是随着生意越做越大,就"突然蒸发",正常的人生链中断了,完整的人生形态突然破碎了。这是第二重分裂。因为吴宝宝的突然蒸发,才让绑架者误以为主人公就是"吴宝宝"而将其绑架,荒谬地改变了主人公的人生轨迹。这是第三重分裂。不仅吴宝宝成了碎片,主人公也随之成为碎片。

与之相对照的是:小说所设置的另一个场景,是由绑架者把主人公带入一个近似黑道的江湖社会,这个江湖,一头联系着荒野的林窟,一头联系着庙堂的基层组织九丈镇。在这里破败不堪的生存环境下,人物——黑道麻和尚、哑子、傻子二点、野骨的男人、派出所所长,等等,几乎都有完整的人生行状,交代了他们生命的来龙去脉、家庭背景,本来这些人都是主人公历险过程中的陪衬人物,结果过客倒也成了次要的主人公。所以说,在《匿名》中作家使用了两副笔墨,用江湖的林窟和九丈,来衬托现代大都市人物生命形态的不完整。这部得风气之先的小说虽然没有得到很好的阐释,但随着现代都市精神逐渐被人们普遍认识,会愈来愈显示出它在都市文学创作领域的重要意义。

都市文学人性探索的第二个维度,是新都市人的精神破碎导致家庭伦理的解构。这个问题在社会现实领域的严重性,我们可能还没有充分意识到,但是在文学创作中早已被关注和描写了。传统文学创作中,无论农村题材还是城市题材,人和人之间的关系是维系这个社会的基本关系。在传统的农村社会,主要是靠血缘来维系家族伦理,中国传统封建社会的基本结构就是家庭结构。所以,五四新文学要推动中国社会进步和演变,首先就批判封建家庭制度,巴金的小说是最典型的,他从封建大家庭的崩溃一直写到城市小家庭的瓦解,体现了一个无政府主义理想的作家对待家庭的批判态度。但是在传统的城市文学里,以家庭为小说结构的方法仍然是普遍的创作方法,最典型的是苏联作家柯切托夫创作的《茹尔宾一家》《叶尔绍夫兄弟》等长篇小说,都是以家庭来结构城市社会冲突的。但是随着现代大都市模式的崛起,新都市人迁居大都市都是缺乏各自家庭背景的,而核心家庭、危机婚姻、独生子女、出国潮等现象都在强烈冲击传统家庭的文化伦理。刚才谈到的《匿名》里,失踪的主人公千辛万苦地回到正常人间社会,可是就在回上海前夕意外死亡,暗示了一种家庭伦理的破碎。这部作品按照传统逻辑,最后回到家庭团聚是必然的期待。但是作家却及时堵住了他的回城之路,让他近于荒诞地死去。这样的结局不是作家的主观先行,而是更加逼真地表现了现代都市人的精神倾向。

如果文学还在努力表现人物的完整性,那么,家庭伦理必然是维系人物完整人生的重要元素;由于人物精神的破碎,人对于家庭伦理的依赖就越来越少，大量的城市小说都不回避离异家庭以及家庭破裂给人物带来的精神痛苦，但是痛苦归痛苦，家庭伦理的危机仍然是现代都市文学必须面对的社会现象。早在资本主义初期阶段，马克思、恩格斯在《共产党宣言》里已经预言过西方传统家庭伦理正在被资本瓦解，法国作家左拉是19世纪最杰出的现实主义作家，他创作的《鲁贡—马卡尔家族》系列小说，无情撕碎了笼罩在法国贵族、资产阶级家庭伦理上的温情脉脉的面纱。在中国当代文学中，上世纪90年代中期卫慧、棉棉等一代女作家在现代大都市崛起，曾经也是以离异家庭子女、失踪的中学生的精神痛苦来表达对上一代的反叛和控诉。而新世纪以来，则有更多的作家在尝试着表达这一精神困境。我再举一个例子，如王宏图最近出版的长篇小说《迷阳》，以资本家和教授身份的季氏父子对同一个女性的争夺为线索，彻底颠覆都市家庭的伦理。这类家庭题材，以往无论中外文学，都会把这样的伦理丑闻归结为金钱欲望所致，家庭冲突不外是为了争夺家产而勾心斗角。这从巴尔扎克开始就形成了一种传统和思维惯性。但是这部小说颠覆了金钱为万恶之源的传统观念，轻易地跳过了经济作为家庭冲突根源的层面，朝着更高的精神追求去展示，传统的家庭伦理观念都将在新的都市文化背景下面临挑战和重新检验。

从上世纪80年代开始，中国现代都市的经济模式发生了飞跃性的三级跳，从城镇经济到现代化城市经济再到国际大都市（上海）经济模式，几乎在短短几十年里相继完成，它对于新都市人的生活形态和精神形态产生巨大刺激，促使传统人际关系和家庭关系相应发生魔术般的变幻，这一切，将成为新一轮的都市文学写作的主题。作家是最敏感的，很可能社会学家还沉湎于在大数据的统计学意义上寻找城市规律的时候，作家已经通过复杂而新颖的艺术形象达到了某种深度的真实性。这也对作家们提出了更高的要求，要求我们努力摆脱津津乐道的四合院和石库门的题材阴影，摆脱过度怀旧带来的慵懒情调和田园牧歌式的梦幻，投入到真正的生活潮流中去观察时代究竟发生了什么变化，我们生活其间的都市究竟发生了什么变化。在新世纪文学的发展史上，应该有现代都市文学的巨著的重要地位。

本文根据录音整理，2019年7月15日定稿
初刊《华东师范大学学报》2019年第5期

告别橙色的梦
——读王安忆的三部小说

一、《69届初中生》：雯雯的今天和明天

雯雯终于又回来了。

这是我读到王安忆的《69届初中生》这部长篇小说时的第一个念头，说不上是遗憾还是高兴。不过一想到王安忆告别了那个生活在橙色的理想境界中执意地寻求人生真善美的纤弱姑娘以后，曾经如此吃力地尝试着创造新的艺术形象的艰难步履，也就情不自禁地为她松了一口气：作家毕竟没有忘记她的雯雯。然而对照《雨，沙沙沙》集里的那个同名人物，两者又似乎不那么一样了，呈现在读者眼前的那个叫做雯雯的69届初中生的形象，始终对其生存价值进行着紧张的内心探索与看上去有些懒洋洋地应付生活现状的外表特征互相对立，同时又交织在一起。这一特征说明了作家在创作道路上所经历的那些新探索并没有浪费，她成功地使今天的雯雯从昨天的雯雯的情绪天地里向外发展了一步，在这个富有浪漫气质的小姑娘的精神世界里，溶化了陈信、何芬等一批被称为"庸常之辈"的精神气质。相应地也证明了，作家的精神素养只能是慢慢地

扩大、纳新,而不能被一刀切成两段。

与作家塑造的雯雯这一个系列文学形象具有独特性一样,王安忆在脱离沙沙雨声以后所经历的艺术探索也同样具有独特性,那就是一种属于王安忆所专有的略带悲观色彩的现实态度。在那块世界里,雯雯没有了,执着的、温暖的人生追求也失去了,取而代之的是一种近乎理性的现实主义态度:陈信决不因为回到上海以后所面临的一系列新烦恼,而重返充满温情的小城镇;欧阳端丽也终于离开了那个使她恋恋不舍的生产加工厂,去享受她在十年浩劫中所失去的一切富贵荣华;那座墙基还是沉默地存在着,那个失意的音乐天才还是在牢骚而不平,"舞台小世界"的真正主宰仍然是翻筋斗起家的福奎……这些看上去平淡同时又具有丰富内涵的生活现象可能会被一些人理解得深奥莫测,而对王安忆来说,一切引申都是外在的,专属于她"这一个"的独特之处,恰恰是来自她对生活的一种失之表皮的理解。在她的这一类作品中,历史感仅仅表现在两个时代的对照:十年浩劫的动荡时代与灾难结束后的拨乱反正时代。她常常是平面地处理两者的对照,把后者看做是前者的回旋,对于前者的残酷性与后者的开拓性都缺乏深刻的认识与表现。

而《69届初中生》中出现了三个时代的对照,为了贯穿雯雯的心灵发展史,十年浩劫之前的生活也作为一种特定的时代环境进入了历史对照范围。但这里没有重复《墙基》里所提出过的见解。小说的尾声里,雯雯在新婚之夜与丈夫任一说的几句话是耐人寻味的:

"真的,我和你,完全是误会。假如不搞'文化大革命',我一定能考取上海中学,不会到你们圆明中学来的。"

"这倒是。"他同意了。

"假如没有插队落户,你不去江西,我也不会和你通信的。"

……

"反正,假如一切正常进行,我们不会相遇的。"

"可是,"他质疑了,"怎么才是正常进行呢?为什么这样进行就不是正常呢?"

"'文化大革命'本不该发生。"

"可它终究发生了。"

"反正,反正我的丈夫不该是你。"

我不想对小说作任意的引申,把雯雯的爱情解释成对人生的追求,把结婚的对象视作命运的结果,但这里确实出现了新的东西。作家不再把历史视作一种简单的周而复始,"文化大革命"也不是一个炼狱,它不能使人的灵魂净化后升入天堂,却能够灾难性地改变一个人的命运:一个本可以考取"上海中学"、前程似锦的雯雯,现在只成了一个在里弄生产组压瓶盖的雯雯。——虽然这种现实主义仍带有悲观的色彩,但较之《墙基》与《流逝》里的历史循环论显然要深入了一大步。

这种进步也不应完全归功于作家的直感(对王安忆来说,尤其在她早期笔下的雯雯形象里,直感起着很大作用),理性明显产生了影响。重要证据之一是这个多少带有自传成分的形象里,作家有意识地改变了她自己与雯雯在结局上的对应性。雯雯最后没有考上艺术院校,也没有考上一般院校,甚至连电大中文系是否考上也未作出明确的答案。也就是说,雯雯的结局不像作家本人所经历的生活道路那样,通过自我的奋斗终于改变了命运对这一代人的安排，成为一个例外。雯雯是一个普普通通的女孩子，她对命运的被动态度，使她依然属于一个"庸常之辈"。这是作家对她的同代人的一种理性概括，构成了这部小说的第一个特点：在中外文坛上为数众多的教育小说中，作家改变了描写英雄成长史和性格史的常规，展示了一个"庸常之辈"的成长史与性格史。

在中外文坛上，作家将一个多少带有自传色彩或者以具体原型为基础的主人公，放入特定的社会背景中，从历史的纵深方面去描写主人公的成长史，表现他怎样在生活中经历各种各样的考验，最后达到个性的成熟与丰富。不管这个主人公在人生海洋里搏击的最后结局是胜利还是失败，其性格总是体现出一种英雄的气质，是一个非凡的人，如狄更斯笔下的大卫·科波菲尔，罗曼·罗兰笔下的约翰·克利斯朵夫，毛姆笔下的菲利普，歌德笔下的威廉·迈斯特，凯勒笔下的绿衣亨利，以及高尔基"自传三部曲"的主人公。这多少是因为作家在这一类作品的主人公身上寄寓了自己的影子，并且一般来说，唯有与社会不断抗争的英雄的经历，才能具备更高的概括性与典型性。而王安忆却独独改变了主人公的奋斗命运，她写了一个生长在知识分子家庭，父母都是作家编辑，本该得到很好教育的孩子，结果生不逢时，十年浩劫使她沦落为知识贫乏、思想肤浅、命运坎坷的"庸常之辈"。显然，表现这种命运的阴差阳错，较之描写一个英雄的奋斗史更为深刻地接触到那个特定时代的悲哀。

当然，"庸常之辈"仅仅是相对于文学中的"英雄"而言，绝不是说，庸常之辈就没有丰富的心灵活动与紧张的内心探索。在反映人物的内心世界一面，那个《雨，沙沙沙》集里的雯雯又活跃地出现了。她稚气而早熟，寂寞而敏感，加上作者在长篇小说形式里用笔的宽余，人物的主观世界的挖掘显然比王安忆早期的短篇小说要深入得多。这部作品里雯雯的精神面貌不是展开其生活断片，而是从童年到成年的整个的成熟经历。这也就构成了这个作品的第二个特点：在我国当代文学领域中，似乎还没有一部和这类似的以作家自传为基础来揭示人物精神发展历程的"教育小说"。

从"教育小说"的特征来看，情节的不连贯与不完整是必然的，作家关心的不是现实世界，而是人物的精神世界，难怪斯特林堡要把他的自传体小说冠以"一个灵魂的发展史"的副标题，也难怪歌德声称"一个人最有意义的时期是他的发展时期"。王安忆描写的是一个69届的初中生，时代用冷酷的手雕塑了这一代人的不雅观的粗劣形象：这一代人正当精神极需发展的时刻，偏偏遇上了精神生活极其枯竭的时代，他们的理想处处碰壁，他们的良知时时被蒙蔽，他们的追求不断被引入歧途，没有人给他们指路，因为过去被他们当做导师、家长、榜样的人，也同样陷入盲目与迷茫。在这个时代里，他们的精力被无聊地发泄了，智力被畸形地扭歪了，生活使他们过早地发育成熟，恰恰又使他们陷入无知和愚昧。他们的年龄增大了，艰难的岁月使他们练就了一身适应生活、保护自己的能力，然而这又远非他们的心灵所能承担……就如小说中阿宝阿姨所说的："你的烦恼很多的，走到哪一步，就会有哪一步的烦恼，烦恼起来，活像犯人坐牢监。"这种悲剧性的命运只有通过人的精神活动历程才能细腻、深刻地被反映出来。从这个意义上说，王安忆的这部长篇小说是一个可贵的尝试，尤其是以一个女孩子为主人公，细腻地体察出她在心理、生理两方面走向成熟过程中反映在精神领域里的种种苦恼、骚乱、反抗、成熟，这就丰富了雯雯这一文学形象的原有内涵。使我感兴趣的是，作者注意到了一些富有哲学性的生活形象在一个女孩子心理上的反应。比如小说里多次写到雯雯接触到"死亡"的意义：垃圾箱里的婴尸引起的恐怖，小狗的死亡引起对生命脆弱的遗憾，于小蔓的死亡引起的人生悲哀，以至雯雯在青春期烦恼中自己也嚷过要"死"了——这种种心理活动生动地反映了一个女孩子心灵的成熟历程，很自然使人想起约翰·克利斯朵夫在初次听到邻居小孩死亡时产生的强烈的心灵震动。我不是说，王安忆在这里借鉴了罗曼·罗兰，只是说王安忆接触了一个人类共有的现象——孩子是怎样从死亡这一主题中获取人生意义的。

但是还不能不指出，作者在这部作品中塑造的雯雯的精神世界，虽然较过去的雯雯丰富多了，但从对一代人的整体概括意义上说，还是不够的。许多地方仍然暴露出作者固有的弱点。这主要体现在两个方面。一是对雯雯这一形象的刻画过于平面化，过于纯洁，不说雯雯对爱情的追求毫无强烈的欲望，即使对个人命运的关键——如为了上调而送礼——也纯洁得令人难以相信。要知道雯雯是生活在藏污纳垢的环境里，过于纯洁反而会缺少时代的真实性。二是表现人物与社会生活的关系时，对生活现象的概括还不够。有许多生活现象，在特定生活环境下有意义，作为一个同代人，读每个细节都会觉得趣味盎然，但文学作品毕竟是超越时代的，当一个完全不熟悉那个时代的读者读到这些时，就会感到过于琐碎。

雯雯的今天，已经以她这个独特的模样出现了，我不禁想起一个问题：雯雯的明天又该是怎样呢？对于雯雯这一形象的发展，似乎不在于篇幅的长短，也不在于添加多少生活的细节，重要的是发展这一形象的精神内涵。对于雯雯来说，生活不在别处，就在她的心里，只有通过她的内心种种激情的荡漾才得以反映出时代生活的某些特征。对这一类形象的意义的扩大和发展，作家似乎还需要再花大力气，使人物获得更大的精神容量。

等着你，明天的雯雯。

二、《小鲍庄》：对古老民族的严肃思考

《小鲍庄》已经得到许多的赞扬，但新近一读，还是能够生出一些新的联想。虽然文字的质朴无华，如同王安忆一贯的小说那样，但在文字背后却隐藏着一个难以用文字描述的世界。它包含了作家对一个古老民族的历史与现状的严肃思考。或许这种思考并非出于理性，但有了它，才使作家的艺术感觉赋有超越个人经验以上的力量。这种凝沉厚重的力量，成为《小鲍庄》与王安忆以前作品的区别之一。

王安忆在艺术上是一个拘谨的现实主义者，总是注视着既成的事态。在《69届初中生》中，她第一次试图超越现实的表层，小心翼翼地去揭开命运的神秘之谜。虽然仅仅是一瞥，也够怵心刿目，如雯雯第一次对死亡的印象，令人难以忘怀。到了《小鲍庄》，一瞥成为透视，虚实因素相得益彰。不妨将《大刘庄》与此一比：同样是对现实生活的逼真描摹，《大刘庄》给我们看到的是两个现实世界的对比，实依然是实；《小鲍庄》却让我们由现实的世界中看到了非现实的世界，实转化为虚。这种虚与实相印的艺术特征，仿佛是一下子从地底下冒出来似的，突然在今年的文坛上大出风头。莫言的《透明的红萝卜》、韩少功的《爸爸爸》，都有类似的迹象。《小鲍庄》的非现实世界自有独到的意义，它力图揭示人类历史的悲剧命运以及直到现在仍无改变的命运悲剧。

小说开始就颇具匠心。七天七夜的雨引来了洪水，洪水淹没了世界：

> 不晓得过了多久，像是一眨眼那么短，又像是一世纪那么长，一根树浮出来，划开了天和地。树横漂在水面上，盘着一条长虫。

于是，人类在这洪荒世界中与长虫一起出现了。小鲍庄的来历看上去有点荒诞不经，似乎是作家漫不经心地虚构了一个世界的起源：一个官儿因治水无效，带了妻子儿女到鲍家坝最洼处安家落户，以赎前罪，从此，这里便开始繁衍人口，成为一个庄子。然而有了这个引子，小鲍庄遭受的一切灾难都获得象征的历史感：生活仿佛凝固了，一部历史即等于一天。这是从那官儿在这里定居起就注定了的，因为他选择的动机是赎罪。

于是，小说在揭示人类所遭受外界的种种灾难的同时，在更抽象的意义上展开了对人类自身的悲剧命运的探索。很难说，作家的创作意图是否受到过《圣经》故事的启发。在中国新文学史中，受宗教影响的作家并非少数，《圣经》的故事也曾一再被人加以利用。但一般来说，在注重实际、注重社会的中国知识分子的笔下，宗教思想都转化为人道的思想，通过人伦关系表现出来。《小鲍庄》完全不属此类，它一开始就关注到形而上的领域。小鲍庄祖先的赎罪无疑是一种象征，就如宗教的原罪说也不过是一种象征一样。它反映了人类面临外界无敌灾难时对自身的深刻反省。这种反省的对象，并不是具体指某一个人，也不是一代人，而是整个的人类。"天作孽，犹可违；自作孽，不可逭。"就是反映了同样的人类自身反省。

这种反省在今天并非毫无意义。极端的无知可能会使人转向宗教迷信，但真正的理性也可能使人产生智者的神秘。虽然两者的结果在表面上偶尔也会相似，内涵却根本不同。宗教的原罪说在今天谁也不会相信，正因为这样，它可以转化为一种任意的象征，指向任何人类无法通过个体努力来消除的缺陷。《小鲍庄》正是在这一点上给人以启示。小鲍庄的居民所面临的各种困境——鲍五爷成为老绝户，鲍秉德娶了疯娘子，建设子找不到对象，文化子有了对象却成不了亲，拾来与二婶成了亲又失去了社会尊重……甚至连鲍仁文，虽然一直在奋斗却也一事无成，被人称为"文疯子"，所有的不幸都无法归咎于承受者个人的品质，也无法归罪于他人。与过去的文学作品不同，小说里不存在一个邪恶的人格化象征，甚至也不存在一个邪恶的物化象征。他们的不幸或是因为贫，或是因为乏，也有的纯粹是出于生老病死的自然规律。但它们之间毕竟不是毫无联系的，既然这种种不幸可能共存于一个空间，那么它们必然受到同一个环境的制约。也就是说，这些不幸只能是小鲍庄文化的产物。人类的文化形成于人类自身的活动历史，要追究造成这种种不幸的成因，也只能在人类自身中去寻找。《小鲍庄》的两段引子虽写得平淡，却非无端闲笔，作家通过人类的治水活动，展示了造成这种文化的历史原因。

小说提供了这样一个现实的世界：洪水带来了灾难，灾难造就了贫困，贫困形成了愚昧的文化。这实际上已经是一个超越现实的答案。如果有谁要进一步问：是谁造成了洪水，或者为什么小鲍庄要处于洪水的威胁之下？那将无法回答。因果律只能在非常有限的范围内才有准确的意义。《小鲍庄》反映的不是局部，它力图从哲理的高度来把握人类的处境，于是只能从一个非现实的世界来观照现实的世界。小鲍庄居民们面临的种种困境，始于洪水，终于洪水。在引子中，作家虚构了一个小鲍庄祖先赎罪的故事，正文展开以后，这个故事还在延续，它体现在作家所刻画的一个具体可感的形象——捞渣的身上。捞渣无疑是小说中最神奇的人物，他的降生，把小鲍庄居民的一切善良德性都充分体现出来了，用小鲍庄人的话说，这孩子"仁义"。他几乎完全是依循着本性在实践这"仁义"：他尊老、爱兄、善友、克己，如果说，小鲍庄祖先象征着罪孽深重，那么捞渣——"这是最末了的"意思，象征着纯洁无瑕。小鲍庄的祖先因为治不了洪水给子孙带来了还不清的灾难，而捞渣却因为被洪水夺去生命而赎还了小鲍庄的所有灾难。纯洁无瑕的、仁义的捞渣死了，为了救孤老鲍五爷。"送葬的队伍，足有二百多人，二百多个大人，送一个孩子上路了。"随着捞渣的死和成为"少年英雄"，小鲍庄居民面临的困境也相继清除了。孤苦伶仃又不甘心食百户饭的鲍五爷终于咽气了："那老的眉眼舒展开了，打社会子死，庄上人没再见过他这么舒眉展眼的模样"。鲍秉德的疯娘子也神秘地失踪了，鲍秉德望着捞渣的坟，不由生出一个奇怪的念头："没准是捞渣把她给拽走了哩，他见我日子过不下去了，拉我一把哩。"鲍仁文也出头了，他获得了写作的灵感，"他完全被激动了起来，浑身充满了一种幸福的战栗。'灵感来了'。他说，'是灵感来了'"。他终于写出了关于捞渣的报告文学，发表了。捞渣的哥哥也因为弟弟被追认为少年英雄而解脱了困境：建设子不仅起了房，而且"在农机厂上班了。上门提亲的不断，现在轮到他挑人家了"；文化子与小翠自然也因此"有情人终成眷属"。甚至连一向被小鲍庄居民所鄙视的拾来，也因为打捞过捞渣的尸体时来运转:"如今,二婶要敬着拾来三分了,庄上人都要敬着拾来三分了。拾来自己都觉得不同于往日了,走路腰也直溜了一些,步子迈得很大,开始和大伙儿打拢了。"

之所以要不避冗长地摘引一条条原文,无非是想从作品原文的语气中来印证这一点:捞渣的死,是整部小说的支点,它不仅与引子中的原罪意识相呼应,更重要的是,它成为整部小说中各路原不相关的情节线的中心纽结。捞渣的"坟上长了一些青青的草,在和风里微微摇摆着。一只雪白的小羊羔在啃那嫩草"。这又一次使人想到了《圣经》里神之子的赎罪故事。

然而,当这个带有宗教色彩的非现实世界投射到小说中所描绘的现实世界时,它的主题的严肃性立刻就表现出来了。它揭示出现实生活中的造神现象的意义。一个纯洁得像羔羊般的孩子的死,可以说完全是非功利的,但这事件却实实在在地为他周围的人们带来了直接的功利。小鲍庄的居民面临的各种困境,仿佛与生俱来,非个人力量所能摆脱,他们也只能期待神的奇迹。这事件本身是荒诞的,可在荒诞背后揭示着无情真实。如果说,引子里关于小鲍庄祖先的故事包含了人类悲剧性的命运,充满历史感,那么捞渣的故事则包含了对至今仍在社会生活中起作用的神化活动的尖锐揭露,它反映了人类命运的悲剧,充满着现实感。

历史、哲理与现状的高度抽象的结合,非现实世界与现实世界的相印相证,构成了小说特有的神秘色彩。《大刘庄》所展示的两个世界是在两个不同的空间相互交替中出现的,《小鲍庄》所展示的这两个世界却是在同一个空间中出现。内容本身具有双重意义:一是虚幻的神的世界,二是真实的人的世界,如同两张照相胶片叠在同一张相纸上曝光显影,给人传达出一种虚虚实实、真真幻幻、人人神神的混合印象。我们从小说所描写的现实世界中读出了类似宗教的故事，从类似宗教的故事中折射出对现实的针砭。这种奇特的表现技巧，为小说带来了新奇的形式感与难以把握的神秘感。

从艺术上看，《小鲍庄》没有像《69届初中生》那样在内容与形式的结合上达到舒畅自在的境地。《小鲍庄》所显示的许多思考成果，在《69届初中生》中已经初露端倪。后者星星点点地散布在四处的火花，在《小鲍庄》里已经逐渐凝聚成一片。哲理、历史、现状三者的融合，在《小鲍庄》中表现得更为成熟。但不足也在于此，形式的刻意追求使内容的表现多少有些局促。

《小鲍庄》不是《69届初中生》的延续，而是一个新的起头。《69届初中生》使"雯雯系列小说"达到了一个高峰，再要超越似乎要花大气力;《小鲍庄》则是从《麻刀厂春秋》《大刘庄》那一路发展过来的新的突破口，前面还有广阔的驰骋余地。

三、《小城之恋》：根在哪里？根在自身

生命之谜就是如此地困扰着人吗？——但丁曾描绘过地狱里的幽灵们，是怎样在深谷里爬行，在冰雹中忍受，在熊熊烈火的刑罚中呼号，在开膛剖腹的撕裂声中奔跑，在污浊的水中你撞我咬，皮开肉绽……那不过是一个虚幻的梦境。如果这一切都真实地移植到人世间，你突然发现，它就发生在你的身上，并没有什么外在的力量强加于你，一切都来自你的心灵，你的肉体。它既平常如一又演化万景；既把你导向灵魂净化，又如恶魔缠身而万劫不复；既让你体尝到什么叫心理上的断乳期，又让你懂得未来途中的痛苦、荆棘和遗憾……总之，它来得那么自然，又那样神秘。如果你

已经是一个成年人，如果你再把所经历的这一切体会都细细咀嚼一番，你的心灵还会这样的宁静吗？你的感觉还会这样的迟钝吗？你对自己的认识以及你的未来会不会产生一种沉重的甚至是痛苦的畏惧感？

在五四以来的新文学中，除了郁达夫曾经坦率地揭示过人生种种肉身与心灵的煎熬之外，还有谁像如今放在我面前的这部作品那样，直言不讳地、幽幽凄凄地，向你倾诉这种少男少女难以启齿的痛苦？性意识，它的自觉无疑标志着人在自省中的成熟，它是人对自身生命的一种肯定与证明，其实在的意义，远胜过人对爱情的赞美与憧憬。琼瑶的小说揭示过性意识么？她不过是用廉价的爱情故事来唤起少男少女纯情的玫瑰梦；张贤亮的小说写过性意识么？他不过是利用这个神圣的话题去宣泄他在政治上的热情。矫揉造作，是不配谈性意识的；心怀鬼胎，也是不配谈性意识的。只有把这个题目放在人生科学的祭坛上，我们才能认真地、严肃地探索它，并由此为入口，进而探讨整个人生的奥秘。

《小城之恋》正是在做这样的实验。我在作家前一阶段的创作中，已经发现了这种创作趋向。从《我的来历》开始，或者更早一些，从《69届初中生》起，作者就明显地表现出某种寻根意识，但它寻的是人的生命之根，人的来历与遗传。她注视的目光，不在原始大森林，也不在异族蛮荒地，而是把她那双沉思的、偶尔闪烁着机智与纯真光彩的眼睛牢牢地盯住了现实生活中的人与事，她注意到当代人行为中的理性因素与非理性因素，当代人的行为与上代人的遗传，当代人的生命与血缘，尤其是《好姆妈、谢伯伯、小妹阿姨和妮妮》中，最有光彩的是塑造了一个叫妮妮的小女孩。没有这个女孩，小说不过是一部可读性很强的上海市民风俗画，而这个汗毛很重、性格古怪的小女孩的出现，就像一根点燃的蜡烛伸进房间里，把墙脚旮旯堆放着的杂物都照清楚了。妮妮不仅在智力上显然高于谢伯伯这个阶层的一般水平，而且她的天性与行为也是谢伯伯们所难以束缚的。这个孩子天生的不走正路，嗜偷成性，既是对市民阶层的生活理想的一种嘲弄，又体现出作者对人性的严肃探寻。妮妮的嗜偷，不是缺乏教育，也不是社会影响，而是一种先天的、与生俱来的恶习。小说里一再提到这个小孩像是被一个人，或者两个人操纵着，而这些操纵者又是谁呢？作者的探索之笔超越了文学，进入了科学的领域。她也许没有也不可能向人们提供什么具体的答案，但是她却借助这个形象向人们开启了一条通往自身的思考之路——人自身的谜，还需由自身来解决。

如果说，《好妈妈、谢伯伯、小妹阿姨和妮妮》留下空白，让人们去自由想象，那么，《小城之恋》的探索似乎有了一个答案。这部小说写得比较实，也比较满，直截了当地写到了性意识在少年成长中酿成的种种苦恼，并且给这种苦恼以极端的形态加以表现，显示出加倍的惊心动魄。作为一种实验性的剖析，作者故意淡化了故事的全部背景、年代，以及各种人事环境，甚至也故意选取了两个未受到文明教育影响的男女主人公，使她的解剖刀下面的典型，显露出生命的原始态。他和她，两个精力旺盛，理性薄弱的舞蹈演员，从小在贫困的文化环境中失却了正常的教育，他们凭着本能的生命需要生活着，但他们毕竟生活在人世社会中，社会心理不管他们是否自觉得到，总会顽强地从他们心灵深处冒出来，对他们的生命本能实行某种压制。于是，他们困惑、痛苦、挣扎，甚至搏斗——就在他们怀着一种朦朦胧胧的成人意识过早地觉悟到性的秘密的时候，或者是在他们外出演出，像两条发情的野狗惶惶地找不着一处清静处的时候。

性的觉醒是快乐的，也许每个人在青少年时期都经历过这样的精神欢悦——差异仅在于有人意识到，有人没有意识到。但性的觉醒的同时，必然会伴随着性的压抑、神秘的恐惧、无知的苦恼、偷吃禁果的犯罪感，以及种种不正常手段带来的对性知识的领悟，都将成为意志薄弱的青年人的精神枷锁。文明程度越高，这种枷锁越是隐蔽，对心灵来说也就越沉重。它造成的痛苦，可以导致心灵上的自虐、犯罪、沉沦甚至生命的终止。小说描写少男少女在这沉重的精神枷锁下的舞蹈，看似单调、重复，周而复始，正是生命一遍遍忍受着内心与肉身的煎熬，从无知到成熟的真实过程。男女主人公由爱的欢悦到挣扎的痛苦，每一番轮回，每一次重复，都加重了人生的悲剧色彩，它使我想起本文开始提到的《神曲》，那些在地狱中煎熬的幽灵们。

人生似乎就是从这一刻开始有意义的，它告别了童年的梦、玫瑰的梦。青少年在琼瑶式的言情小说中读出的爱情梦，不过是童年期的延续。而王安忆，一个过去惯以描绘雯雯的梦的女性作家，却向人们赤裸裸地撕开了人类生命走向成熟的真相。性意识是由人的生理条件所决定的，这是生命的成熟，又是生命的裂变，它展示着一个孩子将真正脱离母亲，同时又孕育起新的生命种子。生命由此将获得证明：一个男人，只有在女性面前，才具有男性的意义；相反也是。这种性觉醒时的痛苦与煎熬，在文明时代也将是人生的必经之途，事实上，唯有当你开始感觉到发自生命的痛苦时，你才有资格说，你将成为一个人。

也许有人会说，这部小说虽然写了性，却没有揭示出性背后的社会意义，没有写到社会对性本能的压迫。是的，由于淡化了背景,小说中男女主人公的恋爱过程始终像发生在真空之中,领导、同伴、社会、家庭,并没有对他们直接予以什么干涉,可是,这种痛苦的挣扎,不正是反映了主人公们心灵深处的一种恐惧、一种压抑、一种犯罪感么?社会背景被虚掉了,却转化为心理上的文化积淀,通过无意识尖锐地表现出来。人在与自我搏斗,也许连搏斗者自己都无法认识到,作者痛苦地,用分行写出:

> 他们不明白自己是
> 怎么了?是
> 怎么了?是
> 怎么了?

没有人帮助他们,没有人能够帮助他们,他们只有以自己痛苦的经验拯救自己,他们只能自助!这或许表现出一种教育上的虚无主义,但它反映了人的自信。作者坚信,人应该有力量来对付自身内部的一次裂变,这既是精神上的骚动,也是肉身的苦刑。

正是在这一点上,王安忆表现出一个现实主义作家的成熟与勇气。她第一次引导读者把眼光对着他们自身,让他们看到了生命的种种骚动与喧嚣究竟来自何处。郁达夫也曾揭示过这一点,这是他在中国新文学史上最非凡的贡献。可是在郁达夫身上,不可避免地留下了时代的浪漫病。他笔下的主人公是一个文明社会的成员,多方面的价值观念综合地体现于一身,使他在揭示人物的性苦恼时,还不忘记要加一两句肤浅的爱国主义与社会改革的口号,把自身的痛苦与外界的痛苦混淆在一起,结果是冲淡了文学中人的主题的深刻表现。王安忆的进步就在于她摒除了一切外界的可以供作借口的原因,将人的生命状态原本地凸现出来。这当然是片面的、极端的,因为人具有社会动物的特性,不可能完全摒除社会性的一面,可是作为文学作品,只能以极端的形式,推动人对自身认识的深化。当人文主义者把人描绘成巨人和上帝,使人性与神等同的时候,当初期的马克思主义作家把人描绘成经济地位支配下的人,把人性简单归结为阶级性的时候,不也正是以一种极端的形式来表达"人的主题"的进步,以及认识的深化吗?

王安忆的创作日益接近左拉的严峻和浑厚,然而女性的细腻与雅致又使她避免了左拉的粗俗而向川端康成的风格接近。在显示人的生命的奥秘方面,随着遗传科学的深入突破,人类正在加速摆脱对自身的传统认识的局限,拓展着无限的认识天地。不能说,王安忆的探索已经取得了什么成就——这将是科学的任务;文学的使命,则是从审美的角度来把握、揭示人在青少年时期经受的痛苦与蜕变,展现出生命的运动与本然面目。我不认为,生命的运动形式仅仅以性苦闷这一种形式就能够表现尽然,也不认为性意识的骚动不安能被新的生命意识所克服——关于后者,小说确是表现了这种意向。女主人公的性苦闷曾两度被生命意识所压抑:一次是死的意识(自杀),一次是生的意识(新生婴儿)。王安忆对生育之谜与生命之谜的关系有着异常的兴趣,这也许导致了她一系列的探索:《69届初中生》里的雯雯,是在生育以后开始了新的人生阶段;谢家夫妇,是因为无法生育而造成了情欲的淡漠,妮妮正是这种缺憾造成的尤物;这部小说的"她",又是在生育以后平息了内心的全部渴望与骚动,情欲被母性所取代。我无法判断这种结论是否正确,性欲在人的青少年时期构成的苦闷对成年人(即使是生育过的人)来说是否会构成新的威胁?强调内心的骚动仅仅是青少年所有而与成人无关？这是王安忆在探索生命之谜中的一个时间性局限，她总是把人生的意义置于30岁以下，这也许于王安忆来说是无法避免的，她，毕竟不是左拉也不是川端康成。

人类在原始阶段，是不耻于谈性（张承志笔下的索米娅与老奶奶，对于黄毛的欺凌淡然置之，足以使略受过一点文明教育的白音宝力格无法忍受）；人类真正进入成熟时期，文明的发展与本性的回归达到了新的同一以后，也许也不会耻于谈性。然而在今天，我们正告别了自己的野蛮时期，又在向新的成熟时期迈进的过渡岁月中，性的困惑与苦恼也许是不可避免的。文学作品中讨论、探索这个问题，我以为应该与探索生命本身的意义取同一的态度。离开了后者，孤立地去表现什么"性意识"，要么把它归属到社会政治的范畴中去，作一种哗众取宠的点缀，要么使性成为一种挑逗性的文学趣味，减弱了作品的严肃性。因此，王安忆的努力于当代文学创作不是没有意义的，她把这个题目置于一个较高的格局里给以表现，为新时期文学中这一禁区的破除，开创了一条新的道路。

以上三篇评论原是各自独立的文章，分别初刊
《女作家》1985年第3期
《文学自由谈》1986年第2期
《上海青少年研究》1986年第11期

双重叠影·深层象征
——从《小鲍庄》谈王安忆小说的叙事技巧

每一个时期的文学发展都有不同的规律和特点。1980年代的文坛,思潮迭起,作家辈出,说不清是思潮推动了作家还是作家推动了思潮,新一波思潮汹涌,总有一批陌生的新鲜的文学新星大放异彩,一篇作品成名天下的现象在那个时代并不稀奇,然而,由潮起而兴随潮退而殒的流星作家也不少见。当时也有另外一批作家,他们与思潮完全决绝,固守自己的经验世界,宠辱不惊地走自己的道路。他们相信多元,却忘记了文学思潮往往是直接标志了文学更替的脉络,当他们还沉醉于自己经验世界里笔耕不辍,却不知时代和文学所构成的思潮已经远远地引走了人们的关注力,留给他们的只是寂寞与耐心。这两种道路在1980年代的共名状态下相当普遍,因此深深地打上了时代的印记。也正因为如此,当1990年代时代转型,一个新的无名的文学时代到来的时候,大批作家的名字随风而逝,也就一点也不奇怪了。

与思潮的起落无关,王安忆却是一个长期跋涉在文学道路上的苦行者,1970年代末到1980年代末,是她的写作生涯的逐渐成熟期,然后随时代转型而迅速成为1990年代的著名作家,她的风格也渐渐形成独特的要素。新世纪到来，又是八年过去，王安忆的创作总是在读者的热切关注之中，她的每一部作品的产生都在评论家的视野中，无伤大雅的争论始终伴随着她的创作，这证明了王安忆的创作是成功的，她从来就没有过忍受寂寞与孤独的时候，也没有单枪匹马，发动"一个人的战争"的时候。但是，如果我们认真考察王安忆的创作道路，可以发现她始终是走在上述两条道路之间，她与流行思潮并不是毫无关系，而是处于若即若离的关系中。王安忆不是一个原创性很强的作家，却是一个敏捷而独立的作家，她置身于处处是骚动与喧嚣的社会思潮与文学思潮之间。由于"即"，她的思考与创作，同整个时代的文学发展的关注点始终保持一致，成为时代思潮的不倦的弄潮儿；由于"离"，她从未把自己的创作定格在某个思潮上，从1970年代末的"知青文学"到1980年代探索"性"的先锋文学，从刚刚兴起的都市市民小说到1990年代的"海派怀旧文学"，从1980年代的"寻根文学"到1990年代探索家族血缘的自传体小说，从1980年代后写都市打工者的底层文学到剖析"文革"时期的精神成长史，她几乎都拿出过自己的答卷，但是，即使从某些思潮的代表作来看，也都是打上了她自己的经验世界的清晰印记。可以说，她的创作穿越并包容了1980年代以后重要的社会——文学思潮，但是没有一种思潮可以作为标签简单地贴在她的创作上。这就是王安忆特立独行的地方，也是王安忆创作道路与整个时代的关系中的一个非常重要的特征。

王安忆创作的这种特征，不能不说是来自她的特殊的小说叙事技巧。当然这种被称为"技巧"的因素，主要还是与作家的叙事能力有关，不是一种有意为之的因素。王安忆的小说叙事离不开她自己的经验，绝大多数的长篇小说和一些中短篇小说的艺术场景都少不了她自己拥有的特殊经历。如她的早期小说中以雯雯为主角的叙事视角,基本上构成了后来几部长篇小说的主要构思,这种因素甚至延续到最近的一部长篇小说;还有她早年经历的短暂的农村插队经验,也一而再,再而三地出现在她的各种内容的小说场景之中,被赋予了深厚的文化含义。这当然是王安忆小说之所以具有独特内涵的一个主要原因,也因此规定了她作为一个法自然的现实主义作家的基本特色(在某些书写艺术方面,如从丰富的细节出发,坚持对人性中遗传因素的探索,没有故意矫饰夸张的情节编造,等等,王安忆与同时代的作家贾平凹的叙事特征有相通的地方)。但是我在本文要特别分析的却不是这种叙事技巧,而是另外一种不为人注意的超越现实的因素,我很难命名这一叙事艺术特色的技巧,而且这也不是王安忆刻意追求的效果,完全出于可遇不可求的状态。奇怪的是,往往像这样一些难以言说的叙事技巧却构成了王安忆小说的特殊魅力,也是她的小说与一般思潮类作品最不相同的特点。而这样的叙事技巧,是从创作于1985年,发表在冯牧先生主编的大型刊物《中国作家》杂志上的《小鲍庄》开始的。

还记得,1985年是中国文学发生决定性转变的一年。文学理论上,刘再复先生在这前后相继提出了性格组合论、批评方法论和文学主体性,原来由政治路线决定文学实践的文学性质发生了根本性改变;而在创作上,"文化寻根"的提出为一代知青作家走上文坛画出了自己的阵营和经验特点,同样是从根本上摆脱了文学与政治纠缠不清的关系,文学自觉恢复了五四新文学初期的那种充沛活力。王安忆的小说从一开始就有鲜明个人印记,她没有过"伤痕文学"的愤怒,也没有过"改革文学"那样贴近现实的热情,她从自己的经验出发,久久地沉湎于自身的青春期经历的回味之中,敏锐地感受着周围日常生活正在渐渐复原这个城市特有的魅力，因此，王安忆与这个时代的文学主流是不协调的，错位的，她一开始受到人们关注和批评的，就是由她自己经验决定的文学创作的道路。在这块属于她私自的经验领域上她耕播甚勤，获得好评也甚多，甚至获过全国性的大奖，但这一切虽然为她带来了荣誉，却没有真正地使她的创作产生质的飞跃。一个有价值的文学生命仍然像埋藏在土里的蛹，没有到羽化为蝶的时刻。

这个标志性的时刻是从《小鲍庄》开始的。这个作品标志王安忆有了扬弃私自经验的能力，从扬弃中将个人对世界的主观感受与客体世界的民间文化模式紧紧结合，形成了不依赖于个体经验的独立的民间世界的描摹。近几年来，我一直在寻找和梳理1990年代以来渐渐成为文学创作主流的民间书写传统是怎么形成的，民间审美的范畴是如何在写作实践中形成的，我以为1985年前后兴起的文化寻根文学思潮功不可没。毫无问题，《小鲍庄》是在文化寻根的思潮中产生的杰作，在之前，王安忆的小说创作里没有出现过《小鲍庄》所含有的民俗文化特点，而《棋王》《北方的河》《商州初录》《最后一个鱼佬儿》《老榔子酒馆》等一批新奇古怪的小说涌现出来以后，文学经验的表达完全变了。原来被奉为金科玉律的现实主义的创作方法开始遭到质疑，许多作家为了实现对文学方法的试验，甘冒天下之大不韪，把文学叙事变得虚幻不清，含混晦涩，以新奇古怪的因素来刺激读者的想象力。而王安忆在这个大环境下发表的《小鲍庄》，与差不多同时发表的另一部中篇小说《大刘庄》构成了完全不同的方阵，后者一如既往地重复作家的青春期经验和插队时期的农村经验，而《小鲍庄》却成为一个脱离了主体经验的民间故事。它的文学性不仅仅表现在作家用写实手法写了一个淮北农村救灾和牺牲的故事（现实主义），以及文化传统在民间潜藏的故事（文化寻根），更重要的是她用象征的手法，写了一个有关人类命运中犯罪与救赎的宗教故事，而且其象征手法相当隐蔽，完全没有出现在作家的意识层面，却是以无意识形态结构小说叙事，成为小说的隐形结构。[1]这是我在"文革"后的文学中第一次发现小说的隐形结构，它与小说的显形结构像两张照相底片重叠在一起曝光显影，印在同一张相纸上，构成双重叠影的效果，以达到深层象征的境界。

回想起二十几年前的景象还历历在目。苛刻的先锋批评家吴亮兴奋地写信给我，推荐我读《小鲍庄》，说这是王安忆创作的一次突破。挑剔的陈村用暧昧的口气说，这次王安忆"是得气了"。群情振奋，先锋作家兼批评家李陀夸张地称颂《小鲍庄》可以成为一门"小学"了，连老资格的批评家洁泯先生也写了长篇大论来讨论这部小说，他认为当时一般寻根小说过于关注民族文化的"负面因素"，而《小鲍庄》则对民族文化传统的正面因素和负面因素都关注到了，并给予了正确的描写。为什么对待一部青年作家的小说，不同年龄、志趣的评论家都产生了很大的阐释兴趣？寻根小说兴起的时候，引起争论的一批代表作品里并没有《小鲍庄》的名字，但是等到这部小说一问世，众口交誉中，"寻根小说"已经确定了它的文学史地位。《小鲍庄》与当时文化寻根的代表作品并不一致，那些作品的新奇古怪明摆在文本显处，而《小鲍庄》的神秘性却在若隐若现之中，表层上它完全是写实的故事，但人们在阅读中时时感到它有股超越写实的力量，弥散在作品之中，穿透了叙事的结构。我当时就是抱着这样的疑惑去解读这部作品，发现这部小说没有设计任何神秘的细节,可是在叙事结构上却处处留出了想象的空白,神秘主题是潜伏在整个叙事结构中的。当时我在一个文学讨论会上提出了这个发现,引起不少朋友的兴趣,后来我写成两篇文章,大致的意思差不多,分别应了朋友的约稿,发表在两家杂志上。现在已经过去二十多年了,我的看法仍然适用于对王安忆小说叙事特点的理解。以下就是当年写的其中一篇,发表在《当代作家评论》1986年第1期:

双重叠影·深层象征
——谈《小鲍庄》里的神话模式

应该声明一下,我写这篇文章,只是对这部作品所蕴含的丰富内涵及其艺术表现的新奇感做出一种个人的阐释,只是我在阅读这部作品时产生的一些想法。至于这些想法是否与作家的创作意图相吻合,能否得到作家的认可,在我看来并不重要。因为我论述的仅仅是我心目中的《小鲍庄》。

《小鲍庄》从表层看,已经"土"到无法再土,它对于中国农民精神状况的再现,对于中国农村质朴氛围的渲染,都达到了相当逼真的程度。这对于一位神经敏感、感情细腻的上海女作家来说,不能不说是她个人创作道路上的一个大突破。但是这部作品所含有的突破意义远不止于此。从深层上看,小说既提供了一个质朴无华的现实世界,使每位读者都能凭个人经验去把握它,同时又在这个现实世界的背后隐隐地透出一个形而上的世界,它超越了人们的个人经验,以致读者只能够在有限的文学世界中朦朦胧胧地把握它和领悟它。

这正是这部小说最令人感兴趣之处，否则的话就很难理解：为什么这样一部描写平平常常的农村生活的故事会吸引那么多批评家的关注？它不同于韩少功的《爸爸爸》，后者是以明显的怪诞布局了一个非现实世界；它也不同于莫言的《透明的红萝卜》，莫言在作品空间中同时安置了两个世界：现实世界与感觉世界。《小鲍庄》没有那种外在弥合的痕迹，它似乎只有一个世界：现实的世界。但就在这个世界的背后，隐藏了另一个非现实的世界。它似乎不出现于文学表象之中，需要读者的体验与领悟才能意识到它的存在，我姑且把这隐隐约约形而上的世界，称为"神话模式"。

小说中有两个人物对小鲍庄历史建构发生过至关重要的影响，是认识小鲍庄故事的关键。一个是小鲍庄的祖先，另一个是捞渣。小鲍庄的祖先原先是个官，龙廷派他治水，他用筑坝的方法围住了九万九千九百九十九亩好地，不料一阵大雨把坝子里淹成了湖。官儿被黜了官，自觉对不住百姓，痛悔不已，便带了妻子儿女到了坝下最洼处落户，以此赎罪。从此这里便开始繁衍人口，成了几百口子的小鲍庄。这段引子看上去荒诞不经，很容易被当作一个类似鲧治水不成反而受罚的故事翻版。其实这故事的意义不在治水，而在赎罪。有了这个引子，小鲍庄故事中所构成的一切灾难都有了新的意义：这个庄子与生俱来就带有原罪，那里的居民世世代代所面临、所遭受的灾难都是难以摆脱，命运中注定了的。在这里，一部历史可以等于一天，没有任何变异的希望，"不晓得过了多久，像是一眨眼那么短，又像是一世纪那么长"。历史被凝固了，人的命运也被凝固了，在小说中展示的种种关于小鲍庄居民所处的困境,如老绝户鲍五爷的孤苦,鲍秉德娶了疯娘子的凄苦,建设子因贫穷老实而找不到媳妇的寂苦,文化子与小翠欲爱不能的情苦,拾来与二婶成了亲又失去社会尊重的悲苦,以及"文疯子"发愤著书又一事无成的清苦,都无法归罪于社会上的某种原因,也无法归罪于他们个人的品质。小说中没有一个邪恶的人,甚至也没有一个邪恶的物化象征。他们的种种困境只能从小鲍庄的地理环境与历史环境中去找:是洪水带来了灾难,灾难又造成了贫困,贫困再形成了愚昧麻木的文化心理,而作为灾难的源头洪水之所以世世代代威胁着小鲍庄居民,那是因为小鲍庄的祖先没能治好水,因此到头来小鲍庄的文化形成还是由小鲍庄人自己负责。

  这段引子显然具有深层的象征意义。小鲍庄本身是一种象征,一种人类苦难起源的象征。而这种象征的意象,又似乎是借助宗教故事来完成的。"七天七夜的雨,天都下黑了。洪水从鲍山顶上轰轰然地直泻下来,一时间,天地又白了。……天没了,地没了,鸦雀无声。不晓得过了多久,……一根树浮出来,划开了天和地。树横漂在水面上,盘着一条长虫。"一系列的意象不能不使人想起《圣经》,七天七夜的雨、洪水、树枝、长虫,可以说是一部象征化了的《创世纪》,那官儿治水不成而落户的故事,更增加了人类命运中的原罪意识。宗教带给人类的只是一种人类自身面临无以摆脱的自然灾难的虚幻折射。它反映了人类对于自身的一种认识过程,或许是暗示人们曾经达到过的认识水平,或许是用神话的形式来表述人类在世界上寻找和确立自身的位置。我宁愿取后一种意义,在我们今天的世界上,迷信普遍受到破除,关于宗教的原罪说不再会使人畏惧，那么当我们抛弃了这层宗教神话的外衣以后，它的核心只能作为一种深层的象征，它反映了人面对外界无数灾难袭来时对自身的深刻反省，这不是对个人的反省，而是对整个有史以来的人类的反省。

  再谈捞渣。小说正文开始，就是捞渣的降世。这是一个神奇的小孩，他之所以叫"捞渣"，是因为"这是最末了的了，本来没提防有他"。是的，他是"最末了的"。就像那治水不成的官是小鲍庄的"第一个"。一头一尾，一个象征小鲍庄苦难的开始，另一个象征小鲍庄苦难的结束；一个象征人类的原罪，另一个象征人类的赎罪；一个强调了在洪水中生——那官儿在治水期间生了三子一女，标志了灾难的开始，另一个强调了在洪水中死，捞渣的死却消弭了小鲍庄的种种灾难。捞渣是一个"仁义"的孩子，他的降生体现了小鲍庄居民身上的一切善良本性。他尊老，用天真的热忱冰释了鲍五爷的怨嫌；他敬兄，慷慨地把读书求知的机会让给了哥哥；他爱友，不愿为一时输赢伤了小伙伴的心，他甚至爱及一切生命，当文化子给他逮了一个叫天子时，他"玩了半天，就把它放了"，因为他看出"它自个儿在笼子里太孤了"。值得指出的是，捞渣是个孩子，他所有的行为并不是出于某种理性的道德律，而是一种浑然天性的自然流露，某种意义上说，捞渣是一个完美的人，一个赤子。然而纯洁无瑕的捞渣死了，他为了救老绝户鲍五爷死了，他的死高扬了小鲍庄人的"仁义"本性，净化了人们的灵魂，赢得了人们的敬重。"小鲍庄是个重仁重义的庄子，祖祖辈辈，不敬富，不畏势，就是敬重个仁义。鲍庄的大人，送一个孩子上路了。"但是，捞渣所以神奇，不但是因为小说写了一个纯洁的孩子的死，更有意思的是，随着捞渣的死和死后被逐步升格为"少年英雄"，小鲍庄居民所面临的困境也逐步得到了摆脱。这种摆脱困境的方式是多种多样的，鲍五爷终于在洪水中结束了孤苦生涯而满意地咽了气，鲍秉德的疯娘子也在这场洪水中奇异地失踪（小说曾通过鲍秉德在捞渣坟头的联想巧妙地暗示他的困境结束与捞渣死的关系），鲍仁文从捞渣的死中获得了创作灵感，走上了成材之路。紧接着，捞渣的哥哥们也都各得其所：建设子当上了工人，摆脱了贫困；文化子与小翠的爱情也消除障碍，终成眷属。甚至连一向被人瞧不起的拾来，也由于打捞捞渣的尸体而恢复自尊，整个小鲍庄因为出了个英雄而得救。

如果说，小说原先以小鲍庄四五家人的不幸故事同时并发地构成一部小鲍庄历史，那么，捞渣的死无疑是整个历史的转机，成为小说中情节发展的一个纽结。小鲍庄文化形成的各种困境仿佛是与生俱来，非个人力量所能够克服。这种状况的描绘中充分显示出王安忆的现实主义创作才能，在《大刘庄》里也表现得十分精彩，但捞渣的降生与牺牲就像是一个神迹，靠了它的显示，赎还了小鲍庄祖先遗下的罪孽。整部小说始于洪水，终于洪水，形成一个完整的人类命运的象征。捞渣的形象不能不使人想起神之子来到人间赎罪的故事，捞渣的"坟上长了一些青青的草，在和风里微微摇摆着。一只雪白的小羊羔在啃那嫩草"。这里的羔羊对小说内涵的理解无疑又是一种深层象征，就和小说开始时出现的那条长虫一样。

由此，我们透过《小鲍庄》所提供的同一块空间，同时看到了两个世界：现实世界与非现实世界。也是两个故事：

一个现实的淮北农村救灾的故事与一个有关人类命运史的圣经故事。有的研究者曾认为这部作品在艺术上受到过《百年孤独》的影响，但是对外来影响作过多的考据，我以为意义不大，因为在中国这块黄土地上，质朴的思维方式决定了它的文化中魔幻成分还不至于多到足以影响文学家的创作情绪，过于追求神秘奇诡，有时反而会给人一种矫揉造作之感。然而《小鲍庄》则不然，它完全以一种民族化了的形态表现中国的事和中国的人，它使一个虚幻的宗教故事不是作为小说外在的因素穿插其间，而是重叠在一个现实故事之中，并且叠合得如此天衣无缝，使我们从一个非现实世界中领悟到对现实世界的讽刺与针砭。一个纯洁的像羔羊般的孩子的死，本身固然是非功利的，但它使现实中的小鲍庄居民摆脱了各种困境。这种荒诞色彩的故事背后，包含了对至今还在社会生活中起着作用的造神运动的绝妙讽刺。

　　虚虚实实的双重叠影，是这部小说艺术构思上的一个重要特征。由于宗教因素在这部小说中不是作为情节而是作为一种"神话模式"，与小说中的现实世界的故事同时出现的，所以它对小说来说，既有一种结构的意义，又深化了小说的主题。就像乔伊斯将荷马史诗《奥德赛》的模式套用在《尤利西斯》之中，艾略特将亚瑟王传说中的模式套用在《荒原》之中，福克纳也把《圣经》模式套用在《喧哗与骚动》一样，宗教的神话模式的运用，不但使这部小说增添了现实的嘲讽意义，而且超越了一般农村题材所包含的思想内容的容量，成为一个探讨人类命运、人类苦难等一系列永恒主题的作品。

我在后来阅读王安忆的一些代表性作品时，不能不注意到这种"双重叠影·深层象征"的艺术思维特点。它若隐若现地出现在作家的形象思维中，体现在无意识层面上，它熔铸了作家平时对于时代（客体世界）的深层次的理解，并采用模糊的方式呈现出来。不是所有的作品都有这样的特点，但一旦出现这样的特点，作品往往会获得一种特殊的包容性内涵与多元阐释的可能。其实作家对于自己创作思维中的这一特点也似悟非悟，她曾努力把握其中的规律，她提出过著名的"四不要"的原则：不要特殊环境特殊人物、不要材料太多、不要语言的风格化、不要独特性。这四个"不要"中，第一个"不要"最耐人寻味，我们完全可以把这句话转读为"不要典型环境典型性格"，这种"去典型化"的新诗学原则，决定了王安忆把人物创作大胆地定格在类型的意义上，即不通过塑造鲜明的人物性格，而是采用性格模糊的类型人物群像，来体现涵盖面更大的时代一般性。也就是说，读者的眼球不被鲜明的人物性格所吸引，才能够透过一般的模糊的群体行为，去深入思考人物背后的时代的一般风气。这一点，批评家洁泯先生在评论《小鲍庄》的文章中已经注意到了，他指出："《小鲍庄》中的众多的人物的个性极不明显，鲍彦山仿佛是鲍彦荣，鲍秉义几乎是鲍五爷，除了拾来、捞渣、大姑的面目相当清晰外，此外的人物大抵是模糊的。然而那几个性格模糊的人物身上，散发着种种共有的凝固性的气质……"其实王安忆要的就是这个效果，只有在这种"凝固性的气质"中才能够让人感受到时代的一般性特征，这也就构成了小说隐形结构的基本材料。小说中由于人们的安分守拙、顺从麻木，极其被动地接受命运的惩罚和救赎，为神迹的显现提供了可能，进而也达到了对现代造神运动的反讽。

《小鲍庄》以后，王安忆第二次用同样的神话模式作小说隐形结构的是《岗上的世纪》，这是一部探索人类的无意识和性本能的杰作。在这之前，王安忆已经创作了著名的"三恋"，尽管在欲望横流的1990年代，王安忆竭力撇清自己与"身体写作"的思潮的关系，但是无可否认的是，"三恋"中的《小城之恋》，是一部典型的探讨身体的作品，如果追根究源，可以说是1990年代身体写作的滥觞。但王安忆远比后来的"身体写作"者高明，她从来就不是物质主义者和商品拜物教者，她在探索性本能与身体决定论的同时，始终有抽象的精神境界高高悬挂在文本之上。到了《岗上的世纪》，她又一次在隐形结构里潜藏了一个《圣经》的创世纪故事，一个女知青在农村的悲惨命运与人类如何感受性爱的诱惑融洽地交织在一起，以宗教的创世故事消解了世俗层面的内容。

　　1990年，王安忆在一年多的空白与休整以后，重新拿起了笔，创作了她迄今为止最好的中篇小说《叔叔的故事》。这部小说是从反省开始的，从故事的显形结构上看，王安忆的反省对象是"叔叔"一类的1980年代的知识分子，但事实上，有关"叔叔"的叙事始终被一种不确定的后设立场所牵制，叙事变得模模糊糊，何况"叔叔"没有自己的名字和相应的社会关系，这个人物像鲁迅笔下的阿Q，成为一个时代和民族的人格化的象征。他唯一拥有的作家的身份，只是作为一种历史叙事的性质，它的历史内涵可能是通过"叔叔"一代和"我"一代的叙事来完成。作家通过"叔叔"故事的隐形结构，暗暗地表述了作家对于她所经受的新的经验世界的理解，或者说，她需要这样一次反省，来清理她和整个浮华而虚幻的1980年代之间的精神关系。于是小说里就出现了这样两个警句：

（"叔叔"的警句）原先我以为自己是幸运者，如今却发现不是。

（"我"的警句）我一直以为自己是快乐的孩子，却忽然明白其实不是。

那么，究竟是什么事，决定了这两代人一起都不幸福或者不快乐了？小说文本提供了一系列的故事，其中最后一个故事，是"叔叔"终于在奢侈的生活中发现了自己从前的丑陋生活的标记：他的儿子出现了，他虽然不费力地战胜了这个丑陋的儿子，但是，一个战胜了儿子的父亲有什么希望可言呢？于是在"一夜间变得白发苍苍的"叔叔终于想到：他再不能快乐了。在这里，"叔叔"的不快乐，也暗示了"我"的不能再快乐。这两代人原来感受的是同一个问题："叔叔"们不再感到自己是幸运者，是他们以前曾经有过的丑陋与内在的危机所决定的，而认识到这一点，"我"这一代也无从快乐起来。

与今天弥漫在媒体的怀旧气氛不一样，当时知识界最需要反省的，是对1980年代的精神与经历的重新思考。王安忆率先走出了这一步，这一次是王安忆思想与创作的原创性突破，也是她借助了后现代的武器，对于自己以前所走道路的一次清算，而这个隐藏在《叔叔的故事》的文本内部的隐形结构，起到了决定性的作用。

再接着就是《长恨歌》的出版。这部长篇小说在刚刚问世的时候并不是那么引人关注，但随着上海怀旧热从海外传到国内，渐渐地成为家喻户晓的一部新海派文学代表作。可是人们在盛赞它之余，最不能解决的疑惑是，当所有的真真假假怀旧者们都津津乐道海派文化复兴时，作为代表作的《长恨歌》却以空前的悲凉感描写了王琦瑶晚年不光彩的死：她死于一场奇怪的恋爱和一场奇怪的抢劫。王琦瑶的一生，经历了早年的繁华糜烂同体生发，中年的民间记忆与抵抗政治风暴的市民文化，晚年畸形的繁荣和梅开两度，以及悲惨的下场。我以为她的故事已经超越了一般海派的靡靡之音，响彻了黄钟大吕式的悲歌。如果我们注意到，王安忆在《长恨歌》文本的前五章所描述的一系列由个别到一般的都市场景，以及最后王琦瑶之死与前面片场镜头的吻合，会发现非现实结构又一次出现在小说文本的隐形部分，又一次出现了双重叠影的象征意义。《长恨歌》不同于一般的怀旧读物，就在于这个不同凡响的隐形结构。王琦瑶同样是类型人物，她的上海小姐的身份，隐居的民间生活场景，以及晚年作为旧上海的符号被一批粗鄙化的海派老克勒追捧，导致了非正常死亡，都可以作为一种怀旧者心目中的海派文化的人格化。这让我想起了《子夜》里一个传统文化的人格化代表吴老太爷，他一到十里洋场，就在欧风美雨刺激下风化了；王琦瑶不也是这样吗？作为一个在民间隐藏多年的旧文化的人格化象征，在怀旧者们粗鄙的追捧刺激下，不也像一具出土的僵尸一样迅速风化吗？当然，事实并不像王安忆当初所想象的那么简单，旧文化有时会借助新的时尚风气继续在生活中发挥它的作用，延续它的生命而不是迅速寿终正寝。也许就是这个原因，这部小说中的隐形结构的部分始终没有引起人们的普遍关注，而它的显形结构却继续被当做一个海派怀旧故事越走越红，一部明明是反怀旧的小说，结果被当作怀旧的经典在流行畅销，我以为这是今天文化市场的一个值得探究的特点。——但这个问题不是本文的内容，暂且不说，我在这里揭示出《长恨歌》隐形结构的反怀旧内涵，正是这部作品在目前流行的怀旧读物中鹤立鸡群，风貌迥异的真正原因所在。

由此看来，我在22年前评论《小鲍庄》是用了神话模式来解读其隐形结构，还是很片面的。双重叠影的深层象征，作为王安忆小说叙事艺术的一个经常性出现的特点，是王安忆创作的形象思维的一个重要特征。双重叠影不一定参合神话模式，但是用两重，甚至是多重的结构重叠（而不是拼接）在同一个文本上，说的是同一个故事，既写出了现实性、流行性故事的显形结构而受到读者欢迎，又隐含了对显形结构的解构（《长恨歌》）、补充（《叔叔的故事》）、超越（《小鲍庄》）的隐形结构，达到了某种深层次的意识和无意识，从而使小说文本产生了内在的张力，寄托读者的想象和补充。这样的创作思维特征，在王安忆后来的小说如《遍地枭雄》《启蒙时代》中也是若有若无地存在着，需要我们对这些文本继续作细致深入的解读。

2008年12月14日写于黑水斋

初刊《中国作家》2009年第1期

注　释

1　小说的隐形结构，是我提出来的一个小说美学的概念，详细分析可参阅拙作《民间的浮沉：从抗战到"文革"文学史的一个解释》。

营造精神之塔
——论王安忆1990年代初的小说创作

1990年代以来,王安忆总是用一些比较特别的词来解释小说创作:抽象、虚构……心灵世界,似乎急于把她的小说与具体、纪实、现实世界区别开来;同时,她又一再重申,自己正从事着"世界观的重建工作"[1],并声称自己的小说为"创造世界方法之一种"[2]。在一次谈话里,王安忆宣称说,她的世界观、人生观和艺术观已经很成熟了。[3]这些自我宣言伴随着她一系列既密集又重大的小说创作,传递出中国当代精神领域一个不容忽视的信息:在1990年代文学界的知识分子人文精神普遍疲软的状态下,在相当一部分有所作为的作家放弃了1980年代的精英立场,主动转向民间世界,从大地升腾起的天地元气中吸取与现实抗衡的力量时,在大部分作家在文化边缘的生存环境中用个人性话语来表达自己的感受时,仍然有人高擎起纯粹的精神的旗帜,尝试着知识分子精神上自我救赎的努力。这种努力在现实层面上采取了低调的姿态:它回避与现实世界的直接冲突,却以张扬个人的精神世界来拒绝现实世界的侵犯,重新捡拾起被时代碾碎了的知识分子的精神话语。这项不为人注意的巨大精神工程,对王安忆来说似乎是自觉的,是她自由选择的结果,为此,她也体尝了力不胜任的代价。

1990年冬,王安忆发表了搁笔整整一年后创作的小说《叔叔的故事》。这搁笔的一年,后来被她称为"这十年中思想与情感最活跃最饱满的时期"[4]。是生活的严峻粉碎了她原有的肤浅的人生观,逼使她重新思考面对生活的态度,也就是进行一种"世界观的重建工作"。这一尝试性的工作使王安忆获得了成功,她完成了继1985年发表《小鲍庄》以来个人创作道路上最重要的一次转机,精神与创作的危机被克服了,新的叙事风格正在形成,由此,短短的几年里她迅速建立起小说创作的新诗学。

几乎所有关于《叔叔的故事》的评论都注意到小说叙事方式的变化,其实元小说或者后设性小说叙事的方法,早在《叔叔的故事》以前就被人运用了。在我看来,以公布虚构技巧以及自我拆解的诚实来结构小说,并不能真正为小说自身的美学价值提供新的因素。叙事形式的研究,应该有助于具体作品的艺术品位和精神内涵的提升,即与小说的诗学原则结合起来,才会真正有价值。那么,王安忆的新诗学是什么?她曾以惊世骇俗的姿态宣布了自己的四条宣言:一、不要特殊环境特殊人物;二、不要材料太多;三、不要语言的风格化;四、不要独特性。王安忆所追求的新的小说诗学,似乎正是建立在一般小说艺术规律的反面,那势必要冒很大的风险:不仅与1980年代中国小说叙事的整体风格相违,也不同于1990年代出现在文化边缘区域的个人化叙事话语。她以知识分子群体传统的精神话语营造了一个客体世界,不是回避现实世界,也不是参与现实世界,而是一种重塑,以精神力量去粉碎、改造日见平庸的客体世界,并将它吸收为精神之塔的建筑原材料。换一个通俗的说法,王安忆营造的精神之塔正是借用了现实世界的原材料,这就是她反复说要用纪实的材料来写虚构故事的本来意义。

王安忆不是一个理论家，她试图在理论上说明自己的艺术主张，但总是词不达意。如上述四条"不"的文学主张，只有放在她的新的诗学原则里才能说明清楚。不要"特殊环境特殊人物"是指她放弃了传统艺术反映世界的方法，采取了另外一些人物塑造的方法——类型人物或者纪实性人物来与之对抗。不要"材料太多"，哪来的材料，只能是客体世界的材料，这也将有碍于她的精神之塔的构建，因为在她看来艺术并不是要复制一个客体世界。这一条使她与1980年代的自然主义色彩的个人风格告别了。不要"语言的风格化"，很容易被人误解成作家不要语言风格，如结合王安忆的其他文论体散文来看，她这里说的语言风格不是指作家的个人语言风格，而是指作品人物的语言个性化，这是第一条的补充，典型环境中的典型人物的标记之一就是语言的个性化，既然不需要人物的典型化，自然也无须人物的个性化，类型人物或纪实性的人物是无须用语言个性化来塑造的。此外还体现了王安忆的叙事需要，这座精神之塔是作家用语言构筑起来的，它首先需要的是语言风格的统一性和整体性，而不要让过于强烈的个性化语言来破坏这种统一。——以上三个"不要"，表明了作家自觉与传统叙事风格的分离，而第四"不要独特性"，则使她与同时代的叙事风格也划清了界限。1990年代文学的整体叙事风格是从宏大的历史的叙事向"无名化"的个人性叙事转化，个人话语正是以强调个人经验的独特性来保护自己被同化的危险。而王安忆拒绝了这种"取巧的捷径"，拒绝独特性也就是拒绝以个人来与客体世界对抗的策略，反之，她的精神之塔正有赖于客体世界的材料，所以她又引进了"经验的真实性和逻辑的严密性"[5]。"经验的真实性"也就是经验的客观性，这不能由个人来承担，只能是知识分子群体的经验传统；"逻辑的严密性"在她的理解中，似乎正是客体世界自身的发展逻辑，不以作家个人的主观意志为转移的生活本相。这当然不是说王安忆取消了个人风格的独特性，而是以个人的精神立场吸取了知识分子群体的精神资源并涵盖了客体世界。

王安忆在她的"四不要"中努力地寻找自己的叙事风格，一场转型中的叙事风格。尽管她对自己所要寻找的诗学并不十分清楚，但通过艰苦的创作实践，正在逐步地接近着这个理想的精神之塔。我用"精神之塔"这个词来取代王安忆自己所归纳的"心灵世界"，是因为我注意到王安忆对精神构建中的时间因素的重视。王安忆的精神之塔是历史的而非现时的，是立体的而非平面的，精神自成一种传统，犹如耸立云间的尖塔，与务实而平面的世俗世界相对立，大到国家民族，小到一个城市，其悲剧性的历史命运都在精神之塔的观照下深刻地展示出来。本文试图对王安忆1990年代初创作的几部小说的分析，一步步去接近她所建立起来的这座精神之塔。

1990年代初，王安忆连续发表了三部风格相近的中篇小说：《叔叔的故事》《歌星日本来》《乌托邦诗篇》[6]，这三部作品的创作时间前后不过半年，可以说是一气呵成的营造精神之塔三部曲，分别以过去、现在和未来三个时间向度来重新整合1980年代知识分子的精神传统。

《叔叔的故事》是从反省开始的，用王安忆的话说，是"对一个时代的总结与检讨"[7]，其反省对象是以作家"叔叔"为类型的知识分子叙事传统。反省不同于忏悔，1980年代以来的知识分子为推动社会进步尽了自己的最大努力，但这种努力带有与生俱来的先天性残疾。王安忆之所以不以典型化的方式来塑造"叔叔",正是为了对这样一种不确定性作出反省：我们的历史从何而来？它在自身的发展中存在着什么问题？它给1990年代的我们留下的教训又在哪里？这些探索是不可能寻到确定性答案的。作家匠心独运地利用后设小说的手法,公然拼凑出一部"叔叔"的历史,"叔叔"没有具体的名字和社会关系,甚至也不妨把他看作一个时代的人格化。他唯一拥有的作家身份,只是表明了一种历史叙事的性质,"叔叔"所有的历史内涵,可能都是通过"叔叔"和下一代的"我"的叙事来体现和完成的。所以说,"叔叔"不是一个艺术典型,而是某种类型的符号,涵盖了某个时代的知识分子的精神史。

《叔叔的故事》是在一个历史特定时刻发表的,王安忆在艺术创作中熔铸了自己的思考与感受,她说："它容纳了我许久以来最最饱满的情感与思想,它使我发现,我重新又回到了我的个人的经验世界里,这个经验世界是比以前更深层的,所以,其中有一些疼痛。疼痛源于何处？它和我们最要害的地方有关联。我剖到了身心深处的一点不忍卒睹的东西,我所以将它奉献出来,是为了让人们与我共同承担,从而减轻我的孤独与寂寞。"[8]小说正是从疼痛的反省开始,叙事人"我"不仅完全获知了"叔叔"的全部故事,而且正是在"叔叔"的失败中领悟到叙事的需要。她反复强调了叔叔和叙事人"我"的两个警句：

　　（"叔叔"的警句）原先我以为自己是幸运者,如今却发现不是。
　　（"我"的警句）我一直以为自己是快乐的孩子,却忽然明白其实不是。

叙事人"我"不是作家王安忆的个人指称,他似乎也是一个类的代表,即代表1990年代的一代人对历史的审视。"我"为什么发现自己并不快乐?作家没有说明,借助"叔叔"的故事来表达内心的一点寄托。于是"叔叔"成了傀儡和道具,"叔叔"发现自己并不是"幸运者"的被叙述,与叙事人暗示自己并不快乐的动机构成了某种因果关系。因此,探究"叔叔"为什么不是个幸运者,成了所有问题的关键。

作家一开始就告诉我们,关于"叔叔"的故事,一部分来源于叔叔自己的叙述,一部分来自传闻或某个心怀叵测的人的恶毒攻击,叙事人还直言不讳地承认有些地方出于他的加工编造,所以"叔叔"的故事其实是很不可靠的。"叔叔"的身份是作家,作为某个历史时期的叙事者,他的历史叙事也是很靠不住的。小说所提供的"叔叔"的精神特征,正是从揭穿原历史叙事的不可靠性着手,展示其以下几个特征:一是苦难神圣化,二是泛政治化,三是精神上的自我放纵。苦难是"叔叔"一代后来得以发达的光荣资本,也是这一代精神史的出发点。正因为它无比重要,所以在历史叙事中被夸大了和扭曲了。当然不能否定和遗忘"叔叔"这一代人所受过的苦难,只是从一开始"叔叔"们对苦难的叙事就包含了虚伪的成分,人类真正意义上的苦难史总是伴随着人自身的许多丑陋特征一起出现的,屈辱与耻辱往往只一步之遥。但在有关"叔叔"一代的苦难史的叙事中,灾祸仿佛总是从天而降,受难者被叙述为英雄或者圣徒,从而掩盖了许多真正值得反省的历史本相。当灾难过去以后,英雄和圣徒们并没有从苦难中获得多少教训,反而轻而易举地因苦难而获得天下,名利双收。由于没有深刻的反省,"叔叔"们在人格上总是缺少了一点什么,他们的叙事始终停留在政治和权力的层面上做文章,却很少与这个民族的真正命脉联系在一起。小说引入"文化寻根运动",尽管对这场初步的"到民间去"的运动作了过于浪漫的褒扬,但文化上的分野已经存在了。"叔叔"对中国民间发生的事情非常隔膜,他"对世界的看法总是持一种现实的政治态度,国家与政治概括了整个世界",他要自我掩饰过去的悲惨屈辱的真实历史,唯有把自己挂靠在宏大的国家政治叙事中才能天衣无缝。"泛政治化"是传统士大夫留给现代中国知识分子的胎记,王安忆没有在权力层次上观照"叔叔"们的身影,这样也许从深层意识中看到这一代的缺陷,"叔叔"的频频出国和对女性的频频征服,也可以看成另一种权力的象征。既疏离权力又疏离民间的知识分子,其心态和创作力出现危机是自然的,正如远离了生命之源、缺乏健康的人会在自己身上拼命榨取生命的残汁,"叔叔"把生命力的自我证明放在异性身上也是必然的。于是"叔叔"的精神历程进入了第三个阶段:自我放纵。由于苦难的历史作了资本,由于权力话语掌握在他的手中,自我放纵则成了以往人性欠亏的正当弥补。小说中写了古典色彩的大姐、浪漫成性的小米和无数招之即来、挥之则去的现代女孩,其实都只是某种异性的符号,并没有血肉之躯的生命力。这些异性迅速消费"叔叔"日趋枯竭的精神能源,他的末日终于在淫佚过度中来临了。

我们从"叔叔"的故事中仿佛看到某种概括性很强的历史缩影:巨大的灾难和奇迹般的胜利,迅速的膨胀而造成自欺欺人、华而不实的英雄形象,以及同样迅速的自我放纵与腐化,危机终于爆发。这时"叔叔"们才恍然大悟:原来不该忘记的东西一样也没有消失,赫然在目的仍然是本质的丑陋。小说用两个参照系终于让"叔叔"们明白过来:一次是"叔叔"外访时想对一个德国女孩无礼而遭拒绝,他从女孩的眼中看到了"厌恶和鄙夷",使他感到时光倒流,又回到了"那个小镇上的倒霉的自暴自弃的叔叔";另一次是至关重要的,即他的儿子出现在他的眼前,一个集他人生中所有的卑贱、下流、委琐、屈辱的场面于一身的儿子大宝。本来以为人生的某些阴暗场面会随着辉煌的结局而被掩盖、被遗忘,英雄也有"摇尾乞食"的难处,很快就会消失在历史之中,可是大宝的出现却使"叔叔"颓然觉悟:他曾经有过狗一般的生涯,他还能如人那样骄傲地生活吗?自然主义作家王安忆在这儿又一次使用了遗传的武器,你能拒绝以往经验却不能拒绝你血缘上带来的儿子。这使人想起一部日本电影《人证》,讲的是辉煌的母亲为了拒绝以往经验而谋杀自己的儿子,而王安忆却让"叔叔"在一场战胜了儿子的准谋杀中意识到:将儿子打败的父亲还有什么希望可言?于是"一夜间变得白发苍苍"的"叔叔"终于想到:他再不能快乐了。我们注意到,这里作家悄悄换了一个词:快乐,本来这个词的失落是由叙事人"我"来感慨的,现在与"叔叔"们的不幸运混为一谈了。两个问题原来就是同一个问题:"叔叔"们不再感到自己是幸运者,是他们与生俱来的丑陋与危机所决定的,而认识到这一点,"我"这一代也无从快乐起来。

从《叔叔的故事》开始,王安忆摆脱了个人经验的狭小范围,将自己融入一个广袤的精神领域,自觉担当起时代的精神书记员。出于自信,她在以后几部精神史的写作中,不再使用身份不明的人来担当叙事人,直截了当由自己充任了这个职责。《歌星日本来》里,她明说叙事人就叫王安忆,她丈夫也充当了其中一个人物;《乌托邦诗篇》里,她如实写进了自己访问美国的经历和创作《小鲍庄》(这是作家早期创作中最成功的一个作品)的体会,她自信个人的经验不再狭隘,不再是雯雯们自作多情的世界了,因为她的精神之塔已经深深铸刻上时代的印记,满溢了客体世界喧哗着的各种声音。

《歌星日本来》是对现时社会分化的纪实。如果说《叔叔的故事》涵盖了1980年代到1990年代的尖锐冲突和反省,那么《歌星日本来》平实地描述了知识分子人文传统所面临的另一个挑战:市场经济对人文精神的皇冠——纯艺术——的挑战。小说仍然运用叙事人的叙事方式,讲述一个间接听来的关于一个日籍歌星与内地小歌舞团联袂走穴的故事,叙事人与故事之间隔了两个人的转述,一个是单簧管手阿兴,一个是叙事人的丈夫,而这两个人物也带进来自己的故事,这样,故事与间接叙事人、直接叙事人的故事交错在一起,构成一个时代的多声部奏乐。王安忆写这部小说是在1990年底,计划经济向市场经济的大转轨高潮还没有真正到来,但某些文化价值观念的转变已经在内地城市悄悄地发生,首当其冲的是一些旧时代留下的文化陈迹。王安忆的敏锐与准确都是令人佩服的,即使在新的生活现象初露端倪以及被一些耸人听闻的舆论夸大其后果的时候,她的艺术形象几乎像一篇政论文一样,已经在深入地剖析这种文化现象的复杂意蕴了。她强调了内地小歌舞团体的不合理的建制,描绘了一个靠政治权力和群众运动的奇异结合而成的交响乐的普及运动。作家对此作出这样的命名:一个文化绝灭的时代,由于一个权势无边的女人的罗曼蒂克的嗜好,经过野路子的传播,终于合成了一次真正的交响乐运动。内地小歌舞团就成了罗曼蒂克时代的牺牲品,但是在狂热普及交响乐的运动中毕竟唤醒了许多音乐爱好者对艺术的追求热情,小说里的人物阿兴、叙事人的丈夫以及后来成大器的音乐家瞿小松,都被卷入了其中的行列。

他们为了追求艺术奉献出自己最美丽的青春和梦想,当时代发生深刻变化时,这些交响乐的追随者们也发生了分化,自然有瞿小松那样的前程远大的幸运者,但更多的是阿兴和丈夫那样被碾到了时代巨轮之下的牺牲者。他们不仅将青春与梦想付之东流,更残酷的是,他们将目睹自己输败给一些极其粗鄙的商业"艺术",正如那个在茫茫人海中悲怆地孤军作战的日籍歌星。王安忆说,这部小说是写"一个浪漫主义时代的结束"[9]。

王安忆没有像一般的不适应社会转型者那样断然拒绝市场经济,没有夸大这种日趋粗鄙化的文化危机,但她也并非像有些自以为是的弄潮儿那样公然放弃知识分子的人间情怀和对人文理想的追寻,这一点我们在接下去要分析的第三篇作品《乌托邦诗篇》里看得更为清楚。但从《歌星日本来》中,作家以个体精神对时代的穿透力仍然非常强有力地体现出来,这主要体现在对两个旧时代的牺牲者阿兴和丈夫的青春理想的深切悼亡之上。作品所透露的精神是低调的,但又是极其严肃的,有很多细节不忍卒读,饱含了作家强烈的抒情性。如有这样的一个细节:单簧管手阿兴白天吹着趋时的萨克管,到了晚上,"夜深人静,他悄悄地从床上爬起,也不开灯,摸到了放在窗下的单簧管盒子。他打开盒子,一件一件装好,手指揿着键,键钮发出轻快的嚓嚓声,在月光下烁烁作亮。他感觉到键钮在手指上的凉意,一阵彻心的酸楚涌上心头"。没有一点议论一点暗示,悼亡的感情饱满地体现在具体的人物动作中。与《叔叔的故事》里那种透辟、抽象的议论不同,这部作品的大量议论中处处渗透了悼亡理想的细节。我们似乎没有必要在这儿讨论作家所悼亡的理想是否具有时代的价值,因为作家通篇都在揭露造成这种理想的虚伪性,可是文学是通过具体人物的命运来展示一般的,一旦着墨于个人的生命，谁又能说他们的青青、理想、梦就没有悼亡的价值？在时代的变更、社会的转型一系列走马灯似的运转中，许多美丽的东西会失落掉，而文学就如叙事人王安忆所说的，只是个"拾海人"，弄潮儿不需要文学，拾海人才是属于文学的，王安忆的心灵世界里驱除了弄潮儿，才有可能在普遍轻浮的声浪里高高竖立起精神的灯塔。

走完了反省、悼亡的曲折路程以后，作家又写出她的精神三部曲的最后一部《乌托邦诗篇》，这是一部通向未来的启示录。精神蒙受重重磨难以后，终于从低调转向高亢，火山喷发似的变得势不可挡。知识分子对自身精神传统的诘难和面对市场经济的挑战，不过是现代社会转型过程中的自我深化，或可以说是新型的现代知识分子诞生的前兆，并不意味着某些所谓后现代论者所断言的，知识分子应该顺着历史大潮而自我"消解"，放弃对精神传统的根本性依存。知识分子并不是现代经济生活中的某个阶级，它是人类源远流长的人文精神传统的派生体，它经过反省和悼亡两个阶段以后，必然会走向一个重建理想的新生阶段，这就是王安忆《乌托邦诗篇》的核心。精神是极为抽象的，小说作者必须找到一个美学的载体，才能充分地把它体现出来，于是，诗篇的叙事形式就成了精神所依存的美学载体。尽管没有明白地写出主人公的名字，但谁都知道"他这个人"是台湾作家、被看成社会良知的陈映真，但陈的故事仅仅是小说叙事的一部分，应该注意到，这部小说的另外一部分也很重要，那就是作家王安忆的精神自传，即她的访美引起的精神变异、创作中国经验的《小鲍庄》和重返黄土地寻根，这段时间大约也是1980年代上半期到1990年代初。[10]以自己的精神发展历程与对陈映真为象征的理想主义的相知相印紧紧地结合在一起，谱写了知识分子理想之歌的五大乐章，这就构成了《乌托邦诗篇》的基本旋律。这部小说对《叔叔的故事》也是一次小说叙事的颠覆，人们刚刚适应了王安忆用类型的方法来表达时代精神之塔，而这一篇的叙事人"我"和被叙事的理想主义者陈映真都是具体的纪实性人物，材料也完全是纪实的，可是他们之间建构起来的却是虚到不能再虚的精神指代——乌托邦。什么是乌托邦？这是自古以来的理想家都要用一大堆虚拟的材料来描述的，这篇小说却通过两个人物之间的精神呼唤缥缥缈缈地把它建立起来。这是《乌托邦诗篇》的独到的叙事方法。

许多读者会把这篇以怀念为主题的叙事作品看作真人真事的抒情散文，但一般的个人性散文很难达到这部作品所饱含的精神高度，没有虚拟的精神乌托邦为制高点，就没有这首诗篇的价值。作家一开始就说明，这部作品，是诗而不是一般意义的小说，因为"我将'诗'划为文学的精神世界，而'小说'则是物质世界"。显然作家是把精神乌托邦也作为作品中的一个形象，而且是凌驾于"我"与陈映真之上的一个总体的艺术形象，就像文学名著中出现的"无形的角色"[11]那样，小说借助了宗教的形象来达到自己的叙事意图。就在作家讲到她在那个时期创作《小鲍庄》的经验时，她忽略（也许是她根本没有意识到）了一个细节，那就是《小鲍庄》一开始就写了洪水的故事，小鲍庄的村民们因为祖先的罪孽而遭受天谴，主人公捞渣却如神之子，用无辜的牺牲来赎还原罪，使村民们改变了命运。但是，一个与《圣经》有关的神话故事的起始却成了这首诗篇的有意识的结构，作家是从巴比塔的宗教故事引出她对陈映真从事的理想主义事业的独特理解，紧接着她强调了一个警句，这是陈映真的身为牧师的父亲对儿子所说的：

首先,你是上帝的孩子;

其次,你是中国的孩子;

然后,啊,你是我的孩子。

"上帝的孩子"更为本质地制约了陈映真的艺术形象,这里作家的小说学原则又一次起了作用,她拒绝艺术的典型化的结果是淡化了人物形象的客观效应,从而使人物存在服从了作家主观精神的需要:"上帝的孩子"高于纪实人物陈映真,王安忆也占领了一个精神的制高点。

陈映真与"叔叔"是同一时代的人物,"叔叔"是物质的、负面的;而陈映真是这一代知识分子的精神升华。我们从中外文学史上可以知道,在描述人类精神发展史的文学历程中,批判的阶段一般都能获得成功;而理想的阶段,大多作家都陷入到空洞的议论中,进而就失去了形象的感染力。其病就在乌托邦本身只是一种思想而不是一个形象,更不是艺术过程。而王安忆却将精神性的乌托邦当作一种有血有肉的形象来表达,叙事人王安忆的精神自传与陈映真的理想主义不断撞击出相知的火花,像惊心动魄的交响旋律,带领着人们穿越了五大阶段,这五大阶段本身就是一组组具体形象汇集而成的总体叙事形式。由"三角脸和小瘦丫头""看美国足球""做聪敏孩子""耶稣和信仰""感动"构成的五个乐章,总起来包含了这样一些意思:一、爱心,这是人类感情沟通的起点;二、理性,这种以拒绝盲目与平庸为特征的理性力量,是与中华民族与生俱来的苦难与忧郁紧密联系在一起的;三、民族,只有站在自己民族的立场上发现经验和实践理想,才能保证理想的不空洞;四、信仰,人都有自己的民族,唯信仰是跨越国界而全人类;

五、感动,这是知识分子回到民间去重新寻求力量而生的感动,理想、信仰与民间不能分开。我想这正是王安忆面对1990年代初种种困境的严肃思考,从形象的立场上展示了当代知识分子应该担当的社会使命和历史使命。这与张承志、张炜们站在民间的立场上发出知识分子的抗议,与1990年代人文学者寻思人文精神失落的集体行动,完全是殊途同归的一种精神性行为。但王安忆有她的艺术逻辑,在五大乐章中,一个真正的理想主义英雄,高高地举起双手,握成了拳,做成鼓舞的欢乐的手势的形象,终于艺术地完成了,但这并不是真实的作家陈映真,也不是作家王安忆,这个形象恰恰是塑造了海峡两岸知识分子共同建构起来的一个追求理想主义的象征,也就是《乌托邦诗篇》的总形象。

王安忆在三部曲中一步步营造起来的精神之塔,决不是封闭的象牙塔(尽管有时候她喜欢用"象牙塔"来形容思想的纯净性),而是及时包容汇集了社会转型过程中各种最主要的或者次要的声音,使这座精神之塔成为个人精神的纯净性与时代精神的丰富性紧密结合在一起的艺术表现对象。这与她从一开始就提出的新的小说诗学原则是相吻合的。那四个"不"的原则,不外乎要求打破传统的封闭型的艺术创作方法,这种传统只能使作家局限在个人对客体世界的狭隘经验里,她要求作家主体精神突破客体一般经验的限制,把个人性的精神世界变成为一种包容了时代、社会、历史以及不同时空范畴的开放性的叙事艺术,使主体精神突兀地插在读者与客体世界的中间。但这样一种艺术表达是相当冒险的,特别是当她自觉拒绝了艺术对"特殊环境和特殊人物"的依存关系后,她的读者不能不经受审美趣味上的考验。习惯了故事生动和人物性格鲜明的读者会抱怨王安忆的小说越来越难读，长篇累牍的议论越来越缺乏吸引力；甚至连一些专业评论家与文体研究者对王安忆的作品也失掉了耐心，专家们宁愿认可这些作品的档次很高，却对它们的艺术趣味保持怀疑。事实上是王安忆拒绝了小说媚俗化走向，也拒绝了20世纪以来基本左右了中国政治高层和大众共同审美习惯的现实主义传统，同时她又拒绝了以新潮小说为特征的技巧主义或趣味主义的艺术捷径，浑然地进行着一场很难获得大众的革命性的小说叙事实验。我想，作为一份对王安忆小说的研究报告，如何解释王安忆小说的艺术精神及其追求，将是一个绕不过去的问题。如果要从文学艺术的源流来看，王安忆小说叙事风格变化的主要特征，表现为以崇尚精神的奇特、怪诞与修辞的华丽，来打破一般流行的平庸、世俗和人情味的纪实风格。

1990年代的中国文学处于一个走向"无名"的时代，不再有强大的"共名"来限定文学的趋向，但有一些基本的变化还是能够看得出来，即随着市场经济对文化的影响，1980年代有关现代化进程的激情呼唤渐渐转化为对日常生活琐碎欲望的表达，尽管在物质上还远远达不到狂欢的心情，但在肉欲享乐方面的渴望及其无法达到而生的种种玩世态度，都消解了诗情的力量，在叙事风格上，则体现为平实而琐碎的日常性话语。从新写实小说开始，连续性的文学思潮一直是沿着这样的趋势演化着，所谓个人性的叙事特征，也多半体现在个人生活欲望的表达之上。但1990年代无名化特征还在于，某一类思潮的存在同时也包容了它的对立面的存在，为了抗衡日见增长的平庸、琐碎、享乐主义的世俗风气，王安忆等作家对精神的崇尚，就显得特别的引人注目。1990年代崇尚精神理想的形式有了很大的改变，许多作家都转移了知识分子的精英立场，他们依托民间的力量来传达自己孤独的声音。但王安忆仍然是一如既往地坚守在孤立的知识分子精神阵地上,她苦心孤诣营造着的精神之塔,只能是一种非常抽象,甚至连作家本人也难以准确表达的精神之塔,这就使她的小说不能不是晦暗而逼仄的精神通道。她有时候崇尚起古典主义,用词华丽以致繁琐,文学意象突兀性地产生惊世骇俗效应,都反映了一个理性失范的时代在人的精神意识上造成的巨大阴影。

与1980年代中国知识分子多半心怀着明朗而肤浅的理想主义相反,王安忆是从虚幻的理想主义挣脱出来的年轻一代作家,而且,她在理想主义最盛行的1980年代就是一个平实而琐碎的写实主义作家,本来她应该是最有资格充当1990年代新写实主义潮流的旗手,结果却走向了特立独行。环境使她的艺术创作顾虑重重,她所高扬的精神理想不同于张承志那样,在民间哲合忍耶的旗帜下理直气壮地呼唤出来,作家所追求的精神与作家主观所需要的完全可以相吻合;王安忆的精神之塔相当晦暗,这表现在叙事人的主观态度是暧昧的:叙事人并不以为真理已经掌握在自己手里,相反是与作品所建构的精神之塔有意识地保持了一段距离。《叔叔的故事》的叙事人是一个持享乐主义态度的年轻作家,他最终是以自己"不再快乐"来否定自己的态度,提醒读者对精神失落的关注。《歌星日本来》的叙事人为了把自己与悼亡理想主义的人们区别开来,特地在结尾加了一大段自我评价,表示自己是个十分平凡而且现实的人,为了怕事情失败就宁可不做事情,她只是通过对那些理想主义者刻骨铭心的纪念表明了自己的精神立场。《乌托邦诗篇》中的叙事人也不断地进行自我反省,以衬托陈映真的理想主义形象。这样就使王安忆对精神理想的呼喊变得十分含混而且狭窄,叙事人并不提供一个清晰可陈的理想主义图式,只是在叙事人与她的对应人物之间的关系中隐隐约约地表达出来。我把这种表达的意象称为"塔",正是出于这样的理解。

为了使叙事人与对应的人物之间有个可以存放暧昧含混的理想主义的空间,王安忆放弃典型人物的塑造,使人物不含有明确的社会性内容,但她又必须防止另外一种倾向:本来作家笔下的形象都具有某种浮雕感,装饰着精神之塔的内壁,但如果这些形象与叙事人的主观精神贴得太近的话,很容易使人物变成精神的传声筒。所以她故意选择了一些叙事人不可能完全驾驭的纪实性人物或者类型化的人物,这些形象都含有类似欧洲巴洛克风格的夸饰性。如"叔叔"对于"我"来说,尽管"我"已经知道有关"叔叔"的故事结局,但终究是无法掌握那些历史时期的故事真相,所以不能不承认自己讲"叔叔"的故事力不胜任。至于陈映真和《伤心太平洋》里的李光耀,不仅是真人真事,而且在现实世界里具有强大的政治能量,把他们突然地显现出来,与叙事人平平的智力形成鲜明的对照。叙事人总是自称"孩子",使这种对照成为叙事的风格特征。《纪实和虚构》里,她干脆为一个浩浩荡荡的民族撰写起历史来,显然更加力不胜任。这样,叙事人与被叙事的形象之间,构成了多种声音的合奏,形成较为复杂的想象张力,这种张力就成了存放精神追求的空间。前面分析《乌托邦诗篇》时已经说到过王安忆的这一叙事特点,即作品所张扬的精神既不在叙事人身上,也不在被叙事者那儿,而是在叙事人边叙述边探索的紧张过程中。为了增加其紧张度,作家不惜使其人物形象都极其夸张(如将外国国家元首当作虚构小说的一个人物来写),造成一种奇崛的美学效应。

由于精神形象的含混不清,王安忆的叙事形式打破了一般小说艺术的和谐与完美,她的叙事夹进了大量的抽象性议论,有时重复再三,有时极为拖沓,仿佛在考验读者对她的艺术的忠诚程度。我并不认为王安忆在小说里的议论都是精彩的,她的思想形象和精神形象也没有找到成熟的审美载体来体现,这使她大量的抽象性叙事充当了精神之塔的建筑材料,王安忆深知这样表达的困难,她自己在作品里说:"要物化一种精神的存在,没有坦途,困难重重。"因此,她"每写下一个字都非常谨慎,小心翼翼"。在一些具体描写和抽象描写的杂糅中,她非常成功地包藏了精神形象的存在。《歌星日本来》中有两段结构相仿的文字,描写人物的心境:

阿兴心里空荡荡的,他不知道这种感觉的名字叫作"怆然",他脸贴着窗框,心里想:天要黑了。其实这只是接近黄昏的时候,可阿兴心里却想:天要黑了。

阿兴怔怔地望着窗外,心里充满了一种震动的感觉,他不知道这感觉的名字叫宿命,他只是惊骇地想:雷雨要来了。其实雷雨的季节已经过去,要等明年夏季再来,可阿兴想道:雷雨要来了。

这两段简单的文字里都含有同样复杂的叙事结构,叙事者的议论与客观描写杂糅一体,似不可分。叙事者对人物心理有自己的概括术语(宿命、怆然),而人物浑然不知,只是从天象中获得启示(天黑了、雷雨要来了),然后叙事人再次对人物的感觉进行消解,指出那是错的,而人物依然用自己的方法来表达内心抽象的感受。短短几句,几乎每一句都是前一句的否定,人物的思想没有用引号冒号,使之与叙事者的语气在外观上保持一气呵成的形式,但内部结构却充满矛盾的诡词,意义层出不穷,新上翻新,如果说人物的前一句启示是具体心境描写,然而经过否定之否定,第二次重复便上升为抽象物的象征。

小说语言的重修辞、夸张、奇崛、怪诞等特点,在王安忆这一时期的小说里也有相应的表现,但完全是王安忆式的语言风格。她以往(1980年代)的语言是相当简洁的白描,总是用短语来表现人物的心理,在她当时看来,中国人(尤其是中国的农民)的用语是单纯朴素的。但在1990年代她一反本来的风格,化白描为独白,变朴素为夸饰,整篇作品就像一道语言的瀑布,浩浩荡荡,泥沙俱下。一方面是元气淋漓,由语言来支撑作品的感情、人物、逻辑等小说艺术的基本生命体;另一方面是过于繁复的比喻意象和过于抽象的议论,都使她的叙事语言脱离活生生的人间烟火,甚至全然排斥了作品的现实性和可能性,语言成了人物灵魂存放的精神通道。如《乌托邦诗篇》中精神相交接的五个段落逻辑性递进,虽然都有具体的故事作依托,但抽象的议论远远超脱了故事本身的含义,议论大于形象,叙事人的主观情绪倾诉淹没了客观逻辑的推演,以至小说结尾时叙事人顺理成章地用整个生命在呼喊:"呵,我怀念他,我很怀念他!"写到这儿,作家仿佛把所有现实层面的羁绊全部粉碎了,远远地丢抛在一边,精神力量喷薄而出,人也被烊化了。

如果说,以抽象的精神性因素取代了以人为中心的世俗文化,必然会导致趋向天国的神秘主义倾向,幸好王安忆的艺术道路没有走到这一步,这也是中国的现实环境与文化环境没有允许她继续朝这一方向发展下去。但《小鲍庄》时期她只是将宗教故事作为隐喻融化在故事背后，而到了《乌托邦诗篇》已经堂而皇之地把陈映真写成"上帝的孩子"，这样的倾向不是没有可能的。长期脱离了民间大地之根的写作使王安忆心力交瘁，孤独、寂寞、执着的精神追求使她陷入了"高处不胜寒"之境。一次在书店签名售书时有位读者问她："你写到这个份上，还怎么作为普通人去生活？"仿佛是异人点悟，王安忆一下子醒悟到这话说出她"感觉到却还没认识到的事情真相"。她终于承认："我们都是血肉之躯，无术分身，我们只能在时间和空间中占据一个位置，拥有两种现实谈何可能，我们是以消化一种现实为代价来创造另一种现实。有时候，我有一种将自己掏空的感觉，我在一种现实中培养积蓄的情感浇铸了这一种现实，在那一种现实里，我便空空荡荡。"[12]从《叔叔的故事》到《乌托邦诗篇》再到《纪实和虚构》和《伤心太平洋》，大约五六年的时间，王安忆却是走过了一段非凡而危险的写作探险之路，辉煌是明的，危机却是暗的。从1995年起，她开始试图走出这样的精神阴影，向一个新的精神载体走去，王安忆与1990年代的诸位精神界战士将殊途同归了。

初刊《文学评论》1998年第6期

注　释

1　王安忆:《近日创作谈》，收《乘火车旅行》，中国华侨出版社，1995年，第38页。
2　王安忆《纪实和虚构》一书的副标题。
3《王安忆：轻浮时代会有严肃的话题吗？》，收陈思和等《理解九十年代》，人民文学出版社，1996年，第48页。
4　王安忆:《近日创作谈》，收《乘火车旅行》，第38页。

5 王安忆:《我的小说观》,收《王安忆自选集》第4卷《漂泊的语言》,作家出版社,1996年,第332页。
6 本文所分析的这三部作品,均收入《王安忆自选集》第3卷《香港的情与爱》,作家出版社,1996年。文中所引均出自这个版本。
7 王安忆:《近日创作谈》,收《乘火车旅行》,第39页。
8 王安忆:《〈神圣祭坛〉自序》,收《乘火车旅行》,第43页。
9 王安忆:《近日创作谈》,收《乘火车旅行》,第39—40页。
10 王安忆是1984年夏天与母亲茹志鹃一起参加美国的爱荷华国际写作中心活动,回国后创作《小鲍庄》,1985年发表后引起轰动,1990年春天去陕西深入生活,并在同年初重见陈映真,所以其叙事的时间范围应是1984—1990年的七年间。
11 "无形的角色"在中外许多文学名著中都是存在的,如现代剧《等待戈多》中的戈多,始终不曾出场。曹禺也曾说过,《雷雨》中的第九条好汉就是"雷雨"。也有更为抽象的角色,如《琼斯皇》里的鼓声,《复活》后半部指引聂赫留朵夫的《圣经》等。《乌托邦诗篇》中的无形的角色,应该属于后一类。
12 王安忆:《关于〈纪实与虚构〉的对话》,收《乘火车旅行》,第104页。这篇对话中所谈的《纪实与虚构》,在刊物上发表时的标题以及单行本的书名都叫《纪实和虚构》,笔者为此请教作家本人,她认为准确的是《纪实与虚构》。所以,笔者在行文中采用初刊文和单行本的标题,但在引用作家本人的文章时则尊重她本人的表述。

试论《长恨歌》中王琦瑶的意义

像上海这样一个城市,有理由要求其自身的历史风貌和文化形象在文学创作上获得艺术的表现。这不是新的要求,中国现代文学史上的海派文学已经拥有较长的历史,拥有像《海上花列传》《子夜》《上海的狐步舞》《亭子间嫂嫂》以及张爱玲关于上海风情的小说等遗产,也包括像《上海的早晨》《火种》等将革命运动背景与上海风情相结合的长篇小说,这些文学传统反映了不同历史年代的文学家们对上海大都市文化的美学审视,多侧面地展示出上海近百年来的独特历史风貌。但在1990年代上海经济腾飞之际,文化上也相应地发生急剧的蜕旧更新之变。从表面上看去,这种变革类似某些旧的文化信息的复兴,它多少使人们产生一种错觉,觉得上海的辉煌已经在三四十年代的东方魔都时代奠定了模型,现在的复兴不过是修复和重现这一模型。于是,一股怀旧的思潮随着日趋繁华的城市建设而悄悄兴起,它主要出现在民间,也得到了一些文学艺术作品的响应。总的来看,这类以怀旧为主题的旧上海题材的创作并不成功。首先是立意的肤浅,以为五十年风水轮流转,这座城市的再崛起仿佛是一种"美人复活";其次,这批创作对于怀什么旧也莫衷一是,凭着歪曲性的想象,无端地给这个城市历史蒙上了一层暧昧的色彩,"旧上海"竟成了一种拆白党加舞女的花花世界符号,所谓的"上海梦寻",寻的大都是这一类历史的渣滓,既无想象力来填补上海历史的空白,又使人们看不到也无法想象变化中上海文化的现状和未来发展的可能性。

王安忆的长篇小说《长恨歌》的诞生,不但再现了上海的民间世界场景,使海派文学又获传人;而且作家站在当代文化新旧更替的立场上,揭穿了所谓"上海梦寻"的虚假性与无意义,警诫人们从虚空的怀旧热情中走出来,去探索真正表现了发展中的上海的文化性格和文化形象。这两个方面都是通过王琦瑶的艺术形象来展示的,这个人物具有双重的含义:一个是具体的"上海弄堂的女儿",她的身世遭遇里隐含了1940—1980年代上海小市民的生活场景的某种侧面;另一个具有某种象征的意义,即代表了时间中的上海,是由历史与现状构成的"上海旧梦"的神话:"上海弄堂里,偶尔会有一面墙上,积满了郁郁葱葱的爬山虎,爬山虎是那些垂垂老矣的情味,是情味中的长寿者。它们的长寿也是长痛不息,上面写满的是时间、时间的字样,日积月累的光阴的残骸,压得喘不过气来的。这是长痛不息的王琦瑶。"本来是个极其幼稚肤浅的王琦瑶,因为有了时间的意义,才变得饱经风霜、长痛不息。

《长恨歌》在文体上有点像欧洲文艺复兴时代的拟骑士体文学的反骑士小说,它用拟"寻梦"的手法展示出王琦瑶所代表的浮华表象于历史于现实都不过是一个神话。一般读者都会注意到,这部小说真正的故事是从第一部第二章开始的,而第一章是用华丽而抽象的语言——描写了上海的几个市民生活场景:弄堂、流言、闺阁、鸽子和弄堂女儿王琦瑶,几乎没有任何故事线索,这五个意象是孤立的,又似乎隐藏了某种逻辑,合起来成为一个整体的艺术形象,由晦暗逐渐转向明亮。这一过程仿佛是一个寻梦的开始,从深沉、密集、灰暗的弄堂讲起,穿过一系列昏昏欲睡的琐屑意象后,直到"鸽子"的出现才开始明朗,同时又暗示了鸽子是高高在上的眼睛,用来窥探弄堂里深藏不露的许多罪恶,影射全书结尾时王琦瑶的被害。然后王琦瑶才正式登场,由鸽子引出王琦瑶,暗示了王琦瑶是预先有了结局才开始自己的人生道路,先有了谜底,再展示谜一样的人生故事。反过来也可以理解为,鸽子隐含了一个谜,而王琦瑶的一生才是一个漫长的侦破谜面的过程。如果我们把第一章看作寻梦的象征,那么王琦瑶的出现是梦的高潮,她本身是极抽象的,作家是把她当作上海市民中的某个类型来介绍的,所以最后说:每间偏厢房或者亭子间里,几乎都坐着一个王琦瑶。王琦瑶是"类"的名称,她是从晦暗的上海弄堂走出来,慢慢走到了1940年代上海旧梦的高潮里。

作为一种隐含着虚幻的旧上海之梦的象征体,作家故意回避了王琦瑶的家庭关系,也隐去了时代对王琦瑶们的改造和冲击,甚至连"文化大革命"这样专以"破四旧、立四新"为风暴起点的大事件,也以程先生之死而一笔带过,王琦瑶则成了无背景的卡通人物,并不以真实性为标记。小说一开始就写"片厂"一节,象征性地写出了王琦瑶的最后结局:如一部拍摄中的电影片断,一个女人在床上被人谋杀,人生如戏,王琦瑶的一生故事也可以被看作这部电影的继续拍摄过程。王安忆用了"前身"一词来形容王琦瑶与这个被谋杀的老女人的关系,如从"旧梦"的象征意义上去理解,则可以把老女人看作一个寓言,也就是说王琦瑶代表的上海旧梦在1940年代已经结束,以后的王琦瑶所扮演的人生故事,不过是对旧梦的追寻而已,到头来终究是虚无的。第一部以王琦瑶的发迹与辉煌作衬底，1946年的上海本身就充满了不真实的繁华，竞选"上海小姐"是这场春梦的辉煌顶点，而李主任的金屋藏娇是上海小姐的必然归宿。这里把糜烂中的繁华与繁华背后的糜烂展示得一清二楚。王琦瑶的辉煌与20世纪二三十年代上海正处于远东金融中心的"魔都"地位不可同日而语，前者不过是后者的回光返照，是抗战以后人们重拾上海繁华梦的虚幻旗帜。王安忆没有把王琦瑶写成天生一个珠光宝气的交际花，而是写她怎样被权力与金钱腐化而生成小家碧玉，王琦瑶直到生命的最后也还是个小家碧玉，但被时代教唆出来的欲望和野心总是给她蒙上一层不真实的雾气。这种雾气就是旧时代的"象"，它一直若隐若现地刺激着上海市民的好奇心和虚荣梦。王安忆描写王琦瑶并不是炫耀旧上海的声色繁华，恰恰是以讽刺其梦幻实质以及无情揭示其在新的时代来临前的虚假与幻灭，为所谓的"上海寻梦"奏起了一曲挽歌。

小说第二部和第三部里都有一个"寻梦者"，第二部里有一个时代的多余人康明逊，第三部里是梦游者一般的老克腊，这两个男人与王琦瑶的关系，都类似"同是天涯沦落人"，到头来得到的却是"两处茫茫皆不见"。他们都不是真心实意地寻求情色与幸福，只是希望昔日的上海小姐能使他们的梦想成真，所以一旦王琦瑶以真实妇人的欲望来规范他们时，他们就不免尴尬起来。康明逊知道——如作家所写的——王琦瑶再美丽，再迎合他的旧情，再拾回他遗落的心，到头来，终究是个泡影。这不仅是寻梦者的悲哀，也是代表着"梦"的王琦瑶的悲哀，康明逊与王琦瑶结合而生了女儿薇薇，只能是一个粗鄙化的时代符号，与薇薇同辈的小林、张永红、长脚都是极粗鄙的时代的产物，不过受了"寻梦"的影响，伪装成寻梦者来与旧时代开玩笑，连真正有点寻梦精神的老克腊，他在王琦瑶真实肉体上感受到的也只能是风月宝鉴式的幻灭痛苦。本来，王琦瑶以老妪之身接受老克腊难免是个丑陋的故事，她已经到了风化的年龄，在一群无知无识的寻梦者的刺激下，不难想象她会像《子夜》中的吴老太爷那样迅速腐烂而死，长脚不过是个执行死刑的刽子手。有人认为小说的第三部写得太凄凉，没有中兴旧上海文化的力度，却不知王安忆所嘲讽的正是那种以为改革开放中的上海可以中兴昔日旧梦的寻梦者。王琦瑶在王安忆笔下是一个可望却不可及的旧梦，她给生活在当今时代的人们只能带来虚幻的失落。我们先要从前一段时期文艺作品里泛滥着大量"上海寻梦"的文化背景上去把握这部小说，就不难理解这部小说正是以对王琦瑶所隐含的旧上海的"象"的破灭，揭示出寻梦者的虚妄与不真实。

读《长恨歌》令人想起契诃夫笔下对旧俄时代没落贵族生活方式的否定。一个严肃的现实主义作家面对急剧蜕变中的文化，不可能将深刻的思考熔铸在尚未成型的新的文化模型之中，他唯一能做的就是对已经失去生命力但仍然温情脉脉的文化模型给以充分的揭示，所以王琦瑶背后的"象"，是解读这部作品至关重要的钥匙。王安忆是个严肃的作家，她敏感地感受到都市文化所发生的变化，并且注意到民间怀旧倾向中的虚幻性，她以王琦瑶神秘的死因告诉人们：你们所津津乐道的王琦瑶是不真实的，没有任何希望的。这种对一个虚幻时代的告别形式充满着喜剧色彩，但就其内容而言，又是以悲剧性的方式来展开的。王安忆塑造她的人物几乎达到了炉火纯青的高度，她真是把王琦瑶写成上海曾经有过的一段历史，有恩有义，连血带肉，整个地写出了一个人与一个城市之间千丝万缕的关联。如写王琦瑶在苏州邬桥避战乱一节，王琦瑶是这样怀念上海的：

那龙虎牌万金油的广告画是从上海来的,美人图的月份牌也是上海的产物,百货铺里有上海的双妹牌花露水、老刀牌香烟,上海的申曲,邬桥人也会哼唱。无心还好,一旦有意,这些零碎物件便都成了撩拨。王琦瑶的心,哪里还经得起撩拨啊!她如今走到哪里都听见了上海的呼唤和回应。她这一颗上海的心,其实是有仇有怨,受了伤的。因此,这撩拨也是揭创口,刀绞一般地痛。可那仇和怨是有光有色,痛是甘愿受的。震动和惊吓过去,如今回想,什么都是应该,合情合理。这恩怨苦乐都是洗礼。……栀子花传播的是上海的夹竹桃的气味,水鸟飞舞也是上海楼顶鸽群的身姿,邬桥的星是上海的灯,邬桥的水波是上海夜市的流光溢彩。她听着周璇的"四季调",一季一季地吟叹,分明是要她回家的意思。[1]

把一个城市的器物风光如此贴切地与个人身边种种景象加以联系,把一个人对一个城市的怀念如此镂心刻骨地融化在生命当中,任何一个对上海有感情的读者都不能不为之感动,你可以从理性上认识到王琦瑶是一个不真实的旧梦,但你不能不承认,这是一个非常迷人的梦。王琦瑶之所以能够这样辉煌照人,就在于她超越了一般意义上的人物形象,她使一个城市曾经有过的辉煌历史通过血肉之躯内在地展现出来。把一个城市的人格化与一个人含有的城市意义交织在一起,这是需要很高的艺术力量才能完美地表达好,在我们的文学史上还找不到第二个王琦瑶这样的艺术形象。海外学者王德威在《海派文学,又见传人》的长篇论文里,详细探讨了《长恨歌》与张爱玲创作特色的关系,敏锐地指出：王安忆的努力，注定要面向前辈如张爱玲者的挑战。他有一个观点认为，张爱玲自1952年仓皇离开上海后，创作由盛转衰，再无力作，而王安忆则把张的故事从民国的舞台搬到了人民共和国的舞台，"张爱玲不曾也不能写出的，由王安忆作了一种总结。在这一意义上，《长恨歌》填补了《传奇》《半生缘》以后数十年海派小说的空白"。但我觉得，王安忆创作上对张爱玲传统的发扬或者突破，主要不是体现在时间意义上的延续，因为这是不言而喻的。这两人之间还应该有着更广义的差别，那就是张爱玲在创作上从没有刻意地去塑造上海的形象，只是以她的华丽苍凉风格，笼罩了海派文学的一方天地，而王安忆的《长恨歌》是刻意地为上海这个城市立像，她不但写出了这个城市的人格形象，也刻意写出了几代上海市民对这个城市曾经有过的繁华梦的追寻。换句话说，对张爱玲的海派风格而言，上海是属于张爱玲的；而在王安忆的《长恨歌》里，王安忆是属于上海的，她笔下的王琦瑶也是属于上海的。

理解了王琦瑶背后抽象的"象"以后，我们将转移一下角度，从具体的艺术形象上来看这个形象所承担的文化含义，进一步理解王安忆作为当代"海派传人"继承了什么，又发扬了什么。王安忆写《长恨歌》，前面当然树立着张的偶像，她凭着敏锐的艺术视角，不是学张爱玲的神韵，也不是摹仿张爱玲的风格，这些显然是缘木求鱼的做法，王安忆从大处着手，把握住了张爱玲在文学史上的独特贡献，那就是偏离了五四以来知识分子的宏大历史叙事的视角，从个人的立场上开掘出都市民间的世界。我在其他文章里探讨过有关都市民间文化形态的问题，在此不再重复，简单地概括，就是现代都市文化随着移民文化而逐渐形成，所以它本身没有现成的文化传统，只能是综合了各种破碎的民间文化，它深藏于各种都市居民的记忆当中，形成一种虚拟性的文化记忆，因而都市民间必然是个人性的，破碎不全的。张爱玲头一个捡拾起这种破碎的个人家族文化记忆，写出了《金锁记》这样的民间生活场景。只要把《金锁记》与《子夜》相比，宏大历史的叙事话语与个人性的民间话语的差异不难理解。1950年代以来，民间的叙事传统被中断，描写上海城市生活场景的文学作品并不在少数，但故事内容多半是应和了时代的宏大历史叙事的需要，或者说，是通过个人生活场景来注释历史的重大事件，且不说像《上海的早晨》《火种》那样直接写某些政治运动的作品，像近几年出版的《金融家》等作品，也无不应和了具体的历史步伐。而《长恨歌》不同，它的一个明显的叙事特点就是有意淡化宏大历史对民间生活的侵犯，直接用民间的凡人小事接上了张爱玲的传统。

以王琦瑶一生的活动舞台而言，有两次大的历史事件直接影响了她的命运走向，一是1949年上海的解放，一是"文革"结束以后上海重新走向开放，这里有意避开了1950年代的政治运动改造与"文革"风暴对一个做过国民党高官情妇的女人的摧残。如果从正史的角度看，王安忆是避重就轻，个人的经历无法反映上海的宏大历史，但我们必须换一种视角，从民间的生活世界来看，政治风暴对民间的侵犯是永恒的现象，像李主任把王琦瑶从民间女子变为私人禁脔，又何尝不是一种粗暴凌辱，但民间的魅力在于它遭受凌辱时，依然能够拥有自己的文化记忆，就如《辛德勒的名单》中最感人的一幕是犹太人遭受毁灭性的屠杀之际，仍然有人在安详地做着犹太人的宗教仪式，这是一个民族不亡的证明。上海人的都市民间也有它自在的历史传统与生活方式，当政治风暴如箆头发一样箆过一遍以后，王安忆历历在目似地写出了上海市民与当时时代主流完全不同的生活方式。"平安里"的一角场景里，王琦瑶们个个都是现实生活里的人物，也面对了现实生存环境的困扰，如工商业改造之于严师母，城市社会青年上山下乡之于康明逊，红色权力中的争斗之于萨沙，以及历次政治运动之于王琦瑶，都不会不影响这些逐梦者的生活方式。但在另一个空间里，他们就像是地洞里的老鼠，凭着记忆中的文化方式连接在一起，围炉话旧，声色男女，苟苟营营地维护着一方自由天地。小说第二部是全书的精华所在，王安忆将记忆中的民间文化一样样推向正面舞台，而使宏大历史的叙事转移到后台，"窗外雨雪霏霏，窗内雀战终宵"，这样的对照也许会引起一些读者的误解，但小说的魅力所在，实在不是要显示时代的大悲剧，它只是巧妙地写出了一幕都市民间世界里的悲喜剧。

如果是熟悉上海民间生活的人，仔细读了王琦瑶的故事并不会认为这是出于作家的虚构，在相对稳定的大都市上海，千千万万普通市民即使在灾难丛生的时代里，还是保存了自己的历史和文化。它表达了一种生生不息的都市的民间文化形态，虽然王琦瑶所象征的旧上海的繁华梦已经一去不返，但作为一个从旧时代延续而来的上海市民的王琦瑶却是极其真实的，而且她从历史的缝隙中开辟了一个新的生活空间，足以引起以后书写上海者的兴趣。抽象的王琦瑶与现实的王琦瑶互为映衬，两者不可缺一，如忽略王琦瑶背后的抽象意义而一味夸大她的凡俗性，就难免会对小说作出庸俗化的评价，反之，只强调人物的虚幻性而无视其对都市民间世界的开掘，则人物也会成为思想的演绎而失落其真实的艺术生命力。正因为有抽象与真实的合而为一，才使王琦瑶成为现代文学史上独一无二的艺术形象,因而也是永恒的形象。

1998年4月2日于黑水斋

初刊《文学报》1998年4月23日

注　释

1　王安忆:《长恨歌》,作家出版社,1997年,第145页。

《富萍》：漂到大上海的浮萍

"富萍"是王安忆的这部新长篇的主人公名字，她姓什么，作家没有说，而她的名字，按照小说里的一个人物所提示，如果用上海方言来读的话，与"浮萍"同音，于是也就有了某种象征。在春天的江南郊外，散发着腥臭味的小河上总是漂着一层浮萍，它无根无果，随风而走，人们常常用"萍水相逢"来形容人生之缘的偶然，一如雪泥留鸿爪，大上海茫茫尘海滔滔申江之上，一小片浮萍是微不足道的，但有时，当浮萍在水面上滞结起来，厚厚地覆盖了整条河床时，也会显示出深不可测的神秘。

富萍的故事，也就是这一片小小的浮萍漂流到春申江上的冒险故事：她是如何被汇聚到历史河床的拐角处——成为那厚厚腻腻的浮萍家族里的神秘一员。在上海这个移民城市里，人口流动是它最重要的生命血脉，其中构成最基本的经济人口成分的是三大类：一类是比较集中的富商阶层广东人，他们以华侨财产为背景，成为上海的最大投资者，但在文化上，他们几乎自成一个体系，与上海的土著文化关系不大；第二类是以宁波为中心的浙江人，他们随着北伐胜利而巩固了在上海的地位，能上能下，能屈能伸，可以长衫可以短打，几乎像八爪鱼那样渗透了整个上海的市民文化；还有一类就是苏北人,大多数是占据了这个城市的下层各种行业,具有较强烈的行帮色彩,与黑道社会保持了密切的联系,由于出身贫苦,往往是上海所谓"下只角"地区的主体居民。随着当今"上海怀旧"热的兴起,20世纪三四十年代的租界繁华梦重新发出诱人魅力,在咖啡浓香与爵士音乐的文化里,前两类人文圈子经常会被人光顾,但似乎很少人会去作一场棚户区的穷人噩梦,——纵然梦到了,也将变得花气袭人,很难想象灯红酒绿之地也必不可少地需要一个下水道和排泄口。

王安忆的《长恨歌》自然是对虚拟的上海繁华梦的尖锐讽刺,但在假作真时真亦假的时尚里,王琦瑶晚年被粗鄙的都市人所谋杀的惨状,虽是作家用心良苦的警世钟,却未惊醒寻梦人。于是作家反身过去,一概拒绝都市文化所流行的种种道具,把笔伸向了都市最下层的社会——漂流在苏州河上的船队与棚户居民区。小说前半场写淮海路上的新贵族和旧保姆,基本未脱作家过去艺术画廊里的人物,但到后半场,随着富萍想躲避一场尴尬婚姻而来到了苏州河船队上的舅舅家,境界为之一阔,掀开的现代都市以外的一个被遮蔽世界的一角,恰恰是造就都市现代文明不可缺少的一个环节。富萍从乡下来到城市,又从城市走到船上,与其说是贪图上海生活而拒绝返乡完婚,还不如说是拒绝命运对她的安排而想把幸福攥到自己手里。这样的人生理想,只有当她被融入苏州河上的这个浮萍层里,她才找到了适合自己的家族和命运。

在富萍的大上海冒险经历里,她经历了两个劳动人民的阶层:一个是奶奶为代表的都市保姆阶层,这是一个依附在都市文明的享受者的文化生活之上的、多少带有某种寄生性的阶层,它自身的文化形态则是破碎的(作家有一章写几个保姆游大世界,始终发现自己在剧场里是局外人);另一个是舅舅为代表的都市文明的构成者,他们基本被排除在享受现代都市文明的范围之外,但他们保持了自己的民间文化生活方式(如小说里多次展现的文化馆的传统戏曲与过年的风俗气象),是都市民间的一个独特的存在阶层。富萍从家乡来到都市上海,她只有投奔到这样一个民间社会,才有可能找到自己的生活方式和生活理想。都市民间当然不是与都市相对立的,它只是上海文化中的一个单元,显示了都市文化的多元性。

平心而论,王安忆并非是写下层都市民间最合适的人选,与另外两个大陆女作家的作品——方方的《风景》和虹影的《饥饿的女儿》——有力度的场景相比,富萍遭遇的棚户区文化显得过于诗化和表面化(也是花气袭人之一种),下层生活的野蛮与粗鄙却被忽略不计,从而也显示不出多元的都市文化的强烈反差和对比。上海在开放与发展过程中同时发展起来的同情底层的人道主义思想——一种善意的、高贵的,但对社会变迁缺乏深刻历史洞察力的泛泛而谈,似乎对王安忆构成了某种影响,以致使她对自己不熟悉的生活状态发生了表达的强烈愿望,而对上海下层移民所构成的血淋淋的生活的严酷性,缺乏足够的思想准备和创作准备。但是,从善于描写庸常之辈的王安忆的创作传统而言,人性的和煦与滋润依然是她对普通人物一如既往的关注,虽然《富萍》不及《姊妹们》《文工团》那样在豁余的叙事缝隙中充溢了人性的力量,但从艺术的流变上依然延续了后两部杰作的风格,并把本来发生在乡间的叙事方式运用到密集的都市场景,在舒缓、松弛、淡雅的叙事中讲述一个温馨的故事。

2001年4月15日于黑水斋

初刊台湾《联合报》2001年4月23日

从细节出发
——世纪之交的王安忆短篇小说艺术初探

在我被任命为《上海文学》主编的会上那天，王安忆带来了她新创作的两篇小说[1]，随手就交给了我。那天她在会上说，对《上海文学》最好的支持就是每年都把自己最满意的小说交给它发表。她的话让我对未来工作感到了信心。现在《上海文学》新一期终于编完，王安忆的小说安排在本栏目发表。"月月小说"是《上海文学》的主打栏目，按照设计要求，将每期发表作家的一组短篇新作，同时配发相关评论，讨论作家的短篇小说创作风格。今天是新开张的日子，我愿意放下其他所有的工作来承担这个评论的写作，对王安忆近年来的短篇小说艺术作一个初步的探讨。

王安忆的创作是以长篇小说为主要成就标志的，片面探讨她的短篇创作的艺术风格并非是明智的视角，正如在一群高楼大厦的阴影挤压下，阳光很难照亮高楼边上平房大院的清晰轮廓。如果王安忆的中长篇小说创作已经汇聚起一道汹涌澎湃的江河，那她的短篇也只是这道江河上飞溅起的朵朵浪花。浪花看似有形实无形，它的最终形态将是归复江河与汹涌澎湃的水流融为一体，不复有自己的形态，然而掬一瓢之水独立来看，却分明是随物而转形，百媚千姿由此而生。所以谈王安忆的短篇小说风格就不能不依傍她的中长篇小说创作的总趋势,看两者之间如何达到气韵贯通,精神一致,更值得注意的是作家如何在这一道江河大流中分割出若干短小空间,使其自身达到神韵饱满而且别呈异象。我的观察似乎也是处于这样一种两介的立场:既不能把王安忆的短篇小说完全从其长篇小说风格中剥离出来给以孤立的观照,同时也要从这种特征中寻找作家的美学观念对传统短篇小说形态的冲击。

之所以这么来定位王安忆的短篇小说,是因为她近年来发表的短篇小说越来越呈现出一种传统小说观念所不能规范、难以容忍的美学形态,她几乎拆解了传统短篇小说以精致构思和技巧取胜的美学要素,甚至这种挑战性还涉及读者的期待。从1997年她创作《蚌埠》开始,她就采取了那种散漫的叙述地方志的方法,尝试着摒弃了完整的故事性和对典型人物性格的塑造,从而使另一种艺术图景——日常生活细节以自在的方式慢慢呈现在文字中间。它是以自在的方式来呈现的,任何技巧性的艺术处理都变得多余。我注意到在王安忆的那一批短篇小说中,叙事者经常性地出现"我"或者"我们"的交替使用,如《蚌埠》的第一句就是"我们从来不会追究我们所生活的地方的历史"。小说里除了偶然提到"我插队的地方"和"我所来自的上海"等句是用了单数第一人称外,通篇是以复数第一人称的叙述口吻。在以后的许多短篇小说里,用"我们"叙事的口吻越来越多,即使是"我"的叙事也随时可以与"我们"来置换。最说明问题的一篇是《舞伴》里的"我",作家明显改装了自己的原来身份,使之变成一个虚构性的角色,但同时她把这个"我"并置在四个同类角色之中,所以叙事的口吻仍然是"我们"。这当然不能仅仅理解为王安忆是故意采取了与1990年代流行的女作家强调私密性的叙事策略相反的态度，以公众性的叙事态度来表明她对小说与时代关系的一种不合时尚的态度，我觉得更重要的是，公共性叙事立场排除了主观性对生活细节过于强烈的渗透与改造。

应该说，王安忆的短篇叙事的变化早已经存在于她的创作风格中，并非是近年形成的新东西，它与作家创作风格的自觉转变是相一致的。这种转变可以追溯到1990年代初，王安忆提出著名的新诗学的四条创作原则：一、不要特殊环境特殊人物；二、不要材料太多；三、不要语言的风格化；四、不要独特性。这四条小说创作的原则不仅颠覆了传统的小说审美标准，也表明了王安忆与她早期以雯雯系列为代表的创作风格作了彻底的告别。关于这一点，我过去在长篇论文《营造精神之塔》[2]里有过详细的分析，在此不再重复。我想补充的是：1990年代初王安忆的风格演变的最初成果主要体现在中长篇小说里（包括《叔叔的故事》《乌托邦诗篇》《纪实与虚构》《伤心太平洋》等杰作），虽然在叙事风格上发生了巨大的变化，但作为中长篇小说的最基本的要素——情节的地位却没有发生动摇。长篇小说必须依赖丰富的情节才能构架起来，当情节作为小说的主要支撑时，叙事形式总是退居第二位，它给阅读所带来的影响还不能立即清晰地凸现出来。在《长恨歌》《富萍》等长篇里，人们主要关注的仍然是故事情节，或者说是王琦瑶、富萍们的命运。但是，当王安忆把这种实验性的叙事应用到短篇小说创作里，情况就不一样了。短篇小说由于自身篇幅的精炼，不可能有从容的情节线索来与新叙事风格相抗衡，于是情节在她的短篇小说里就节节败退，以致崩溃。我们读王安忆近年来创作的短篇小说，像《天仙配》那样具备完整故事性的作品越来越少，而取代的是大量散文化的日常生活细节,细节没有动感,它是散漫的、孤立的、自在的,含有原生状态的新鲜活泼,作家在有限的篇幅内只有靠淡化情节保留细节来强调叙事的意义,那么,新叙事的特点在王安忆的短篇里就非常清楚地凸现出来。那些原生状态的日常生活细节的铺张与组合,全是靠作家的叙述来完成,所以,考察王安忆的新叙事原则在小说创作中的意义,短篇小说是最理想的实验体。

对于王安忆的短篇小说,我们无法像考察《长恨歌》《富萍》那样从故事情节和人物命运出发进入文本,我们只有一条路可行,就是从小说的叙事出发,考察作家如何展现她在作品里的意图。《现代生活》[3]是作家最新结集出版的一部小说集,收入的作品大部分是短篇小说,王安忆以前没有为小说集单独命名的习惯,总是取作品中的某一篇来命名,而这一部小说集则是例外,作家用"现代生活"作为小说集的命名显然是有用意的。正如她在自序里所描绘的:"站在一个高处,往下看我们的城市,乡镇,田野,就像处在狂野的风暴中:凌乱,而且破碎,所有的点,线,面,块,都在骤然地进行解体和调整。这大约就是我们的现代生活在空间里呈现的形状。而生活的局部,依然是日常的情景,但因背景变了,就有了戏剧。"显然王安忆所关注的现代生活不是一个被定义的现代符号的空间——诸如人们所津津乐道的现代版新天地里的一切怀旧象征,而相反,她面对的是当下空间变换的现代生活,看到的是乡镇式的传统生活方式如何在变动中慢慢地消失,新的生活方式在刚刚走出传统阴影的普通人中间又如何慢慢地铺展开去,成为一种新的生活范式。她反复强调时间在她小说里的意义,但她与那些怀旧式的时间倒置的观念不同,她尝试着解释自己的观念:"时间倘若显现,大约就是空间的形状了。"[4]也就是说她要表现的不是线性的时间如何推动着空间的发展与变化,而相反,是空间的转换中如何暗藏了时间的意义。如果强调时间推动空间的观念,就必然产生以情节为主线的叙事小说,而突出了空间转换来暗示时间的运行,则为王安忆所实验的这类新叙事方式提供了可能性。她不是着眼于表现生活是如何发展到今天的状况,而是不断描绘着当下的生活状况是怎样,它暗示了生活发生怎样的变化。这样一来,细节的重要性就展示出来。她笔下出现的保姆、民工、小贩等等形象都只有细节没有情节,没有任何需要作家在他们身上添加情节的必要。我理解这细节也就是作家所说的"日常生活的局部",本来细节不具有时间的意义,只是孤立地存在于日常生活中,只有置放在不同的背景下它的时间意义才会显示出来。我特别喜欢《丧家犬》这个短篇,小说所描绘的远不止一只丧家犬,而是在这条狗的流浪形迹中带出了形形色色的街区小贩和民间摊贩的剪影,这些人物似乎都可以从"丧家的"这一性质上给以界定,但他们流浪于这个街区,自然把这个街区当作是他们的新的"家",在日常的微不足道的生活现象中体现了民间生活的道德与尊严,只有把他们放在今天的"现代生活"的演变轨迹中才可读出他们的日常生活于当下于历史的意义。作家没有刻意去描写人与狗之间的关系或者狗自身的命运遭遇,只是由一系列的细节叙述组成这样一幅生活画卷,展现的却是当下生活中最尖锐的命题之一。

在一些本来可以展示时间流程的题材中,作家在处理时仍然采取了淡化情节凸显细节的方法,如《闺中》《世家》都涉及时间跨度比较大的过程,或者是一个人的一生的命运,或者是一个大家族的盛衰历史,可是与通常选取典型故事或者典型人物命运来支撑作品骨架的方法不同,这两个短篇的情节几乎都碎不成线,支撑小说完成叙事的就是一组组有意味的生活细节或是传说,如母女相依为命的日常生活,始终在闺房里发生着,只有到最后,意外地插入一个旅游的故事,才出现了某些情节化的内容,那就是当地民风"抢新娘"的游戏发生在女主人公身上时,她"忽然感到疲倦,陡然收起笑容,眼睛就潮了"。当然是含有反思闭塞、自满、变态的上海小市民生活方式的意思,但仅仅是稍瞬即逝的因素,小说到此戛然而止。情节没有得到延伸和发展,仍然是停留在细节的沃土上如花绽开。因此,读王安忆的短篇,是欣赏无数有趣味有意义的细节的美的享受,意义与趣味都是从日常生活细节直接提升出来,达到审美的境界。

当然这并非是王安忆的短篇小说创作的唯一叙事方式,但其鲜明性也由此而被凸现,我宁愿把这种新的叙事方式称为探索性的文本实验,但其与以情节为主干的中长篇小说创作的风格还是有了区别。王安忆有些篇幅较短小的中篇作品,也曾经作过以细节为叙事主干的尝试,如《姊妹们》《文工团》等,都获得意外的成功。而作为短篇小说,似乎更有理由要求情节让位给细节的叙述,以求更大容量的社会信息进入语言的审美领域。读者从本栏发表的两篇小说中可以读出这样的区别:《姊妹行》与《发廊情话》在叙事上表现出两种不同的形态,《姊妹行》篇幅较长,基本上是以情节为主干的小说叙事形态,而《发廊情话》则没有情节,它是由一组组细节所构成的叙事节奏,推动着故事的前进。小说从发廊的细节写起,写到老板的形象、写到外来妹的性格,以及理发的诸种细节,几乎在小说展开到三分之一以后才出现了一个新的叙述者,这个女人的叙事与作家的叙事几乎没有区别,融化一体,以至连标点符号也不用引,完全是一气呵成。但其所叙述的内容仍然是充分细节化的,而不是情节化,这就是叙述人要在讲光头的故事中途突然转换话题，插入了对老法师的细节叙述，这样就有效地阻止了情节化的出现。叙述到最后，叙述人与光头的关系仍然语焉不详，老板以过来人的经验揭穿了叙述者的身份是"鸡"，于是才修补起叙述人与两个男人之间的复杂纠葛。这篇小说当然不是写一个发廊女人与两个男人的故事情节，却把改革变化中城市下层市民生活信息的场景通过细节历历在目地显示出来。因此也可以说，这是一部关于细节叙述的小说。

几年来，王安忆为自己的短篇小说叙事开拓了别人无法取代的独特的视角与方法。这样一种以细节叙述为主干的小说叙事，使短篇小说所包含的社会信息量获得了扩张。从小说审美的角度来说，短篇小说是很难有大气的感觉，但由于王安忆放逐了小说的情节和结构，技巧性的因素被压缩到最低限度，使短篇小说拥有特殊的社会信息与精神素质，于看似朴素、琐碎的细节描写中贯通了被强化的叙述气势，一种艺术大气隐约可见。我不知道用"大气"这两个字来形容王安忆的短篇小说是否确切，她本人也曾对批评家所论述的"大气"的概念感到疑惑，因为这是并非可以量化和把握的艺术审美因素。但是艺术作品含有恢宏气象是审美活动中的确实存在的感受因素，它并非是指宏大题材宏大场面换取的一种艺术感染力，也不是指那种忽略了细节叙述而刻意追求的所谓磅礴诗意，大气是一种艺术效果，体现为艺术创作上必要的创新能力和粉碎能力。在我看来，创新能力是艺术创造的生命力根本所在，而粉碎能力要比创新能力更为重要，"粉碎"是一种艺术手段，粉碎一切写作技巧和艺术技巧的人为因素，粉碎一切现实生活对文学艺术的制约与束缚，把一切都粉碎了，再重新捏起来，塑造一个新的艺术的感觉世界，而艺术上的大气则隐藏在这样一种过程中悄然运行。在这个意义上，曹雪芹的《红楼梦》是大气的，废名的《莫须有先生》是大气的，乔伊斯的《尤里西斯》和伍尔芙的《海浪》都是大气的。王安忆的个人艺术实践经验所提供的新证明是，在"粉碎"的艺术过程中，细节叙述可能是艺术创作与现实生活唯一保持沟通与起到调节作用的因素，因为只有日常生活细节最贴近民间大地，才能真正地从中吸取艺术生命的元气，小说也只有还原到最原始最混沌的细节层面为出发点，才可能从审美上接近一种大气所在。王安忆笔触之处无非是街头巷尾的假语村言，没有宏大的历史题材也没有宏大的战争场面，但是语言间的力量却所向披靡，几乎所有的传统叙事要素都被解构，所有人为设置的障碍似乎都不存在，只有语言叙述中的日常生活细节，让人感受到艺术的氤氲大气的存在。这种创作现象在日夜沉醉于咖啡洋酒的上海文化版图里，是值得我们去细细探究的话题。

2003年5月26日于黑水斋

初刊《上海文学》2003年第7期

注　释

1　王安忆:《发廊情话》和《姊妹们》，刊《上海文学》2003年第7期。
2　《营造精神之塔》，初刊《文学评论》1998年第6期。现已收入本书。
3　王安忆:《现代生活》，收录其创作于2001年到2002年间的中短篇小说，云南人民出版社，2002年。
4　王安忆:《时空流传现代（自序）》，见《现代生活》，第3页。

读王安忆《启蒙时代》

从王安忆的创作历程来看,她时断时续的,总是把追求精神性看作小说创作的最高境界,并一直为之做出努力。1990年代初,她曾有过一次辉煌的实践,《叔叔的故事》《纪实与虚构》《伤心太平洋》《乌托邦诗篇》等一系列中长篇小说的问世,标志了她"营造精神之塔"的探索和实践。当时作家与其在创作上的创新相配合的举措,是在理论上提出了著名的"四个不"的原则,并由此建立她的小说新诗学。但是,作家的努力在当时的批评界并没有引起应有的重视,相反,围绕这些作品的具体叙事,批评的声音不断。从《长恨歌》开始,作家逐渐放弃了营造精神之塔的艰难尝试[1],转向比较轻松的叙事形态——在世俗所能接受的层面上,讲述民间日常故事。这一转向使她获得了意外成功。[2]但同时,由于《长恨歌》含有复杂的故事意象与多元的阐释可能,作家的创作初衷被严重遮蔽了。为此作家又创作了《富萍》等作品,企图纠正人们对《长恨歌》的误解,似乎成效不大。但在这样一种写作实践中逐渐形成她特有的叙事形态——从细节出发,用大量日常生活细节来取代情节或者故事的完整性,细节没有动感,它是散漫的、孤立的、自在的,含有原生状态的新鲜活泼,作家靠淡化情节突出细节来强调叙事的凝固力量。读王安忆的许多小说，虽然第一人称的叙事者并不出现，但你读着读着，分明就感觉到那个叙事人宛如就在你的眼前，通过"他"的叙述来告诉你与他有关的一切生活状况。而这些状况就是由细节构成的。细节与情节有一个重要的区别，情节是与每个人物的生命历程有关，它需要完整的时间流程，而细节不一样，它可以把人物的生命现象分割成各个侧面，更多的是对生命空间的一种展示。所以我们读《启蒙时代》时就会发现，小说叙事的时间大约只有一年光景（从1967年底到1968年底），但其间所包含的人物的成长历程却异常的漫长，就像一部教育小说的结构，可以跨越好几个阶段。

我曾经在论述王安忆的短篇小说创作时提出过这样一个从细节出发的叙事概念，但我觉得这样的概念比较适用于中短篇小说，尤其是短篇小说，由于自身篇幅的限制，不可能有从容的情节铺陈，所以是王安忆的小说新叙事的理想的实验体裁。[3]至于长篇小说，一般来说总是依赖丰富的情节才能构架起来，当情节作为小说的主要支撑时，叙事形式总是退居第二位，它给阅读带来的影响还不能清晰地凸现出来。从《长恨歌》到《遍地枭雄》，人们在阅读中主要关注的仍然是故事情节，或者说人物的命运。但是，《启蒙时代》却明显不一样，读这部长篇小说使我有一种久违了的感觉，仿佛作家又回到了1990年代初的新诗学的探索时期，《启蒙时代》在叙事上回到了《叔叔的故事》和《乌托邦诗篇》的原点，从细节出发向精神层面突进，而故事层面被明显地忽略了。我不知道王安忆的这部小说能否在市场与读者期待里获得成功，但我想把它看作作家的一次冒险行动：即重返精神之塔的行动。

但这仅仅是一个动机，作家在构思这部小说时把主题定位于

"启蒙",这不能不是一个令人费解的构思:什么是"启蒙"?如康德所言:为人类从自身的不成熟状态摆脱出来、找到一条通向理性的出路。启蒙是以理性为基础的,这是前提;但作品的背景却提供了一个最疯狂、最没有理性的时期,"文革"前期,两个疯狂时期——红卫兵运动与知青上山下乡运动——之间的短暂一年间。从全国的大环境来说,毛泽东的所谓"无产阶级司令部"在全国夺权已经成功,普遍成立了尊毛为绝对统帅的"革委会",刘少奇系统的政治势力彻底垮台;从大中学校的小环境来说,运动初期的疯狂开始过渡到相对平静(复课闹革命——工宣队进驻上层建筑——"轮到小将犯错误"),红卫兵预感到自己将被出卖,笼罩在兔死狗烹的阴影之下,他们被迫反思自己在运动头两年所走的道路是否正确——个人与国家、领袖、统治集团之间的关系,以及所信仰的马克思主义的理想、理论与实践等问题。但是所处的时代是一个毫无理性可言的时代,理论水平幼稚可笑、充满妄想、严重脱离实际,仅仅靠一些被狂热激情与权力欲望唤起来的动乱,本来就不足以承担"理性"的重任。(但也不能否认一些特例存在的可能性。如"文革"中发生在上海的炮打张春桥事件,红卫兵表现出独立思考的能力。)终究因为时间太短,理论准备不足,真正的"理性"几乎不可能出现在他们的思维之中。更何况,小说里的男女主人公们还不是那些具有一定理论知识的大学生或者真正的高干子弟,他们都是中学生,充其量也是一些虚张声势的"革干""革军"子弟,而且连那个"革"字,一旦说出口也很心虚,他们的父母也许正在隔离审查、打翻在地的岌岌可危之中。外表装得气壮如牛,内心则如惊弓之鸟,混过一天算一天,才是这批红卫兵的真实心理。他们仿佛掉进一个漆黑一团的无底深渊,挣扎着企图知道光在哪里？真理在哪里？或者如主人公南昌，连光和真理也毫无自觉意识，只知道牛犊般地盲目骚动、鲁莽做爱、四处乱闯，他在被高医生点拨之前完全处于蒙昧之中，糊里糊涂地做着一场醒不过来的噩梦。在这个意义上来探讨这代人的"启蒙时代"之真相，作家大约是想追问：在最疯狂的时代里，人之所以为人的理性究竟是怎样慢慢地滋生和培养的？而培养理性的教育又是通过何种方式来抵制时代的疯狂主潮的？虽然王安忆小说的一贯作派是把故事严密地封闭起来，力图与时代背景隔绝，自成一个独立的心灵世界。但是，既然诸如南昌、陈卓然、小兔子的故事发生在"文革"的疯狂背景中，他们的精神成长就不能不带有那个时代的风雨血色，他们的思想内容与思考问题，都不能不从切身感受的身边出发，并企图来回答身边的问题。

那么，那个叫南昌的孩子所切身感受的问题是什么？他们是从哪里出发，走上启蒙之路的？小说第一章就开宗明义地写道："这辉煌的一刻转瞬间成了历史，乾坤颠倒，他们的父母成了革命的对象。正合了那句话：搬起石头打自己的脚。他们创造的血统论，正好用来反对他们自己。"[4]这是老革命遇到了新问题，自己成了革命的对象了。作家用讥嘲的口吻调侃：其实南昌并不是出身在一个纯血统的革命家庭，他的父亲出身于江西南昌的一个广有田产、工厂、商铺的大户家庭，后来参加了革命，但特意为孩子取了一个"南昌"的名字以示对童年故乡的思念，暗示了剥削阶级的血统依然悄悄在南昌的身体里流淌。从另一重意义上说，中共党史里，"南昌"是一个里程碑，与井冈山、延安等地并列为革命的摇篮。因此对南昌来说，正如名字所意味的多重含义，其血缘里掺杂着一个难堪的双重含义。然而到了"文革"，父亲被打成"反党反社会主义分子"[5],其母亲召集家庭所有成员要求他们自己做出抉择:如果他们选择了背离家庭,他们不仅与犯下错误的父亲没了瓜葛,同时也与这个"革命"的家庭没了关系;倘若选择不背离,他们就依然是"革命"的传统,但也是父亲的孩子。我注意到,这段话虽然是出自南昌等孩子的思考,但作家在这里故意用了"父亲的孩子"这样充满温情的语词,而不是别的更为绝情的语言。作家的同情立场是清楚的。其实当时还存在了另一种选择,而且可能是当时很普遍的一种形式,就是母亲与孩子一起背离犯了错误的父亲,把父亲开除出这个家庭,这样,孩子们既保住了家庭的"革命"性,又与父亲脱离了干系。但作家没有让母亲这样做,所以这个难题,其实是作家出给南昌他们的,虽然后来母亲自杀,家庭涣散,南昌等于没有选择。他依然是带着这样的两难——他从"父亲"一辈身上究竟继承了什么?又应该如何来对待?

这个问题,不仅是南昌这样的所谓"革干"子弟要问,在"文革"中所有被称为"长在红旗下"的一代青少年都会问,因为他们所有接受的教育在"文革"时期全部被颠覆了。以前受到尊敬的老革命、权威、领导、教师统统被打翻在地,以前所描绘的新社会的一切,现在都变成了资产阶级黑线专政,以前具有的家庭血统的优越感全部消失了,何况这一切都是在他们自己以"革命"的名义折腾下颠覆的。而且,这个问题具体到自己是否与犯了错误的父母划清界限,仍然是个非理性的问题:因为当时要判定一个人的罪行根本无须证据,一切都在乱哄哄的嗜血欲望和保命欲望下匆忙抉择。他们根本无法判断他们的前辈究竟有什么错,犯了什么罪。近三十年前,"伤痕文学"的代表作《伤痕》揭露"文革"的反人性本质,就是从"孩子要不要与被判定为有罪的母亲决裂"这一命题开始的。[6]我指出这一点，是要强调这个问题，其实是反思"文革"的根本道德底线，涉及人性的根本。王安忆笔下的南昌，他被裹挟在革命大潮下充当一名红卫兵，他面对自己有罪的父母，无法明确做出是否决裂的选择，既没有选择决裂，也没有选择维护，因为"革命"的血缘与有罪的父亲，千丝万缕地纠葛在一起。但如果我们再往下追究的话，其真正的原因，还是在于人没有从自身的不成熟状态摆脱出来，还没有认识到理性的出路究竟在哪里。

小说的第一章到第四章，具体地展现了南昌的学习历程，也是他的精神漫游历程。前面已经说到，南昌从自身暧昧的两重含义出发，在自我认同中发生了困惑。困惑来自他们这代人所受的教育的虚伪。小说结尾时，南昌的父亲对儿子说："你们有一个知识系统，是以语言文字来体现的，任何事物，无论多么不可思议，一旦进入这个体系，立即被你们懂得了。"南昌把这个体系叫做教条主义，这正是当时弥漫思想理论领域的一种空洞说教、脱离现实、无所不包的意识形态，这也是作家所预设的蒙昧人的思想牢笼。小说的启蒙意义就是要把南昌等一代人（小兔子、七月等）从这个思想牢笼中引出来，就像魔鬼要把浮士德从书斋里引到春光明媚大地一样，把他们引向实际的中国社会和民间大地。那么谁来充当魔鬼的角色？事实上，在这块混乱的土地上还产生不出成熟的梅菲斯特，于是，与南昌同样不成熟的同代人或者前辈人，如陈卓然、小老大，甚至舒娅、嘉宝以及嘉宝的爷爷老资本家，都临时充当了南昌的引路角色，南昌在困惑中不断地遭遇这些人，在他们的不自觉影响下，一步步地从空洞概念中走出来。一切都在不成熟中摸索着成长，一切都依靠群众自己教育自己。这是符合"文革"中的时代精神的。

下面我们来看南昌所经历的精神摸索的五个阶段：它们分别

以陈卓然、小老大、舒娅姊妹、嘉宝作代号,而嘉宝的背后是他的爷爷老资本家,从嘉宝,又过渡到最后一个阶段:代号高医生。

第一阶段的代号是"陈卓然"。这是一个与时代非常吻合的思想代表,可以说他就是这个时代的精神产品,"文革"中国的理想主义代表。他的出身比南昌更加等而下之,只是普通的残废军人。但是他的刻苦好学与博闻强记使他进入了一个思想狂热、自以为是的思想层面,这类人自以为博览群书,能够高瞻远瞩,比别人看得远,以为"文革"初期的大混乱给自己提供了用武之地,可以大干一番,实现英雄梦想。陈卓然之所以与南昌投缘,心底里还有暗暗羡慕南昌出身于知识分子的革命家庭的成分,卑贱的革命血统常常使他自惭形秽,这非常典型地勾画出一个"红卫兵=小资产阶级狂热病患者"的模式。但他与南昌一样,党史理论知识一知半解,不堪一击。作家不动声色地运用许多细节,充满嘲讽地描述这类人的尴尬。比如他们一起讨论南昌父亲的案子,对于高饶事件,陈卓然似乎懂得很多,但是最后结论是南昌父亲是一个"托派",一个"叛徒"。谁都知道,托派是1930年代斯大林第三国际的主要敌人,1950年代初期中共为了表示向苏联一边倒,对国内的托派进行整肃,但是随着斯大林在苏联被清算,中苏关系进一步恶化,托派在"文革"中早就不见踪迹,何况高饶与托派更是风马牛不相及,但孩子们为了炫耀党史知识,不懂装懂胡乱扣帽,令人啼笑皆非。南昌在"文革"中遭遇这样一个精神的燥热狂暴阶段势在必然,但自然也不能满足他的求知与解惑的需要。于是,在一场莫名其妙的感情纠葛中,陈卓然黯然退出,南昌的精神历程进入了第二个阶段:颓废的阶段。其代号为小老大。

颓废是亢奋的反面,思想是狂热的反面,病态是青春的反面,小老大海鸥是陈卓然的反面。陈卓然把南昌引进了一个上海的"沙龙"。令人奇怪的是在"文革"背景下居然还有这样一个讨论思想、讲究文化的场所。小老大在上海扮演了一个类似北京地下文学沙龙主人赵一凡的角色。[7] 但是他们还是有很大的不同,赵一凡被后来的回忆者涂上了浓重的启蒙色彩,而小老大则相反,他不是理性主义者,也不是知识传播者。他以颓废的病态把南昌带进了"身体—生命"的体验模式。这是个古怪的人,他身体里延续的是国民党桂系军官的血缘,在"文革"的特定形势中代表了没落腐朽的意识,但他却偏偏享受着革命新贵家庭的庇护,不仅生命得到了苟延残喘,还能自由公开地散发其颓废的人生体验。他是个老小孩,头脑成熟得像个老人,身体却像没发育的孩子,有点像《浮士德》里的"人造人"何蒙古鲁士,只有灵魂没有肉体。[8] 但是他对南昌的精神成长起过决定性的作用。他说的一些怪话,如:"人有太多的蛋白质,蛋白质使人腐烂,人其实是处在一种慢性腐烂之中。"但,"正是腐烂,才使其长寿,短命是洁净的代价"。——这话仿佛是针对了陈卓然、南昌这一代红卫兵的狂热而言的,直接批判了极"左"思潮的幼稚病。还有,他声称自己如冬虫夏草:"我就是这种虫子,我肚腹里的菌籽,名字叫结核菌。"然而,"我的草就是我的思想"。冬虫夏草是一种菌籽潜入虫子的肚腹,最后从中转化为草。——虫子与草是有生命的转换,那么,肺结核菌与思想的互为转换呢?这类似于恶之花的意象,我以为也是针对了"文革"动乱的辩证理解。"文革"就像病菌一样在每时每刻腐蚀着当时的中国人,但是,谁能否认,正是在这种病毒的腐蚀中转化出清醒的反抗意识,培养了1980年代思想解放的新一代知识分子呢?小老大是个病入膏肓的人,这些观念都是从身体的感受出发,慢慢引向生命的意识,唤起了南昌实实在在的生命自觉。从表面看,它散发了颓废气息,其实是极有生命力的，对于南昌从抽象、狂热的意识形态牢笼里走出来，无疑是一剂猛药良方。他的精神世界转移到了自己身体的感受与生命的体味，看上去是从户外退回到户内，从客体退回到主体，但是他坚实地迈出了一步，其主体与时代的狂热意识形态分离了。

好了，南昌马上要进入精神历程的第三阶段了，这是"身体—生命"体验模式带来的必然结果，那就是少年体内蠢蠢欲动的爱恋萌生。这一阶段是作家王安忆最熟悉也最擅长描写的部分，一种熟悉的气味——雯雯的气味终于出现了。这是一群市民家庭的女孩，舒娅、珠珠、丁宜男、嘉宝等等，她们出身各不相同，有专业的知识分子干部家庭，有普通市民家庭，也有资本家的家庭，这部《启蒙时代》的结构有一点像罗曼·罗兰的《约翰·克利斯朵夫》，那么这第三章就可以对应《约翰·克利斯朵夫》的《女朋友们》一章了。南昌从时代的燥热中摆脱出来，最自然的是跌入到普通的小市民的生活环境，与一群似懂非懂的小女儿们厮混在一起。身体腐烂需要有一个温湿的环境，舒娅们的小市民圈子就是这样的环境。虽然"文革"的"革命"形势还在一次次地拉拢他们，企图把他们从女孩子的温柔乡里拉开，重新投入"革命"的恐怖之中，但在这时候的南昌看来，连"逃亡"也成了一种游戏，没有半点的悲壮可言。这应了马克思在《路易·波拿马的雾月十八日》里根据黑格尔的话所引申的——一切伟大的世界历史事变和人物，可以说都出现两次，第一次是作为悲剧出现，第二次是作为笑剧出现。[9]这笑剧，其实等同于滑稽戏。这是小老大的腐朽教育的必经之途，也是南昌的精神历程的重要一环。终于，他在生命的骚动中与资产阶级家庭出身的嘉宝发生了性的关系。嘉宝怀孕了。

如果舒娅姊妹是"启蒙"版的雯雯，那么，嘉宝就是"启蒙"

版的王琦瑶。舒娅的天地狭小而乏味，嘉宝的世界却充满了丰富宝藏而秘不可知，原因是出身资产阶级家庭的嘉宝背后还有一个老爷爷，一个工商业主，其血缘与南昌殊途同归，但社会革命使他们的身份完全不一样，扮演了两种角色。嘉宝把南昌和他的伙伴吸引到自己的家里，于是展开了爷爷与孩子的一场场辩驳与对话。这些章节都写得很有意思。南昌们急于从老资本家那里了解历史的真相，也意味着他们已经有了某种自觉，他们要超越自己的意识形态，要返回到他们的父辈之前，了解中国在革命前的真相到底是什么？在这层意义上说，嘉宝的爷爷其实也就是南昌的爷爷、南昌父亲的父亲，这位老资本家老谋深算，稳操胜券，不动声色地给两个小子展示了一个资本家的成功道路。作家在描写这个对话场景时，好几次用"天真"来形容老资本家的神态，这当然不是真的"天真"，而是老人与孩子说话的故作姿态，"天真"意味着他们要像孩子做游戏一样，一次次回到历史的最原点。他们的对话并没有结束，但结果似乎已经有了，那就是南昌与嘉宝的结合。从事态上看，这种行为也有点强暴的意味，至少潜在地隐藏了某种权力的威胁，但实际上仍然是南昌的生命意识经历了自觉萌芽、爱恋初生以后的必然结果。从精神历程的象征来看，小老大是陈卓然的反面，舒娅们的市民生活是小老大贵族生活的反面，而嘉宝爷爷的社会实践又是舒娅们促狭天地的反面，精神的驿站一点点地在否定中扩大，螺旋形上升。精神生命的上升与肉体生命的堕落在同一支旋律中进行，危机出现了，这时候的生命，需要有一个更加强大的精神力量来整合和统摄，拯救一切错误与迷失的行为，于是，精神中的神性出现了，南昌的精神历程由于错误经历而被过渡到一个新的境界。

　　前面我们已经分析了南昌精神历程的四个阶段，紧接着是第五个阶段,它是以高医生高淑怡为代号的。高医生是个出身大户人家的女儿,却从小在民间贫苦家庭里成长,接受的是教会学校的教育背景,经历过抗战中人道主义的救护工作。"文革"中她又回到了农村大地,成为一名乡村医生。在她身上,混杂着宗教、人道、高贵、健康、服务等复杂的文化因素,综合地形成一种救世的精神力量。高医生不仅解除了嘉宝与南昌的难言之隐,更主要的是教给他们两个词:光和真理。这个境界,要在"文革"的特殊环境下传播是不可能的,何况他们之间的交往还是一种有犯罪嫌疑的半地下状态。但是这两个词是种子,已经播入南昌的精神土壤里,等待着有一天会发芽和开花。真正的启蒙并没有到来,但是精神上的准备已经妥当了。为了呼应这一点,小说在结尾,南昌与父亲有一场认真对话,父亲说:"在我们做青年的时候,一切都是模糊的,像漫流的水,然后,渐渐有了轮廓,是啊,是啊,我们把轮廓交给了你们,却没有光,没有给你们光。因为我们也没有。"南昌插嘴说:"我认识一个人,一个医生,她告诉我他们当年的校训,叫做'光和真理'。"很显然,这就是启蒙象征。作为教会学校的背景在这里并不重要,光,南昌所寻求的启蒙目标中,应该被理解为理性之光。有了理性之光的普照,才会有真理的认识。这就叫启蒙。

但是我不禁想问:南昌在"文革"中经历了这么一场精神的发展历程,究竟能够解决什么问题呢?我们还是要返回到最初的问题出发点:他从"父亲"一辈身上究竟继承了什么?应该如何来对待?我感到有些失望的地方就在这里,第六章,是小说的结尾,也应该是结构中的精神历程第一个循环的完成,这其中南昌经历了从抽象的革命概念(其实是血统论)还原到"身体—生命",并且经历了一次夭折的初为人父的经验,本来是可以在这个疑难问题上有所领悟和启发，王安忆显然是意识到这个需要，所以在第六章里她只安排了长长的一节，标题为"父与子"。这是符合小说结构逻辑的。在短短的一年时间里南昌不可能完成全部的启蒙历程，但能够在"我从哪里来"的疑问中获得某些启示，已经算是功德圆满了。接下来是第二场时代大疯狂即将来临，那就是知识青年上山下乡运动，南昌们还将在新的生活实践中煎熬与升腾。可是在这一章里，让我失望的是南昌的父亲，显然担当不起这样的启蒙重任。本来，这个男人出身大户人家，接受了五四新文化，又加入了革命行列，始终是走在时代的前沿。在壮年时期因"高饶事件"而失宠，冷眼观看政坛风云，宦海浮沉，无论从理论修养还是实际经验，都足以成为南昌第六个精神历程阶段的引路人。他应该更有魅力，否则他妻子不会与他生死与共，绝不背离；他应该有清醒的头脑，才让孩子们错认为他是"托派"。他应该比陈卓然更成熟，比小老大更有力，比舒娅、嘉宝们更有人情味，比老资本家更有生命力，比高医生更加阳刚和坚定。可是，作家没有给予他这样的禀赋，甚至也没有让他承担起南昌的精神启蒙的责任。整部小说从"文革"的时代提出问题，最后缺了这么一个举足轻重的人物，那么，南昌所经历的精神历程就虚悬起来。小说结尾给我的印象是模糊不清的，南昌的父亲只是一个病恹恹的中年男人，对儿子的精神成长毫无意义。当然我并不是说，父亲一定要有能力应对儿子的精神诉求，他可以是一个无能为力的虚无主义者，但虚无主义为什么会在这样的历史关头产生，为什么会在一个有这样经历的人身上产生，这本身就是一个力量的证明。同样是具有光与真理的意识，高医生就把这两个词落实在具体的历史经验中。如果真的发挥了这样的力量，父亲仍然可以对南昌产生振聋发聩的作用，在其精神历程的第一轮循环中画出一个高度。

也许我的要求是对作家的一种苛求，也许作家在创作《启蒙时代》时并没有企图解决这一问题，她仅仅是想表达一种少年朦胧时期的精神历程，最终也是得不到什么结果。但从作家在精神层面上攀登的愿望上要求，这一关节是非突破不可的。中外文学史上没有一个攀登精神之塔的优秀作家，可以轻易回避历史本身的严峻性和重大性。这部小说标志着王安忆已经恢复了攀登精神之塔的自信，开始在《叔叔的故事》的原有基础上继续探索小说的精神力量，我在阅读中不断联想到西方小说中《约翰·克利斯朵夫》《卡拉马佐夫兄弟》《魔山》的文学传统，这是一个在中国作家视野里难以企及的高度，王安忆的攀登不能说是没有意义的。但是，我想说的是，西方作家在面对人类精神群峰的时候，必然是站在自己脚下的坚实土壤上，也就是说，罗曼·罗兰也好，陀思妥耶夫斯基也好，托马斯·曼也好，他们都面对了自己的当下处境，他们思考人类精神高峰的出发点是为了解决自己面临的问题。这种困惑是严酷的，也是无法回避的。王安忆的精神探索不能说没有这样的特点，《叔叔的故事》之所以有重大价值，就是作家直面了严酷的现实重大问题，在1990年代初具有震撼人心的力量。《启蒙时代》以"文革"为反思对象，重新唤起启蒙的精神诉求，这本身是值得思想界关注的信息。作家可能达到以及应该达到的思想深度，都应该成为我们关注的聚焦点。

不过，读者可能已经注意到了，我为了清晰表述我的一些看法，在读解中有意遗漏了《启蒙时代》的一个章节，那就是第五章。这在小说结构里是一个奇特现象：从第一章到第四章是写南昌的精神历程，直接推出第六章"父与子"的对话，自成一个逻辑；但是第五章则完全游离开去，别开一个境界，写了一个出身于上海南市老城区的人：阿明。也是南昌的同龄人，但与南昌、陈卓然、舒娅等人不一样的是，阿明是土生土长的上海居民，祖孙三代都住在南市老区，直接承传着上海历史上的文化血脉。作家介绍说：

> 现代文明发展史在这一块地方，是遵循规律，从自身发生的，和四周围不同。四周围的地方是一夜之间，河滩变马路，纤歌改弦，唱成电车的叮当声。所以说，这个奇情异志的城市，只有这里，一小点的区域，称得上草根社会，有"故土"的概念。

阿明的生活经历与南昌他们这些红色新贵的外来户子弟有很大的区别。作家特别插入了阿明的启蒙经历，用以与南昌们的精神历程相对照。阿明是在上海本土文化中滋生出来的，香烟牌子熏陶了他的画艺，浦东说书传给他诗意，老城区的雕镂画栋赋予了他朦胧的历史感。在这本土文化中产生出来的一个"小市民"，他把绘画艺术看作了手艺活，情愿称自己是一个画匠，将来凭手艺吃饭。这仿佛是一个生长在中世纪手工业作坊里的青年人。但是"文革"来临仍然给他带来了"启蒙"的机会，作家安排了一个莫名其妙"隔离"的场景，像一场不可靠的梦境，让他与一个同样古怪的王校长见面，这王校长也是假名字，神龙见首不见尾，却在"梦境"中面授机宜，大谈数学的意义。这分明是一种科学启蒙的象征，阿明本来是一个执着于感性的聪明手艺匠，经过了抽象思维（数学）的训练，开始领悟到，世界上还存在着一个他完全感觉不到、却与他共存的"空间",他进不去,但知道那里有另一番天地。他的精神境界一下子被打开了。其实这并不神秘,就如南昌从高医生那里接受光与真理一样,客体世界本来就有许多的秘密需要人去发现与理解,这是人类穷尽不了的世界。在这里,阿明并不具备南昌、陈卓然等人的"血统"使命感,也没有他们那样的代际困扰,但是理性之光一样会照临他的精神,催促他的成熟。这是从两股不同的河床里流淌出来的水,但在下一轮的青年运动——上山下乡运动中,他们将殊途同归了。我想起王安忆几年前创作的中篇小说《隐居的时代》[10],这是作家一以贯之的民间写作立场,她总是在发现,发现民间蕴藏着巨大的生命能力和思想能力。在攀登人类精神高峰的途径上,这是王安忆独辟蹊径的发现,由于第五章的插入,小说中描述的启蒙历程变得繁复而且多元,立体地展示了人类精神成长的丰富性。

2007年4月4日写于黑水斋
初刊《当代作家评论》2007年第3期

注　释

1　当然,似乎也很难说,完全是因为批评界的因素促使了王安忆的创作风格转向。当时艰难的精神探索影响了作家的健康,而作家在康复以后开始发表的小说如《蚌埠》《文工团》等都是叙事风格非常松弛的作品。真正的转变还是应该从那个时候算起。
2　王安忆因《长恨歌》先后获得了茅盾文学奖与马来西亚首届花踪世界华文文学大奖。小说被改编为话剧、电影、电视剧等,一度成为媒体的热门话题。但大多数的演绎与阐释被当时的上海怀旧风所左右,与作家创作《长恨歌》的初衷不同。
3　请参阅拙作《从细节出发——王安忆近年短篇小说艺术初探》,初刊《上海文学》2003 年第 7 期。现已收入本书。

4　王安忆:《启蒙时代》,刊《收获》2007 年第 2 期,第 107—208 页。本文凡引该小说的内容,均出自此版本,不再一一说明出处。

5　"反党反社会主义分子"是"文革"早期被含糊拟定的一种罪名,但不是确定的专政对象,当时明确的专政对象包括地主、富农、反革命分子、坏分子和资产阶级右派五类,后来在党内斗争中又加上了叛徒、内奸和走资派三种身份,统称为"黑八类"。

6　卢新华:《伤痕》,初刊《文汇报》1978 年 8 月 11 日,内容为"文革"中一个女中学生误以为母亲是叛徒,与母亲脱离关系,受尽屈辱后才明白这是一场冤案,但母亲已经死去,无从忏悔。这篇小说引发了控诉"文革"的文学创作思潮,这一思潮后被命名为"伤痕文学"。

7　赵一凡(1935—1988)生于上海,父母都是高级知识分子。自幼因病致残,两度卧床 15 年。自修完大学文科,主要从事儿童文学编辑与文字改革工作。在"文革"中保存大量地下文学的珍贵资料。以交流图书资料等名义鼓励和培养了大批文学青年进行创作,成为北京潜在写作的重要推动者。(资料来自杨健:《文化大革命中的地下文学》,朝华出版社,1993 年,第 83 页。)《启蒙时代》中的小老大的形象在许多方面都像赵一凡。

8　"人造人"是歌德在《浮士德》里塑造的一个形象。由浮士德的学生瓦格纳利用各种化学元素试验出来的生命体,在魔鬼帮助下具有了神奇的能力,用光引导浮士德去漫游古希腊。

9　见《马克思恩格斯全集》第 8 卷,人民出版社,1961 年,第 121 页。也见《马克思恩格斯选集》第 1 卷,人民出版社,2012 年,第 668 页。

10　王安忆的《隐居的时代》有点像这部《启蒙时代》的续篇(尽管它是作家多年以前的创作),描述的是安徽插队以后隐居在农村的各种人士的故事。

《天香》与上海书写

新世纪的第二个十年伊始之际，有两部重量级长篇小说横空出世：一部是贾平凹写乡村"文革"惨史的《古炉》，另一部是王安忆写上海传统工艺顾绣的《天香》。一时间，"古炉添（天）香"成为文坛的最佳景观。2012年，这两部小说双双入选香港浸会大学设立的"红楼梦·世界华文长篇小说奖"第四届的决审提名，最终由《天香》胜出荣获首奖，众望所归，没有悬念。《天香》不仅是王安忆个人创作历程中的一部里程碑式的作品，也标志了新世纪以来当代长篇小说所能够达到的高度。我对这部作品的兴趣，并不在于它的历史寓言——《天香》不是一部一般意义上的历史小说，而是以历史题材回答了今天社会生活中某些尖锐的问题。

如果说，香港浸会大学设立这个长篇小说奖之所以要借重《红楼梦》的命名，正是蕴涵了向这部伟大古典小说致敬的意思，那么，每一部优秀作品获得这个奖项的本身，都构成了一次当代文学与以《红楼梦》为代表的古典传统的对接，现实的文学道路正是在不断地返回历史传统的过程中向前推进。我们回顾四届红楼梦奖的评选，仿佛是进行了四场与伟大古典传统的跨越时空的文学对话，我们从这些获奖作品的解读中都能够隐约看到《红楼梦》传统的影响所在。而这次《天香》的获奖，无论从哪个方面来看，都具有资格担当这一场古今文学的精神对话。限于篇幅，本文只能简单地从《天香》与上海书写的角度来解读《天香》如何完成历史与现实的对接关系。

王安忆属于上海，——我这么说，不仅仅指她是一个居住在上海的作家；也不是说她自《长恨歌》以来的创作，基本上没有离开过对上海社会风俗变迁的关注和书写。这两者当然是作为一个海派文学代表作家的主要特点。但我觉得这还是一般作家能够轻易达到的，上海有许多作家都具有这样两个特点。而王安忆的可贵之处，在于她是一个对生活于斯的海派文化环境抱有深刻见解的作家，她在近二十年的"海派文化"热、"民国怀旧"热、张爱玲热以及所谓的"社会主义文化遗产"热等一波一波社会流行思潮的裹挟中，始终保持了特立独行的警惕眼光和批判立场，虽然许多读者和评论者从流行思潮出发，有意无意地把她的创作推向这些潮流，但是终究不能遮掩她笔底下展现的上海的独立风貌；这种独立性，与其说是属于生活细节，毋宁归诸思想，王安忆对上海这个城市的历史文化始终持有超越流行思潮的深刻理解。我在评论《长恨歌》时曾经指出过，《长恨歌》的第一卷是以"民国怀旧"为题材，揭示了海派文化的"繁华与糜烂同体共生"的殖民文化实质；第二卷揭示了所谓的"社会主义革命"时期的上海日常生活，"落后"的市民文化潜隐在民间，有着较大的生命活力；第三部则针对了"改革开放"以后"怀旧热"再度兴起的现象，以王琦瑶之死的大结局来影射狂热粗鄙的拜金主义最终将扼杀上海的生命力。一箭三雕，《长恨歌》表现出作家卓尔不群的独立风貌。这是王安忆书写上海最有光彩的地方，也标志了海派文学所能够达到的思想高度。

《天香》是《长恨歌》的继续,王安忆经过了《富萍》《上种红菱下种藕》《遍地枭雄》《月色撩人》等一系列上海题材的书写以后,又一次显现了海派文学的新高度。

较长的一段时期以来,在一些海外汉学家与国内学者们的合力作用下,"现代性"已经成为中国现代文学史书写的关键词,而这种作为标志的"文化"又是与西方强势文化的入侵密切相关。上海是鸦片战争以后第一批开埠通商的口岸城市,所以,对这个城市曾经有过的中西文化交融的辉煌发达,一般舆论都认为,这一切正是殖民文化带给后发国家的"现代性"所赐。即使在今天的上海历史文化的教科书里,上海的现代性就是从"开埠"开始的,上海的历史也就是这样一百六七十年。这几乎是关于"海派文化"的常识了。但是,《天香》第一次用文学的形式颠覆了这个常识。作家通过书写上海的"前史",形象地告诉读者:上海的前现代史可以追溯到五六百年以前的明代中叶,刺激这个城市的经济繁华与生命活力的不是因为晚清西方列强的入侵,——假如,中国没有满族入侵,明代中叶繁华的经济形态和颓废的消费观念的推动下,资本主义因素的萌芽也完全可能从社会内部慢慢地滋生出来。《天香》描写的天香园盛衰以及天香绣品从诞生到普及民间(遍地生莲)的故事,正是一部商品经济的萌芽在中国江南出现的"前史"。王安忆重塑上海的现代史,把上海"商品经济"的历史上溯到开埠前三百年——小说叙事时间是从明代嘉靖三十八年(1559年)写起。小说在第二卷写杭州吴先生初游上海,看到了如此这般的一股气势:

龙华寺、水仙宫、大王庙、闸桥……这些寺庙宫观加起来抵不上灵隐寺一个大雄宝殿,其实无味得很。地貌呢,没有山,这是一个大缺憾。水倒是有,横一条竖一条,都是泥沙河塘,哪里有西子湖的明秀清灵!但就正因为此,吴先生才觉得不凡,一股野气,四下里皆是,蓬蓬勃勃,无可限量。似乎天地初开,一团混沌还没有散干净,万事万物尚在将起未起之间。别的不说,单看河埠码头的桅林,简直密不透风,走近去,立到帆底下,仰头望去,那桅杆直入青天,篷帆的浆水味,江水的腥气,海的盐碱,扑面而来。水手下锚的铁链子当当地撞着河岸的条石,还有纤歌,悍拔得很,像地声般,阵阵传来……凡此种种,如箭在弦上,伺机待发,不知要发生什么样的大事情!吴先生是没大出门的,但从来不自以为眼界窄,在杭城这地方,有南宋的底子,虽是偏安,也是个大朝代,前有古人,后有来者,足矣!但来到上海,吴先生忽觉着,那南宋的遗韵变得飘渺不实,愈来愈轻和弱,早已衰微了。

杭州是南宋旧朝古都,上海确实是到了元代才刚刚设立县制,不过是一个近海、江河交叉、泥沙烂塘的"滩",但是从来自旧朝古都的吴先生的眼睛看来,它有一股"似乎天地初开,一团混沌还没有散干净,万事万物尚在将起未起之间"的野气。这当然不是指它的历史年代久远,文化原始蛮荒,而是暗指上海这个城市的气象里,包蕴着一种不可知的新生的文化,这种文化看上去很粗野,但是蓬蓬勃勃,暗藏了无限生命力,就仿佛是新生的婴儿。吴先生逛上海,一不去歌楼酒肆享受市井文化消遣,二不访名胜寻思古之幽情,却是到河埠码头来看百舸争流的奇观。结果他看到了千年中国所不具备的新气象:这里万竿林立,千舟竞发,犹如"箭在弦上,伺机待发,不知要发生什么样的大事情!"这当然也不是指江枫渔火,画舫如云的传统文人境界,而是汇总了四面八方的物流运输、市场贸易、商品交换的集散地。小说里所描写的造园、制墨、购木等等,无不依靠船舶运输。正因为上海水陆交通便利,江南经济繁荣物产丰富,又因为远离北方庙堂文化的制辖,社会风气相对比较自由开放,就仿佛是当年的威尼斯、佛罗伦萨,慢慢地萌发了新的资本主义的经济关系和流通形态。这才是"不知要发生什么样的大事情"的原因所在。吴先生通过沪杭两处城市的对比,黯然生出传统的南宋遗韵"早已衰微"的感受。

这一段关于上海新文化起势的描写非常之好,堪称为经典。王安忆写上海从来不回避世俗的风土人情,而这个"世俗"又是隐含了土生土长的商品经济的因子,所以她笔底下的上海永远是生机勃勃,即使在纸醉金迷的贵族文化细节的描绘当中,也不失时机地掺入了世俗元素,使得颓废享乐的场面中总有一种有生机的力量隐隐出现。小说第一卷没有直接描绘刺绣艺术,而是做了大量的铺垫:天香园的诞生,申儒世的隐遁,申柯海的放荡,都成为小说的一个隐喻,暗示了传统的忠君爱国、杀身成仁的儒家思想逐渐过时,江南才子们在繁华酥软的享乐主义消费方式下,已经无心博取功名,一味在日常生活享受里做功夫。这在传统观点看来是不肖子弟败坏了家风,导致家业的败落;但是在《天香》里,这种责备显得迂腐过时,因为在人们的消费欲望和生活理想里已经诞生了新的文化因素。我注意到小说里的人物没有对这些行为作任何忏悔和警戒,相反,正是因为对新生活的渴望和追求,才不断刺激了他们的创造发明,用新的生产方式和交换方式来满足自己的欲望。我们随着小说第一卷的逐渐铺展,慢慢看到,其先是出于寻乐游戏,天香园的第二代男女们开始了做街市买卖的游戏,他们自娱自乐,开设了许多店铺，吸引游人（主要是家人）来购买日常物品（布匹、药品、书籍、食物以及猪肉），但是到了第三代成长起来，为了生活的兴趣，主动上街开设了豆腐坊，家人也一样如同游戏似的上街去购买。天香园还制作桃酱、墨、绣品等等，本来都起源于游戏，但是随着产品增多和名声外传，渐渐都成了流通市场的出品。第三卷里蕙兰母亲说："如今阖家上下，全指着女红度生计，就这样，该花的还是要花，今天买马，明天置车。"到了蕙兰一代（第四代），因为前辈人的挥霍无度而家道中落，必须依靠女红绣品来度生计了，这时候，作家郑重其事地描写了"设幔"的艰难过程，蕙兰公开收徒，传授天香园刺绣技术，使原来自娱自用的刺绣绝技转换成为社会上一种普通职业技能，富贵人家的游戏自然而然地流传到民间，成为一种社会产品，即商品了。

因为《天香》所涉及的仅仅是中国江南地区可能出现的商品经济的萌芽，而资本主义生产方式及其与生俱来的负面因素还没有机会充分展示开来，萌芽破土而出，自有它的必然生成的条件，除了通常认为的外部环境以外，更主要是来自天香园主人们在特定生活环境下产生的新的人生理想和价值取向，正是这种新的因素，才使挥霍奢靡的天香园生活变得富有生机和创造力，也正因为这种新的因素与社会变局的大势联系在一起，才使天香园由盛到衰的下降势态与绣品由贵族游戏流入民间成为社会商品的发展势态形成差比，从一个大的隐喻中，我们看到了上海为天下先的独特历史和独立经济形态，也是它在未来发展中能够最先领略现代世界风貌的优势所在。

2012年10月9日
初刊香港《明报月刊》2012年11号

王安忆笔下变化中的上海

《众声喧哗》是王安忆继长篇巨构《天香》后的一次随意漫笔，是强烈的精神劳动之后的自我放松和休息，笔下的世界依然是上海，是蜕变中的当代上海。但是她关心的显然不是作为物质化的城市的变化，作家把关注点放在传统的上海市民文化心理如何遭遇商品经济大潮的冲击，而开始在精神领域的缓慢变化。一般来说，在现代都市化建设的进程中，物质上的改变是在日新月异地发生着，但是文化上的蜕旧变新则要缓慢得多，人们的心理需要一个慢慢适应的过程，而进入到普通市民阶层的日常精神的普遍改变更加缓慢，甚至会经历几代人的生活习惯的变化才能适应。所以作家没有对让人眼花缭乱的上海抱有超越时空的乌托邦的热情，正如《长恨歌》里她尖锐地让作为一种怀旧文化的象征符号王琦瑶被人毫无体面地谋杀，《上种红菱下种藕》里她把注意力转移到发展中的现代城市与周边乡镇普通居民之间的联系。在《众声喧哗》里，作家再一次书写经济剧变中的上海对普通居民精神生活产生的冲击力，以至造成上海文化传统的瓦解和蜕变。

王安忆的小说越来越抽象，几乎摆脱了文学故事的元素，与其说是讲述故事还不如说是在议论故事，小说里的角色已经简单到了不能再简的地步。从表面上看，小说的叙事有点儿沉闷，与当下人们所想象的上海的沸腾生活和急速节奏完全不相干。前半部小说的主要人物是两个人，一老一少，一个是丧偶的欧伯伯，为了减轻孤独，在百无聊赖中开了一家小到不能再小的纽扣店，整天坐在躺椅上打发残生；另一个是个青年的"多余人"，身无一技之长，心也毫无慧根，徒有一张好看脸蛋的小区保安。现在这样的角色似乎早已经退出了上海人的视线，也不见于一般的上海书写中，但不知怎的，王安忆在记忆深处又捡拾起这两个影子般的生命，同时也"唤"起了老上海意识里的熟悉的身影，这一老一少不是别的，正是的的刮刮（地地道道）上海市民文化传统的精髓，也是老式石库门里散发出来的小市民文化的负面的符号象征。

欧伯伯是怀旧的符号，但早已失去了王琦瑶时代的万千风姿，变成行将就木的一段沉醉在记忆中的木乃伊。小说一开始就写道：欧伯伯丧失老妻以后一切都变了，他的魂也被妻子带走，所有的生活都索然无味。纽扣微不足道，但细小而细碎，成了老人心理上的羁绊，欧伯伯的心已经被纽扣紧紧扣住了。心有千千结，都锁在以往的生活经验里，所谓"老底子"如何如何的经验，封闭了他对今天瞬息万变的生活的感受。"数纽扣"，这种古怪行为本来是旧时代寡妇为了消磨内心热情和痛苦而采用的自我克制的残酷方法，日久之后成了老人克服内心孤独、打发残生的无聊游戏，再进而被人们当作了一种修炼谈禅式的神秘经验——这就是文化演变的力量。上海自有开放、创新、龙门会跳狗洞能钻的冒险精神传统，那是一种外来者移民者的传统；但也不可低估，在长时期的殖民统治和专制统治下的上海市民早已经养成了小心翼翼、无所作为、封闭在石库门的小天地里、自我陶醉在狭隘的生活经验之中的文化心理，那是小市民以不变应万变的精神传统,是土著上海人的市侩文化。老舍写过不少老北京人的保守文化心理,而上海作家则很少关注到:这一普遍的精神现象不仅是社会变革的阻力,也是昔日老上海文化中最负面的象征性符号。

有这种负面的文化传统熏陶,就会有"囡囡"这样的青年男人。从字的本义看,沪方言中的"囡",一个性感肉欲、充满生命生殖能力的女性被圈养在家庭牢笼里,真是万千宠爱集于一身者才叫"囡囡";如果一个男性也被称作"囡",那就成了一个不男不女的怪胎,一个做保安的男人被称为"囡"更是怪胎中的怪胎,他一是在众多女性家庭环境里长大,受到百般宠爱;二是心笨手拙,没有自立能力;三是空有一个女性化的好看脸蛋。这样的人被称为"囡囡"。只有这样的人才感受不到火热生活的召唤,才会心安理得地呆在欧伯伯的身边做应声虫,从老人身上接受一种假装深刻莫测、其实百无一用的"人生经验"。囡囡是欧伯伯的市侩文化的接受者和消费者,将来也可能是这种文化的后备军。他们两人,一个中风后言语含混不清,一个是低能口吃,整天在清冷的小店里表演自娱自乐的活报剧,拒绝着灼热生活的逼人冲击。欧伯伯说得最多的一个词是否定式的"不可能啊",囡囡的一句应声是肯定式的"就是讲呀",但是注意:这里肯定不是在否定式的前面,构成"肯定—否定"的阴阳矛盾辩证,而是在否定的后面,构成对否定的肯定,加强了欧伯伯的"不可能啊"的权威性。我们不妨把这种假装谈禅的语言结构视为上海传统市民文化中保守的心态,凝聚着对于新的生活因素的怀疑和抵制,这样一老一少所构成的特殊话语里隐含了一种传统的被影响和被继承,它也是在传承中获取发展的生命。有一场对话最有意思。保安陷入同事们的赌博陷阱而欠债借钱，欧伯伯在他手心里划了一个圈，说两个字"空气"，于是一切都归化于"无"，保安就无师自通地获得了拯救，还清了赌债，化无为有了。但是后来，欧伯伯又把这本来借给保安的两千元钱借给六叶作资本，结果似乎是鸡飞蛋打，化有为无了。但是这样一些小机智小经验，根本挡不住生活中发生的巨大变化，于是，一股市场经济的浪潮终于排闼而入了。

这个故事应该是发生在二十年前的上海，市场经济还是以小摊小贩的形式开始了自己的冒险史。进入欧伯伯小店（阿娘纽扣店）的是一个女性，名叫六叶，自称是来自东北的满族格格，后来从一场意外的夫妻吵架的描写来看，六叶很可能是来自温州郊边地区的一个小商贩。她满口谎言，满身粗鄙俗气，满脑子生意经，她本来是在自由市场摆摊贩卖，后来利用了欧伯伯的店面条件企图谋取更大规模的发展。因为改革开放，上海传统中原有的一股被压抑很久的具有冒险精神的外来者文化又开始东山再起、蠢蠢欲动了。它从头开始，从最低处做起，但是充满了梦想和生气勃勃的精神。两种上海文化的传统在小店里明争暗斗，新老交替，悄悄地改朝换代了。小说后半部分叙事中的故事因素逐渐精彩起来，冲突构成了。作家通过这个充满性感的江湖女性，与一个老朽、一个傻蛋发起精神攻势，在意味十足的巴尔扎克经典小说的故事叙事背后，多了一层古老东方人情戏——不是资本利用了人情关系，而是人情逐渐战胜了资本的利害冲突；不是社会发展中代表新生的力量（满身铜臭的资本）战胜了没落保守的小市民观念，而是两种传统终于在交锋中逐渐互相理解，那场六叶拿了欧伯伯的钱作进货资本，骑着助动车携带"老公""父亲"闯马路的"全家福"的片断写得精神气十足，双方都在向对方靠拢，每个人都在发生变化，这种变化的深刻性体现在小说的结尾部分：终于，整天沉醉在"不可能啊"和"就是讲呀"的狭小经验世界里的欧伯伯和囡囡保安，相携相扶地走向了众声喧哗的自由市场集散地，在混乱、违规、暧昧而充满活力的吆喝中，他们看到了六叶的真实身影，他们被深深吸引了。因为对他们来说，这是另外一个世界，是活的世界。

  一种对旧式的市民文化深刻嘲讽，但又不失温情的现实批判精神，一种对新兴的市场经济因素充满鼓励，但又保持警惕的清醒认识，不是与时俱进地表达生活的新旧交替，而是充满历史感地书写当下的矛盾和困境，这就是王安忆笔下的变化中的上海，以及上海发生的精神文化的变迁的烙印。

2013年2月6日写于美国波士顿旅社

初刊《文汇报》2013年2月22日

徐兴业:《金瓯缺》对时间帷幕的穿透

《金瓯缺》是一部历史小说,在我举笔打算把它介绍给读者的时候,首先想的就是重复美国批评家克利夫顿·法迪曼在《战争与和平》英译本序言开头的一句话:"希望读者不要因为它长得曲折复杂而灰心,也不要因为它好像与我们关心的事情相去甚远而推迟阅读。"[1]这是一部四大册的长篇著作,涉及12世纪初中国领土上三个民族、一代兴废的繁冗史实,反映的时代又相隔得那么遥远,这在现代读者心理准备方面无疑处于相对的劣势地位。——然而这一切不利因素不能掩盖这部杰作固有的光彩和应得的荣誉。我想说,这是一部关于历史、战争和人的命运的思考的书。历史,在这里只是承担了内容的载体作用,而战争才是它的主人公。在冷酷、悲惨,但又有着铁一般的自在规律的战争中,一切人都经受了洗礼:富贵的天子瞬间成了阶下囚,金枝玉叶在暴风雨下颓然变成枯枝败叶,忠勇之士与奸邪之徒,侵略者与卖国者,各人都得到了自己应有的历史地位,一些名不见正史的英雄豪杰则在战争中成长为民族的脊梁。战争带来了人的命运的变迁,这才是小说与读者之间感情交流的真正枢纽。当人物的命运激发起读者的深思时,你,以一个现代人的身份,会恍然大悟:原来时间的帷幕并不如想象的那么厚重,恰恰相反,在某些方面它薄如一张纸,——人类历史常常会固执地重演着它的那一幕。这样,历史、战争和人的命运都在现代意义上得到了刹那间的统一。

但是你明明知道,这种领悟其实不过是幻觉,时间的帷幕丝毫也没有因此减去它的神秘的分量。你所认定的那种统一,只是名副其实的现代意义上的统一,它无关历史本身。在历史小说中,历史永远是作家难以对付的对手,它与作家隔着重重叠叠的时间帷幕遥遥对峙,固执地把守着一切永恒的秘密。无论作家自夸如何自由出入历史领域,他所能获得的,总不外是一些断简残篇中透露出来的一鳞半爪,他只是借着现代人的丰富想象,把那些零星的失去了生命的文字记录编排起来,重新塑造出一个"完整的世界"。说句公平话,这个世界不管怎样完整都是就创作意义上说的,如果相对帷幕那一边的世界,它永远是破碎的残片。因此一个历史小说家不可能真正地复制历史,他所写的,是现代理论对历史所作的解释的艺术图像;也因此,优秀的历史小说价值不在于作家能否炫耀历史知识,正相反,它的博大、深刻以及丰富性的标志,在于它对现代精神领域的贡献之大小。

也许是我们民族的文字成熟太早的缘故,在汉文化传统里,一向拙于史诗而长于历史,小说的雏形,孕育在史学的发展之中。中国古典小说中演义一支的发达,证明了历史与小说的天然亲密关系,有些历朝演义,也多少承担着将历史知识通俗化的使命。但真正优秀的古代小说家,则常常有能力粉碎历史枷锁的束缚,给艺术想象力留有更多的驰骋空间,使演义由历史性转向传奇色彩。五四以后,演义小说与通俗文学完全合流,取而代之的是西方司各特、大仲马、显克微支等人的历史小说。在这些作品面前,中国新文学作家们打开了眼界，他们由此知道了历史小说在西方只是一种题材的类别，并不承担普及历史的职能，也不是文学本身的目的。这种新的认识促成了五四以来历史小说创作的新局面，无论是鲁迅、郭沫若的故事新编，还是茅盾、施蛰存的历史小说，他们都不是单纯的发思古之幽情，更不是向读者普及历史知识，他们只是借古人躯体来抒发现代人的情绪，使历史在现代意识的观照下焕发出新的生命力。这两种历史小说的创作观点在理论上长期争执不休，直到1960年代初就历史题材创作的"历史真实和艺术虚构"的论争中达到了一个高峰。现在二十年过去了，今天谁也不愿去重复那种历史剧必须事事有出处的观点，也完全没有必要去说诸如"深入历史，再跳出历史"，"既要严肃甄别史料，又要大胆艺术虚构"等等说了等于没说的话。我重提这个话题是为了把问题从另一个角度提出：作为一个历史小说的作家，在创作过程中应该注入怎样的思想情绪和创作态度，或者说，作家与历史的对峙中，用什么样的武器来穿透时间的帷幕，去寻求主体与历史的无间拥抱？这种主体因素可以包括以下几类态度：一、以传播历史知识为目的，使读者在阅读中获得正确的历史认识——这是对时间帷幕的根本蔑视或熟视无睹；二、以历史的远久性来掩盖真实性的缺乏，使读者在崇古心理中获取趣味的满足——这是对时间帷幕的实用主义的利用；三、以现代意识来观照历史，使读者从历史图像中激发起现代人的启示和联想——这是对时间帷幕实现真正的超越，让历史与现实在同一个空间中发生交汇。前两者可以说是当代通俗历史小说的主要特征，唯有后者，才反映了时代对历史题材创作的最高要求。

历史作为一种题材，必然要求作者对它作出尽可能深入的研究，这是创作的必要条件。但值得重视的倒是另外一个问题，即面对浩如烟海的历史素材,作者如何运用现代理论对其作出适宜的解释。任何一种解释都具有时代的倾向性,一部称得上有现代感的历史小说,它能够反映出这一时代最敏感的思想情绪和学术见解。在所读过的新时期历史小说中,我认为具有现代感的作品有两部:徐兴业的《金瓯缺》和李晴的《天京之变》。前者表现为对一个成熟到溃烂的政治体制的杰出讽刺,后者表现为对农民阶级自身局限的深沉反思。两位作家在各自的作品中都表现出当代知识分子最为宝贵的正直品格和学术胆略,以及穿透时间帷幕的能力。

一部优秀作品的客观意义往往要大于作家的主观意图。照徐兴业本人的创作谈披露,他在抗战烽火乍起之时就开始确立了这部小说的基本构思,五十年前的想法,"到今天基本上还没有改变"。他这样说道:"今天我之所以仍要续成这部小说,是因为我认为在国家机器完全消亡之前,战争的威胁依然存在,我国受到敌人侵略的可能性依然存在,利用小说发扬爱国主义精神,增强青年读者保卫祖国疆土的责任感仍然有其必要。"[2]这个意图是相当真诚的,他在最近新创作的《辽东帅旗》的"创作谈"中又一次重申了类似的想法。[3]但是,即使我们相信他在近五十年中创作意图始终未变,那么,这半个世纪的沧桑岁月在作家人生观、社会观和文化观上也不会没有留下一点痕迹。我无法知道,五十年前徐兴业最初构思这部小说时,是否也能够如此心平气和地超越民族利益的冲突,以一种冷峻的历史学眼光来叙述三个民族之间的战争兴废?是否也能够如此震颤人心地描写官场上"螳螂捕蝉,黄雀在后"的窝里斗,以及诬陷、抄家、迫害狂等黑暗面?在我今天读来,小说对战争和政治的精彩描写远胜于对忠臣义士爱国业绩的描写,作家在艺术描绘中不自觉地显示了这样一种能力:他能够使历史题材超越狭隘的功利目的,把一场古代民族战争当作今天我们反思民族文化传统中的劣根性,并从中总结历史教训的典型范例。这部作品的现代感,实际上正是在这一效果中产生的。

《金瓯缺》所着重描绘的,是金瓯如何成缺的历史过程。它写了汉民族政权在契丹和女真两个少数民族的军事力量打击下遭失败,导致山河破碎、国土沦亡的故事。这本来很容易落进通常"反侵略"的创作模式:以正义的一方与非正义的一方两元对峙。然而作者没有这样写,他以多元的视角切入历史,对历史现象作出了比较全面的考察,使小说中的战争描写摆脱了所谓的"正义战争"与"非正义战争"的标签。北宋伐辽战争,从维护汉民族利益来说固然无可厚非,但从辽政权的立场上看,宋王朝则是乘人之危,也未必理直气壮,而且宋王朝并没有信心与辽展开真正的军事行动,只是想利用金辽战争之机坐收渔利,因此从兴师之日起,就隐藏着失败的因素。战争性质的复杂性给围绕战争而展开的各种人事关系也带来了复杂的局面,很难用是否正义的概念来解释一切。在支持战争的一方中,有真正爱国的广大将士如刘锜、马扩等,在反对战争的一方中,也有富有战争经验的正直军官种师道、赵隆等,作家利用这种复杂的人事纠葛,不断地支配着读者的同情心。当然意义还不仅如此,更重要的是作家一旦摆脱了正义与非正义战争的束缚以后,就可以平等地、冷静地描绘战争双方的情况,一视同仁地用赞扬的语言来刻画契丹民族英雄耶律大石和汉民族英雄马扩、杨可世、种师道等人物,也同等地谴责了双方在战争中的罪恶行径。在小说第三、四册中描写的金宋战争中,女真族南侵固然包含着非正义的因素,但作家也并未因此而抹杀金政权开国雄主完颜阿骨打、二太子翰离不的英雄气概,反之,对宋王朝军民气壮山河的东京保卫战，也不因其反侵略而使之神圣化，毫不留情地写出了君臣战和不定，怯懦自私，排斥人材，信任群奸，最后的亡国受辱完全是咎由自取。这种超越民族狭隘利益，平等地、历史地描写战争的历史态度，是这部小说与传统的同类题材历史小说的根本区别之处，体现了一种现代意识的历史观点。

这种把战争抽象化的表现艺术，也许对徐兴业本人并非是自觉的，但在中国新文学的长篇历史创作思维发展上却有独特的意义。自抗战始，中国新文学近三十年来始终被烙上了战争文化的思维特征，其标志之一，是失去了五四时代的恢宏气度，形成了一种二元对立的思维方法，历史题材创作也不例外。作家在分析和把握历史现象时，不断地重复二元的绝对对立：侵略者与反侵略者（如《甲午海战》《林则徐》）、官军与农民起义（如《李自成》《星星草》）、昏君奸小与忠良（如《忠王李秀成》《屈原》）、暴君与义士（如《高渐离》《虎符》）、卖国贼与爱国者（如《南冠草》）、统治者与老百姓（如《胆剑篇》《关汉卿》）……无不处于非正即邪、非善即恶的简单化思维模式之中。艺术创作必然在某一对立模式的制约下展开，想象力与创造力都不能不为这一模式先验性的确立而作出牺牲或者让步。《金瓯缺》是一部表现民族战争的小说，构思又萌始于抗战，自然不能完全摆脱战争思维模式的影响，但作品在民族战争的描写中，二元对立模式已经遇到了不自觉然而又富有革命性的挑战——多元视角的切入：无论是汉民族，还是契丹民族和女真族，都不在作品中占正宗的视角，而是三者并存组成了一部磅礴恢宏的历史乐章。这不由使我想起新文学史上第一部长篇历史小说——李劼人的《死水微澜》等系列小说。这部多卷本小说写于抗战之前，用艺术的手段表现了四川地区自甲午到辛亥间的历史风俗画卷,乃属五四以来真正填补长篇历史小说空白之作。李劼人在《死水微澜》中所描写的教会与袍哥之间的争斗,也同样采用了多元视角的切入,——这曾使后来在战争思维熏陶下成长起来的评论家们感到困惑不解。如果把《死水微澜》与《金瓯缺》联系起来看的话,不难看出这半个世纪左右的时间里,人们的思维方法走过了一个半圆的轨迹。现在,正是我们的文学逐步摆脱战争时期思维模式的时候了,《金瓯缺》的出现,也许是一个报春的飞燕,预示了长篇历史小说领域将会出现一个根本性的飞跃。

《金瓯缺》的成功标志不仅仅是作家对历史进程作出富有现代感的自觉把握,更为重要的是,作家具有将历史研究与现代感受的统一体通过审美中介转化为语言艺术的能力。中国历史小说天然与通俗小说关系密切,在叙事方法与叙述语言的运用上,多少受到通俗文学的影响。譬如:强调故事性,强调叙述性语言,追求情节的完整,等等,所以有些历史小说尽管是用现代小说形式写成的,在读者的眼里,仍然是改良了的章回小说。《金瓯缺》对长篇历史小说创作的贡献之一,就是作家打破了这种通常被认可的叙事程式和叙述语言,创造出作家独特的叙事风格。

像这样一部涉及三个民族兴废历史的鸿篇巨制,如果作家袭用以往演义体的叙事方法,严格按时间顺序将历史事件一一叙来,那必然要耗费冗长的篇幅,无休无止地写下去。《金瓯缺》改变了这种叙事方式。作家仿佛事先把这场民族战争的全部风云摄入各种焦距的镜头,有鸟瞰,也有特写,然后在150万字的篇幅中,巧妙地组合、衔接各种历史镜头。作家不再是以忠实的历史书记官的身份来准确无误地复述历史事件,他承担了蒙太奇的功能,让一个个历史镜头不是按历史的自然顺序，而是按作家主体构思的需要来组合。在通常的历史小说中，读者总是面对历史故事本身，作家是隐身博士，隐藏在文字背后作表演。读《金瓯缺》，则使你时时感到作家就活跃在你与历史故事之间，他在向你讲解分析各种历史镜头，犹如布莱希特导演的戏剧。

这在叙事方法上打破了单纯说故事的模式，作家把叙述过程置于第一位，故事的完整性置于第二位。在小说中，有姓有名者涉及数百。有些在第一、二册中叱咤风云的人物，如刘锜、赵隆、种师道等，在第三、四册里完全隐去，即使像童贯那样主要的反面角色，关于他的结局也是一笔带过，匆匆消失。还有些人物只是在一两个特写镜头中露面，如蔡京、王黼、张迪、张邦昌、秦桧等。战争场面的描写更是风云突变，许多人物挟风云而来，随风云而去，如杨可世、赵松寿、马政、王禀、李孝忠、吴革，等等，他们都没有完整的故事，只是在小说中留下一个生动的剪影。小说中除了马扩、婵娘、宋徽宗、李师师等几个人物是贯穿始终的以外，绝大多数都是招手即来，挥手即去。在大手笔的刻画下，虽然这些人物没有完整的故事作行状，但他们在特定时刻的全部精神状态都被生动传神地摄入作家的艺术镜头，令人难忘。

故事的淡化，就不能不把你的注意力集中到叙事的过程本身。作家有这种自信把自己暴露在读者的视线之下，从容不迫地组合各种历史镜头。多元视角也迫使他打破时间顺序的束缚，常常在叙述过程中出现逆时间顺序的描述，显示了叙事人的运筹自如。由于叙事人的插入，使长篇历史小说不再如过去的演义那样，小说形式仅仅是情节的载体，在这里，形式是叙事者的叙事形式，他随时可能使书中许多连续性的情节中断，自然转入另一个情节的场景，而使你不惊讶,也不感到突然。因为你已经不再关心情节本身,你的注意力反被叙事人的深刻议论、讽刺语言以及转换镜头的蒙太奇手法所吸引。小说的篇幅未必增加,但它所包容的容量却增加了数倍。我觉得这种叙事方式,与现代小说中的意识流的叙事方法,有着某种相近的意义。

当读者把注意力一再从情节游移开去,转向叙事人的叙事过程时,小说语言艺术的美学风格被引人注目地突现出来。徐兴业的语言是有风格的,雅致、机智,又有俗趣,现代书面语言中化入了古典文学的高雅情趣,同时又掺杂了现代民间流传的口头语言,用在叙述达官贵人的卑琐心理的形容方面,亦庄亦谐。这是一种与通俗历史小说完全不同的文学语言,含有较高文化层次的书卷气,读之使人联想到钱锺书的《围城》。

夹叙夹议,也是小说语言的一个基本特色。由于叙事人时时不忘自我的析入,就完全打破了过去所谓的要在场面中自然流露倾向的叙事审美模式,叙事人的机智、尖刻以及真知灼见,都是在叙事人的议论中表现出来。譬如对东京市民阶级的刻画,是小说中最精彩的篇章之一。作家把东京的市民阶级当作一个人格化的整体形象来加以描述,指出了这一个阶级的真正悲剧,在于他们虽然在道义上谴责,在理性上反对,在感情上深恶痛绝当时的达官贵人,而在事实上却跟从达官贵人的脚步,不自觉地、一天天地堕入无以自拔的泥坑,直到强寇压境、国破临头之际,东京市民才表现出与封建上层官僚所不同的革命性的一面。这样的精彩议论与情节叙述常常交织为一体,彼此无法分离,构成了本书叙事的一种特有风格。

在叙事语言中,作家显示了杰出的讽刺才能。这种才能是与他对北宋历史文化的严肃思考和现代意识的观照紧紧结合在一起的,锋芒所指的是北宋时代腐烂的政治文化,而不像以往一些历史小说那样,只把注意力放在揭示地主阶级剥削人民的阶级概念之上。这当然不是说作家无视北宋年间的阶级压迫与阶级矛盾,他只是没有服从现成的政治概念与理论概念去图解历史,相反,在对繁荣、腐烂的都市经济文化的叙述之中,在宣和天子"与民同乐"的热闹场面中,深刻地揭示了这种虚假兴盛背后蛰伏的北宋政治经济的危机。在一个行将溃烂的政治集团中间,即使有一些美好的文化现象也只能起到反面的作用:小说不止一次地描写了宋徽宗绘画书法的艺术天才,但又不无讽刺地担心宋徽宗的七寸象牙狼毫笔抵挡不住完颜阿骨打的三百二十步狼牙箭。这倒是一语中的道出了北宋政权亡于异族的文化缘由。值得注意的是,作家对这种文化悲剧的认识相当深远,他不但着眼于北宋政权自身的衰亡,而且还多次指出,辽政权与金政权的贵族如何在消灭北宋政权的过程中,同时也传染开了"汉化"的淫靡之风,这种文化的侵蚀很快就损坏了这两个少数民族政权原始健朴的肌体,造成了它们的迅速衰亡。

封建文化的成熟与糜烂,首先表现在封建官场之中。由于北宋初期皇帝定下的文官治理国家和不杀大臣的规矩,在短短二百年中官僚机构畸形膨胀。据历史记载,宋真宗时代文武官员总数是9 785员,至仁宗时代不过四十余年,官员总数已达1.73万余员,还不算未受差遣的官员,较之真宗时代已超过一倍多。[4]官僚机构的膨胀总是与腐败程度的发展成正比。北宋官僚们的争权夺利不是依靠专制集权的野蛮杀戮手段,而是表现为更高级的文化心理上的斗争。《金瓯缺》展示了一幅绝妙的北宋"官场现形记",把君臣、同僚、朋友、父子、师生各种关系都放在官场这熔炉里锻炼一番,使之剥去温情脉脉的伦理外衣,显露出赤裸裸的利害争夺。

和平时期的官场斗争把人们的手段锻炼得炉火纯青，他们可以抛弃一切外在的东西，全力以赴去谋取私利，无论在官场还是在战场，正派的为国谋利者都不能不遭到他们的无端排斥和打击。小说的前两册写伐辽战争，以宦官童贯为代表的宣抚司对西军统帅部的干扰是导致战争失败的根本原因，这个宣抚司，只不过是一个缩小了的官场。当小说的后两册写到整个宋金战争和东京保卫战时，那个以主和派构成的官场集团对抗战派的钳制，又是一个放大了的宣抚司。整个北宋统治政权都仿佛与童贯一样被阉过了似的，新的生命无法从这个集团中生成出来，所以它只配一个悲剧的命运：耻辱地灭亡。

在这个行尸走肉的北宋官僚集团中活跃着许许多多蛆虫般的人物：蔡京、童贯、蔡攸、王黼、张迪、王宗濋……其中刻画得栩栩如生，令人难忘的艺术形象，至少有蔡京和童贯。这两个都是作家笔下讽刺性的人物，只要笔墨一碰及他们，尖刻的笑料就汩汩而来。作家写蔡京与儿子的争权，最后落得称儿子为"公"；写童贯在战场上的丑态百出，无不在笑谈中饱含着巨大的愤怒：一个国家的沦亡，正是从这里开始的。这种讽刺意识也渗透在作家描写北宋政权的整体构思之中，尖锐地揭示出统治阶级在无情的窝里斗中实行慢性自杀，异族的入侵只是对他们罪恶的一种加速度的孽报。可以说，讽刺在作品中不只是叙事技巧上的一个小聪明，而是成为全书叙事形式的一个重要特征。

当我们指出叙事人的叙述形式给这部小说所带来的现代审美把握时，也不应忽略另一个方面：即这种现代审美形式只是在长篇小说的叙事结构和对历史的讽刺手段中体现出来，它并没有对这部长篇小说的全部审美功能都施以影响，特别是长篇小说中最重要的审美领域：人物形象塑造方面。这部小说在审美效果中含有两种互为分裂的价值标准：结构与叙事中包含的现代美学标准和人物形象创造方面的古典美学标准。

《金瓯缺》的古典主义色彩，不光体现在用语的典雅、含蓄和叙述的分寸感上，它主要表现为人物形象塑造的审美原则：人物性格塑造的类型化倾向。类型化并不妨碍人物个性的鲜明和丰富，小说中有一系列形象饱满的人物———譬如宋徽宗父子，作家都没有简单化地把他们写作一般的亡国昏君。宋徽宗既是一个潇洒睿智的艺术家，又是一个昏庸误国的统治者，作家写他在艺术上的天才，写他对李师师的挚情以及写他在治理国事上的失败，综合地塑造出一个亡国之君的艺术形象。钦宗的性格也相当鲜明，他的懦怯、寡断、善良而无能，在东京保卫战和被俘入番过程中被表现得淋漓尽致，感人肺腑。尤其是作家写到民族危亡之间，东京人民与国君共患难的动人场面，写到朱皇后喊出了"百姓救我母子"的呼救声和小关索李宝为维护皇后太子而战死，是对过去教条主义的历史观的有力突破，表现出作家对中华民族文化心理的深刻把握。面对其他一些较次要的历史人物，如刘锜、赵隆、种师道等，作家也着力写出了他们丰富复杂的个性，而不是塑造成简单化、概念化的类型人物。但问题是这些丰满的艺术形象都是在静止的环境下塑造起来的，或者说，这些人物一出场的时候，已经具备了这样的性格。在小说中，他们只是在一个原点上不断地使自己的个性清晰化，而不是随情节的发展而不断丰富、发展着各自的个性。

这无疑涉及对人物美学标准的理解与认识。即使在1930年代，也曾有人写出了李师师等历史人物相当深刻的心理世界,然而在《金瓯缺》中,李师师等人物都被作家赋予了强烈的主观理想色彩。尤其是马扩,理想化的倾向更为浓重,尽管作家也写出了马扩在抗金战场上对赵宋王朝的认识的改变,但从整个艺术形象塑造来看,并没有挖掘到一个人物的深层心理。换言之,作家只是用古典美的崇高观念塑造了这个人物,却没能在他身上注入现代人对人自身的认识和理解。作家强调了马扩家族性格中的不变因素,即所谓三闾大夫所说的"苟余心之所善兮,虽九死其犹未悔"的精神,这固然是坚贞不二的美德,但在一部长达150万言的长篇创作中,主人公的精神世界没有大幅度的曲折与起伏,多少会使人感到沉闷。这使我想起《战争与和平》中的皮埃尔,——顺便说一下,在读《金瓯缺》时常常使我想起《战争与和平》,两者有许多地方都存在着可比性。马扩与皮埃尔一样,都是在战争中经历了婚姻、冒险、被俘等经历,但是后者始终是以一种对人生意义的探索眼光在看待这些经历,每一个阶段都是人生精神历程中的一个山峰,主人公在征服这些山峰时获得了越来越高的境界。在这一意义上,皮埃尔更加接近浮士德。然而马扩却在这相同经历中始终未能得到精神上的升华,始终在爱国主义的狭隘境界中原地踏步。这不能不说是中国古典美学标准给人物形象带来的损害。

当然,依循这种古典美学的标准也可能塑造出极其成功的性格。小说中马扩的妻子亸娘就是这样一个迷人的女性形象。在这部作品的人物群像中,她始终处于鹤立鸡群、光彩照人的地位。她仿佛为爱情而生,她来自偏僻的西军,完全是怀着原始的纯朴感情进入马扩的私生活,她对丈夫专一的爱情与整个心身为爱情而奉献的伟大形象,是古典主义艺术最有生命力的因素的合理发扬。亸娘几乎与小说中所发生的一切战争都没有直接的联系,与她的生命相联系的,唯有自己的丈夫。作品中有两个片断完全是诗与美的结合,那就是婵娘分娩时的死去复生和违抗婆母的旨意,毅然离家寻找丈夫。这种以爱情为生命的性格与她周围严酷的金戈铁马声相处在一起是极不协调的,正是在这种不协调中,表现出作家关于战争与人的命运的思考深度。婵娘的悲剧命运,偏是那一系列战争造成的,小说中有一段关于婵娘在投奔丈夫的途上对冥冥中的悲剧命运有所感悟的描写,准确地传达出一个普通女性对自己命运的理解能力和恐惧心理。战争毁灭了美与爱情,由这个人物身上揭示出全书关于战争思考中一个最重要的命题。

在历史小说创作中,一定的审美观总是与作家的历史观相一致的。《金瓯缺》在人物塑造方面的古典审美原则,与作家在五十年前站在民族主义与英雄主义立场上进行的艺术构思基本相吻合,因此,这部小说审美价值标准的内在分裂,实质上也是作家在创作构思中历史观、艺术观包含的价值分裂的一种表现。

无论在历史观、社会观还是审美观上,作为一个严肃的历史小说作家,首先面临的任务就是对以往时间所构成的帷幕作出有力的穿透,在现代意义上使历史获得新的解释。历史小说的现代意识并不承担浅层次的文化要求:普及历史知识,满足各种猎奇心理,追求趣味等等。它具备了高层次的现代文化特征:使人们透过对历史现象的富有现代意识的描述,加深对历史与现状的认识,丰富以及满足当代人的精神欲求。它不但与《李自成》之类的历史小说创作中把古人写成当代英雄的庸俗现代化相区别,也与目前兴盛一时的通俗历史小说倾向相区别,成为当代历史小说发展中一个值得注意的新目标。而《金瓯缺》的创作得失,都使我感到实现这一新目标的理想已经为期不远了。

初刊《上海文论》1988年第2期

注　释

1　《欧美作家论列夫·托尔斯泰》，陈燊编选，中国社会科学出版社，1983年，第325页。
2　徐兴业：《给巴黎的一封信——〈金瓯缺〉书简》，载《海峡》1981年第1期。
3　徐兴业：《寄托哀思抒发悲愤》，载《长篇小说专辑》1986年第2期。
4　参见蔡美彪等：《中国通史》第5册，人民出版社，1978年，第121页。

赵长天的两个侧面：人事与自然

置身于现代都市生活之中，感受当今人们心理上的种种冲击，我想赵长天是不会无动于衷的。自《市委书记的家事》开始，他的作品越来越表现出对改革中出现的新矛盾、新变化的强烈兴趣。他的小说，大都与当代生活的漩流紧紧连结在一起，字里行间倾注了对新生活的理解、关注和热情。从市委书记一直写到街道工厂，又写到面貌各异的知识分子……也许是现实生活对他的诱惑太强烈了，他既感到满足、又感到惶惑。当然，在赵长天的主观世界里满足是主要的，否则，他不会有这样的自信。工厂、机关，或者实验室，在这些通常是很枯燥的领域里，他倾吐出融融的诗情。

然而我还是要说，赵长天的自信以及支撑着这种自信的满足，是生活对他的诱惑力所造成的，并非来自他对生活本身的洞察力与把握技能。我发现他在表现当前改革激流中的种种人事风情时，十分明显地流露出一种内心的紧张感。他笔下出现的人事风情，并不是生活中的孤立事件，它以生活的真实面目展示在我们的面前，而它本身则有赖于更为浩瀚的文化背景。有时背景的过于明亮浩大反衬出眼前事物的含混和阴暗，就像在日光背景下拍人影相片一样。那种令人眩目的通天白光，正是其内核中的剧烈冲突与裂变所致。

它太亮太亮，正视它，会感到头晕眼花，感到不知所措。长天一定会有这种感受，它使他紧张：因为离开了这个大背景，生活事件就无法幻演出其骨髓里的真相；贴近这个背景，又使凡人的眼睛在昏花中难以穿透笼罩在事件周遭的阴暗，看不清其骨髓里的真相。这是不自觉的惶惑，而惶惑导致了紧张。

于是，就出现了赵长天的艺术世界的另一侧面。他需要寻找一种神奇的力量来调剂内心的紧张感，以平衡他心理上承受的种种压力——我指的这种压力，多半是在他内心深处自发地产生的，它存在于对外界生活这个令人眩目的光亮体的热情关注、把握与力不从心之间。这种力量在他过去的生命旅程中隐蔽地蛰伏着，发出轻轻的蠕动，正期待着他对它的召唤。在赵长天迄今为止的创作里，我觉得这种神奇的力量还远没有充分地释放出来。这种力量远离人世间纷至沓来的纠葛、争斗、心机，以大自然的伟力，保持着它永恒的魅力。它在长天的艺术世界里，演化成戈壁、深山和雪地。长天曾经在部队里服役，那一段生活经验与当前沸腾在他身边的生活声浪相比，实在平淡得很，早就退出了他创作视野的中心。可他在那个时候受大自然陶冶而成熟起来的心灵，一定感受到什么与现代都市生活无缘、甚至不相容的因素，它时时以人世纠纷的对立面出现，调剂他面对人事时的内心紧张感。于是就出现了他这一系列面对自然的作品：《苍穹下》《深山里》以及《冬天在一座山上》。

这就构成了赵长天艺术世界的两个侧面：人事与自然。面对人事，即是面对现实，是作家的社会责任感与现实战斗精神的综合。中国知识分子忧国忧民的入世精神总是超过个人的实际能力，他愿意身陷这样的处境，也只能接受这样的挑战。当他面对自然，即是面对自我，是积淀于作家内心深处的历史文化因素寻求人性自由的一种假定。这在赵长天的创作里并不占过分的比重，也就是说，他没有自觉地企图从艺术世界的这一面中开掘出更多的内容。他只是让它深深地潜藏在创作土壤之下，自然而生，自然而息，偶然利用一下，是为了在菜肴里加一点"味精"。关于这一点，作家自己是有所感的，他曾这样说："我凡是写得轻松愉快的作品，往往都比较漂亮，而惨淡经营之作却大多吃力不讨好。"这种感觉以艺术的形式折射在创作里，就有了一个出色的短篇《远山近水》。主人公谷超是一个成功的个体户和不成功的文学爱好者，世俗生活中，他必须在种种人事关系中搏斗，他从他的商业对手中赚进大把的钱，又向社会上种种势力撒出大把的钱——他的成功的事业中蕴含着与他的精神需求格格不入的因素，而在精神世界里，他悄悄地掀起生活记忆的一角：边区的哨所、荒芜的深山、湖边的裸体以及少数民族浑朴原始的风俗。黎胞"没有货币概念"的物物交换方式，对现代都市经济生活来说无疑是一种反动，但确实又使他的精神得到一种不自觉的满足。谷超的两个侧面，我以为可以看作赵长天某种程度的精神自画像。

在这种对立中，赵长天表现了自己的独特性。我想划分出这样一个区别：在新时期文学中，曾经出现过一种表现现代文明与大自然严峻对立的文学思潮——张承志可以说是这种思潮的杰出代表。张承志的作品表现出对处处是喧哗与骚动的都市社会的深切不安，力图以大自然所表征的人格力量来拯救现代文明社会中人的自我异化。然而赵长天创作并不同于此类文学。他描写都市生活，描写改革，态度是入世的、亲切的，他以肯定现世的方式来表达他对人事徙变的乐观态度；他笔下的两个侧面的对立，是他内心世界的冲突——不自觉的紧张与本能的追求放松之间的对峙所构成的。

我与长天交往不多，偶尔的接触都给我留下一种诚恳、略带一点拘谨的印象，而当我在通读了他近两年所写的全部作品以后，我突然发现，在我所描绘的印象背后，应该还有它的另一面，那就是生命力本能的腾跃、自由放松的潜在追求和敏锐的感觉，这与外在的拘谨应该是一个内在统一的整体。唯有这个整体的存在，才会在他的创作中产生那种醒目的对立特征。

正因为这两个侧面有着深刻的内在联系，而后者仅仅是作为前者的补充和调剂出现的，所以我们要研究赵长天的创作，必须对他的创作轨迹有一个比较全面的把握。我不以为他的《苍穹下》在他的创作道路上具有特别重大的意义。作为当下小说新潮某种探索的结果，这一组小说在打破传统的故事框架、突出瞬间感觉方面作出过尝试性的贡献，也获得了一定的声誉，但这种成功是以当时整个探索性小说的存在意义为前提的。1985年文学创作的一大成果，就是开创了现代笔记体的短篇小说形式。笔记体与话本体两种小说形式都是我国文学传统的遗产。笔记体成熟于一个文人意识觉醒、进而形成文学审美自觉的时代；话本体则成熟于市民意识萌生、进而使文学进入商品领域的时代。五四现代文学在引进西方小说形式的同时，出于对文学社会作用的夸大，加强了小说的宣传教化作用。自然，话本体的白话语言、情节框架以及通俗化的叙事方式都在西洋小说形式下得以复活，而以抒展性灵、强调文人审美理想的笔记体传统却从此湮没，大约只有在1920年代的冯文炳、1940年代的师陀等少数寂寞的作家的作品里才有所继承。笔记体小说是非商业小说，因此它毋需用完整的故事和通俗的形式来争取市民阶级的读者，而更加偏重的是内心世界的自由伸展和审美趣味。新时期小说复苏了这一中断多年的传统，把现代短篇小说从冗长的情节与复杂的人事纠葛中解脱出来，着重于表现作家面对世界的各种审美感觉，可以说是在民族传统的基础上形成新的短篇小说审美形式的自觉探索。它的出现——以阿城的《遍地风流》为代表，划出了短篇小说与中篇小说在审美意义上的一道分界线。长天的《苍穹下》是在《遍地风流》的启示下产生的，一组五篇都很有意思。可是作为一个总体来看，虽然这五篇作品描写的背景置于同一个"苍穹下"，虽然它们是由一个中篇的五段引子所构成，理应有更内在的联系，但是我认为它在结构上依然是分散的。题材的相似并不一定产生总体构思的有机性，它只是作者在不自觉的意识下偶尔获得的收获，并不像阿城、贾平凹、何立伟的作品那样，是刻意求工的结晶。

但《苍穹下》的成功给长天的创作带来新的生命。这表现在两个方面：其一，从短篇小说的形式上看，《苍穹下》的一组作品，与赵长天在短篇小说创作中长期积累起来的经验是分不开的。长天的短篇小说一向优于长篇。记得在1985年初，我协助贾植芳先生为美国学者唐诺德·吉卜斯（Donald Gibbs）教授编选《中国当代短篇小说选》时，曾浏览过长天的早期创作，给我留下较深印象的都是一些结构精巧、视角新颖的短篇作品，如《牌桌上》《沙枣门帘》等。这些作品反映的思想内容虽不深，但都能从一个特定的角度摄取生活中的某种氛围，符合短篇小说的审美要求。《苍穹下》正是这类作品的合理发展，不同的只是情节淡了一些，艺术感觉更加好了。自然，《湖畔夜话》《深山里》又是《苍穹下》的合理发展，演变的轨迹是一致的。其二，从性灵的自由抒写看，长天的《苍穹下》不同于《遍地风流》《一夕三逝》等作品。《苍穹下》没有抛却故事,情节的戏剧性依然是作品构思的支点,如《天嚣》中那蒙族汉子的出现,《背景》中押车者态度的转变等,如果把长天的《浅水》与阿城的《洗澡》作一比较的话,这种区别就更为明显了。这两个作品的题材有相似之处,都写了人在自然的怀抱里裸身洗澡,也都隐约涉及了由人的性心理反映出来的文化制约力。然而阿城的小说写得自然、舒缓,弥散着大自然旋律与文化旋律的交响;而长天的小说则仍然反映出一定的社会内容(女同志在导弹基地参加野外试验的艰苦性),体现出人的文化心理与自然心理的冲突。阿城是纯自然的,长天则人事自然参半,从性灵的抒写来说,仍然不是充分自由的。可是与他以前单纯写人事的作品相比,这些作品确是有了较大的放松。最突出的一点,就是偏于人事的情节框架不再能涵盖作品的意蕴,它似乎被挤压到作品的背景中去,让人模模糊糊地感受到,而充塞在情节框架与读者之间的,还有另一个要素,那就是作家把握生活时的感觉世界。于是就有了这样对瀚海上的沙的描写——

> 空气失去了气体的性质,像液体,甚至像固体,厚重而凝滞……就像水中掺杂了细密的油珠,而成乳化液一般,空气,也乳化了。(《天嚣》)

这样的描写沙漠上的风——

> 戈壁滩便濛濛地起了层薄雾,沙一样晃来晃去,猛地,前方腾起一柱烟,像条竖直身体的巨蛇,呼呼地游来。(《迷失》)

这样的描写干燥的戈壁滩上背对女人洗澡时的心理——

> 草丛里，悠悠飘来皂液的香味。不知名的虫儿，从一株草尖跳到另一株草尖，划出漂亮的弧线。(《浅水》)

感觉是主观的，它在作品中建构起一层新的意象网，遮盖了对生活的临摹式描写，超越了情节本身的内容限制。在这些作品中，感觉的意象比比皆是，人们不再关心情节背后说明了什么，只注意到作者在叙述中感觉了什么。作者把对生活的感觉如实地描写出来，正表现了主观性灵的自由伸展。他可以写景，或写物、写人，但这一切都经过了作者艺术感觉的过滤，渗入了主观生命的神气。从艺术上说是活了。

我注意到，这一类写"活了"的作品，大抵是作家面对着自然抒写的小品。《苍穹下》写的是戈壁滩，《深山里》写的是森林险途，《湖畔夜话》写的是西藏高地，在这里，都市中纷乱的人事都悄悄地退隐，人在自然的怀抱里，与自然紧紧拥抱，以渺小的生命与永恒的生存进行着对话。这一种生活，我想赵长天主要是得自于在边疆度过的部队生活以及深入导弹基地的生活体验。但如果因此而判断这些作品是描写部队生活，就像他的另一部分作品是直接描写改革时期的现实生活，那就错了。《冬天在一座山上》和《深山里》都有部队生活的实景，可是它所表现的，并不是军旅生涯的某种插曲，在这些作品里，感觉依然是主要的。在某种意义上，《深山里》只是重复了《苍穹下》的感觉——《匪情》是《浅水》的重复，《暗夜》是《迷失》的重复。

值得重视是《冬天在一座山里》。这个作品发表的时间比较晚，呈显了一些新的探索。首先，它在篇幅上不再是笔记体的小品，而是一个中篇，容载量远远超过了以往的短篇。其次，作家试图把面对自然时生发的轻松感与面对人事时所悟的人生哲理有机结合起来，于是就产生出新的要素：荒诞感。这是一部含意较为抽象的寓言体小说，是情节框架与艺术感觉相融相交的结晶物。构思是精巧的：深山雪原里的一个部队哨所，在与世隔绝的情况下，一名战士出于无聊而装病开玩笑，可是在那普遍缺乏幽默与机智的年代里，这个战士的装病竟弄假成真，玩笑终于酿成一场惨祸。整个故事置于雪原的背景下演进着。作家以轻松的笔调叙述着那个并不轻松的故事，由于对每一个细节的真实描写，由于表现主观感觉时的趣味横生，使情节框架的荒诞性蒙上了一层可信的外衣，读者的注意被吸引到作家的叙事过程中去了，情节的荒诞性只是为作者轻松的性灵抒发添加了佐料，而本身似乎不再成为阅读这个作品的最终目标。这个作品的成功证明，荒诞感对于赵长天的创作是有益的，由于他面对人事时内心太严肃、太紧张，需要有这种荒诞意识来加以调剂。从作品的审美效果看，荒诞感也有利于他的性灵在恂恂然的创作生涯中自由活动，使作品超越现实内容的覆盖，进入更高的美学层次。

我在本文一再提及长天创作中的内心紧张感，当然是出于我的主观猜测，这种猜测是基于我对当下文学中改革题材创作的一个基本看法：由于改革本身在社会生活中所处的萌始状态与探索性质，局限了文学从更高的审美层次上对它加以把握。作为一个立志于用文学创作来反映当代改革的文学工作者，只要他能够自觉到这一点，他就无法摆脱这种与题材俱生的惶惑与紧张心理。因此我们探讨赵长天创作中所出现的这个心理现象,对于当前反映改革的文学创作,应该说有一定的意义。

尽管自从"乔光朴"这一新英雄形象在文学画廊露面以后引来了一大批仿效者,但仍然应当承认,从当代文学发展的实际状况看,反映现代都市以及工业领域改革题材的文学创作,在文学内涵的丰富性与表现方法的突破方面成绩并不大。蒋子龙是新时期文学中描写改革家形象的始作俑者,他首先突破了工业题材中"车间文学"的狭小格局,对整个企业界两种管理路线的冲突作了淋漓尽致的艺术表现,从根本上改变了工业题材创作的落后状况。但问题是当蒋子龙的创作风格一旦战胜了原来的传统成见,为创作界和评论界认可以后,"乔厂长"本身又成为一种新的模式,给人指示了一个明确的路标。这种新的模式一旦形成,就很难动摇它的影响,以后的若干部表现改革题材的佳作,或者在塑造人物的细腻程度上(如《沉重的翅膀》),或者在描写改革的规模上(如《花园街五号》《男人的风格》等),有超越"乔厂长模式"的,但其基本的思维框架并无新意。这不能不给现代城市改革题材的创作带来了新的困境。

如果探究下去的话,这种创作模式的形成本身也有着更为深刻的原因。这就是我在本文一开始即提到的"文化背景"的问题。所谓建设具有"中国特色的社会主义",是历史上前所未有的新生事物。我们并没有前人的经验可资借鉴,所以作为反映同步生活的"改革文学",不能不从两个方面来弥补这一先天的不足——一种即是"乔厂长模式"为标志的浪漫主义创作倾向,其特征之一,是由于所反映的生活对象还未能提供大量的、完整的、富有本质意义的创作素材,作者面对这种尚属萌始状态的改革生活只能够去感受和传达它的时代气氛，获取一种精神上的概括力。严格地说，《乔厂长上任记》体现了一种浪漫主义的创作精神，它从大时代氛围中探究了乔厂长所象征的社会意愿，而不是现实生活中真的应该这样做，与其说它描写了当代的工业改革，还不如说是反映了当代人民的改革情绪与改革愿望。其特征之二，由于所反映的生活对象本身还未能充分展开社会主义民主的力量，现代城市的企业体制的改革还不得不依靠权力起作用，作者在描写人民群众的改革意愿的同时，很自然地把笔墨放到了新时代的英雄——作为改革者面目出现的企业家形象，用理想化的笔墨去讴歌改革时代的改革家。这种新型的理想主义与英雄主义构成了乔厂长模式的基本特征，成为当下文学浪漫精神的一个突出表现。

与这种浪漫创作倾向同时存在的，还有另一种倾向，即是对现实生活中随改革而产生的种种矛盾、冲突、疑难的无可奈何的认可，这一类创作比《乔厂长上任记》更贴近现实，理想色彩也淡一些，肇始于蒋子龙的《一个工厂秘书的日记》《基础》等作品，之后也产生出一大批追随者，这类创作多半有"问题小说"的性质，关注现实生活中一时还难以解决的困难，带有一定的批判色彩。评论界通常把这一类作品称作"现实主义"作品，其实，在这一题材创作中，真正能够从历史的高度对生活现象作出艺术把握，并揭示其历史本质趋向的现实主义作品，至今鲜有。

这也许是我对当前反映改革题材的文艺创作过于悲观的估计。但我由衷地认为，只有正视目前这一类题材创作中存在的问题，只有克服把现实主义庸俗化的理论倾向，才有可能使与生活同步的改革题材创作获得真正的精神解放，使文学工作者获得多角度地去观察和表现社会主义改革事业的权利。同样也只有在这样一个前提下,讨论赵长天的创作才有切实的意义。赵长天的创作,比较早地反映了社会主义改革时期工矿企业领域内的种种问题,他的作品多是带有问题小说的性质。作为一个熟悉中下层干部的工人作家,他面对堆积如山的现实问题,以及由于这些无法改变的问题而造成的种种人事纠葛,几乎与作品的主人公同样感到内心的惶恐。这表现为他笔底下的世界,多少抱着无可奈何的客观主义态度:《市委书记的家事》中似乎留下了《叶尔绍夫兄弟》等苏联作品的影响,以一个市委书记的家庭为情节中心,展示了社会主义改革时期从国家领导干部到普通青年工人的种种心态,也涉及企业界、艺术界、机关等各个领域的矛盾冲突。且不说艺术成就如何,就作品的思想素质来说,作者不像柯切托夫那样,能够旗帜鲜明地就政治、社会、经济、艺术等各种问题都亮出自己的倾向性观点与感情(即使是不合时宜的),赵长天对冲突的各方都抱着宽容的态度,而这种宽容从暧昧的一面说,实际上是对现状的非挑战性认可。我们再往下看,在《非线性方程》和《天门》中,这种宽容态度更加明显了,造成知识分子郭明德与辛贻光尴尬处境的每一环节,似乎都有着合乎逻辑的理由,每一个当事人都有着值得同情的苦衷,这些问题的造成,并不涉及某些人的品质,也不涉及政策、路线的是非,它只是一种无法改变的现状,每个遭遇者只能与作者一起为此叹息。所以,郭明德只好收回了要求归还住宅的请求,辛贻光也只能黯然地离开他为之付出了青春与爱情的事业。

这是否表现了当前改革现状中存在的问题?我想是的。可是作为一部文学作品来说,仅仅写出了这一点还不够。一部具有个性的反映同步生活的文学作品,必然要求作者对艺术表现的对象倾注他人所不可替代的强烈的主观意志,使五四新文学以来形成的现实战斗精神在新的历史条件下获得真正的光大，这样才能在历史的经纬度中突现出当前改革事业的意义与价值。长天的这种客观主义的态度，从优长的一面说，能够比较客观地描写出生活现象，避免了同类题材创作中经常出现的概念化、雷同化的弊病，显示了作者对现实生活的认识深度；从不足的一面说，由于对艺术表现对象的穿透力不强，带来了思想力量和艺术力量的薄弱。当然，由于我刚才分析的原因，长天在这种创作上的局限，不是他个人的局限，而是在当前改革题材的文学创造中带有普遍性的问题，如果作者努力跨出这种客观主义的局囿，也很可能另一脚又重新踏进"乔厂长模式"的浪漫主义局限。自觉到这种两难的困境，是造成作家内心紧张感的最主要的原因。

我想长天是意识到这一点的，他力图挣脱这种困境。他与唐大卫合作的《老街尽头》，可以说是一次小小的尝试。本来，那个野心勃勃的街道厂厂长成化龙满可以写成一个改革开放竞争时代的新拉斯蒂涅，但由于过多的拘泥于具体事件的繁琐描绘，影响了人物性格的深刻展示，使它未能超出《一个工厂秘书的日记》的艺术格局。但这个中篇仍然包含着新的信息，预示了作家在工业改革题材创作的困境中新的摸索。作家开始把注意力转移到刻画人在改革激流中的命运，以及对这种命运背后的历史意义的展示，也许我们暂时还无力去把握改革时代的大背景，但我们能够抓住这一历史过程中各种人的悲欢哀乐，展示各种人的渴望、挣扎以及命运变化，虽然至今还未见有特别出色者，但只要努力地走下去，总不失为一种新的探索。

现在我已经完成了对赵长天艺术世界的两个侧面的简略描述。

需要重申一遍的是，在这个艺术世界里，面对人事，关注改革的现状是主要的一面，也是长天作为一个作家的社会责任感的自觉体现；而面对自然，是他对内心紧张感的一种调剂，是他放松精神时的副产品，这两个侧面都有待进一步提高。《老街尽头》与《冬天在一座山上》，是他至今为止所获得的最高创作境界。前者对人的命运的探讨，后者对荒诞意识的描述，在当前文学创作中都具有新的意义。我想，如果长天能够把这两大特征进一步结合起来，向更高更大的境界开拓，那无论是对他个人的创作，还是对整个现代都市及其工业题材的创作发展，都不会是无益的。

初刊《上海文学》1987年第12期

笑声中的追求
——沙叶新话剧艺术随想

在戏剧创作中，我们经常发现有这样两类艺术家：一类艺术家的全部创作似乎都在构筑一个自我的艺术形象。他们从第一次成名起就确定了自己独特的面貌，以后的发展，仅仅是在一个艺术原点上精工细雕和自我完善。他们拥有自己的流派，靠不断重复自己来培养观众的审美趣味，使每一部新作品的问世都成了自己既有风格的延伸和再现。另一类艺术家正相反。他们每一次创造都是一次无情的自我破坏，摧毁了自己在前一部作品中留给观众的印象。他们的创作总是处于流动和变化之中，不断地追随时代的步伐，用新奇和变换趣味来吸引观众。这一类艺术家让评论者感到头痛，因为他们并不追求风格的稳定，以至使人难以对他们下结论性的断语。沙叶新理当属于后一类。自1978年《约会》发表以来，他对独幕剧、多幕剧、儿童剧、正剧、喜剧、荒诞剧，都作过尝试，"打一枪换一个地方"。风格各呈其貌，严肃可以严肃到为马克思作传，胡闹也可以胡闹到让孔老夫子穿着一条裤衩，站在舞台上丢人现眼。然而沙叶新的创作又绝不是随意的，在内容的选择与形式的创新上达到了较好的融合和统一。

沙叶新在社会上真正产生重大影响，是从多幕讽刺喜剧《假如我是真的》开始的。以后，他的创作转向历史领域，《陈毅市长》《马克思秘史》可以作为标志。近两年他又转向了抽象领域，先有幽默喜剧《寻找男子汉》问世，后又创作出三幕荒诞剧《耶稣·孔子·披头士列侬》。尽管沙叶新在题材的选取上一变再变，经历了现实——历史——抽象三个阶段，但他创作的基本思想锋芒却没有因此变得更开阔和高深一些，仍然是十年前《假如我是真的》里曾经惹起一场轩然大波的基本创作思想：即对社会上种种消极现象的无情抨击和辛辣嘲笑，以及揭示其历史成因。这一点沙叶新依然故我。在《陈毅市长》获得一片叫好声时，他就提醒人们，他写历史是为了提供一面鉴戒今天生活的镜子，决不是为了逃避现实。在《寻找男子汉》中，他又揭穿自己：这出戏不是什么大姑娘寻找对象的戏，而是要寻找当代中国久久失去阳刚之气的社会政治原因，要揭示的是男子汉缺钙症的社会心理因素。正因为这样，沙叶新也一再得到报应：大概除了碍着陈毅的老面子，这个戏安然无恙以外，其他每一个剧作的命运都与剧中主人公的命运差不多：马克思的磨难，盛仪的坎坷，舒欢的失望，"披头士"列侬呢？恕我直言，最终大概还得狼狈地光着身子逃回天国去。

这对沙叶新的创作不能不带来影响。他是一个现实主义作家，虽然他性格诙谐，谈吐幽默，但思维习惯和个人气质都决定了他不能在现实生活的种种阴影面前闭上眼睛，掉转头去欣赏梅花。他的喜剧才能，最突出地表现在对于社会阴影的尖锐讽刺上。如果从作品的完整性看，《假如我是真的》仍然是他最出色的作品。这当然不是指它的思想艺术的成熟度而言，而是指在这个作品中，主题建构与艺术才华相得益彰，作家的创作才能发挥得最为充分。这个戏对干部利用职务搞特权谋私利现象的讽刺，曾经激起了许多职业评论家和非职业评论家的指责，他们一致认为剧作家为社会提供了一面不适时宜的哈哈镜。但是在这个戏创作以后第九年的今天来看，戏中所揭露、所讽刺的现象并没有彻底消除，反而愈演愈烈。因此可以看出，为什么针砭时世总是成为沙叶新剧作中最动人心弦的主要原因。但是为了这一点，沙叶新付出的代价也是沉重的。我不是指他的戏一再受到非议和责难，而是认为，对现实生活的强烈关注不能不使剧作家牺牲了为艺术进一步开拓境界的追求，以致在他的作品里，不同程度地存在着针砭现实的有效手段和作品本身应有的历史文化内涵之间的矛盾。他在题材方面的开拓并没有带来艺术内涵相应的开拓，使作品在表现力量的分布上出现了不平衡。

这在他新近创作的三幕荒诞剧《耶稣・孔子・披头士列侬》中表现得最为明显。讽刺的锋芒具有两种不同的指向：一种是文化的讽刺，由剧中的三个主角各自承担的文化含义所构成，耶稣、孔子和摇滚乐歌手列侬组成一个考察团下凡人间，暗示了人类历史上的三种文化——西方基督教文化、东方儒家文化以及现代西方文化在今天的世界上所面临的共同困境。另一种是社会的讽刺，通过描写"考察团"下凡后在金人国和紫人国中经历的种种磨难，揭示出"人类罪恶也许就在于各执一端"的畸形现象。考察团的三个角色在两种讽刺中不断变换着身份：前者是由他们的言行和遭遇直接体现出来，后者是由他们的经历和从他们的眼中间接地给以体现。也就是说，在前一种讽刺中他们是被讽刺的对象，而在后一种讽刺中他们则成了某种讽刺对象的见证。因此，耶稣、孔子、列侬既是某种文化的符号，同时又是这出荒诞剧中必不可少的主要角色。他们与第一幕天堂里的许多只有名字、没有形象的英灵不同，因为他们不但能够说话和行动,为荒诞的社会现象作证,而且能与社会展开正面的冲突,暴露出自身所代表的文化在错了位的时空环境里的可笑性及所面临的尴尬处境。这是剧作者追求的最高目标。因为对历史文化持讽刺最终会导致人们在文化上的严肃反思,进而从东西方民族性格的深层结构中寻找出其不适时性和不合理性。

但是从剧本的效果来看,这种文化的讽刺没有能够充分地体现出来,原因是多方面的。我以为最主要的是由剧本构思上的两难所致。当剧作者把三种文化同置于被讽刺的地位时,他必须依靠一个更为合理的参照物,而在这个戏里,三种文化的代表者们所处的环境却是非现实的,是被夸张、变形了的怪诞世界,它自身的荒诞性要靠这三个主角在行动的参照中体现出来。两种参照物不能同时成为讽刺对象,于是剧中许多可笑的场面都失去了讽刺的意义。文质彬彬的孔子在紫人国中被剥光了身子,一边被强迫穿上紫色衣服,一边在唠叨"我恶紫夺朱",这确实令人捧腹。但究竟讽刺了孔子还是讽刺了紫人国呢?我想应该是后者。这样一来,耶稣、孔子和现代歌手所承担的文化含义,只能引起喜剧中的滑稽效果,却无法引向更为深入的反思。然而剧本的另一种讽刺:社会的讽刺则体现得十分出色。它描写的金人国与紫人国,正是现实生活中某种倾向的夸张与变形。因此,剧作在内涵和表现力量上发生了倾斜。

在《寻找男子汉》中也同样存在着不平衡状。诚如沙叶新自己所解释的,他企图通过剧中人物舒欢对男子汉的寻求,来呼唤民族精神的更新。因此,舒欢寻找的"是一种民族的情操、气质、精神理想",是"能使我们民族从孱弱转向刚强的一种文化"。但这样一种旨意,从题材的选取上就不对劲。尽管作家自称"我就是舒欢",但作家终究不是舒欢,舒欢在舞台上只能是一个大龄女青年,有理想、有才学又有些酸,舞台的场景规定她只能是寻找配偶,为了社会、为了妈妈当然也为了她自己。这两种寻找之间的差距实在太大,任何一个男子也独自担当不起代表一种新型文化、并以此复兴民族的重任。所以这注定了舒欢是绝望的,也注定了剧中最后出现一个被美化了的男子汉是令人失望的。但是当我们撇开这种宏大的文化意识,专看剧中的许多讽刺性的细节时,我们又不能不让作者逗得直乐。司徒娃与周强为什么没有男子汉精神?笑过以后自然会启发人深思。剧场里的笑声不过是即兴的,唯有在这一场笑声爆发之后让人回味,第二次再发出的笑,才是会心的、理智的,也是真正的笑。在这种讽刺中,作家着重剖析了久久找不到男子汉的社会政治原因,指出了过去的几十年中,每一次以革命的名义发起的运动和长久的压抑、扭曲,造成了男子汉的棱角磨平,阳气衰竭,脊梁缺钙。如果再联系《耶稣·孔子·披头士列侬》中紫人国的故事,那么,男性退化的结果是阴盛阳衰,女皇统治一切,甚至统一小便和分配思想。沙叶新总是沙叶新,他又回到了自己所擅长的领域。

这种强烈的社会责任感和现实主义态度也渗透到剧作家的艺术表现方式之中。沙叶新艺术构思和语言的喜剧性特点之一,就是将现时生活正在发生的事件插入剧情之中,使本来不存在任何喜剧性的生活细节在陌生的舞台环境里产生可笑性。《假如我是真的》整个取材就是使不可笑的事件成了一出绝妙的讽刺剧;在《大幕已经拉开》里,厂长盛子仪穿上一条在当时社会上正惹起非议的喇叭裤上场;《寻找男子汉》里,剧中人突然跳出一句对白:"药有假的,晋江出的,男子汉嘛,总归是真的。"《耶稣·孔子·披头士列侬》里,上帝派耶稣去考察人间,还怕别人说他"开后门"等等,把正沉溺于剧情的观众情绪突然拉回现实生活中来,在不和谐中产生出一阵和谐的笑声。人们自然是通过理解来欣赏喜剧的，只有在他辨出了这些细节的弦外之音，看穿了其中微言大义，他才会发出痛快的大笑。这对剧作家来说多少是一种限制：即他必须以喜剧中所穿插的细节已被观众所了解为前提，一旦所安插细节的特定意义已经随生活的流逝而被人遗忘，那么，喜剧的效果也将失去，因为人们不再觉得这种细节是可笑的了。比如斯威夫特，这位英国政治讽刺家在《格列佛游记》中对当时政局的种种影射想来也一定很好玩的，但现在对我们已经太淡漠了，倒是那主人公在小人国和大人国里的种种由于体型的差异造成的滑稽可笑遭遇以及对那种贪婪、愚昧、残忍等人性一般弱点的讽刺，焕发出永恒的艺术魅力。

描述沙叶新在多样化创作中的这一稳定不变的艺术追求时，要求作家能从关注现实、批判现实的圈子里更放开一些，在历史文化、人性研究，甚至艺术语言等方面表现出更多一些的容量，使题材的开拓与艺术的开拓取得圆熟无间的融合，我想，这不应该说是过分的奢望吧。

如果把上海的沙叶新与北京的高行健的剧作作一比较，不难看出这南北两位剧作家之间明显的不同。尽管他们都偏重戏剧形式的创新，也喜欢不断变换审美口味，这在高行健的剧作里，体现出一种执着的美的追求，它包括对生活、对形式、对心灵、对文化……高行健在形式的探索上具有纯学术的意味，常常使形式在一部剧作中含有相对独立的性质，因而也变得更加纯净。他对生活抱有审美的态度，喜欢在静思、玩赏中了悟某些哲理的片断。而沙叶新则无法达到这样的境界。远离皇城根的自由状态使他更加关注现实中的阴影，并且也更加容易愤怒。他的笑声中，最富有美学意味的形式是讽刺。尖利，富有想象力，宁肯流俗也不愿沾上费厄泼赖的习气。沙叶新追求形式的创新从来都是与剧本思想内容的创新同步的，每一部剧作在形式上的变化同时也联系着主题、内容，甚至艺术基调的相应变化。与高行健喜欢谈自己剧作的形式相反，沙叶新很少对形式问题表示特别的关心，就在《陈毅市长》的"冰糖葫芦"结构博得舆论界的好评时，他却写了一篇与自己过不去的文章，题作是《〈陈毅市长〉不是模式》，这个话本该让评论者来说的，结果他自己抢了先。他认为《陈毅市长》的结构不值得如此过奖，因为它不过是服务于剧本内容的更好表现而已。

其实这话只说准了一半的道理，与其说戏剧艺术的形式服从剧本所表现的内容，毋宁说，它服从戏剧艺术的规律。任何艺术形式都有自身的规律与特征，它既可以演化成千姿百态以适应内容的需要，反过来，形式也在选择内容，它照样可以接受、改造，或者拒绝剧作家提供的创作内容。只不过这种选择对剧作家来说，其制约力是内在的和不自觉的。沙叶新对于戏剧艺术的规律是相当重视的，他多次讲到戏剧结构的重要性，要求戏剧结构与科学一样具有严密性和精确性。这一点，在他的两个历史题材的话剧《陈毅市长》和《马克思秘史》中都得到了很好的表现。

这两个戏，都不能算作纯粹的喜剧。写伟大历史人物的作品，总是与这些人物一生叱咤风云的斗争生活联系在一起，通过这些人物反映出时代的风貌和本质。这就很难用喜剧的形式来表现。以陈毅为例，写他的戏不少，基调几乎都是悲壮的、严肃的。可是具有喜剧才能的沙叶新却对这个题材作了富有喜剧性的处理，而且取得了成功。对马克思也一样，虽然眼下没有一个中国人亲眼见过马克思，可长期的教育早已给革命导师定了型，说起这个人物，人们很自然地会想起他办《新莱茵报》时与普鲁士当局的斗争，在第一国际时期对形形色色的机会主义的批判，以及在艰苦卓绝的困难条件下写作《资本论》的伟大悲剧形象，而沙叶新偏偏发现了马克思的"秘史"，从日常生活琐事着眼写出了严酷形势下革命者的乐观主义精神，艺术处理上居然取得了喜剧的效果。可以这么说，这两个戏的成功丰富了当代喜剧创作的经验，使喜剧领域里走进了正面讴歌的历史伟人。而沙叶新把这两个题材处理成喜剧的过程中，喜剧自身的艺术规律没有被破坏，相反，得到改变的却是题材内容的处理，是内容服从了形式的需要。

这里需要对喜剧艺术的基本特征有清晰的认识。一般来说，喜剧不能深刻和全面地展示生活，因为喜剧的基本创作手段是夸张生活中存在的可笑性和滑稽性，而避免过于严肃的生活主题。正如布莱希特在创作政治讽刺剧《阿吐罗·魏的有限发迹》时所强调的，这个戏"只限于描写国家、工业家、容克地主和小资产阶级。这就足以实现预定的意图。这个剧并不是要描绘一幅普遍而深刻反映历史状况的图像"。布莱希特充分理解喜剧的特点，它不可能正面表现重大的历史题材，也无法全面地反映生活面貌，因此他只能限定自己创作的范围，使戏剧只反映生活的"片断性和怪诞性"。记得在《假如我是真的》上演时，有的批评家责备作者"未能给我们提供现实生活的完整的真实的图景"，并指出，是由于"小资产阶级倾向妨碍了作者正确观察和认识生活，妨碍了作者按照生活本来的面貌真实地反映我们的现实生活"。比起布莱希特，我们的批评家要偏颇得多。布莱希特明确拒绝在一部反法西斯的戏剧里写进工人斗争，因为这是由讽刺性喜剧的特定条件所限定的。要在喜剧中反映"现实生活的完整的真实的图像"只能是虚幻的妄想，也是一种对喜剧既不负责任，又不切合实际的苛求。这在讽刺性喜剧里是这样,在歌颂性喜剧里也是这样。也许歌颂性的喜剧的功能略能宽一些,它的基点是立足于对人的力量的信任和肯定,对世界发展趋势的乐观主义态度,但从具体表现形式来看,它的范围也是有严格的限定性,它所揭示的可笑性,通常是在日常生活琐事上反映出来。这种特征决定了沙叶新在处理陈毅的题材时,不能再重复《陈毅出山》《东进,东进》这类作品的老路,他选取建国初期陈毅在上海担任市长的一段历史作为创作素材,显然是服从了喜剧性的需要。出于现实的功利目的,作者强调了他的选材将有利于今天的观众"能从中得到现实的启示"。其实这种思想目的与艺术规律是完全吻合的。剧中选取了陈毅出任市长、赴资本家家宴、开办第一百货公司、夜访齐仰之教授等等,甚至连批评童大威与彭一虎,都不但于现实生活有直接的启迪性,而且也都有陈毅特有的幽默风度。

与《陈毅市长》相比,《马克思秘史》的喜剧色彩则不同。剧本写驱逐、写流亡、写艰难的生活环境和不屈不挠的革命毅力,这一切似乎都不具备什么可笑性。可是在这个戏里,自始至终洋溢着乐观主义的笑声。剧作家不但写出了两位革命导师富有幽默感的宽广胸怀,更主要的是巧妙利用了喜剧的陌生化手法,使观众从舞台上看到了一个与传统教育中不完全一样的革命伟人的生活侧面,由此造成了喜剧的效果。譬如,马克思出于贫穷而去求职和典当银器,这本来没有任何值得高兴的地方,可是让革命导师在那种极不和谐的场景中出现,就带来了喜剧效果。我们不妨分析一下剧中的一个片断:在当铺前马克思与一个可爱的小男孩谈话。那小男孩看中了马克思的银制小刀,要求与他交换,马克思不肯,竭力想用经济学的知识来向他作解释,结果反把小男孩搞糊涂了。这是一个利用场景错位来创造喜剧效果的典型。马克思写作《资本论》,是

19世纪人类最伟大的工作之一,经济的贫困迫使他中断了写作时间,然而他的思想仍然沉浸在伟大的发现之中,由是引出了与小男孩大谈商品价值的笑话。它的意义显然不在于写一个科学家废寝忘食的工作精神,而是利用喜剧形式,揭示了困境中的伟大的人格力量。它不可能包含什么深刻、严肃的思想,也不可能去揭示生活的历史内容,但是有了它的存在,从艺术上打破了历来把英雄写成"脚穿厚底靴,头绕灵光圈"的虚假形象的审美原则,在人性描写上获得了解放;从现实主义的意义上看则有助于人们打破现代迷信,更真切地了解人生的丰富性和生活的多面性。这就是喜剧艺术的特点。

从这些分析中可以看到,沙叶新是用了喜剧艺术的眼光去处理这些重大的题材。《陈毅市长》所采用的"冰糖葫芦"式的结构,并非完全服务于内容;或者可以说,是这个戏的形式和内容都统一在喜剧创作的规律之中,正因为喜剧不要求深刻全面地反映重大生活题材,它采用短篇缀连的形式才有可能实现。其实岂止是《陈毅市长》一个戏,在《马克思秘史》,在《寻找男子汉》中,不也都采用了相近的结构方式么?也正由于喜剧允许反映生活的片断性,才有可能让革命伟人的日常琐事搬上舞台,构成一个完整的艺术作品。当然,喜剧艺术并非是沙叶新唯一的手段。不仅《马克思秘史》里描写了大量悲剧性的场面,而且在其他标明"喜剧"的作品中,也存在着许多与喜剧规律不相容的地方。如《寻找男子汉》中小市民长舌妇对大龄姑娘的说长道短,虽然作者也采取了讽刺的手法,可是由于舒欢的悲愤感染了观众,在这个场景里,观众的同情心理胜过了可笑性,因此难以取得喜剧的效果。同样,"紫人国"

里思想分配长用逼供信使百姓甲出场作伪证,诬陷耶稣他们是外来间谍的情节,虽然在揭露专制主义下政治运动的荒诞性上是深刻的,但过于残忍的细节不能不使人们回忆起那场恐怖的红色梦,无论如何也逗不乐人们。在喜剧的规范下,讽刺也是有限度的,超过了限度只会产生相反的效果。对此我不想作出具体的评判结论,因为对一个杰出的戏剧家来说,他不需要,也不可能为一种艺术创作的原则去牺牲在他看来更为重要的东西。所以,面对这些现象我只能说它们不属于喜剧性的细节,作为喜剧的一种审美现象它是不成功的,但从一件艺术品的组成部分来看,它们又自有深刻的意义与批判现实的功能,仍然有其存在的价值。

沙叶新是个具有多方面兴趣的作家,他不但在戏剧创作中作了多方面的尝试,也把创作的笔伸进了小说、散文、小品等领域。本文所说,只是研究沙叶新的一个侧面,而且多半是主观片面,挂一漏万的,不一定符合沙叶新创作的精神,也不同于读者眼中的沙叶新印象。那么,还是趁早声明一下,这里所谈的,只是我个人眼中的沙叶新。

初刊《新剧本》1988年第3期

在两个文本之间
——致沈善增谈《正常人》

善增兄：

"与君一席谈，胜读十年书"，这话真不假。那天与你聊了一个下午，心中一大团疑难终于解开。读了你的《正常人》以后，我一直踌躇着，想写点什么，又觉得下不了笔。其缘故是你在你的小说里玩了一个叙事圈套：你故意混淆小说作者与小说里的叙事人的身份，你使每一个读者，特别是熟悉你的读者，都相信这部小说是你的"自叙传"，小说里"正常人"的道路也就是你自己的成长道路，让人以为《正常人》是一部传统意义的教育小说或自传体小说。这样，我落笔写批评的时候不能不顾忌到，我对这部作品主人公的判断，很可能会超出一般艺术形象批评的范围。

所以那天我与你谈的时候，首先就是想弄清楚，你对小说中"正常人"持什么看法。当你说你是用批判的眼光在审视市民阶层中一部分人的生活方式，并力图以自己的生活经验为靶子来反省这"正常人"的困境时，我突然松了一口气。因为你和你作品里的叙事者"我"毕竟不是一回事。要证实这一点很不容易，而划清这一点对解读《正常人》至关重要，它直接影响到对小说的不同理解与评价。

事实上,《正常人》应该有两个文本,一个是由你沈善增一个字一个字写出来的长篇小说,另一个是由作品里的那个叙事者"我"(他没有交待自己的名字,只告诉读者他有几个外号,如"老茄""阿末""小四眼"等)叙述的故事。但一般情况下,这类小说往往会通过一种特殊的"框架"模式来表达,如屠格涅夫和莫泊桑惯用的短篇小说结构,或如茅盾的《腐蚀》,借托一个人的日记等材料来叙述。你的《正常人》却与上述几种方式不同,你通过三篇叙事角度不同的序,不为人注意地偷换了两个"我"的视角,使两者融为一体。在第一篇序中,你是用全知的视角解题,告诉读者,《辞海》中没有对"正常"更没有对"正常人"的注释。第二篇序中,你采用了第一人称的视角,让自己亮相,你告诉读者:你很希望你就是小说里的"我",可惜的是你既没有"我"好,也没有"我"坏,但可悲的是你又是"我"。这句话说出了两层意思:一、你不是作品中的"我";二、那个"我"的故事中掺和了你的生活经历和性格内容。你是用你身上的某种经验去塑造一个社会人物。结合第一、二篇序的内容看,你似乎想告诉读者,"正常人"是没有现成定义的,它不过是出于你个人对生活现象的一种认识,是一种创造,于是就有了第三篇序。在这篇序里,真实的你已隐去,留下的"我"是"贾雨村"言。当"我"津津有味地向读者泄露个人的隐私时,不管这隐私是否是你的隐私,也不管那个做梦的"阿爷"是否有过生活原型,这都已经变得不重要了,因为故事里的"我"已经开始讲他的"故事",我们只能把它看作一种艺术虚构。你完成了两个"我"之间的悄然过渡,甚至让人分不出这后一个"我"里面,到底有多少成分是属于你自己的,多少成分是不属于你自己的。

其实在任何一部小说里,作者都会投入自己的生活影子,但通常的情况是,就如福楼拜承认"我就是包法利夫人"那样,作家在小说人物身上投入的仅仅是"神似",即精神的相通,而在"形似"的一面则完全加以改造了。你在《正常人》中的情况似乎相反,你强调的是"形似",在作品里那个"我"的叙述里,许多细节都让人相信它们非你莫属,而在"神似"一面,那个"我"却顽强地表现出自己的独特性,你不过是把那个"我"推得远远的,把他当作一个上海市民社会中的典型,用批判的眼光去审视和塑造他。这样你不自觉地又违反了小说的另一个创作法则:一般情况下,一部作品的倾向性是通过情节自然而然地流露出来,但情节本身无所谓倾向性,多半是借助叙事者对情节的描述把他的感情暗示给读者。在你的创作中,叙事者的"我"也就是作品中的"正常人",他叙事中流露出来的思想、观点和情感都代表了"正常人"自身的倾向性,而以此构成对"正常人"作出倾向性判断的,只能靠读者的联想与再创造。你作为作家,在这一点上至少是持消极态度的。

要不然我就无法解释,你怎会有这么大的兴趣去写"我"与邻居之间的炉子大战,怎会念念不忘小学生时代受到个别教师的不公正待遇。细节应该围绕了作品的主题而展开,即使是自传作品也理当如此。如果自传作家对个人的生活经验过于珍爱,鸡鸡狗狗的事情都要描述一番,那不但会使作品变得琐碎,也是自我意识缺乏的一种表现。就以前面所举的两个例子来说,第二部第一章的"炉子大战",充其量不过是写出了石库门居民为争夺公用面积而表现出来的自私、狭小和斤斤计较,但即使这一点企图,在你的小说里也很难反映,因为"参战"的其中一方是叙事者本人,他的叙事语言和措辞,都使自己成为受委屈的一方,以便赢得读者的同情。同样的情况也发生在第一部第十章,那一章叙述了"我"念小学一年级下学期时,受到代课班主任程老师的冤枉加迫害,被撤下了"班主席"的职务。在我读到这样的细节时,恕我直言,我不能不产生反感,最初的想法是:"沈善增怎么搞的,是把小说当作泄私愤的工具吗?"再说,即使泄私愤也不该泄到这种琐屑的程度呀。你瞧,我也不能不犯这个错误:把小说中的"我"的叙述混同于作家的自叙,但很快我就省悟到,作品中这个胸襟狭小的"我",不是代表你沈善增在讲话,而是你通过他的自叙描绘了一种"正常人"的心态。一旦认识到这一点,上述两个细节的意义就改变了——它们究竟是否来自你的生活经历已经不再重要,关键在于"我"的叙事口气中流露出狭隘、计较、睚眦必报的倾向,活灵活现地绘出了你正要告诉读者的"正常人"的风貌。

这样我们可以说说关于"正常人"的含义了,我读了一些评论文章,对正常人的理解各有不同。就我阅读的印象而论,"正常人"是指上海市民阶层中的大多数人,但它不是一个意志健全的阶层。正如你在《正常人》第一部第一章介绍石库门房子时所分析的,石库门之所以有名,是因为它的居住者是整个社会中最叽喳的芸芸众生,他们鼓鼓噪噪、叫叫嚷嚷,时而如此,时而那般,结果有意无意中把属于他们的一切宣传成天下最中庸、最合理、最实际、最理想的东西。这段对小市民的概括有点诛心之论的味道,你描写的这种安分守己、自我陶醉,正反映了这个阶层是旧生活方式的既得利益者,他们没有勇气面对生活中一切变革行动,也没有迈向更广阔的天地去寻求新的生活方式的心理准备。他们所居住的石库门,从结构上说是"麻雀虽小,五脏俱全",典型地象征了这一阶层的人们在狭窄而暗淡的环境中称王称霸、自鸣得意的可笑心态,因此,"正常人"只能是一种封闭状态下的连点香烟也怕烧痛手指的庸人。这种正常人是社会的基础,赖有他们存在才有社会的安定,但他们又是社会进步的惰力,他们永远随波逐流,永远对小利小惠表示心满意足,永远在阿Q精神的麻醉下吃得落饭,睡得着觉,而且睡着了也很少做美梦或噩梦,正常人的梦也应该是正常的。你在选择写这部长篇之前,对"正常人"有过深入研究和思考,因此"正常人"是理性的产物,你是用你的一部分生活经历作为鱼肉,在理性的刀俎下,它们已成为一道精心烩制的佳肴,这道佳肴的名称就叫"正常人"。

你的独特性还在于,你不是客观地描绘出"正常人"的生存状态,明确表达你对这类人的态度;你采用了一个正常人作叙事者,用他的口吻来叙述一个正常人的成长史。这个成长史是经过"正常人"用"正常"的思维过滤过的,所以通篇细节和议论,都充斥了一种对生活的满足感:这个"我"是在市民家庭的温馨中畸形地成长起来的,他上学、下乡、上调、写作,终于成家立业,娶妻育儿,成为一名"作家"。他没有理由不满足自己的生活道路,踌躇满志的心态洋溢于言辞之间。譬如在第一部第八章"我"与"小木克"的对话,第二部中"我"在女朋友面前的几番卖弄,并且一而再三地提及自己以往的作品,等等。还有一个特点是"正常人"的自叙并不十分真实地介绍自己,他虽然也星星点点地说到一些自己的弱点,但这些弱点中除了"怯懦"这一点多少触及皮肉外,其余的自我揭发都笼罩着良好的自我感觉,因此对自我的深刻认识都被有意无意地回避了。在长达三四十万字的两部自叙里,"我"对自己的描绘毕竟太完美了一些,不但没有任何"越轨"的事件,甚至连越轨的念头也被滤去了。在小说的序中,"我"煞有介事地叙述了一个"太阳梦"的经验,暗示自己性的成熟。可是在以后长达六年的时间里,这个主人公在男女之爱方面纯洁得像柳下惠,第二部一连写了四个女人与他的关系,除第一个庄丽曾激起他短暂的冲动外,对其余的三个异性(其中一个后来成了他的妻子),他几乎连激动都没有产生过,哪怕第一次与异性接吻时都是这样,这是很难使人相信的。十四岁不足就有性意识不算早熟,但总应该是重新认识自我的一个开端,可是引子与正文的性爱经验无法呼应起来。其他方面也是这样,这里就不用一一举出了。

胸襟狭小、自我陶醉、回避现实,都决定了作品中叙事人"我"的自叙不可能是客观的,他不过是按照一个"正常人"的思路,就他所能达到的理解程度向我们讲叙了他的生活历史。作为"正常人"创造者的你,却能超越这叙事视角,借助这个叙事人的口,十分客观地写出了一个"正常人"的思维特征、人生观念和生存心态。两个文本在这里同时发挥了作用:作为一部正常人自叙传作品,它并不成功,但作为一部塑造了"正常人"的小说,它又是成功的。——叙事人"文本"的令人不满,正是作者文本的成功所在。而且,你毕竟还没有完全把自己掩盖住,你在描写"我"的"正常人"心态的同时,还颇费心思地写了两种持"不正常"生活观念的人,一个是同辈作家老龙,另一个是新生代诗人匡吉,这两个人物不能说已经写得很成功,但就像两个坐标,在他们的参照下比较出"正常人"的困境所在。

"正常人"在目前社会里是大多数。对正常人的反省并不意味着你已经有了改变他们的办法,你并不企望这一点,我也同样不企望。你应该承认,你在描写正常人的时候也寄予了对他们的一份同情，这同情是出于你对你自己的深刻理解。我们每个人身上，其实都有这种正常人的惰性，所以"正常人"毕竟还有许多生活片断是令人感动的。第二部第十四章写"我"在农场里赤膊出工和雪夜赶路的几段，第一部里写"我"将去农场时的几次遭遇，都是很好的片断。此外，第一部里的阿爷、阿娘写得好，第二部里的洪流写得好，这早有评论家评定，这封短信里写不尽那许多，就此罢了。

思和

1990年10月15日午夜

初刊《文汇报》1991年2月13日

由故事到反故事
——谈李晓的小说

近年在资深作家的后辈中,有两位年轻人正在脱颖而出:一位是叶兆言,还有一位就是李晓。他们都没有重复自己前辈走过的艺术道路。如果说,叶兆言在叶家风味朴素、敦厚传统中注入了现代人的生活观念和意识形态,还是继承中的变化,那么,李晓的创作所走的完全是另一条道路——与其翁早期的人道主义、感伤情调以及强烈的社会责任感和道德感正好相反,他是以对社会道义的绝望、对个人抗争的放弃以及对各种理想主义的破灭而引起读者注意的。

作为一个"知青"作家,这一代人所具有的矛盾和痛苦李晓一概具有。传统的理想在破灭以后作为一种潜在的参照标准依然支配着他的处世观物,一方面是生活上经历过大苦大难,感情上经历过大喜大悲,进而洞察世事达到大彻大悟的智慧境地;另一方面,他对这种人生经验的领悟,又怀着本能的、难以克服的厌恶,这使他不能不用嘲讽的口吻来挖苦自己和他的同辈人。"知青"作家群是在理想主义的熏陶下成长起来的,他们总是不由自主地塑造自己理想中的英雄,当然是各种各样的英雄:有受苦受难的英雄,有勇敢拼搏的英雄，也有安贫乐道的英雄……任何一种英雄都有一个光圈笼罩着。唯有李晓，他几乎是不动声色地挑破了一个又一个年轻人的理想梦，以至有人竟搬出"人情练达即文章"这样的陈词滥调去赞美他。可是似乎没有人指出，李晓在挑破一个个理想梦时，有一股难以言状的痛苦溢于字里行间。他毕竟还没有修炼到对这个世界完全麻木不仁的境地，他仍然自觉到自己是这一代牺牲者中的一员，他的幸运，同样是以付出了巨大的不幸作为代价的。

这样的矛盾贯穿了李晓所有的创作，于是就有了《继续操练》的结尾中主人公咬牙切齿的发誓："'四眼'与'黄鱼'曾操练于此，并于此再度携手，继续操练。"也有了《海内天涯》里"四眼"气壮山河地离开香港小开"小牛鬼"的宴席。李晓善于讲故事，而且善于在每一篇小说中变换故事叙述人的身份，使"黄鱼""四眼""林肯""博士""蟹兄"……都当过故事的叙述者，可是不知有意无意，这些绰号不同的人物在个性上语言上并无特别鲜明的特点，绰号成了一个共同形象的不同符号，或者说，这些人物都不过是传达出同一个作者个人认知世界的经验。因为如此，李晓作品中所存在的那种深刻矛盾，也转移到他笔下的任何一个主人公的身上。读李晓的小说，总觉得有一个共同意象活跃着：他命运多舛，注定不会有好结果，却偏要头顶铁板，迎着滔滔皆是的浊流去抗争；他惨败了，但仍然倔强地、遍体鳞伤地站立在这个世界上。这种散发出西绪福斯荒谬气味的艺术形象，也许正是当代知识青年处境的写照。

我曾不止一次地听人批评说，李晓是当代中国作家中最有"黑色幽默"特征的人。由于对"黑色幽默"缺乏了解，我无法贸然同意这种看法，至少我觉得李晓的小说在形式探索上还没有走得那么远，他对社会对人际所怀有的那种复杂态度，并没有转化成相应的审美形式表现出来。他擅长讲故事，总是自觉地追求故事的完整性和戏剧性。虽然有些故事来自社会流传中并不新鲜的素材，他还是讲得津津有味。他的叙述语言的自我调侃、冷嘲热讽，构成特殊的审美风格，作为阅读上的魅力吸引了大多数读者的注意，然而他并没有改变读者什么，至多是利用了读者在审美习惯上的惰性，使他们顺利接受他们本来会拒绝的具有现代感的故事内涵。从形式意义上讲，他的小说的实验性质并不很典型。但是我还是愿意向读者推荐他的两个短篇：《小店》和《天下本无事》。它们是李晓作品风格的例外。

在这两个短篇中，第一次出现了叙事形式的自我突破——反故事的因素，我这里所说的反故事，并不是指它的非故事化，恰恰相反，反故事也是一种故事，不同的只是它的故事叙事改变了传统故事构成的基本要素。李晓在这两个短篇里依然是讲故事，尤其是《小店》，即由作品中人物的两个故事构成，因此并不降低它的可读性；可是从叙事方式来说，它不但改变了李晓以往故事的基本程式，也与传统意义上的小说叙事相异。

这种变异表现了对构成故事情节的基本标志——因果律的反叛。记得是英国作家福斯特说过这样的话：故事是按时间顺序来叙述事件，情节则把叙述事件的重点放在因果关系上。事实上，一部由若干故事构成的小说，通常只是一系列具有因果关系的事件的缀连，当探究万事万物的因果关系成为远古时代人们认知世界的基本思维方式时，人们习惯了把世界看成是一个巨大的互为因果的有机体，无论是理性主义者还是神秘主义者，都力图在因果关系上清晰地理解世界和解释世界。这种认知方式构成传统小说的基本特征,即因果关系成为故事情节发展的基本方程式。当作家充当全知全能的上帝时,他总是首先把握了事物的最终结果,然后一步步地向读者展示导致结果的各种原因——"因"的展示也即是情节本身的展示。在中国新文学中一向占主导地位的"为人生"文学,是以探究人生、反映社会作为创作的发源地,于是作家在作品中探究的所有问题,也就是各种因果关系的逻辑发展。人们对作品的价值判断和审美判断,都是以这种因果的逻辑性为标准的。但随着现代科学的发展和人们对世界越来越深刻的认识,因果律不可动摇的地位不能不受到怀疑。首先,世界是否真像人们所理解的那样,有一个理性的逻辑规律支配着它的全部运动?其次,这种因与果的关系究竟存在于客观世界的运动中,还是仅仅表现为人们对客观世界的一种认识标志?对艺术来说,后一个问题尤为切要,因为许多年来文学作品中所反映的因果律,多半是某个时代思潮的产物,譬如轮回的理论曾经是中国古典小说中因果关系的重要支柱之一;又如在近几十年的中国文学创作中,所谓阶级斗争的理论又成为因果关系的终极性答案,等等。既然因果关系仅仅反映了某个时期社会思潮对世界真相的权威解释而不是客体本身,那么,它又怎能包含大千世界异常丰富绚烂的真相呢?我们能否暂时离开一下逻辑思维方式,换一种形态去切入和理解这个世界呢?这是近年来中国实验小说力图解决的一个主要问题。李晓的这两个作品正是在这种背景下产生的,它们的怪诞不经的故事,着重打破了因果律的思维模式,使故事进入了反故事。

在《小店》里,作者利用同一空间在不同时间内出现的两桩互为感应的怪事——一个穿蓝色雨衣的女人意象,渲染出红卫兵一代人在"文化大革命"中的心理历程。他为两个故事选择了颇有意思的时间：第一个故事发生在红卫兵运动初期的大串联时刻，无知的少年头脑里充满着"诗意"和激情，但他们透过那蓝色雨衣女人的怪诞意象，似乎感悟到"革命热潮"背后的某种悲惨真相。怪诞的幻觉与怪诞的时代正相吻合，预示的却是凶兆；而后一个故事发生的时间则已经进入了"散文化"的时期，革命热潮已因上山下乡的骗局窒息，当初满怀激情出外串联的年轻人，此刻正想方设法用逃票的方法回城，失却了任何英雄主义的气息。奇遇此刻只能应和着极为平凡的日常生活——它激不起一点诗意与奇异的幻想，只能使人迷惘和感叹。这两个故事没有带出任何链环式的因和果的关系，它们之间也互不相干，只是同一个"蓝色雨衣女人"的意象，构成了某种情绪上的联系。

《天下本无事》在结构上更进一步突出了反逻辑和反因果的意义。它的反故事意味较前一篇更为浓厚，除了针对因果律捣了一阵子乱以外，还抽去了作为传统故事的基本要素——时间顺序。传统故事的因果关系是建立在时间顺序之上的，抽去了时间顺序，一切因果关系都颠倒过来，搞不清何为因何为果。因为有了一个穿越时间的黑箱，二十岁的小王能跑到三十年前去，造成了吴工程师在反右时的悲剧，导致了二十年前李工程师和哈工程师的两幕悲喜剧。我以为这一奇特构思的意义不在于利用怪诞手法揭示出被时间掩饰了的社会真相和人的心理真相，更有意思的是揭示出一种对人类生命之间互为感应关系的解释：一个人能在他出生以前导致别人的悲剧，这自然不是传统的因果律所能解释得了的，然而这个二十岁的小王与三十年前的那个调换了吴工的档案材料，二十年前的那个向李工借钱和偷取哈工房契的小青年之间究竟是怎样一种关系？他通过时间黑箱看到的究竟是不是作家想表达的历史真相？人的生命是在怎样的情况下进行转换的？读这篇小说，很使我联想起中国古代笔记小说中的一些故事。

应该说，李晓在这两个作品中依然是对我们讲故事。但他所讲的故事已经抽去了情节赖以支撑的因果要素，为了达到这个目的，他甚至抽掉了因果律赖以支撑的时间要素。他不为故事的过于荒诞会失去一部分读者感到担忧，反而采取了进一步的行动：强调了故事的虚构性和不真实性。关于《小店》的评论，已经有人指出过它的独具匠心，正在于对动乱岁月中某一经历片断的不同追求，标志出人们在描述历史时的不自觉的主体偏差。不但夸大了故事叙述人对故事的主观渗透而改变故事的性质，而且对故事本身是否具有真实性表示出直截了当的怀疑，把故事的荒诞性上升为人生认知态度加以表现，刻画出对人生似真而幻的感受。至于《天下本无事》，从构思到细节都表示出寓言体的社会讽刺效果，而不同于一般的科幻小说。

这两个故事都表示出因果关系的中断。《小店》并没有展示任何结果，正如结尾时那位听故事的"罗斯福"一脸受骗上当的表情，忿忿地抱怨说："这算什么故事，连个结尾都没有。"在李晓的小说里，这大概是第一次写出一个不带一点悲剧意味结局的故事。《天下本无事》则以荒诞的幻想来展示事物的原因，由于作者故意制造的不可信效果，实际上是中断了对事物的逻辑解释。但我们可以看到，这两个故事尽管违反了通常的逻辑性因果链以及真实效果，它依然让人读得津津有味，有其自在意义上的完整性。它的情节之间隐含着另一种组合关系，与中国传统文化中的某些因子相连着。我姑且称这种关系为感应律，它将一组并不相同的现象置于同一空间，让其彼此发生某种影响，以构成新的审美情感——它通常以朦胧、象征、比兴、怪诞、激发想象等作为主要特征,而不同于因果律那赖以完成对事物的理性认识为特征。

对于感应律在文学作品中的表现及其特征的理论表述,我想以后再找机会详细论述它,因为李晓的这两个作品也不是唯一表现感应律的典范作品。它只是反映了当代中国文学变化的一种信息。自1985年小说的探索潮兴起后,一些有影响的作品,如韩少功的《爸爸爸》《归去来》,赵本夫的《绝唱》,阿城的《树王》,李杭育的《炸坟》,等等,都带有这种迹象。它也许会最终导致一种新的小说艺术模式以及相应的审美形式的形成,进而使建立在因果关系之上的传统故事模式发生革命性的变化,在反故事的意义上重新构建现代故事的新经验。在这个意义上,我认为李晓的这两个作品应划入实验小说的范围。

由故事到反故事,并不一定能说明李晓小说创作的发展轨迹。因为这种变化不过是形式上的。其实从李晓开笔写作《机关轶事》和《继续操练》,他所采用的说故事的传统形式就是对作品所包含的丰富含义的一种窒息。我前面说过他的作品往往散发出西绪福斯悲剧的气味,然而在同样采取了古典形式的加缪小说里,无论是阐发人生哲理的高度抽象概括和对人类处境的象征化表现,都使其在完美的古典形式里保持着开放型的状态。李晓的作品显然达不到这样的境地。他力图揭示出知青一代人的生存处境,但经验的偏狭和形式的取巧,使他无力冲破古典形式对其内容的窒息性的束缚,像《小镇上的浪漫史》《浪漫主义者和病退》等作品,材料的使用上处处露出捉襟见肘的欠缺,换句话说,小家子气颇重,这实在不应是李晓该有的气度。如今,在这两个短篇中,他在形式的探求上初步出现了实验性的变革,我想这多少应成为一种转机的标志。

我不知道李晓在艺术创作的路上还将走多远，因为我无法判断，他对写小说的兴趣能否像喜欢集邮那样持久而且执着。从他的小说所表现的内容看，他多少被以往的生活经验牵制着，没有显示出进一步驾驭这些生活经验的热情和欲望。我在前面提到过，他虽然在作品中不断变换故事叙述人的身份和名字，却没有相应地赋予这些叙述人更为鲜明的个性，这也说明在生活素材的支配和生活经验的表述之间，还缺乏更加有机的结合。而这种结合的完美程度多半是依赖高度的艺术的想象力和概括力，而不是素材和经验本身。如今在这两个短篇中，他在处理素材上初步显示出想象的作用，以至超出了通常的因果范畴，我想这也应该成为一种转机的标志吧。

1988年8月10日

初刊《当代作家评论》1990年第1期

走你自己的路
——谈程乃珊《望尽天涯路》

乃珊：

　　秋已渐渐深了，读完你的小说，抬头望窗外，正是凄凄一片"昨夜西风凋碧树"的词境。你淡淡地写来，淡淡地化去，却在一群小儿女的唧唧与大老板的营营之中，扯出了无限的惆怅。"从1930年代到1980年代，如实反映上海一个大家族半世纪的风风雨雨。"你如是说，又如此自信，你选择了一个没有大家族存在基础的时代却偏要写它的家族史，你的笔下注定不会出现辉煌的场面与辉煌的人物。你说你的长处在于用1980年代的目光去感受和回顾那段历史，其实何止是你，今天的读者不也都用同样的目光阅读着你所描写的那段历史么？对艺术感受与对现实反省有时真会这样紧紧纠结在一起，就似一个淘气的孩子睁大眼睛看着蝼蚁们如何觅食，如何搬运，却也明知道身边就放着一杯烫烫的水，不久将有个"汤浇蚁穴"的结局。这种惆怅正是1980年代的你得天独厚的，它不会发生在充满冒险家幻想的1930年代，也不会发生在低吟"何日君再来"的1950年代。

　　你在构思这部小说时已经作了三部曲的打算，所以《望尽天涯路》[1]仅仅写了人生的开端。在小说里，祝景臣虽然是唱重场戏的，但真正的主角倒应该是第二代人物：祝隽人、封静肖、蔡立仁，以及芷霜、隽敏、隽颖、朱蓓蓓，等等，他们每个人都联系着家庭历史，有的将继承，有的要中兴，也有的正在发迹。小说正是通过了一组组男欢女爱的故事将几种家庭联姻在一起，形成一张现代社会关系的网络——金融、企业、投机事业、知识技术等各方人才，联结成一个以家族为枢纽的集团。它由一个个新型的核心家庭组合而成，具体地表现出现代都市的某种特点。这种新型的家庭关系，在第一部中刚刚形成；真正的故事还应在以后的篇幅里展开。但这也就等于从两个方面暗示了读者；其一，你虽然正面描述了中华银行总经理祝景臣的活动，但真正的主角却还在发展着，他们中大多数人担任着高级职员、技术人员等工作，也有的将继续从事资本的活动。这就是说，"民族资本家"仅仅是你笔下世界的一部分，而真正能体现你的世界全貌的，是一组社会面更为广阔的"上流社会"人士的家庭与生活。其二，"民族资产阶级"的活动，仅仅在第一部中有比较明确的意义，祝隽人等青年在第一部里都属于儿女辈人物，还没有正式步入"资本家"的阶层，然而到了后两部小说所反映的年代里，这些人又都将失去社会的主角地位，他们活动的主要背景，仍然只能在家庭中展开。所谓"民族资本家"的概念在他们身上将不复存在。所以唯纵观了三部曲的整体构思，方能理解它不同于《子夜》《上海的早晨》一类作品的地方，也方能慢慢嚼出"望尽天涯路"的惆怅情调。

这就决定了你的小说不会重复过去所谓"资本家"题材的老路，也无法在《子夜》《上海的早晨》一类作品的参照标准下呈现它的价值与意义。严格地说，它们是两种不相同的创作：前一类作品写的是"资本家",而你的作品写的却是中产阶级家庭,这当中的区别是很明显的。资本家是一个政治经济的概念,写资本家就是以资本家的经济生活为主要描写对象,评价资本家在当代历史发展中的地位与作用,不这样就无法把握资本家的阶级本质,艺术细节不过是围绕了这一中心主题的设置,为了让资本家的政治经济属性更加艺术化地展示出来。如果以这样的标准来估衡《望尽天涯路》,那就离它的本体意义实在太远了。因为你把这一切程式全改变了,你没有注重去描写人物的经济关系(这也确非是你的专长),你只是很努力地刻画着现代都市发展过程中一些家庭的兴起和一些家庭的衰落。这里还包含了另外一种区别,即它不同于传统的大家庭的故事,也不同于旧式的市井小说,它基本上是写一组现代都市背景下的中产阶级家庭。这种家庭没有祖先的光荣与传统的显赫作根基,完全是依仗了现代都市的发展而形成。你所着力描写的祝景臣本人就是这样一个家族的创始人,他几乎是"空手打老虎"地由学徒爬上了上流社会,在思想感情上与行为道德上,还没有与平民社会完全切断血缘联系。你为堂堂的中华银行总经理安排这么一个出身未免有点扫兴,特别是这一切都是通过回忆性的叙旧片断来追求的,并没有正面表现出这种跨越两个社会阶层所必须经历的惊涛骇浪,多少减弱了家族的历史感,但它确实更为典型地烘托出十里洋场的环境:这里不需要名门望族,需要的是冒险的勇气和魄力。这种无根的特性反过来又促使了新型家庭的诞生:当祝景臣的两位小姐择婿的时候都表现出非门第的倾向,姻娅之间,一个是正在衰败中蜕变出新生机的封家,一个是正利用战争做投机生意暴发了的蔡家,这衰荣起伏,借助了祝家的姻亲关系被联结成一具流动不止、变化莫测的人生魔方。你不厌其烦地写人生由困顿而振兴的故事：祝景臣、祝景文、蔡立仁……你也不厌其烦地写人生由盛极而衰败的故事：封家三少爷、魏文熙遗孀、鸦片鬼苏康明……种种兴衰的意象犹如命运的启示，除了在祝景臣的精神世界里反复出现并使他产生如履薄冰的现代无常感外，也笼罩了你笔下的艺术世界——它打破了传统家庭小说的琐碎与沉闷，因为它所揭示的无常感是与现代社会剧烈的竞争机制联系在一起的，并非红楼里飘来的一曲好了歌。

于是我觉得我碰到了这部作品的核心——它是属于你个人的经验世界与艺术世界，也是现代中国文学创作中相当独特的东西。在中国新文学历史上，写旧式家庭的式微，写市民家庭的琐事，都是有传统的，但说到新起的中产阶级家庭的艺术创造就杳然了。虽然《子夜》《上海的早晨》等小说也写到了一些资产阶级家庭的侧影，但终因着眼点的不同，家庭只是陪衬主题的一个场景，因为当作者把重点放在对资本家政治经济特点的把握时，他无法从短暂的资产阶级家庭历史中寻找到这方面的意义。你却不同，你把重点放到了中产阶级家庭本身，它虽然包括了资本家的生活却又不等于资本家的全部意义，这样，你不但从以往这类题材的欧美冒险家的模式中摆脱出来，也从既定的观念（如《子夜》）和政策演绎（如《上海的早晨》）的模式中摆脱出来。你写在《后记》中的一句话很打动我，你说，你自懂事成熟以来，"总觉得自己与许多同时代人有种种格格不合之处"。可贵的是在那个容不得个性，特别是容不得所谓"资产阶级个性"存在的年代里，你没有完全丧失掉自己，你保持了你的"格格不入"的个性，以尊重的态度来对待你的出身环境与教养，这种与当代一般作家相异的生活经历，使你的创作从一开始就走上自己的道路，也使你能够成功地避短扬长，在小说里选择了独特的表现角度。

写一部现代都市环境下的家庭史，这是你在同类题材上的重要发现。通常人们只是把旧家庭观念的淡化与核心家庭的形成看作现代都市的标记，而你却在这一个个孤立的社会细胞背后找到了它们的联系，并把它转化成艺术的语言。说句老实话，我出身寒微，无法从直接经验上去印证你的艺术世界的真实性，而且我也不打算这么做。作为一个从事批评工作的读者，我僭妄地说我的责任在于发扬出你所拥有的特立独行的潜能，并尽可能地对它作出文学史价值上的判断。因为我发现，你的特点将你的长处与短处紧紧地缠在一起了。

你在这部作品中表现出来的个性要比你过去任何一部作品都大得多。因为你是在描写一个对你来说既熟悉又不熟悉的世界，它不是你亲身经验的再现，只是间接的，根据上辈人遗留下来的各种记忆和文献重新整合起来的一个经验世界，但它于你又并非全然陌生，它依赖着经验以外、然而比经验更为可靠的东西——血缘的力量，使你与你所描写的对象之间充塞了无法替代的特殊感情。它支配了你的艺术构思与艺术创作，强大到足以抗衡一切来自非感情因素的干扰。小说的独特性主要来自这种感情力量。在中国，现代作家多数出身于旧家庭，他们与现代都市的中产阶级家庭并无血缘联系，有些描写资本家的作品，最初创作动机可能起源于作家某一段具体生活的启发，但由于个人经验与他所描写的对象之间不存在太深的感情因缘，所以构思一部宏大作品的主题时，不能不借助理性知识的帮助，依靠理论的力量来完成主题思想的最终提炼。这已经成为这类题材创作的一个普遍性特征。而你的独特与成功恰恰是摒弃了这种他人经验的约束，你信任自己的感情，努力使这部小说成为一部感情支配下的怀旧作品。如果有谁要从理性的角度去发掘这部作品的理论意义,如寻找它是否解决了1980年代如何对民族资产阶级重新作出政治经济学上的理论界定,或者如何重新评价民族资产阶级在中国现代化过程中起的历史作用等等,那他一定会大失所望。这就是说,你没有在《子夜》这类作品的意义上再多走一步或后退一步,而是采取了回避的态度。你是在另砌炉灶,紧紧拥抱了一个家庭的历史,就仿佛是后人怀着对家族创始人的艰难历程的无限感动与赞叹一样,充满了血亲的魅力。

所以说,祝景臣绝不是吴荪甫系列的延伸。在这个人物尚未出场的时候,你就开始悄悄地置换了表现的角度,使他不是以一个典型的民族资本家,而是以一个国人心目中典型的家长的形象出现在小说里。祝景臣的"家长"形象是被成功地社会化了的:在民族大节上他是个顾全大局、有正义感的中国国民,在事业中他是个信诚至上、体恤下属的金融家,在家族里他又是个开明慈爱、克勤克俭的父亲。国事家事个人事,他都是无懈可击的。如果从描写上海滩上一个小学徒到金融大亨发迹历史的角度看,人们有理由指责这个形象是苍白的,因为你不但抽去了祝景臣发迹的全过程,也磨平了一个在残酷竞争中身经百战的冒险家个性中的应有棱角,你几乎没有力量去把握纽沁根、萨加尔、格柏乌这样半人半魔的非凡性格;但以一个家族史的角度看,你在祝景臣身上投注的大量温情脉脉的细节、浓郁的恋旧感,不但亲切地调节并缩短了人物与读者之间的距离,也引导了读者对人物的美学理解,它很使人想起布登·勃洛克家族、福尔赛家族这一类老派、稳健的中产阶级家庭在东方十里洋场的崛起,所以,唯从"家长"的意义上看祝景臣才是成功的,即使你极其大胆地写出了这个人物的某种私生活秘闻。如他每天早上弯着老迈的腰用毛蚶壳洗刷便器,这细节用在银行总经理的身上真不可思议,但对一个苦出身的家族创始人来说,任何怪癖都会让人容忍。

依赖了对自己感情的信任,你既摆脱了他人经验,也超脱了自己以往的经验约束。当然,说到底后一种经验仍然是非个人化的,也就是你在以往作品里所力图表达的一种普遍性的观念,譬如《蓝屋》,如果我没有记错的话,你在"蓝屋"的象征里情不自禁地表现出一种轻视财富,不为财富所动的人生态度,这当然不是你个人的想法,而是一般中国人传统的理想境界。但在《望尽天涯路》里,出于你个人的感受,历来在文学作品中受到指责或者讽刺的"资产阶级生活方式"产生了梦幻般的诱惑,大概自19世纪资本主义初期阶段起,因为社会贫富的对立而在文学中形成一些根深蒂固的人道主义见解,作家们往往站在离上流社会远远的地方愤怒地批判它表面上的纸醉金迷和道德上的放荡堕落,这种批判意识被中国新文学接受后,加上"为富不仁"的传统意识与马克思主义的阶级意识,资产阶级的富裕生活一向被描写成堕落与罪恶的证明。然而你这次放弃了这种见解,在《后记》里你大胆地说出了自己的思考结果:"一个社会,上等人越多,这社会就越文明富裕。说穿了,穷而愚之辈,从个人到国家,都遭人白眼、冷落……穷与富只是一种现象,不足以此衡量一个人的品质和好恶。"在这里,你又换了一个角度去看所谓"资产阶级的生活方式",认为它只是反映了人类的现代文明发展所带来的一种结果。我相信你提出这个看法是真诚的,这种真诚甚至鼓励了你自信地用一种温暖的同情去描写上海青年男女对上流社会生活方式的向往。这是你所有小说创作中最真诚、也是最动人之处。——顺便说一句,关于这方面的心理刻画,比你所描写的真正上流社会的场景更加迷人。这部小说在结构上也受到了你这一特点的影响,你竟把一所贵族女子学校作为长篇的第一场景,一开始就写了几个待嫁的女学生的向往与梦,在她们的玫瑰色追求中缓缓拉启了"上流社会"的绛紫大幕。而且这几个女孩的向往与追求贯穿了长篇的始终,直到结尾,从她们各自实现了的婚姻与人生目的中对比所得与所失,淡淡写出人生的实在与虚幻。

你笔下的封静肖就是一个很好的例证。这个人物在小说里不算太重要,但却是令人感兴趣的。他出身于没落的大户人家,又啃过洋面包,风流潇洒,满口洋文,迷恋着西方文化的一切,连吃荷包蛋也要求只煎一面,正如你在小说中对他的评价:封静肖这辈子注定要吃外国人饭才长肉的。这类人物在过去的文学作品中并不少见,大约可以追溯到《阿Q正传》里的"假洋鬼子",但他们多半是漫画式的角色,譬如《日出》里的张乔治、《四世同堂》里的丁约翰、《围城》里那一班卖野人头的留洋学生……一直可以延续到蒋子龙笔下的"业余华侨",可见香火不绝,不过是档次越来越差,他们的浅薄、取巧、崇洋媚外、缺乏民族自尊等劣根,向来成为作家讽嘲的对象。这个题目如果开发下去,可能会触及现代知识分子的一块心病:面对西方文化无情地渗透到中国人的日常生活方式中时,中国知识分子的心情是复杂的,他们一方面认定这变化正是一种文明的进步,但在感情上又隐隐地感到自尊心受到伤害,他们把怨气出在这一类"假洋鬼子"身上,正泄露了内心的浮躁之气。但是你在封静肖的塑造上改变了这种漫画式的戏谑手法,第一次不带一点嘲讽口吻地表现出这个人物性格上的可爱:他迷恋西方与他的爱国责任,他的花花公子式的外表和坚强认真的生活态度,都达到了和谐的体现。这和谐正来自于你本人面对中西文化交流所持的平静心态，把这类人物从情绪的偏见中解脱出来，恢复了他们作为正常人的面貌。

无论祝景臣还是封静肖，这类人物在以往文学作品中都出现过的，但由于你改变了传统的观念与表现角度，使常见的人物身上产生出不常见的意义。我这么说并不是认为这些人物已经塑造得很成功了，譬如祝景臣，多少还觉得肤浅了一些。但无论怎样都是你根据自己对生活的感受与理解来塑造他们的，没有很明显的类型化痕迹。这已经是很不容易了，没有对生活的长期积累与认真思考，是很难达到这一层次的。

这一特点在小说的细节创造中也体现出来。我很佩服这部作品在框架上摒弃了政治理性的图解。通读全书，似乎意识不到它的框架结构的存在，只觉得是一个接一个生活场景的转换与生活细节的接踵更迭，毫无拼凑之感。过去写资本家的小说，无论中外似都有个公式，即人物的经济活动加色情场面组合成基本情节，而你恰恰把这两端都放弃了，在小说中，你正面地写家庭，写日常生活，写人事交际与情感纠葛，即使写到经济活动也一笔略过，重在描写人的精神状态。这种避短扬长符合了小说的艺术规律。还有一点就是你没有故意渲染婚丧喜庆这类被人写俗了的场面。不知由什么时候起，小说一写到风俗，就免不了大写婚丧场面，看上去很热闹，细读下来却无甚新意。但我注意到你这部小说虽也写到了好几个人的婚，好几个人的死，都是淡淡略过，你把上海人的生活风俗演化成自然的生活细节，从日常场景描写中显示出来。这倒是真功夫。

不是从理性出发去把握资本家的政治经济特征，而是从感情出发，表现现代都市背景下的中产阶级家庭的兴衰变迁；不是站在中产阶级生活方式的对立面进行批判性的描绘，而是从这种生活方式的内部渲染了它的温情、富裕与文明；不是机械地拼凑风俗细节，而是将大量的上海风俗融会贯通，化入日常生活场景的描绘之中——这部小说的三个特点，只有从你自己独有的经验出发才能做到的。它们在你的笔下表现得那么自然、贴切，表明了你的成功。当然，我把《望尽天涯路》与过去同类题材作比较，是为了指出它的独创性，这种比较并无褒贬的意思，更不是说《望尽天涯路》是同类题材创作中的最佳模式。我想你是会懂我的意思的。

你对这部作品是花过大心血的，它也没有辜负你，代表了你创作以来的最高水平。但如果把三部曲看作一个整体而言，这部小说的价值还远远未能显示出来，还有更艰巨的地方留在后头——我不是说小说的内容方面，而是指整体的创作方法。我的看法与你稍有些不同，你觉得这三部曲最难写的是头一部，因为它反映的时代离你最远，后两部写的时代愈来愈近，也就会愈来愈顺手。我的看法正相反，我觉得头一部的成功或许正是因为它反映的时代对你来说很陌生的缘故，陌生感使你以往写作上的一些旧经验、旧习惯都无法融汇进去，必须换一副笔墨，或换一个视角去重新营造你的艺术世界。这就给你的独创创造了条件，我前面说过，你的独创也包括摆脱了你自己的经验束缚。然而后两部反映的年代愈近，与你的习惯思维模式也愈近，由陌生变得熟悉，经验的新鲜感很可能也因之消失。读你过去的作品，多少有些小家碧玉气，具体说就是描写过于实际琐碎而想象力不足，作品意境破碎在具体的细节之中，缺乏高远之气。这正是长篇小说之大敌。在《望尽天涯路》中，这些病症只有些迹象，但尚不明显，若在后两部中不加以警惕防止，它重新萌生是可能的。这，望你能认真对待。

唠唠叨叨，扯了一大通，也未知言及意否。这几天秋风正紧，今冬第一个寒流已经降临，一切都变得懒洋洋的，神气郁淤而滞著，筋骨瑟缩而不达，还是打住吧。请多保重，继续走你自己的路。

思和

1989年11月18日

初刊《上海文论》1990年第2期

注　释

1　《望尽天涯路》，初发表于《小说界》1989年长篇小说专辑，后出版单行本时，改名为《金融家》。

竹林的小说
——文学书简之一

陈幼石先生：

　　大札拜读。你在信中对竹林小说的高度评价，勾起了我的一些想法。你问我："在现代意识中竹林的作品有没有什么代表性？抑或是你觉得她写的那些小虫、小女，不登历史之大雅之堂，故此不值得提上文学批评的高度来讨论？"这些问题本该是深入讨论的题目。可是在你访问中国期间，你忙，我也忙，一直没有能够坐下来认真聊聊。现在你已经回国了，我想答应朋友的事还是应该兑现的，所以就用这封信，简单谈谈我的看法。

　　近一个月来，我断断续续地读了竹林的几本小说集，虽然跟你"用心看完了二百万字"的努力相比还是差得很远，不过我想我也许能够回答你的第一个问题了。在新时期文学所表现出来的各种各样现代人的困扰、痛苦和追求意识中，竹林小说是有其地位的。她的地位不是来自她以特有的妩媚柔软的文体写出了富有江南水乡气息的农村生活，也不是因为她生动描写了江南农村的风景或小动物（小虫、小女）——在这些方面，竹林自有她的成绩，但她对新时期文学的主要贡献，我认为是提出了女性在中国这块古老土地上的命运。这个命题,也许如同昨天一样古老,可是竹林赋予它一个现代人的感受。说来凄凉,竹林在小说里所表现的这种感受,由于被裹在极其传统的主题里而难以引人注目——中国新时期文学中女性文学的成就是那么的辉煌:爱情是不能忘记的,婚姻、道德与爱情之间没完没了的纠缠,以及知识女性在现代社会中的孤独感等等,都曾经被一些女作家出色地描绘过。一位传记作者把这些主题归纳为几句话:"做人难,做女人难,做名女人更难,做单身的名女人,难乎其难。"这话几乎概括了新时期女性文学的最主要的特征。然而竹林却远远地离开了这些充满现代人喧哗与骚动的世界,她一头扎在古老的、非常"土"的环境里,写着一些不为现代人所注意的、当然也丝毫与"名女人"沾不上边的女人的遭遇。她们的遭遇在这里——

  他像一头暴怒的公牛,呼哧呼哧地喘着气,用力扯,用力拉,用力推揉着一件一件地把她穿的衣服脱去,外衣、内衣、长裤、短裤……脱下一件就团成一团,塞到自己的枕头底下,她的衣服已被剥光了,就钻进了被窝。于是,他急不可待地向她扑来,一把掀开了被子……他的手滑下去,滑到了她的胸前,开始拧她的雪白的肌肤,还用指甲掐,不知什么时候他已经骑在她的身上,就好像骑着一匹马,或者一头牛那样。他把她置于自己的胯下。他骑着她,呲着一口白牙,嘴里发出低沉的吼叫,两只手乱拧乱掐,不管前胸还是后背,胳膊还是大腿,凡是能摸到的地方他都要拧,都要掐,一边拧够了,他就把她翻过来,再拧另一侧……于是就问:"你痛不痛?痛不痛。"

这是《昨天已经古老》里描写一个双目失明的"劳模"对自己妻子的作践，而这个人同他的妻子是青梅竹马，并且也深深地爱着她。我觉得竹林在这里触及一个比较深的问题，它甚至使我想起了台湾女作家李昂的《杀夫》。我们常常说过去中国妇女被四大绳索紧紧束缚着，而通常文学中所表现的封建夫权，无非是指妇女在夫家的受制地位，很少有人从性压迫的角度来展示夫权对妇女的迫害。竹林在描写中国农村妇女命运时，富有独特的女性视角，她从丈夫虐待妻子这一现象中思考了一系列农村妇女的地位：为什么丈夫要这样虐待妻子？是因为他变态地爱着妻子，无端地怀疑她有外遇；为什么丈夫敢这样虐待妻子？是因为他是"劳模"，是"英雄"，他背后还有着当大队党支部书记的"娘舅"。更何况村里的农民们也认为，"这样"的妻子就应该"管得严一些"。尽管竹林揭示的仍然是农村妇女在社会上、文化上的受制地位，出发点却是从纯女性的问题开始的：妇女在两性生活中的受制地位。这个问题的出现，我认为是把目前停留在婚姻、道德、爱情的纠缠中的女性文学向深处推进了一步。

这个问题由竹林提出，我想是有其必然原因的。我发现，竹林的小说从《生活的路》开始，无论长篇、中篇和短篇，都反复围绕着一个母题：性暴力对农村女青年的摧残。它最初是表现为农村落后势力奸污女知青，继之又表现为一般农村女孩子受到性摧残，直至《昨天已经古老》，表现出丈夫对妻子的性压迫——这篇小说所表现的夫妻关系是合法的，但是在一方不愿意的情况下，另一方使用暴力的性行为实质上与强奸无异；而表现妇女在这一范围内的受压迫现象，可以牵引出一系列的问题：妇女如何在两性关系上追求真正的平等和尊严？性道德与婚姻道德之间是怎样一种关系？在性关系上中国妇女究竟处于什么地位？虽然竹林的小说没能回答这些问题，可是她已经把这个历来被传统道德盖得严严实实的现象捅了出来：在她的作品里，性暴力行为已经不是一种可有可无的细节，而上升成为一种象征，成为通篇作品的中心，她的小说中一切文字描写，似乎都是为着它来铺陈的。

竹林在触及这个现代女性敏感问题时，她丝毫也没有把它当作一个新课题提出。她的小说从来没有孤立地表现过这一现象。她把性暴力看作中国农村封建化中的一种野蛮象征，它又是与一定的社会因素联系在一起。在她的笔底下，性暴力的承担者总是一个固定的社会符号，或者是这种符号所派生的一些从属性符号。这就使她的小说在社会批判方面的意义要大于对女性问题本身的探讨。譬如知青文学中，我至今还是认为在揭示知青上山下乡运动的反历史、反文化的问题上，没有一部作品能在深度上与《生活的路》相比。她描写知青下乡的悲剧性命运，丝毫没有把其归罪于某种外在的原因（叶辛的《蹉跎岁月》就犯了这种毛病，把知青的受罪归于反动血统论），也没有用伪理想主义的豪情来编造虚假的英雄气概。它以一个弱女子的生命被摧残，揭穿了在这场所谓的"接受再教育"运动中，农村封建道德和愚昧、落后的文化是如何摧残刚刚受到现代文化教育的新生一代的。性暴力行为，正是这种摧残的总体性象征。竹林以后的小说中，虽然主人公的身份屡有变化，但基本的象征意义没有变，所有被摧残的青年男女，总是接受过一定现代文化的教育，为农村传统文化势力所不容。因此，在一个时期内，竹林的小说在社会上曾发生过相当大的意义。

但这也似乎带来了她的创作上的局限：人们对文学作品的价

值判断是多方面的，除了具有特定历史下的社会批判的意义外，还需要能够展示出更为普通的人性与人的命运问题，需要能展示出较为稳定的文化现象，以及展示出作为文学作品本身最为重要的特征——艺术的审美效能，等等。并不是说竹林在这些方面完全没有注意到，但也应该承认，我们在她作品中主要感受到的是对农村封建势力摧残青年男女的罪行的控诉。这些思想并不陈旧，而且也应该得到很好的表现，然而竹林在这些传统主题的表现上，无论深度或力度，都未能对五四新文学以来的传统有创造性的突破。相反，她在女性问题上表现出来的新鲜而富有启发性的感受，却被套在传统主题之中隐隐地显露出来，不但引不起读者的重视，或许连作者本人恐也难以自觉地注意到这一点。

讲到这里，我似乎可以转入到你提出的第二个问题了。在你的语气中，仿佛有责怪评论界对竹林小说的技巧不够重视之意。我想就此谈谈想法。——当然，只是我个人对你所提出的问题的一种解释。——我想还是接着上面所谈及的竹林在创作上的局限谈下去。我读了竹林的一些小说以后，发现一个问题，竹林虽然最早揭示出性暴力行为对青年女性的摧残，可是在相当长的时期内她却没能在这个母题下创造出更新的境界。性暴力所象征的内涵在她开始创作的第一步，就像一场噩梦那样久久缠在她的心头，她急于揭露它、控诉它……渐渐地，在旷日持久的作战过程中，她不知不觉地成了她的对手的俘虏，她无法摆脱它，她显然是被它吸引住了，包括她的全部创造性的思维能力和艺术想象力。这就使她的作品在主题内容上缺乏变化，而且在艺术构思上，也常常重复自己，这也使她对自己所具有的一些新鲜的想法也失去了新鲜感，而往往一动笔则落入一些陈旧的模式之中。

你在信中极力赞扬竹林的文笔，这我同意。竹林有些写景、写动植物的片断确实非常优美，而且富有感情。但是对一部优秀作品来说，文笔优美的片断不具有独立的审美意义，它唯有与作品的艺术构思达成有机性的统一，才能显示出总体性的价值。竹林有些短篇构思颇佳，如《蛇枕头花》中关于蛇枕头花的描写使作品在现实内容上蒙上了一层寓言色彩，相当精彩。可是在竹林的一些分量比较大的作品中，构思上的弱点就很明显了。我可以举两个例子：一、长篇小说《苦楝树》中，如果以苦楝树为意象来着重刻画一个错划富农的儿子泉根的遭遇，可以说是有意思的，但作者为了强调封建势力的威力，不惜用很多篇幅去写金铃姑娘被大队支书逼婚的经过，这本来已流于一般，更不堪的是后半部分平地编造出个老干部来主持正义，又让老干部的儿子来充当金铃姑娘的情郎，长篇的现实主义风格被破坏了，"苦楝树"的意象用得再好，也无助于作品。二、中篇小说《昨天已经古老》中，金元深深爱着妻子，因为工伤造成双目失明，在心理上产生一系列变态的现象，这本来是可以相当深刻地揭示出人的深层心理世界，展示出生理变化给人带来的复杂的心理变化。可是作者仍为了强调那个"封建势力"，把一些很好的机会都轻易放过了，结果使人物只能在一些浅层次的寻死寻活中兜圈子，又一次重复了她自己过去的作品。

因此我想，竹林的创作似乎到了应该跳一跳的时候了。批判目标不变是可贵的，但批判的武器经常换换，批判的角度经常变变，是有利于在批判中提高自己，发挥自己优势的。竹林是一个很有才华的女作家。她的创作潜力还很大，还没有充分地发扬出来，如果她真能认真地总结一下自己的创作得失经验，也许，过几年我们就当刮目相看了。

以上看法，均不成熟，或许不能使你满意，只好请原谅了。

陈思和

初刊《当代作家评论》1987年第5期

现代都市社会的"欲望"文本

在编选第6卷《逼近世纪末小说选》[1]时,我们收入了两位上海的青年女作家——卫慧与棉棉——的作品。关于她们以及新近涌现出来的一批与她们的年龄相近的青年人的创作,已经是近年来批评领域引人注目的话题。从所谓"新生代"作家的"断裂"争论到更年轻的作家的涌现,20世纪90年代文学创作群体出现了令人眼花缭乱的格局。但对于那一群被称为"70年代出生"的作家群体究竟有多大程度的共同背景,我还是持怀疑的态度。在前几卷的《小说选》里,我们虽然也注意到较为年轻的作家的崛起,如入选过丁天、李凡等人的作品,但一直没有将"70年代出生"有意识地视为一个作家群体。这次我们决定选入这两位作家的作品时,也仅仅是考虑她们生活和写作的背景来自20世纪90年代的上海,在一定程度上反映了上海被当作一个国际大都市型的模式在建设与发展过程中所形成的某些文化上的典型现象。在这一点上也许她们有某种相同的地方,但是在表达个体与现实境遇的关系上,同样活跃在上海都市文化领域里的卫慧与棉棉还是有相当大的差异。本文仅以她们俩的部分创作为例,来探讨当代文学创作中存在的一种文化现象:如何表现现代都市社会的"欲望"。

评论界把"70年代出生"看作一种文化上的界定，大约是包含了这样一个事实：在她们生长的年代，中国社会的主流意识正发生一个由极端压抑人的本能欲望的政治乌托邦理想逐步过渡到人的欲望被释放、被追逐并在商品经济的发展中被渲染成为全民族追求象征的过程，这种变化起先是隐藏在经济政策开放、建设现代化大都市、与国际接轨等一系列的现代化的话语系统中悄然生长，最终则成为这一切目标的根本动机和最终目的。以卫慧和棉棉的作品为例，她们笔下的男孩女孩大多有一个不愉快的家庭背景：父母离异，或者在"文革"中饱经摧残，甚至有的是在劳改营里出生，等等，而如今在日益膨胀的社会消费面前，他们被煽起了强烈的做"人"欲望，却由于社会地位的渺小与无助，不可能成为社会的既得利益者。他们对社会的疏离正是由此而来。十多年以后，有些饱经感情风霜的主人公又如同狄更斯小说里的人物那样会遭遇一些海外遗产或大款资助的奇遇（如卫慧的《艾夏》《蝴蝶的尖叫》等和棉棉的《啦啦啦》里的男女主人公），但是这些迟到的补偿再也无法唤回她们心中早已失落的对社会"正常规范"的信任与依赖。（所谓"正常规范"，包括市民阶层津津乐道的中产阶级的理想、伦理、信念以及生活方式，也是当前传媒主要营造的一种新的意识形态。）这是欲望膨胀带来的悖论，当然我们没有必要把卫慧、棉棉的故事完全视为近十多年来社会发展的索引，艺术总是或深或浅地隐藏了个人的隐痛与独特的体验，但是像那种"被遗弃—获遗产"的人生模式里，却包含了她们没有写出来的上一代人在欲望刺激下如何追逐财富的故事。这本来是一群来历暧昧、面目可疑的家伙，谁也无法说清楚他们是如何一夜暴富、突然成为当代社会中的富人阶级的，而那些正在被编造的"新富人"的故事，却成了1990

年代传记作家和传媒记者大肆渲染的成功经验，卫慧笔下那些小PUNK充满恶作剧的撒野（如艾夏与黑人的乱交，朱迪的堕落），棉棉的《糖》里问题男孩和问题女孩一再为其父母制造的麻烦，似乎是为这精心制作的甜点上撒上了令人不快的胡椒，因为这些"问题孩子"所面临的生存环境，正是这十多年来致富阶级形成过程中无法回避的精神空白与欲望泛滥所造成的。

所以我不太同意有的评论者认为这些新涌现于小说领域的文本会导致对知识分子所标举的人文精神话语的颠覆与瓦解。这里涉及知识分子的话语系统的自我调整问题，即在从20世纪80年代到90年代的社会转型过程中，知识分子话语也相应发生了一个价值观念的转化。1980年代知识分子的启蒙话语不断抨击残存于社会主义模式中的封建专制的孑遗，为的是推动市场经济的发展以及与此相联系的社会政治的民主化运动，这就必然要批判所谓"存天理，去人欲"的理学传统，必然要为人的欲望的合理性辩护。应该看到，这样一种旨在经济与道德双重革命的知识分子思想运动在今天只是部分地对实践产生意义，经济领域的市场化运动一方面获得了很大的成功，但另一方面由于缺失了民主机制的批判性制约，又变本加厉地恶化了中国普通人的生存环境。当前思想领域引发的论争多半是知识界对社会矛盾与改革困境的反应。知识分子如果看不到中国封建专制残余以及1950年代开始形成的极"左"思潮的顽固性以致放松了对它的警惕和思想斗争，把中国特殊国情下的市场经济的特殊问题简单地归结为资本主义国家里的一般问题，是危险的。在这个意义上说，中国知识分子在1980年代的思想批判任务还远未完成。反之，固守1980年代的启蒙话语，在一心一意鼓励和推动市场经济的同时却无视新经济体制所带来的负面效应，看不到致富阶级在财富分配中的权力意识及其新的意识形态的作用,那同样是危险的。20世纪90年代以来中国知识界所开展的一系列寻思人文精神的运动,正是企图从这两种话语系统中摆脱出来,寻求一种特立独行的思想途径,从中国自己的问题出发,从分析批判新的致富阶级的成功之路及其相应的意识形态,来揭示权力在其运作过程中的隐蔽性的作用。有了这样的超越性的立场,才有可能从纠缠不清的话语陷阱里摆脱出来。这里不能不涉及人文学科与文学创作的关系。我觉得人文学科与文学创作之间存在的根本区别,是学术界的知识分子习惯于从思想立场出发思考问题和发现对立面,而作家习惯于在生活的变化中寻找自己的位置及其对立面,两者之间的错位非常容易发生。1980年代中期王朔等人在小说中以痞子口吻揭露传统理想的虚伪性时,由于知识分子一度与这种虚伪的意识形态合谋而遭到嘲讽,却无视有更多的知识分子已经从这种合谋关系中摆脱出来,形成了新的批判力量。同样,现在权力与传媒的合谋中逐渐形成的新富阶级的意识形态,虽然与1980年代知识分子启蒙话语存在某种非逻辑的关联,也不能简单地将新一代的道德反叛与挑战视为知识分子人文精神遭遇的障碍。我一直以为,人文精神是一种实践中的运动过程,它旨在不断改善人的生存环境,反对各种形式对人性的压抑与迫害,因此也应该反对任何形式的将道德理想凝固起来的企图,人文精神的终极性的理想价值只能通过人在各种具体历史环境下追求解放的形态体现出来,它可以或包容或吸引各种形态、各种程度的反体制的批判思潮,并对任何具体历史环境下的思潮进行超越。所以在卫慧、棉棉等人的小说里,我们在一种比较"另类"的声音下,依然能够感受到年轻一代体制反叛者的恍惚而真实的心境。

就在这些男孩女孩的成长过程中，中国社会的主流意识发生了深刻的变化。乌托邦理想的崩溃使她们在精神方面变得极为匮乏，但是1980年代知识分子对传统体制的批判以及对西方各种现代反叛思潮的引进，还是在她们的头脑里留下了模糊印象，或者说，西方自波德莱尔以来的以反现代工业社会为旨趣的现代主义文化思潮（尤其是玛格丽特·杜拉斯、亨利·米勒、莫拉维亚等人对西方文明社会批判的文学作品，超现实主义艺术与摇滚乐等），成为她们此时此刻反抗社会既成秩序的思想资源。但问题又同时产生：她们究竟想反抗什么样的社会秩序？又是以何种形式来表现这种反抗？1990年代她们开始面对社会时，刚刚崛起的社会"成功人士"已经在"国际接轨"的旗帜下引进了一整套以西方现代享乐主义为核心的新道德诠释，重新规定了财富、荣誉、体面、上流甚至享乐的内涵与定义，当人们兴高采烈地夸张享乐主义和消费至上时，享乐的欲望也已经转换成特定诠释下的某种场景、形式、游戏内容及其规则。尤其是当权力阶层介入了这个新富人阶级，这种种关于现代消费的观念逐渐被解释成全民族共同富裕、走向世界的目标，先是在传媒广告、影视作品里被虚拟宣传，渐渐地，也真实地出现在我们所居住的城市里。小说所描写的那些从小城镇来到大都市或者从大都市来到小城市的女孩子们不可能对生活中被制造出来的物质享受符号没有虚荣的欲望，即使她的头脑里已经接受了反现代的遗传密码，也只能在严酷的现实生活中碰壁以后才会慢慢记忆起来。

卫慧笔下的女孩大都经历了这个现代社会的奇遇，她们面对的男子，似乎处于社会"成功人士"的边缘，虽然还不富裕，但显然已全盘接受了那套新富人的享乐主义的游戏规则,正在踌躇满志地步入这个令人垂涎的阶层:律师(《梦无痕》的明)、文化经纪人(《像卫慧那样疯狂》的马格)、白领(《床上的月亮》的马儿)、即将成功的歌手(《蝴蝶的尖叫》的小鱼),等等,他们大都有一个美丽富有的妻子或者准备有一个类似传统意义上的妻子,但同时又需要一个能够消费现代人性激素的女孩子,这种现代齐人的幸福格局是被预设的,如《梦无痕》里的大学生琼意识到:"我和明之间似乎已经不需要男女相嬉相诱时那种扑朔迷离,与令人费心的花招样式。我想明已经向我提出了一个游戏建议,同时附带了一些游戏规则。……这种尝试对于我是从未有过的,显得新鲜,我的神经不免为之一振。"让我感兴趣的是最后一句话,因为揭露中产阶级虚伪的家庭道德与感情原则,以前有过许多文学表现,即使在恩格斯的年代里已经是个老而又老的题目了,而卫慧却以新的姿态来挑战这一话题:作为性游戏的一方,女孩不再扮演纯情而虚荣的受害者的传统角色,她一开始就看清了游戏的结果,并自愿遵守这些规则,使自己在这场游戏中游刃有余。我注意到卫慧在小说里编写了各种迷人的床笫游戏节目,男女主人公们矢口不提心灵的感受,没有爱也没有激情,更没有发自生命深处的呼唤与相知,所以读这些片段不可能激动人心,甚至连性的挑逗的力量也没有,充斥于字缝行间的只能是一片肉的快感与欲的宣泄。其实很难说这样一种情人关系是否真实,很难想象离开了激情与爱的性事会是怎样一种尴尬状态,但是我想,卫慧是有意回避了可能随性高潮而来的情绪反应和心理波澜的描写,或者说正是为了有意回避对性爱的深度内涵的体验与探讨,她笔下的每一个男女仿佛都是在西方灵丹妙药伟哥的刺激下从事一场职业的性表演。《像卫慧那样疯狂》最典型地表现了卫慧对现代情人关系的理解，不断出现在床笫间的是"私人表演""艳画""体操游戏"等字眼，使性爱离开了私人隐秘的生命勃发与辉煌，而成为纯粹生理动作的观赏与表演。小说为了强调这种动物性功能，特意设计了一场动物园里斑马交媾的描写，只要有一点欧洲文学修养的人都能回忆起法国作家左拉笔下牛的交媾的疯狂与激情，但在卫慧的笔下正相反，马的性事"一切进行得像吃饭睡觉么寻常，像民政局里给你盖结婚证章的办事员一样冷漠平淡，公事公办"。这句话出于小说里一个白领女孩阿碧之口，这位姑娘与主人公阿慧的不同之处是她一直处于浪漫爱情的激情漩涡之中，她虽然漂亮而多情，但总是扮演着一场接一场的悲剧角色，显然这位姑娘在"成功人士"的性游戏中犯了规，所以才会在动物的性事中获得某种启示。阿慧之"慧"就在于她早熟地看穿了这种游戏的实质，毫不迟疑地利用了这种游戏规则来获取自己的需要。当她与文化经纪人马格初次做爱时，马格还想发一通莎士比亚式的赞词，她却打断他，"请求他不要再说，让他喜欢干什么现在就可以动手干起来。他需要的也就是这些"。这种赤裸裸的描写有时使多情的读者感到难堪，抱怨卫慧的叙事风格过于冷酷。但我想应该把这看作另一种形式的挑战，她用她的"酷"挑开了所谓致富阶级（成功人士）温情脉脉的伦理规范，还原出这种关系中不可救药的生命力衰退以及贯穿其中的金钱与权力的实质。

但是，许多评论家虽然都谈到过卫慧创作中的反叛性，似乎没有注意这种反叛意味与以往学术界对"反叛"的理解不太一样。也许可以说，这批女孩子是与大都市所滋生的享乐欲望同时成长起来，她们个人的成长经验里很难排除对欲望的向往和迷醉。现代城市的物质欲望过早摧毁了年轻人的纯真与浪漫，他们从父母、家庭、社会方面受到的第一教育就直接与追逐享乐的欲望有关，一切都变得赤裸而无耻。因此，当这些女孩子用同样无耻的形式来表达她们暧昧而绝望的反叛时，我们在其比较陌生的姿态中，依然可以感受一种来自逐渐主流化的享乐主义话语的巨大压力。商品经济的意识形态与传统意识形态不一样的地方，是它并不刻意制造对立，而是以表面的"金钱面前人人平等"的形态来掩盖事实利益分配的不平等，它不拒绝任何人对物质享乐的欲望，并鼓励你积极参与到社会享乐的机制里来，这就给人造成一种机会不遇的自艾自怨。卫慧小说里的年轻人典型地反映了这种自艾自怨的情绪，她们的撒野与胡闹，甚至个体与社会之间所展示的紧张关系，都渗透了对物质享乐的不可遏制的欲望。我读到一篇很有才气的批评文章，在比较卫慧一群作家与朱文一群作家的创作时，指出了前者的小说里缺乏一种发自内心的焦虑感："在个体和现实境遇相分离或对立的紧张关系中，焦虑是一道刺眼的裂隙，只要那种个体与现实之间的紧张存在，它是无法在文字中得到消释的，但假使焦虑随时可被轻易、顺畅地消解，或完全不存在，就只能归因于它所内含的个体与现实境遇的分离或对立并非如显示的那样绝对，而是从根子上就伴随着退却的准备。"[2]这是我读到的所有评论中最中肯也最有分量的批评，我想沿着这一思路继续往下思考，妨碍这一代人焦虑感的增长不正是1990年代意识形态的主要特征么？

朱文一代的作家的成长经历横跨了20世纪80年代与90年代两个历史阶段，他们的思想历程里有一道谁也迈不过去也回避不了的历史门槛，这导致了1990年代自觉处于边缘状态的个人立场的写作内含着强大的政治情结，他们几乎用反讽的态度描写了欲望在社会中的增长以及个人穷光蛋的恶作剧，人欲的放纵仍然是理性支配下的刻意渲染，表达出一种知识分子的苦闷与反叛，所以，贯穿在他们作品中的焦虑感显然与过于强大的现实压力有直接的关系。而卫慧一代轻易而顺畅的表达正是由于她们心中失去了这道历史门槛，在1990年代新的意识形态话语笼罩下，全民性的追逐财富的假象掩盖了个体与现实的严重对立，欲望似乎是共同的社会追求。不能说卫慧她们没有焦虑，但那是另一种意义上的焦虑。如《像卫慧那样疯狂》里一再提示的她们面临的困境：过去的已过去，现在的还不属于自己，未来的却更不可知。欲望越追求越遥远而生出耻辱与虚无的痛感，以致对自身的无归属感产生无穷无尽的焦虑。我们不能为作家预设如何的焦虑才有意义，作家也只能从自己与生俱来的痛感出发才能找到自己的个性。小说中阿慧的这种无归属感的焦虑，以夸张的语言和句式弥漫在小说文本里。也许在世俗最不习惯甚至难以容忍的艺术表现中，体现了其焦虑的可怕与尖锐。比如对成长或成熟的变态渴望，对生命欲求的拔苗助长式的自戕。谁都不会喜欢小说里女孩为了证明自己成熟竟用自虐的方式来破坏处女膜（卫慧不止在一篇小说里写过类似的细节）——关于这种心理如果要深入探讨会扯得很远，我这里只能说一点感性的想法——读到这个细节时我首先想到的是1950年代革命经典《钢铁是怎样炼成的》里的一个故事：少年保尔被关进监狱，遇到一个第二天就要被大兵蹂躏的姑娘，那位姑娘用乞求的口气求保尔结束她的处女时代，因为她不想把自己最宝贵的东西交给惨无人性的大兵。年轻的保尔拒绝了那位姑娘的请求。我读这篇故事时的年龄与书中的保尔差不多，对于"处女"的知识近于无知，现在回想起来，如果用女性主义的男/女二元对立的思维方式来分析"初夜权"的原始文化心理，这里也许有一个野蛮而无奈的悖论：那位姑娘在监狱里无法逃避和反抗被侮辱的命运时,她挑选保尔来做她的初夜的执行人仍然充满了被动和受辱:她必须依靠一个男人,而这个男人仅仅是同监的犯人才获得这个权利,她别无选择。再回到卫慧的小说细节,女孩的自戕行为是为了证明她已经有了追求欲望的权力,这证明恰恰是通过自己的手和自己的血来获得的:从一开始她就摆脱了女性对男性最原始也是最自然的依赖。如果我们把正在主流化的享乐主义和中产阶级的社会"正常规范"及其伦理标准视为一种男性特有的权益与欲望的话语系统的话,那么,不难看到同样在男性话语诠释的欲望刺激下成长起来的女性反叛者在心理上依然存在着深度的异化与对立。又比如小说中充斥了粗鄙刺激的比喻和遣词造句,同样反映了作家个体与这个日益精致化、贵族化的都市文化趣味相对立的焦虑。主人公自称是:"我有一张柔和和天真的脸,一颗铁石包裹的心,以及所有孜孜以求的梦想,这些构成了我的气质,老于世故与热情浪漫。"我们不能将卫慧笔下的孜孜追求财富欲望的年轻人与传统西方小说里拉斯蒂涅式的都市野心家混为一谈,甚至与邱华栋等1960年代出生的作家笔下体现出来的物质欲望也不能混淆。邱华栋式的欲望是外乡人被排斥在现代都市经济体制以外而生出的流氓无产阶级的仇恨,有一种力度是卫慧所没有的,卫慧还有棉棉等作家笔下的人物对财富没有仇恨,只是活跃在财富的边缘上,用调侃和撒娇来发泄着穷光蛋的虚荣和机智。刺激和亵渎的用语仅仅是这种奇怪的焦虑心态在美学上的放肆表达。

卫慧从小城镇来到上海大都市,并受过现代教育——这是为现代都市的白领阶层提供后备军的场所——的训练,因此很容易被容纳到现代都市的文化体制中去。缺乏理性批判能力,放任身体的生理反应与强调感官对世界的把握,自然都不可能产生强有力的力量，以抗衡现代文明所造成的人性异化。更进一步说，把身体/感性的语言作为价值取向本身有两种可能的形式，一种是将自己放逐到被现代文明所遮蔽的另一种文明中去，以生命的直接经验来感受文明的多元本质，以求人性丰富多姿态的存在；另一种是这身体/感性仍然被置于现代都市文明的主流模式中，它所能感受的依然是单质的现代享乐主义的文化消费方式，这样的感性虽然一定程度上能够对都市文化的主流（即中产阶级的伦理道德与游戏规则）产生某种消解力，但从本质上说，与资本主义市场的刺激消费需求是同步的，不可能再生出新的文化生命。毋须讳言，卫慧的文学创作中的"欲望"因素，正是依据了后一种的生存形式而被诠释。所以，向现实境遇妥协是其实现欲望的必然归宿。《像卫慧那样疯狂》写了三个同时毕业的大学生的欲海沉浮：在大城市长大的阿碧怀着浪漫情怀进入白领阶层，但在一次次的追求与遗弃的悲喜剧中最终屈服于新富人阶级的游戏规则，悄然嫁为富翁妇；出身农村的媚眼儿渴望感官享乐与西方模式的现代生活，不惜出卖男身争宠于洋婆，最终丧了性命；只剩下阿慧，巧妙地利用自己的青春与智慧来诈骗和捣乱这个繁华与糜烂同在的现实世界，但是她没有、也不可能有新的价值取向来支持自己的特立独行。然而，这已经是对卫慧式反抗的预言了。至少至今为止，我们看到的卫慧还是在这个充满欲望的世界上保持了波希米亚色彩的个人追求。这也是卫慧的可贵之处。我注意到她笔下的人物总是有两种不同性格的对照，趋于中产阶级趣味的白领与坚持向现代西方文明模式挑战的小PUNK：《床上的月亮》中张猫与小米、《像卫慧那样疯狂》中阿碧与阿慧、《蝴蝶的尖叫》中阿慧（同名不同人）与朱迪，在这种对照中有力地突出了后者的生存处境。卫慧最好的作品是《蝴蝶的尖叫》,在讨论入选《逼近世界末小说选》的篇目时,我一直在它与《像卫慧那样疯狂》之间犹豫,我觉得朱迪的形象更加单纯、更加尖锐,在她身上混合着浪漫主义的激情与理想主义的不妥协,因此也更加可爱。虽然在表现现代反叛性格的复杂性方面,她不如《像卫慧那样疯狂》的主人公具有更多的可阐释性,但她的无路可走的痛苦以及以血相报的烈性已经彻底打破了享乐主义的温情假象。

棉棉的经历似乎与卫慧相反,她出生在大城市,受过正常的中学教育,在经济起飞的时代里她怀着朦胧的反抗意识来到南方经济特区,但在充满活力又缺乏章法的经济环境中,她没有进入制造"欲望"的主流社会,却一头扎进社会的阴影,在主流文化所排斥的"怪异"环境下品尝了"人欲"酿成的直接苦果——这种生命经验,是正规而平庸的现代教育所无法想象和闻所未闻的。棉棉笔下的女孩与卫慧小说的人物不一样。卫慧的女孩狡黠而老到,棉棉的女孩戆直而单纯,她缺乏卫慧笔下的灵气,却毫无遮掩地表达出对社会人生的异端态度。如果我们研究当代中国"问题青年"的怪异(Queer,在台湾被译作"怪胎")文化现象,棉棉的小说是不可缺少的文本。《糖》是一本当代中国"怪异"青年集大成的小说,摇滚、卖淫、滥交、吸毒、同性恋、双性恋等令人感到不安的文化现象充斥了小说的主要场景,与当年王朔笔下那些只会耍嘴皮、只说不练的痞子相比,与当今卫慧笔下那些摹仿西方反叛者的矫情女孩相比,棉棉与主流文化对立的尖锐性和惨烈性被有力展示出来,从而开拓与丰富了人性中被压抑的黑暗世界内涵。小说中的男女青年主人公不约而同地拒绝父亲给自己安排的前途:一个对蒙娜丽莎感到害怕,一个从学提琴转向弹吉他。请注意:他们所拒绝的恰恰是西方文艺复兴以来的现代文化传统，而这也正是1980年代中国知识分子文化的主流。一种反现代化的现代立场突现在小说叙事中。男孩赛宁从英国回来，不是衣锦还乡却带了一颗千疮百孔的心，似乎也证明了西方传统教育的失败。但是棉棉笔下的女孩始终没有放弃对真情的追寻，她因为赛宁的多次背信弃义而自我沉沦，表达了她内心深处对爱的执着和痛苦，而不是像有些评论家故意夸大的什么"无爱之性"。只要将《糖》与《像卫慧那样疯狂》中有关性事描写部分作一比较，就可看出棉棉笔下女孩对性事完全不带展览意味，相反，她总是执着地问何为"高潮"？在污浊的现实环境下，这种风情不解的询问就仿佛是古代文化中的"天问"，是对男女间何为性爱的本质的追问。读者只要多诵读几遍棉棉小说中那些颤抖冗长的句子，我想不难体会到作家对失去心灵伊甸园所产生的刻骨铭心的痛苦。她的自杀、吸毒、酗酒甚至滥交，每一次的自戕行为都与赛宁的背叛有关，也就是说，所有以往正统教育施舍给她的温情脉脉的理想面纱，都在现实欲望的烈焰中一片片地化作灰烬，她的生命最后以赤裸的姿态面对着烧不尽的"欲望"。

棉棉的小说叙事里，不自觉地体现出前面所说的把身体/感性的语言作为价值取向的另一种形式：将自己放逐到被现代文明样式所遮蔽的另一种文明中去，以生命的直接经验来感受文明的多元本质，以求人性丰富多姿态的存在。棉棉笔下的酒吧与摇滚，仿佛是欲火烈焰中的地狱——我说的地狱并不是"水深火热"的那种，而是指它直接构成了大都市现代文明的对立面，一种与现代文明直接对抗的个人、感性、异端的另类世界。这个所谓的"另类世界"在全球化阴云笼罩下的上海的现实环境下，其实是非常庸俗无聊的富裕阶层的消遣场所，但在棉棉笔下却体现出难得的反抗立场。在

《糖》里,女主人公发现心爱的赛宁在一个小镇上当了庸俗的"歌星"时,她勃然大怒,立刻把他拉了回来,指责他背叛了摇滚精神,这是她无所顾忌的性格中真正值得敬畏的一面。如果从所谓"正常"的社会道德立场来看,棉棉笔下活跃的只能是一批需要拯救的不良少年、社会渣滓,种种犯罪的欲望都如怨鬼紧紧缠身,很难从他们身上得到正面意义的解说,他们或者被鄙视地描绘成渣滓,或者作为社会分析的一个注释,而没有自己独立的生命价值。但在棉棉的叙事立场上,这里却呈现了生气勃勃的世界:在这个充满污秽的世界里仍然闪亮着人性的温馨,藏污纳垢,破碎的生命仍然是生命并且应该得到尊重。小说里有一段写到男女主人公一个吸毒另一个酗酒的沉沦过程,使我们不仅窥探到道德边缘上的生命体验,也看到了生命边缘上的道德再生。当欲望与生命本体的意义紧紧拥抱在一起的时候,即产生了美学上的魅力。棉棉在她的书前题词说,要把这本书送给所有失踪的朋友。我理解"失踪"这个词的意义,不仅仅指逃离现实秩序的人,似乎还应该包含了在现实的道德范畴里被我们视而不见的人,他们心灵里装满了困惑与伤害,正在用巨大的代价探索自己的未来,寻找自己灵魂的寄放处。这也许是棉棉自己所说的:必须把所有的恐惧和垃圾都吃下去,并把它们都变成糖的写作宗旨。

我无法预测像卫慧、棉棉那样的作家,在这条自己选定的、与她们的人生道路相吻合的写作道路上能走多远。棉棉说,她把写作当作医生的使命存在。那么,一旦写作带给作家巨大的成功以至疾病消除,写作是否对她还有意义?我之所以这样提出问题,是因为我阅读她们的小说后有一种强烈的感觉,即这很可能是20世纪末中国文坛上昙花一现的事情,不仅仅社会主流道德的强大无法容忍这种异端文化的泛滥，同时这些作家仅仅凭个体的感性的经验也无法将另类精神升华为较普遍的审美经验。我想起不久前我所阅读的台湾女作家洪凌的吸血鬼系列小说。洪凌也是个另类作家，她在英国读过硕士学位，对西方另类文化有过全面的研究。她回到台湾后一再用小说表达人类的异端化情绪，从同性恋到吸血鬼，写的都是人类文化边缘上的孤魂野鬼。但有意思的是，她最后把吸血鬼的根底联系到欧洲的无政府主义，因为永远的边缘，与主流对立，正是现时安那其的理想旗帜。法国作家让·热内（Jean Genêt）做过小偷，入过狱，吸过毒，后来写出了著名的《偷儿日记》等作品，法国著名作家萨特为他写过传记，声称在这本书里热内把他所理解的"自由"一词解释得最清楚。洪凌翻译过热内的书，并把自己也置于自觉的另类阵营，但这种自觉，绝不是生活所逼迫或在西方阴影下的时髦行为。如果联系不到人类文化的精神源头，那么，任何感性的反抗与撒野都只能是昙花一现。我把这一点提出来，只是对卫慧和棉棉这样一种文化的思考和期望。

1999年11月4日写于黑水斋
初刊《小说界》2000年第3期

注　释

1　《逼近世纪末小说选》第6卷后因故未出版，本文是该卷序言的一部分。
2　宋明炜：《终止焦虑与长大成人——关于七十年代出生作家的笔记》，载《上海文学》1999年第9期。

读彭小莲《美丽上海》

彭小莲虽然是著名的电影导演，但我更加熟悉的是她的小说，从许多年前的《阿冰顿广场》到2004年底由我在《上海文学》上编发的《回家路上》，都是我喜爱的作品；而当年读长篇纪实文学《他们的岁月》时激动不已的情绪，至今还记得清清楚楚。《美丽上海》是一部电影，曾经获得第24届金鸡奖的最佳故事片奖和最佳导演奖。我一直无缘欣赏这部电影，既不曾见到电影院公开放映，也未曾买到它的DVD碟片，我觉得很奇怪，一部上海拍摄的片子，又是描述上海的故事，还得了全国的大奖，怎么就没有广泛的宣传和上映？但是我还是读到了这部电影的文学剧本，为了推荐它，破例在《上海文学》上发表了这个剧本。现在我读的是根据电影剧本改编的长篇小说，其实电影的味道仍然很浓，并不是一部纯粹的小说。

上海的历史沧桑本来没有什么悲壮的感觉，所谓海派"怀旧"总是包含了小弄堂里的惆怅伤感、缠绵的琐碎细小，以及一种对欲望的搔头弄姿，这样一种情调在艺术上的体现，总是需要针脚绵密、家长里短的市井风格，然而小莲以往的写作风格显然不属于这一类的，她的文字里总是洋溢着难以言状的悲壮和痛苦。如《回家路上》，以一条马路的盛衰导演出人性绝望与历史沧桑。我过去曾经说过，彭小莲是经历了三重人生，也经历过三重失望：她出身革命干部家庭，本来是接受正统教育的，但1955年一场反胡风的冤案把她的童年推入灾难，这是第一重；"文革"后她出国学习电影艺术，接受西方文化的熏陶和教育，从她的创作中看得出双重视野的交叉，具有开阔的文学空间概念，但中国的传统教育，又使她对于西方霸权特别敏感，真切感受到西方民主的某种虚伪，这是第二重；当她再回到中国，改革开放的形势吸引她积极投入文化建设，热情创作表现上海历史沧桑的作品，长期旅居国外使她避免了国内创作风气的影响，她对文学还是抱着比较传统的严肃态度，但这种态度又引起她对当下种种浮躁风气的不安和鄙视，甚至更加失望，为之第三重。彭小莲的创作，几乎是三重人生经验的交织，又是三重失望情绪的宣泄，她似乎现在还生活在巨大的骚动不安、同时又不堪沧桑的痛苦之中。我在《上海文学》上用过一张她的工作照片，她仿佛是一头草丛里的疲倦的猛虎似的，大吼大叫，倦意重重，非常传神地传达出彭小莲的精神状态。

《美丽上海》却与她以往的小说风格不太一样，也许是电影剧本的束缚，叙事格调意外的平静，以往愤世嫉俗的腔调不见了，反而有些悲天悯人和怀旧市井风尚。更奇怪的是关于那个康老太太，一个行将就木的老式资本家的女人，已经在时代旋风的席卷下落红成泥，可是作者却给她戴上了最后一道美丽光环，成了能干精明、典雅不凡的女神。我不喜欢这个人物，觉得这个垂死的老人有点装腔作势，靠卖弄手段把子女拉拢在她的身边，让他们为自己的残朽做牺牲。她对待女儿静雯的手法让我想起曹禺笔下《北京人》里的曾皓，一个自私到家的没落贵族，而曹禺对这个人物是充满了鄙视和嘲讽。不过，好在这位精明强干、据描写还能读点英文原版小说的老太太终于百病丛生死掉了，顺应了生命的规律，一切该死的，哪怕是美丽的，也只能无可奈何花落去。但她留下的四个子女，因为母亲的病，走到一起演出了一场颇具时代特色的现代版人间喜剧。——康家四个子女是有象征意味的四种社会身份：成功人士、海归、下岗女工、老知青，应该说是当下社会非常典型的四种身份，他们把活动空间拓出上海范围，延伸到大草原和海外世界。我不想就社会学的概念来分析这四种身份的人物性格，我认为在这方面，这部作品没有提供出人意外的因素，但是它展示出这四个人之间无法彼此容忍的现状，一种无意识的冷酷的人情关系。看上去温情脉脉的家庭伦理已经拢不住这个小社会的分化和分裂。正如小说里的人物所问的，为什么一家人就无法好好地坐下来吃一顿饭？每个人似乎都在努力在期盼，可总是坐不到一起。本来这四个出身于同一家庭的兄弟姐妹可以和谐相处，荣衰与共，但现在，因为一场巨大的灾难（可以把"文革"作为象征），使他们分化到再也坐不到一起了。当一场风波（即康老太太的丧事）过去以后，该回美国的仍然出国，该回草原的仍然上路，下岗女工还是下岗，成功人士继续成功，一切都没有改变。"和谐"只是一个寄托于未来去解决的问题。

就整个作品对于当下社会的概括能力而言，我还是读解出那个死去的康老太太的象征意味：一段曾经有过的美好、但已经衰朽的生活状态，就像电影《美丽上海》开幕时的一个镜头，一只虽然保养得很好，但依然是干枯僵硬的手，由它来揭开上海繁华史的当下一幕，是有些别的意义的。以彭小莲的家庭出身和从小受到的教养，似乎不应该为这个人物去附会一种微言大义（相比较之下，

《回家路上》里的那位母亲形象就比较自然和真实。彭小莲无法深入把握另一阶级的复杂心理，就把想象的成分泛化了）。但如果从构筑上海历史曾经有过的一段美丽乌托邦的要求出发，那么，这个人物是什么身份又变得无所谓了。海派传统，已经被市场塑造为一派风花雪月、中西合璧、纸醉金迷、借尸还魂的怀旧气氛，多一个康老太太并不惹眼，也就罢了，要紧的是意识到康老太太已经死了，乌托邦已经化为乌有，康老太太的子女们现在各有自己的生活，一种已经分为多层次的生活状态。这就是今天的上海。

我前面说过，彭小莲对文学的理解保持了出国前的严肃态度，使她的作品有一种无法遮掩的悲剧气氛，这部作品中关于家庭灾难的描述，仍有许多催人泪下的场景，给人以严肃的历史记忆。灾难不是儿戏，是无法用游戏的态度来消解的。这个家庭里的小妹，还在小学的时候就蒙受了人格的侮辱，即使是一个童年时代的错误，也会带来终生伤痛。这种严肃对待历史的态度，现在已经很少在文学作品里体现出来。但是我在最初读《美丽上海》的电影剧本时，动心的一刻仍然是从这些悲惨记忆开始的。在《美丽上海》所包裹着的时尚世俗故事里面，我依然读出了作家隐含的可贵的态度。

2006年2月7日修改毕

初刊《文汇读书周报》2月10日

杨浦三作家简论

"杨浦三作家"是我临时想出来的一个称呼,只是说,我要为三位居住在杨浦区的老作家的作品集写一篇序,没有别的深意。当然不是说杨浦区只有三位作家,读者也不会做如此理解。因为我们杨浦区作家协会自成立以来,不断壮大自己的队伍,十年来已经发展到有143位会员,会刊《杨树浦文艺》也不断刊出杨浦作家的新作,这是令人欣喜的事实。之所以会有"三作家"之称,起因是去年年初的时候,杨浦区总工会领导与我商量作协换届工作时提到,作协副会长、副秘书长等三位同志因为年龄的原因将要卸任,我就此提出一个建议:这三位作家都德高望重,为杨浦区作家协会工作付出了大量的心血,他们在创作上也有相当成就,作协出于对他们的感谢,应该出资为这三位老作家各出版一本作品集,全面反映他们一生的主要创作成就,表彰他们对文学创作事业的突出贡献,并且把这样一种优良的文学传统发扬光大,楷模来者。

这样的想法,是我一向有的愿望。我在复旦大学中文系担任系主任的时候,也提出过同样的建议,建议中文系出资为每年荣退的教师出版纪念集,保存他们的学术业绩,感谢他们为中文系所做的贡献。更重要的是,一个学术型的单位需要有自己的精神传承,如果每一位退休教师都能够留下一本纪念集（也是著述集），几十年过去，留给后人的精神遗产将是极为丰富壮观的，这就是传统。我们总以为千百年以前传下来的旧东西才是传统，其实真正的传统并不一定是遥远的东西，传统是一种与今天、未来的生活仍然发生关系的历史积淀，从过去流传到今天仍然在发生着影响，我们就会去重视它。我们从现在开始做起的工作，只要坚持下去，渐渐地就会成为一种传向未来的传统。以前我对复旦大学中文系曾经做过如此的构想，中文系是需要有精神传统的；现在我对杨浦区作家协会也作如此构想，因为杨浦区也是一个有着光荣的文学传统的地区。

自上海开埠以来，现代化的进程起点不仅仅是外滩的高楼大厦、南京路的跑马厅，更重要的标志还有耸立在杨浦区的现代工业和现代都市设施。由于现代化工业首先是在杨浦区崛起，所以，杨浦区也是最早诞生了现代社会的真正创造者与建设者——现代工人阶级。如果从五四新文学算起，早期描写工人生活的小说《春风沉醉的晚上》，就是在杨树浦[1]诞生的。如果有心人把《春风沉醉的晚上》以降描写杨树浦的文学作品结集成书，也将是海派文学传统的一笔重要精神财富；在少年时期，我经常出入沪东工人文化宫，那时候热气腾腾的赛诗会的景象，至今都在我的脑海里挥之不去。杨浦区工人作家的创作，曾经是上世纪五六十年代上海文学地图上一个亮眼的闪光点。

新世纪之初，杨浦区开始从传统的工业区域向"知识杨浦"进行转型，并且取得了巨大成功，经济体制改变了，人们的精神生活也会相应发生变化。杨浦区作家协会正是在这个时间节点上成立，它承载的使命就是延续并扩大杨浦区工人文学创作的传统，把广大青年文学爱好者、高校中文艺创作的骨干分子以及居住在杨浦区的上海作家协会会员团结在社会基层和生活一线，在这里能够接触地气，辨识民心，感知生活的未来和国家的命运，把杨浦前辈所开创的文学传统能够真正地星火燎原，发扬光大。我们在这个意义上隆重推出杨浦区三位老作家、老诗人的作品集，其意义是非常明确的。

这三位作家的名字，都是广大读者非常熟悉的，他们也是我所尊敬的朋友：忻才良、刘希涛和薛锡祥。

我认识忻才良先生的时间比较早，大约是我还在复旦大学念书的时候。当时上海作家协会有一个群众文艺小组，参加活动的大约都是各区县图书馆、文化馆的书评创作人员。我们都在一个小组里活动。忻才良那时是中学教师还是报社记者，我并不清楚，但是他的文章经常在报端读到，所以望见其人就感到非常亲切。他在会上发言总是热情洋溢，大家也是"阿忻""阿忻"地叫唤，非常有人缘。可惜我个性不属于擅长交际的那种，所以每次在会上只是以尊敬的目光向他致意，却很少与他深入交谈。后来我不常参加这样的活动，渐渐地也就不常见面了。直到三十年后杨浦区作家协会成立，我又能够经常与忻先生见面，他对协会工作支持良多，经常老当益壮，主动请缨，愿意为作家协会多担当一些工作。这次为老作家编作品集的决定做出以后，忻先生最早完成了文集的编辑工作，最早把全部文稿的电子版传给我，其精力之旺盛、做事之迅速，由此可见一斑。可是……谁也不会想到，才过了半年不到，忻先生竟会撒手人寰，离我们而去。这是一件令人痛心的事情。现在我们出版《桑榆文穗》，为之读校、编辑、作序，都只能怀着深深的遗憾，因为我们做得再好再努力，也听不到忻先生朗朗的笑声了。

《桑榆文穗》是忻才良先生退休十年（2004—2014）的文录，

也就是从60岁到70岁期间的作品。按虚岁算法，如他在2015年写的《后记》所记："岁在七十有二。自当不歇多思，不辍笔耕。春华秋实，思多必得。是为我的逐梦心愿。"我们从这本煌煌作品集可以看到，忻先生在诗歌、游记、报道、人物专访、专题演讲、文艺评论等多方面都有丰富的成绩，他长期担任记者工作，对于时事反应敏感，抓得住话题，着笔迅速，文字简洁，快人快语，用之于其他文体，也呈现鲜明特色。尤其是在人物专访中，他总是抓住某个侧面寥寥几笔，就能把所要描写的人物生动体现出来，笔墨的生动活泼完全看不出是出自一位老人之手。而且这一百四十余篇短小精悍的诗文，只是他的全部文字的一部分，也仅仅是他业余时间写作的结集。忻才良先生退休之后，又有整整十年的时间参与了市委宣传部新闻阅评组工作，吴振标先生在悼念文章里介绍说："忻才良在阅评组写了大量文稿，因为是职务行为，这些作品不享有个人著作权。每年几百篇文稿都结集出版，取名为《上海新闻评点》，每集均有四五十万字，责任编辑由忻才良担任。到我们离开阅评组，《上海新闻评点》已出版七本。忻才良作为责任编辑，这些集子倒是可以算作他的文字工作成果之一。"[2]我们从吴先生的描述中可以想见，忻才良在退休十年期间是处于怎样一种亢奋积极的工作状态。

本丛书的第二位作家是刘希涛先生。我认识刘先生要比读他的作品迟得多，我在年轻的时候就在报纸上经常读到刘希涛的诗歌。我的中学时代是在杨浦区度过的，年轻时结识不少杨浦区的文艺青年，他们都很关注当时的文艺创作，刘希涛的诗歌就在他们的关注之中，我是在他们的介绍下开始读刘希涛的诗歌。在我当时的理解中,刘希涛是新中国五六十年代培养的工人诗人的代表性作家,他参过军,在部队里开始文艺创作,后来长期在钢铁厂的生产第一线边劳动边创作,用诗歌描写了大量劳动生产中的新人新事。记得在十多年前,有一次刘先生受邀到复旦来讲课,在电梯口我们偶尔遇见,才有了一见如故的感觉。后来在同济大学百年校庆的时候,他托我的中文系同事葛乃福老师来找我,请我为杨浦区作家们创作的一本纪念同济校庆的诗歌集写序,我欣然从命。这大约是我与杨浦区作家们的最初接触。以后杨浦区作家协会成立后,我与刘希涛先生就有了更多的交往。

《关于爱情》是刘先生亲自编订的一部诗歌选集,他挑选了自己人生历程各个阶段不同类型的诗歌300首。我们从诗集的第二辑"火之骄子"所收的46首诗里,看得到作为一个钢铁工人刘希涛非常扎实的创作起步,这是写于1976—1985年的诗歌,十年的钢铁厂火辣辣的劳动和简单明朗的生活,为诗人的创作提供了一个阔大的艺术格局。如创作于1980年的《铁水,在晨光中闪烁》里有这样的句子:"铁液的霞光,/钢水的金云,/把她大病初愈的面容,/照耀得闪闪烁烁,/美如彩虹。"很简单的诗句,但是嵌入了一个不协调的"她"的形象,暗示钢铁工业的生产与"九百六十万平方公里"的祖国正处于"大病初愈"的密切关系,诗的意境豁然开阔。在《"和尚"工段,来了个小妞》《赤条条,像一尾尾鱼》《师傅》《少女,在钢山铁岭间穿行》《钢厂情歌》等诗歌里,年轻诗人都将热情颂歌熔铸到叙事视角中,紧紧抓住了劳动生产中的一两个生活细节加以渲染和表现,语言明快生动,在时隔三十多年的今天读来,仍然感受到质朴鲜活的诗意。几十年来,虽然生活环境发生了巨大变化,但是刘希涛的诗歌叙事所形成的细心观察生活、精致描摹细节、传达优美诗意的风格基本没有变化。写于晚几年的旅游诗，仍然是充满了细节感。如写于1997年的《康定老街》（后改成了歌词）："山风吹落了月亮/老街悠长悠长/大姐柔柔的发辫/塔在高原的肩上/卵石铺起的路面/马蹄声丁当、丁当/走不尽康定的老街/心在发辫上晃荡//山风吹出了太阳/老街一片明亮/大姐溜溜的好哟/可还在这条街坊/木门早已打开/咋不见你的模样/走不尽康定的老街/谁听我倾诉衷肠……"这是诗人在当年唱着那首家喻户晓的《康定情歌》，穿过湖泊众多的平原和山地，翻过二郎山，跨过大渡河，沿着康定老街去寻找……最终找到的这首诗歌的创意。这是生活的馈赠，诗歌虽然短且精美，境界撒得很远。诗人的年轻心态和青春勃发力依旧焕然。

本丛书的第三位作家是薛锡祥，一位军人，也是一位诗人。我与薛先生结识的时间并不长，但我觉得似乎彼此间更加投缘一些。薛先生首先是爱酒，其次是爱诗，这两样都是我所喜欢的。心事常牵诗与酒，我也曾经是个嗜酒之徒，只是后来因为身体的原因而不彻底地戒酒，不能喝酒，于是只剩下另一个爱好，就是诗了。薛锡祥先生不仅爱喝酒，而且也喜欢写酒，他的诗歌里不断出现对酒的讴歌，诗酒合一，这是让我喜欢的原因之一。薛先生为人宽厚，善解人意，有较高的威望，在杨浦区作家协会的工作中，他是我信得过的长者，如果遇到工作中的麻烦，首先会想到取得他的支持，而往往在一些关键时分，薛先生也确实相帮处理了一些我们感到棘手的工作。他胸襟开阔，笔触豪迈，有军人之风，这些特点都体现在他的诗歌创作中。

《万象之问》全面反映了薛锡祥先生诗歌创作的多方面成就。

薛锡祥创作中最负盛名的大约是他的歌词创作，他创作的《红旗颂》歌词已经响彻当下时代的盛典之中。他的歌词创作铿锵有力，简洁，热烈，充满形象感和色彩感，文字间隐藏了大气磅礴。除了歌词，我们在作品集中还读到了诗人丰富的文体创作：朗诵诗、抒情诗、新赋体、旧体诗词，等等，除了旧体诗词另具一格，其他各类诗体都显现出诗人大气的风格。诗人重抒情，善叙史，开拓了广阔的描写空间，诗歌意境常常穿越千百年的历史，与古人对话，书当下之情。其中赋体诗作最能体会薛锡祥的创作特点，如我为之击节的《中华酒道赋》第一段："杯中寰宇，壶中乾坤，一滴醉八荒，万世沁雅韵。美酒始于自然，炎黄誉为天羹。仪狄始作酒醪，祭祀社稷诸神。"前四句以酒与酒具之微联系宇宙之极大，酒中有道，隐然相见，这是空间的艺术描写；紧接着的后四句，以酒的历史联系太古传说，从自然蛮荒到炎黄诸神，这是时间上的艺术想象。寥寥八句，把酒之大道烘托而出。接着在书写了卓文君的故事之后，酒道逐渐形成："伴书道远播，随茶道传经。时闻魅香飘逸，长摇酒旗风影。声名鹊起，鹏运亨通。绘就鸿业远图，传为酒道大旆。"抑扬顿挫，对仗成骈，以书、茶起兴，构成了三道并行的中华文化传统；然后承接转入当下情怀："泱泱中华，礼仪称颂。躬逢盛世，国宾临门，觥筹交错，酒满金樽。国无大小，人无富贫。平等端酒，酒平世平。……"诗人贯通古今，高崇酒道，虽然当时是应命制作，却把诗人的雄厚、博雅、宽阔之诗风都浑然体现，经得起反复咀嚼，品味再三。即使在薛锡祥的一些篇幅较短、叙事性的抒情小诗里，也同样含有这种大气象的风格。如《溯田问秋》的第一段：

我蜷伏在你的枝头

却不知道我是你的果实

分明我是一片红叶

却不知道我是你的秋。

当诗人假想自己是树枝上的一片红叶,他把树与红叶的关系想象成生命与秋;诗人是对秋天丰收的歌颂,秋象征了生命的圆熟:火一样的红叶与沉甸甸的果实都是具象的物体,但是一旦与秋联系在一起,就产生了一种空旷辽阔的气象。

"美不胜收",是我读三位作家作品集的一个强烈的感受。我期盼着这三本著述能够顺利出版,希望杨浦区作家协会以此为开端,积极为所在地的作家们积累创作成果,培养良好的文学传统,为杨浦区的文学创作繁荣做出更大的贡献。

2016年5月31日
初刊《杨树浦文艺》2016年第4期

注　释

1　郁达夫在《春风沉醉的晚上》中描写的地点,是邓脱路,今属虹口区,其中女主人公是香烟厂女工,小说里所写的 N 烟厂,应该是指南洋烟草公司,1920 年代,属于杨树浦。
2　吴振标:《走好,阿忻》,刊《新民晚报》2015 年 12 月 14 日。

工人题材是海派文化的一个传统
——从长篇小说《工人》创作说开去

管新生、管燕草父女联袂创作《工人》三部曲出版，是一件值得庆贺的事情。我真心实意地希望上海工人作家能够写出描写工人生活的书，我一直很关注这个问题。

小说的封腰上，有我写的一段话："海派文化有两个传统，一个是繁华与糜烂同体共生；另一个是现代工业发展中工人力量的生长。缺失工人命运的海派文化是不完整的。"这是我在十多年前写的一篇文章里说的话。工人题材的创作应该是海派文化的一部分。

从文学角度说，海派文学有一条传统，是从《海上花列传》开始的，这条线索可以延续到1930年代现代主义、唯美主义和颓废主义的文学，中国是一个后发国家，现代化进程是从上海租界开始的，逐步形成了一个华洋结合的上层建筑文化，这是大家认定的所谓"海派文化"。但实际上，"海派"之所以在上海产生，是有一个底子的，它之所以在上海的文化建设中出现那么多现代化因素，就是因为上海是一个有现代工业发展基础的城市，是中国现代以来最重要的工业基地，有了现代工业发展才有了现代产业工人，才有了无产阶级，才有了革命运动；同时也有了现代化的一切。这是一个基础。上层建筑是由经济基础所决定的。

这个社会经济基础，海派文学发展中也不是没有表现。起点就是郁达夫的《春风沉醉的晚上》，写上海南洋烟草公司的女工和流浪知识分子的感情交流；慢慢发展到左翼文艺运动，像蒋光慈的《短裤党》写第三次工人武装起义，写瞿秋白领导工人武装起义的场景；到1930年代就出现了茅盾的代表作《子夜》，他一面写资本家买办等上流社会的糜烂生活，我把它称为繁荣与糜烂同体生成的传统，另外一个就是写工人斗争，当然茅盾写工人运动写得不好，但是他努力要开拓那个领域的生活，《子夜》算是海派文化最有代表性的作品。再往后两个传统就分开了。海派的繁华与糜烂方面，我今天具体不讨论了，那个传统后来在张爱玲小说中有所发展。今天要说的是另外一条写工人的传统，比较有代表性的，一个是周而复的《上海的早晨》，在写工商业改造的同时，展开了对一批纱厂女工生活的描写，主人公汤阿英，就是一个纱厂女工。

还有一部小说，现在很少有人谈到，但我很喜欢，艾明之的《火种》，写的是真正的工人生活史，写的就是上海的工人，我在四十多年前看的，到现在还记得，那个主人公在城隍庙九曲桥相亲，后来被骗到外地煤矿当工人，等等，很多细节都印在脑子里。他也写工人运动，写三次工人武装革命。但是很可惜，艾明之好像没有写完。这本书现在没有重新出版是很可惜的，这本书非常有价值，不仅仅写工人，也应该是海派文学的代表作之一，很多细节都是写上海的工人文化史。艾明之是一个有意识写上海工人的作家。

经过"文革"以后，工业题材比较衰弱。以前胡万春等一批工人作家确实写了很多工人的生活题材，但那个时代的工人文学形象已经被意识形态化了。某种意义上说，没有很真实的工人形象，价值也不大。

这几年因为整个大趋势，工人题材越来越少，也不完全是作家不愿意写，或者说不重视工人题材，不是这个意思，工人题材确实有很多局限，怎么把工人题材写好，这是一个在今天我们面临的问题。所以管新生、管燕草父女能够把这个题材拿起来进行有意识的开拓，是应该关注的。工人题材以前尽管有，但是写得好的不多，为什么好的不多？这个题材如何进行审美表达？本来是存在困难的。农村有几千年的文化积淀，本来就有一个稳定的美学风格传统。而工人生活在现代都市里，就像我们这个移民城市，工人群体是流动的，他是从农村各个地方汇集到大都市，也有可能再流动到其他地方去。所以，如何把握像工人这样一种既与农村天然联系、但又通过出卖劳动力的生产方式而脱胎换骨超越自身的阶级局限，而由此形成一个新的阶级力量，这个问题我们现在还没有很成功地在美学上表达出来。

所谓"工人阶级"不是一个抽象概念，它是在国际社会主义运动中被体现出来的。中国的工人运动历史不长，工人作为一个阶级的形成时间也很晚，从南通张謇搞实业到第一次世界大战，是早期阶段，因为世界大战爆发，民族工业崛起，那个时候开始有了比较成熟的工人意识。也就是说，当工人刚刚开始形成一个尚不自觉的阶级的时候，中国的无产阶级革命意识已经被输入了。中国的新民主主义革命也不是因为中国有了成熟的工人阶级为基础才发生的，而是从俄罗斯输入了马克思主义和世界革命的意识形态，首先是一部分知识分子接受了这种思想，然后把它灌输给工人，认定这个阶级是革命的主要力量。所以，中国革命一直到毛泽东在井冈山实践

"农村包围城市"以后，革命中心才逐步转移到农村，之前历任党的领导都是偏重于工人运动的，党中央的办公地点都设在上海。为什么？从理论上来说，只有在上海才有强大的工人力量可以依靠，从陈独秀、瞿秋白到李立三、向忠发再到王明，基本上都是走这条路。但是走这条路都失败了，证明毛泽东走农村的道路才能够获得革命胜利。正因为前一条城市革命的路线后来被遮蔽了，我们主流的革命历史题材创作中，写农村革命题材的很多，而写工人斗争题材很少。管氏父女在《工人》里似乎也注意到这个历史原因，第三卷一开始写到那个地下党领导程长庚在新政权建立后就受到排斥，不仅仅是因为白区地下党的背景，还有中国革命主要依靠的是农民这个深层原因。

因为中国工人阶级没有足够的时间经历从自在到自觉的发展过程，它刚开始存在，就被赋予了革命内涵，充当了中国革命的领导阶级，我们后来讨论工人题材创作的时候，就必然与党史、中国现代革命史都交织在一起，而且多半是失败的历史。文学创作的空白与这个有点关系。上世纪60年代有一部电影《革命家庭》，夏衍写的剧本，于蓝、孙道临主演，但刚放映就受到批判，原因是没有写"农村包围城市""为错误路线招魂"等罪名。所以工人题材的问题，不在于有没有人写，也不在于有没有人看，关键还是在工人运动的历史发展中，有很多问题没有得到很好的清理，也没有很好地鼓励作家去探索。其实工人题材的问题到今天也是存在的，很多国有企业转型，外资企业进来，工人提升到白领，大批农民工进城承担了出卖劳动力的功能等现象，都有很复杂的阶级内涵，这个内涵我们在人文社会科学领域都没有给予很好的研究和解决。但是这并不重要。人文科学不能解决的问题可以由文学通过感性的创作来完成,文学从来就应该走在社会科学、人文科学前面,用文学创作塑造出当下真实的工人形象及其生活处境,描写他们复杂的精神面貌,反过来再由文学评论来阐述其意义,为人文科学、社会科学提供重要的例证。这要比所谓的大数据、表格、统计调查等研究方法更加真实,更加有血有肉。

关键还是文学创作要真实,要如实地表现工人在现阶段的社会地位、经济状况、思想结构,为以后研究这个时期的工人阶级与工人现状,提供丰富的题材。社会科学相对来说是滞后的,人文科学更滞后。最前沿就是文学创作,文学创作能够敏感地发现生活中的许多萌芽状态的现象。上海工人题材不是没有人写,过去都有人写,这二十年来好像慢慢在减少,因为作家没法把握现实,工厂都下岗了,农民工到底算不算工人阶级的一部分?但我觉得,正因为没法从理论上给以把握,反而给文学创作提供了广阔的用武之地。文学不需要理性把握工人阶级的定义,而可以通过感性来提升和完善。从这点来说,《工人》这部小说的出版是开了一个很好的头,希望上海有更多的作家、更多的文学创作描写现阶段的工人生活。

这本书写的是工人的故事,是写上海工人的历史。作家有意识地把工人生活与上海文化风俗结合在一起来表现,小说叙事中有很多相关链接,如每描写一个场景,链接就出现了有关上海地名历史。如书中人物去喝咖啡,书中链接就会出现咖啡进入上海的相关历史资料。这是小说文体上的变化,作家这样写人物故事,每一个人物都生活在平平常常的场景之中,可是每一个场景背后又有故事,有来历。实际上它讲的就是工人文化与上海文化是一起出现、一起发展的,这很有意思。写小说也需要创新,小说形式要有变化,这样的小说形式不仅让人看到了一个故事,而且还让人读到了故事背后上海的文化历史，这些历史也不是所有读者都了解的，读小说可以帮助读者了解上海的历史，有很多历史穿插在具体故事之中，如三轮车夫臧大咬子被外国人打死，引起码头帮会的抗议，还有顾正红事件，好多这样的史料都穿插在叙事里面，其实也是上海工人运动的叙述。

因为我只粗粗看了前面两卷，有些感觉不一定对。我觉得前两卷通俗文学的因素多了一点。小说的楔子写晚晴革命党人大搞暗杀活动，这与小说主题没有任何关系，通俗因素一放进叙事结构，就让人觉得像是一部江湖恩仇小说。我期待中的写工人的小说应该是严肃的、艺术的，如穿插暗杀什么的细节，品味就降低了。但是我觉得小说里面有一条线很好，就是写帮会史，好几处都写到青洪帮、码头帮会等，上海工人早期生成与帮会文化分不开，这也是中国特色的工人阶级，某种程度上说，工人阶级也是从帮会文化里面剥离出来的，尤其是码头工人、三轮车工人，等等。这个分量倒是可以加重一点。

小说里面有些细节很有意思。比如说，我开始想，作家为什么写工人武家根的父亲是革命的敌人？对于这个细节，起先我感到不可理解，为什么要这样表现？但是我后来通过文本细读的分析，觉得这样表现很有意味。可能管燕草也没有想到，我想到了。因为这样的细节处理，让文本里的"工人"的血缘被斩断了，就是说，"工人"是一个阶级的概念而不是普通的家族概念。我们以前说工人血统，是指你父亲是工人，你也是工人，工人生出工人；这种血统论现在不流行了，可是在上世纪五六十年代非常流行，老子英雄儿好汉，工人阶级是领导阶级，血统论经常会出现在文学作品里。前苏联作家柯切托夫的《茹尔宾一家》《叶尔绍夫兄弟》都是写工人家族的。可是家族血缘概念都是与宗法传统下的农村社会有关，用在都市工人题材有点不伦不类。《工人》这部小说恰恰改变了这种血统论，如果从家族血缘角度看，武家根的父亲夏添变成了革命的敌人，小说还安排了武家根带一帮暗杀队员锄奸，面对自己父亲他下不了手，最后是他身后的暗杀队员集体把夏添打死了。那么也就是说，从武家根开始，他已经不是血统意义上的工人，他是被革命组织、被阶级立场所提升了的，并且已经与以前的血缘一刀两断了的"工人"，所以他是阶级意义上的"工人"。工人武家根的家族的前身，可以是农民，也可以是地主阶级，或者是其他什么人，但是他从那一天开始，已经成为一个无产阶级队伍里的成员，他已经跟血统意义上的所谓"工人"不一样了，他把自己的血缘斩断了，所以，武家根表现的不再是我们平时说的做工的人，他是作为无产阶级队伍当中的一个先进分子。从这个意义上说，这个细节可以成立，很有象征意味。我对杀手的故事是不喜欢的，不过这个故事本身有意思，革命时期稍微有一点传奇性也没有关系，但从艺术上说，真正的文学功力还是要从平实的描写中体现出来。这部《工人》虽然写了近百年历史，其实是抓了三个制高点：第一段是共产党成立到上海工人武装起义，第二段写抗日战争，第三段写改革开放以后的第三代和第四代。现在的三部曲，我觉得传奇的因素多了一点，这当然很好看。

第二卷写得很好，这部分难度很高。因为故事发生在一个日本军管下的军工厂，要写工人在恶劣环境下如何体现抗日情绪，是很难写的，钱师傅比武伯平写得好，钱师傅做事不动声色，但他也有他的内心痛苦，他好像也不是地下党员，只是一个普通工人，这个工人有一点觉悟，后面也有共产党在策划，他也有自己的正义感，很苦恼。最后的技术比赛那一场情节，我以前没有读过这样的描写。

我想如果管新生父女将来有兴趣，再写一部上海工人的"三部曲"，第一部写1914年世界大战爆发前后，中国民族工业发展时期的工人阶级是如何形成，工人与民族资产阶级之间是一个什么关系，工人是怎么从传统农民完成向一个自觉的阶级转换；第二部，应该是写1930年代，就是《子夜》的时代，那个时代是中国民族工业发展的最好阶段，中国有了一段相对的平稳时期，从战争内乱中摆脱出来，建设现代化都市，这个短短的十来年时间里工人是怎样生活的，把茅盾《子夜》里没有写好的那一部分写出来；第三部应该考虑1949年以后到"文革"时期，那个阶段名义上都说工人是新社会的主人，后来又被抬高到"领导阶级"，必须领导一切，在那个时代工人的真实生活又是怎样的？我觉得如果把这三个历史时期的工人生活写出来，就是说，既要有传奇的一面，也要有平常生活的一面，既要有革命时期工人斗争风起云涌的一面，也要有工人自身发展的一面，如果这两面能够配合起来，艺术表现上海工人的发展历史会更加完整。

2013年2月14日修订于迈阿密的COURTYARD宾馆
初刊《文汇报》2013年2月25日

注　释

* 本文系2013年1月18日在上海作家协会参加长篇小说《工人》研讨会上的发言，根据录音整理。

【附录】

我"痛"什么
——陆星儿访谈[1]

对话者：陆星儿，作家。

我的病和我的创作：生命信息如何投射到创作里去

陈思和：星儿，很多读者，特别是《上海文学》的读者，都很关心你的状况。你的生命日记《用力呼吸》发表后，感动了许多读者。我读了以后一直在想，陆星儿一生有过许多坎坷和考验，但以前的考验都是世俗的考验，对人生来说可能是过眼烟云。而这一次却是生命的考验，是过得去还是过不去的考验。我特别关心你此刻的精神状态。

你的长篇小说《痛》在《收获》发表的时候，我就看过，这次为了准备对话，我又认真地看了一遍。为什么我重视这部小说？第一，你是带病创作这个作品，虽然那时候你还不知道病魔已经侵入了你的身体，但作品里的艺术世界和你身上的病魔是同时发展起来的，你似乎应该有所感觉吧。第二，修改这部长篇的时候，你已经知道了自己的病情，而且已经做过手术，这一年里你断断续续地修改这部作品。我读你的日记,里面第一句话说,你终于完成了这个长篇;到最后是说,你终于修改好了,长篇被出版社接纳了。可以说,这一年里贯穿了你整个的创作活动。但我感到很诧异,我在这部长篇里读不出你在生病的信息。这是怎么一回事?我不是说,一个人生病了就要在小说里写病痛,这是有意识地要去表达什么,但我是相信无意识的,一个人患了大病,而且,后来的一年里你都是在和这个疾病作斗争,应该讲,这个事件会不断影响你的情绪,刺激你的创作。但是我觉得,在《痛》这个作品中,从头到尾,意象非常明朗。你是怎么在创作中把你的生命的感觉带进作品的?怎么会构思这样一个作品?

陆星儿:写这个作品的时候我还没有生病,但病是肯定已经有了,只是还没有意识到。那个时候我的情绪很饱满,很冲动的,可能是这个故事本身也震动了我。所以在写作的九个月当中,在完成草稿的阶段,我觉得自己力气还是蛮充足的,胃始终没有疼痛,很奇怪的,这是从来没有的,本来我的胃每年都要发作几趟,但这次在写作的过程中很完整地保持了没有吃药的记录。但一写好就不行了。

陈思和:你是把自己的精力全部投进创作里了,所以身体就被忽略了。你全神贯注投入创作,身上的病痛就感觉不到,麻痹了。

陆星儿:为了保证写这个作品,我早上跳绳,中午吃酸奶,就是为了下午还有精力写作。中午如果一吃饭,下午就想睡觉了。那时候我真是写得很艰难,经常写不下去。我觉得太难了,这种题材我没有驾驭过,以前总是写女性,都是我熟悉的人物。现在要写这样一个男人,涉及一点政治,涉及一点社会,涉及一点改革,涉及一点工程，涉及面要很广，而且还有语感什么，所以写得很艰难。

陈思和：不是很多人都在赞扬你的语感好吗？

陆星儿：后来我修改很多，几乎每个字都是斟酌过的。草稿的时候，我自己一面写一面看，感到很难过，越看越难看，越看越写不下去，小鹰、安忆她们总是鼓励我，我就咬着牙写下去，九个月就这样写下来，写完后就生病了。但第一次生病开刀的时候，我并不是有意识地表示坚强。第一，我不承认，我就是不相信诊断，也不听医生的，我觉得自己很冤枉，你们把我的胃全切掉了，还要叫我化疗。我只是有胃病，但没有你们说的那么严重啊。不是我故意采取不承认主义。朋友们很担心我，但我尽管动了那么大的手术，尽管已经被化疗什么的折磨得很萎了，但我在精神上始终没以为癌有多么可怕，始终觉得癌跟我还是没有关系。所以，这部小说草稿完成后我给了《收获》，李小林问我能改稿吗？我说，能改。修改好之后，我还写了《生命日记》。当时我觉得自己的生命力还很强的，我不是故意要这么拼，还是觉得自己很有活力，当时就是这样一种生命信息，生命给我很多信息，自己生命当中还是有很多活的东西可以支持我的。

陈思和：你生命本身的活力是很强的，很旺盛的。

陆星儿：不是我故意要强，也不是故意要坚强，要坚持创作，我没那么英雄主义，都是身体传导给我真实的生命信息，行还是不行，自己最清楚。前面两次手术下来，我觉得都还行，包括第二次手术后，我开始化疗，尽管也害怕，有时候提醒自己要引起重视，但是冥冥当中，它给我的信息是不要紧的，没有危险的，而且已经过去了。倒是现在，四次化疗以后，副作用非常大，经常觉得自己有危险了。

陈思和：实际上你还是有信心的，这个问题你不能脑子里想，行还是不行。要自己去感受。

陆星儿：行还是不行，不是我想出来的。我后来发现，思想不是单纯的思想，思想是受到一种信息控制，信息是从生命里发出来的。

陈思和：还是身体提醒了你。

陆星儿：现在我就很乖了，一个字都不写，也实在写不动了。可那个时候就是写得动，还可以干事情，我要工作。

陈思和：现在把自己的病医好，也是一种工作。

陆星儿：我想想，这也是前面几十年透支得太厉害了。

陈思和：我在念大学时就听说过，陆星儿每天很早就到图书馆去，两个馒头啃一天，写八千字。我们那时都崇拜得不得了。

陆星儿：是在思南路的邮局里写作。那时我真会写，有次在船上，别人都晕得不得了，我还在写一个中篇。那个时候，中篇写得很多的，两个星期写一个中篇，很有激情的。而且后来我在自己的生活里还拖一个孩子。

陈思和：你自己对自己要求很高的。

我为他的遭遇而冲动：《痛》到底想说什么？

陈思和：我们还是回到创作《痛》来谈吧。很多人都说你是在写一个失败的英雄，我看了以后，并不认为这是写英雄的，这是一部很有现代感、很荒诞的作品，不是传统的英雄主义。小说里写"英雄"的内容，其实在第一章里都交代完了，主人公邱大风一下飞机就被抓了进去,出来的时候已经英雄末路,成了倒霉蛋,整个作品都是他走向低谷的过程,虽然结尾还是比较好的,他终于被释放出来了,可冤案还是没有翻过来。我想,这里面肯定有很多内容是暗示了你本人对生活的看法。我看你在《用力呼吸》里面,生命意识非常强,看到一个什么征兆,什么人讲一句话,你都会有感觉。在你这部创作里你有没有这种感觉?我想找到一点蛛丝马迹,看看两者之间有没有对应的关系。因为你就是写了一部很重大的作品,私底下也会有很多个人内心世界的寄托。而且,这部作品和你以前的作品都不一样,你以前的很多作品是写女性,可能比较强地直接从生活当中感受。而这部作品所表现的,我觉得,和你在创作这段时间的生活、心境都是有距离的。我想听听你的想法。

陆星儿:你觉得这本书的书名是有点蹊跷?

陈思和:取书名的时候已经知道病了?

陆星儿:不。本来这本书的书名就叫《痛》,但《收获》的编辑不满意,叫我改。后来在修改的时候,病已经出来了,也动了手术。为了换个书名,我把家里所有能够翻到的书的名字,什么世界文学啊、什么诗歌选啊,都找过了,一个礼拜里就像是疯掉了一样,一天找五个题目,有时候我觉得蛮好,李小林说不行,第二天从早到晚翻,我觉得又是很好的五个题目给她,她又觉得一个都不好。最后好像也没有一个题目能够确切地表达我讲不出的这种意思,还是"痛"。这个"痛"字,好像冥冥当中有一种传达。

陈思和:我也感觉到。

陆星儿:生活当中有这么一个人物,他的经历让我感到心痛,不过这种感觉并不是对他一个人而言的,而是对我们整个社会的人际关系而言,为什么我们中国有很多很优秀的人才都不能被很好地使用起来，发挥作用，他们的处境总是充满凶险；而平庸的人，却安全地充斥在各个领域，而且都掌握了一定的权力。我们的体制内有很多莫名其妙的人际关系，我们的文化，我们的政治，包括"文化大革命"在内的历次政治斗争，多种因素积淀下来，使聪明的、优秀的、有个性的人不能把自己的才能发挥出来。有个性的人是很受践踏的。包括我自己，我也有切身体会。我以前没有参与过社会生活，有一段时间，我被安排到一个很小的杂志社里去负责一点工作，我当时觉得像在浊水里挣扎一样。

陈思和：社会机制就是这样。社会现实就是那样。

陆星儿：所以我们的事业不能做得最好。我就为之非常沮丧。我当时就想写一篇东西，因为感受太多了。因为太真实了，反而不可能去写，但我就是放不下来。若干年以后，听到这件事情，它触发了我很多曾经经历过的经验，包括对我们国家人才机制的思考。它把我心里的某些东西撞醒了，把我撞醒的不是故事本身，这件事当然很完整，也够让人感到惊心动魄，但我首先是对人物遭遇的一种冲动。我本来是在写另外一个长篇，已经写了六万多字，但听了这件事情后，很冲动，第二天，我就决定把原来正在写的长篇放下来，另外新写一部。

陈思和：这是真实的故事？

陆星儿：真的事情，不是虚构出来的。

陈思和：那么，你里面暗示了那个陷害邱大风的诬告者是谁？

陆星儿：其实在我原稿里，"诬告"这个拳头是打不出去的，现实生活中的他，到现在自己都不知道是谁在背后搞他。我觉得好就好在这点。

陈思和：确实好就好在这里。其实一个正直的人，是不需要知道现实中是谁在背后搞他的。这个小说在主体结构上很特别，一开始就是写邱大风在国外谈判旗开得胜，踌躇满志回国时却被拘留审查，同时作者又暗示这是冤假错案，读者第一个反应，是想这是怎么一回事？如果是一个案子的推理，那最后总应该水落石出，但好像你没有这么处理，最后还是不明不白，一个人从此就灰心了。而且小说叙事是三条线索，另外两条是陪衬。

陆星儿：我原来的构思就是，他被莫名其妙关在监狱里面，一个大悬念就是谁举报"我"了？他就一直在想，但最后，一个人都没想出来。我本来安排的三条线，他的那条线就是在回忆，想自己曾经做过这件事那件事，这件事情得罪这个老干部，那件事还得罪了另一个朋友，等等。这些事都看出他的为人和他周围的种种人事纠葛。

陈思和：像这样一个人，这么聪明，有能力，突然被关在监牢里，又没有事情做，他应该有很多的时间本能地回忆这些事情。你应该有很长的篇幅写他在思考和回忆，他肯定在猜，到底是谁诬陷我？这当中整个社会关系都可能是他的敌人，就像萨特说的，他人是地狱。但最后总是查无实据。他再想象，这些小权小利的纠葛也不至于要如此丧心病狂地进行陷害吧。像基督山伯爵，他在监牢里可以想明白很多问题，但所有的事情都落实不了的。这样反反复复，自己的固执的一面被消解了，同时也把社会的复杂性写出来了。

陆星儿：我认为我重要的就是这一条线，但编辑们认为邱大风这条线很沉闷，因为他是没有动作的，光是在想。而另外两条线，两个女性，都是有动作的，他们就让我这里删掉一点，那里删掉一点。我当时想《收获》篇幅有限，删掉就删掉了，杂志只能发十几万字，但是等到出单行本的时候，我要求按照原稿发，出版社还是不同意，固执得要命，很不尊重我，我就很气，但没办法。他们硬是说，我们会参考《收获》的，《收获》删得蛮干净的。

陈思和：这倒有点可惜了，我看下来最不满足的就是这里。邱大风这个人就变成空的了，大家都不知道这个人以前做点什么事情，人家非要干掉他。长篇小说是需要有灵魂反省的，实际上这是小说的很重要的部分，包含了你对当代社会和人生的看法。这部分内容没有了以后，我就觉得他在监牢里这么多时间浪费了，现在大约只有监牢不是名利场，他可以在里面认真清理自己的过去历史，清理当中能够悟出一个更高的境界。当然他出来以后可能追究，也可能不追究，这都无所谓，但这就把生活一下子拉宽了。

陆星儿：要不是这样，我也不会那么冲动，放下一个已经写了六万字的长篇去写这个东西。生活中那个主人公提供的材料很丰富，我就想通过他的故事反映我们的社会生活，我们的政治体制，我们的精神面貌。我很有体会，社会上许多因袭的旧势力，人内心深处的阴暗，是推不翻拱不动的。谁想把事情做得好一些，谁就被碰得头破血流。因为这样，我才激动。

而且，像邱大风这样一个人，他本身在这样一个区的机关里面，他的强人性格和平庸的机关日常生活是完全相反的，他自己又是有一点性格上的毛病。所以事情做得越大就越得罪人，也不是故意要得罪人，但你把事情做好了，做大了，对周围的人就是一种压力，他们就不舒服。等你受难时就没有人站出来为你说话，还投井下石，幸灾乐祸。所以，到最后他被抓进去是谁举报的就不重要了，这样一个人早晚要进去的。因为整个社会不是这样摧残你，就是那样摧残你。那个人后来自己跟我说，还是现在进去好，只是判三缓三，再过若干年，就不是判三缓三的事情了，可能也不是因为自己做得很好而被陷害，社会上不正之风也会把他拖下水。

陈思和：你这一段倒写出来了。但因为前面没有铺垫，就凸显不出来。在我想象中，从他进去到出来，有两条路：一条是他要反省自己，在反省中揭示出社会真相，实际上这也是你创作的最重要的思路；另外一条，是这个人跟一批平民社会所谓的垃圾、渣滓的关系。这里你也没有展开。邱大风实际上是一个成功人士，一个精英，他和一群社会渣滓关在一个监狱里，会发生什么？你写到一个"45号"，这些人挤到一个房间里了，这当中肯定会有互相的影响……这些渣滓是社会的失败者，但失败者未必不了解社会，而且像王安忆在序里写的，这个主人公所代表的成功人士，有一部分超出了你对这个人物的控制，在当前社会这样一种现代化的想象中，实质上还是有很多问题，很多负面因素是很复杂的。这个问题，不管星儿你感觉到没有，是应该通过邱大风在监牢里跟一群渣滓的交往中体现出来。因为这批渣滓是社会现代化过程中的实际受害者，尽管他可能是强奸犯、小偷、抢劫犯，但是在今天社会环境里，很多人发生悲剧的原因是和社会发展有关系，而社会的发展就是和我们现在对现代化的想象有关系。大量的民工哪里来的？不就因为农村的生态被破坏，他转移到城市里来，造成很多问题。比如，他没有知识，是法盲，就会犯法，而教育问题呢？他们都被排斥在学校大门以外……

陆星儿：这一点我倒是没有想到的。

陈思和：现实主义的作家，如果想象精英跟社会渣滓同在一个监牢里展开逻辑推理，一定是会关联到这一些问题。我想，这一点，会对这个邱大风有触动。他认为自己是一个社会精英，社会的领导者，他是活在想象的现代化进程中，认为可以把中国带到富强的境界。但是在这个过程中，作为权力阶层的一员他自己是没办法反省的，只有在这个过程中倒霉的人的故事，才会给他提供反省的参照系。那么，这个参照系就是在监牢里安排的。这样你就可以把上层和下层这两面结合起来，会很精彩。我这次很认真地读了这部小说，就在想，当初小说在《收获》上发表的时候，我就应该和星儿好好地聊聊，如果这个作品把这两方面提升上去，人物起点就高了，而现在的感觉就是一件冤假错案，邱大风为什么被人诬陷，提供的事实细节好像还不够。

陆星儿：我当时就想通过这个人物写出我们的用人机制问题，我们整个社会环境的问题。我感到很痛切的，当然他自己觉得很"痛"。但是，作为一个普通知识分子，对这个"痛"是无能为力的，眼看着国家、事业遭受损失，但是你一点点办法都没有，一点点回转的余地都没有，你只好退出。像我们这种人还比较乖巧，不至于弄得头破血流，反正事情做不好就让它去了，反正国家就这么一回事，没我这个人，照样在发展，而且照样莺歌燕舞。如果我这样想，那就算了。事实上总是平庸的人，谨小慎微的人升上去，一帆风顺；事情做好做坏都没有人考核，没有人讲究，也没有比较。我觉得现在最大的问题是社会评估机制出了问题，是非标准、高低标准、好坏标准都出了问题。过去法律以外还有舆论监督，现在舆论也不行了，被操纵了。事实上我写这部小说还是有许多人不高兴的。

我在《痛》里关心的仍然是女性的故事

陈思和：你说你放弃的那六万字的写作是准备写什么？

陆星儿：我本来是想写点自己的经历，但我觉得写不好。我写过一点自己，比如《啊，青鸟》，点点滴滴有些影子，但那时候我对自己人生的道路了解不够，我很孤立地看自己。后来我觉得，把自己放在这个时代的背景下看，从我碰到的问题写起，像我这样一个女人，也是很典型的中国一个知识女性。我想，我还是走出得比较早。尽管别人眼里我很悲惨，独自一个人，但我觉得我要比很多女性生活得更加健康。

陈思和：你比较善于写那种很善良的女性，但这种善良也应有一定的反省。像《痛》当中的两个女性，男主角的妻子和另一个小姑娘（算是情人），对比来写女性对于这个事件的反应。我觉得这两个女性都很典型。

陆星儿：我是写两个不同年龄阶段的女性对生活的不同态度。他的妻子，是代表上海这个城市的，上海人就是这样，看上去平平常常，很安稳地过日子，在医院里发发药，但在关键的时候很有光彩的，我觉得，这就是上海女性。她哪怕承受屈辱，但在关键时候她会做出智慧的选择。她就说，我家里的事情我自己解决。她绝不会乱了阵脚，去揭发丈夫，跟丈夫离婚，大吵大闹，这都是很愚蠢的女人做的事情，但其实她也难过，但是事情做得很稳当。

陈思和：这个人写得都很好，可惜就少了一笔，就是你刚刚讲的，这样的上海人，在不变应万变当中有一套哲学，这套哲学，从好的方面说是委曲求全，就是上海人的智慧，但这种智慧也牺牲了很多个性。在上海有一个讲究实利的市民阶级的道德标准，是市民阶级中有一定文化层次的，但相对讲起来，也是比较保守的，心理上也是比较鬼祟，不是对新事物很开朗的。这方面在作品里面应该有一两笔。

你后面的结尾写得很好，邱大风出来后又去找那个小姑娘。这一段真的写得很好。就是说，他的妻子做出那么多牺牲，别人都感动了，但她再怎么宽容，也感动不了这个男人的心。

陆星儿：那个人在生活当中就是这样，我对他也很不理解。我问过他，你在监狱里的时候对老婆这么感恩戴德，而且你知道另外那个女人给你带来那么多伤害。（当然现实当中这个女的是另外一个类型，我完全虚构了于柿这个人物。）但他不回答我，我就知道他的心里还爱着外面的情人。

陈思和：王安忆的看法跟你不一样，她认为这个男的之所以比较容易接受小姑娘，其实他们是一类人，是一个新生的阶层，而他的太太，是一个保守的市民，也就是这个旧的城市的中坚。我想她说的也对。盛璐璐属于大量的上海市民，她就是这样稳定地生活，稳定地面对一切。而像那些新生的暴发户、权力阶层或者拉斯蒂尼这种野心家，他们从一无所有中获得成功，内心是自卑的。邱大风因为出身低，他为什么要参与改造这条沐恩路？（陆：其实我就是写淮海路改造。）就是因为他心里有受辱感、自卑感，所以现在要创造一条新的沐恩路。这当中，两种人生境界是有界限的。一个曾经在社会底层混过的人现在发迹了，不会不在乎权力啊虚荣心啊，因为过去他正好是缺这个东西，而为了达到这点，他任何事情都可以做。因为他本来就没有规范，规范是在另外一个阶层里的，他冲到你这个领域里了，就是把你的东西都踩碎。踩碎了，他才感到一种快感。

陆星儿：邱大风是在1960年代受教育的，尽管教育不能完全取代他的出身，但他还是和盛璐璐受过同一种教育。但后面这代人是毫无这方面的教育。于柿就是属于1970年代的小姑娘，外地人，又想在事业上不断往上走,在观念上、道德上、爱情上,她毫无禁忌,光身一个什么都敢做。我在小说里唯一塑造的就是她,我是想虚构这样一个冲到上海来的外地小姑娘,邱大风的妻子跟原型基本上还是很接近的。我写这种人物也很难,他的妻子是我熟悉的一类人,我按照生活当中的原型写就没意思了,所以我后来把原型完全改掉了。而写于柿这样的小姑娘在细节上我觉得离我很远。但离我远,可能反而写得比较好一点,有想象力。

陈思和:于柿这种典型,现在很多人把她理想化,你的小说好就好在,写出了于柿这个人很功利,就是踩着男人往上走,一旦男人不能派用场了,她马上就转身离开,毫无感情可言。写得很有特色,性格也很吸引人,让我眼前一亮。结尾写得最好,邱大风出狱后还要到她那里去,还要给她钱,还要在这个小姑娘面前充老大,想当她的拯救者。可是他面对的女人早已经今非昔比,换了一个人了。

陆星儿:我也觉得有这样一笔,这个人物好像就完成了。

陈思和:但你最后写了这个邱大风大彻大悟,其实不应该让他退出社会拼杀。

陆星儿:让他再次蹚进浑水?

陈思和:就是要蹚进去。这个社会本来就是藏污纳垢,你不能回避这一点。邱大风的性格决定了他必须跟他老婆说,你再帮我借多少钱,我无论如何要拿到博士学位。这才是这个人的性格。大家都在搞不正之风,连教育界都那么黑暗,他为什么不利用不正之风来东风再起?他和他们讲什么道理?他本来就是一个被判了刑的人了。除了能拿到学位,还有东山再起的资本吗?这可是投资啊,而且符合这个人的性格。

我有一点不太理解,你为什么把小说的时间放到改革开放初期?我总觉得故事发生的时间早了一点,应该放在1990年代的后期,更加有典型性。

陆星儿:我想沉淀一下。

陈思和:这对历史的反省也很好,但因为现在的情况变化了,也发展了。反腐案子都是高层巨贪,跟它们比起来,这个案子实在太小了,大家已经有一点感到奇怪了,这么小的事情怎么会这样严重?而且又是一个冤假错案。

假使没有文学,我现在的生活是不堪设想的

陆星儿:如果要谈我跟文学的关系,我不像王安忆她们那么热爱文学。

陈思和:那你怎么会写这么多?这就是喜欢啊。

陆星儿:我从来没有想到自己这辈子会当作家。我都是跟着潮流走的,潮流干什么,我就干什么,我是一个在潮流里面很积极的人。我从来都没有自己很明确的志向,我应该做什么。

陈思和:但后来做做,也是一种喜欢。

陆星儿:很痛苦的,写作!我似乎跟文学很近,二十多年了。但是到现在为止,文学仍然离我很远很远。作家这个称呼,我始终是很不安的。我始终是觉得,不是谁写几篇东西,就可以当作家。作家在我心目当中,是个很高的称呼。一直到现在,别人说我是著名作家,我就感到是弄错了。我觉得是文学找到了我。我这个人做什么事情,做上手了,就会很认真,至于我适合不适合,到底喜欢不喜欢,那时候都不去想了。反正下乡的时候让我当村干部,我也

做得很起劲的。

文学对我个人说来，因为我悟性不是很高——这不是谦虚——在这个时代里由于文化的影响、时代的影响，在人生道路上，我有很多很困惑的事情必须面对，我就依靠了文学。我觉得文学是我两根拐杖，能帮助我走路。

陈思和：文学帮你解脱一点困惑吗？

陆星儿：文学改变了我整个人生，它给了我一种提升。我认为到目前为止，作家这个称呼对我是不适合的，所以，我对自己能不能得奖，有没有人关注、写评论，一点都不在乎，因为这不是我写小说的目的。我写小说，是因为我自己在生活当中困惑了，或者我看到我周围人的问题，然后我来写，或者帮我找找答案，或者帮助我宣泄宣泄。在这个过程中若能思考，往往就比较满意。文学帮助我接触了更大的世界。我想这就是提高。假使没有文学，我想我现在的生活是不堪设想的。现在尽管我生这么重的病，我从来没有抱怨过，没有后悔过，蛮好当初不要这样走，别太辛苦写作，别太辛苦一个人承担生活。朋友们都觉得，你人这么好，怎么会这么倒霉。我一点点都没有抱怨，我觉得这场病是躲不过去的，这种结果是躲不过去的，这是因和果的关系。就是说，今天承受生命的新的考验，还是我人生的继续，所以我必须走下去。当然在这过程中，我得到了很多东西。这种得到的根本就不是稿费啊、名气啊能够给予的，这是全新的人生道路，使我对自己想到了从来都没想到的，我的一生是这样度过的。我也不像安忆她们，天赋高，而且家庭的文化背景很好，从小受到熏陶、教育。我从小并不喜欢文学。

陈思和：陆天明也是作家啊，这种互相影响有吗？

陆星儿：要说受文学影响，就是陆天明的影响。那时候我在黑龙江，他在新疆，他给我写很多的信，他是个热血青年，写的信在当时还有点文学色彩的。我很崇拜他的。我想基因里面可能有一点。最近我才知道，我爸爸在十九、二十岁的时候，就在当时的报纸上发表好些诗歌，我本来只知道他在我妈妈那些发黄的照片上题的诗，很娟秀的小字。原来他是有文学才能的。但是他走得太早了，我五岁的时候他就生肺结核去世，我生活当中就没有父亲。后来我妈妈从一个家庭主妇去进修当护士了，然后我们就生活在蛋格路上，我就是在蛋格路上长大的，在平民当中长大的，我母亲也是一个普通的劳动者。所以我觉得我只不过是有点小聪明，做事情比较认真投入，然后就这样写下去，写下去，只是埋头写。至于写得好不好，我就不管了，我是不大送自己的书给别人看的。

陈思和：喜欢你作品的人很多，我有一个朋友就非常喜欢读你的小说，她后来生活上出现了问题，特地打电话来问我，能不能和你通通电话，据说后来你们在电话里聊了三个小时。她很激动。

陆星儿：当然，我那么多年，在很自卑的情况下，对文学很没有信心的情况下，能够写下去，就是因为经常有人对我说，很喜欢看我的作品，这是给我的最大的信心。我想，为什么我会有一部分读者？可能在我关注我自身的路的时候，这些问题特别对中国的女性也是有帮助的。

我作为一个作家，严格从文学的意义上讲是不够的，当然文学有各种各样的。《收获》在我的文学成长的道路上对我起了很大的作用，1980年代我平均每年在《收获》上发一个中篇，那时候李小林对我每个稿子审读都很严格，每次都要改四五稿。她总是说，我想法都挺好，灵动的东西也有的，结构也很好，就是写的太实在了，想象力不够。安忆一直跟我说，你这一个中篇，我可以写长篇了，材料堆得那么多，怎么会舍得就写一个中篇？但我就是觉得，没有这些素材，我心里就感到很模糊，我不可能把一点点事情生发开去，化开来写，这可能因为我自己的阅读比较少。我还是要用生活当中实实在在的事情把它都填满了，觉得感触很多，然后去写。我身体好的时候，写作空余，就是在采访。如果我健康恢复了，我还是要这样写下去……

2001年8月11日于陆星儿浦东寓所

初刊《上海文学》2004年第10期

注 释

1 2004年8月11日，笔者看望了正与病魔搏斗的陆星儿，并与她就新作《痛》（刊《收获》2003年长篇小说专号春夏卷，单行本由百花文艺出版社2003年出版）进行了对话。之后，陆星儿病情恶化，于2004年9月4日逝世。

代后记:谈谈上海文化、海派文化和上海文学、海派文学

《上海文化》与上海文化

记者:陈老师,今年《上海文化》改版,促使我们进一步思考"上海文化"的内涵,以及《上海文化》与上海文化建设的关系。你作为《上海文化》的老作者,对这个问题能否给以一点建议?

陈:《上海文化》前身是1986年创办的《上海文论》。徐俊西是主编,顾卓宇是常务副主编,还有吴亮、陈惠芬、毛时安等几位评论家担任编辑。徐先生是一位思想开放、功底深厚的文艺理论家,那时他担任文学所所长,后来又当了宣传部副部长。顾先生是从《当代作家评论》调过来的资深编辑,这个班子无论在学术方面还是编辑方面都是一流的。当时刊物偏重文学理论和当代文学评论。1985年文艺理论热,发力点是中国社科院文学所,几乎各大省市都有专门的文艺理论刊物,《上海文论》就是在这个背景下办起来的。短短两三年时间,《上海文论》就成为全国文艺理论领域引人瞩目的刊物,很多引起学界关注、争论,并产生影响的理论热点都是在这个刊物上提出来的。

记者：当年"重写文学史"专栏就是在《上海文论》上连载的。

陈：是的。这是刊物的第一阶段，偏重于文学批评。1993年，刊物改版为《上海文化》，由"文论"到"文化"，编辑风格没有变，内涵却扩大了，偏重文化建设方面的探讨，偏重探讨知识分子在社会转型中的责任和功能。那个时候，"海派文化"的提法开始出现在媒体上，我记得《上海文化》对此也做过一些讨论。我写的《试论知识分子在现代社会转型期的三种价值取向》《上海人、上海文化和上海的知识分子》等文章，都是顾卓宇先生来约的。这是刊物发展的第二阶段。

后来情况我不太清楚。大约新世纪以后，《上海文化》双月刊改月刊，这是刊物的第三阶段。吴亮担纲主编其中六期，恢复了《上海文论》时期偏重当代文学评论的传统，把作家协会的青年批评力量都凝聚起来，增强了刊物的活力和关注度；另外六期就由社科院文学所主办，我印象比较深的是夏锦乾担纲主编的那几年，他来找我约稿，我写了关于《新青年》分化的文章，文章很长，分两期刊登出来。其实那篇文章我还是没有写完，但意外获得了上海市优秀社科论文一等奖。现在你们文学所主办的六期准备再次改版，希望你们能恢复上世纪90年代《上海文化》的办刊传统，加强上海文化建设的理论探索，对现实中的海派文化建设有所推动。

记者：陈老师能否具体谈一下刊物与上海文化的关系？我们如何通过理论刊物来参与和推动上海文化建设？

陈：我刚才一边在回顾刊物的历史，一边就在想：社科院文学所主办的文化理论刊物与上海文化建设到底是怎样的关系？我不认同那种简单的"为……服务"的思路，更不认可把刊物办成只给领导干部看的咨询报告。《上海文化》的办刊定位多少与上海文化建设有些关系，这种关系可以从两个方面来体现：一个是面对国内外文化领域的顶尖理论问题，从中国立场出发，提出高水平的学术论点，向世界发出我们上海的声音，加强与世界同行的平等交流，反馈各种世界最新的学术动向和理论潮流，把它办成一家贯彻"海纳百川"精神的路标性刊物。《上海文化》本身就要成为当下上海文化建设中的一个制高点。这是我对刊物与上海文化的关系所做的比较理想的诠释。另外一个方面，就是搭建好上海文化建设平台，及时组织刊登有关上海文化建设的文章，提出各种建设性的理论观点，针对各类上海文化现象和问题进行批评讨论。刊物是双月刊，不可能像新媒体那样迅速报道时事，但是从理论角度对上海文化现象进行深度解读，是可行的。我个人倾向前一种，退而求其次取后一种，或者也可以两者兼顾。

上海市民文化与上海新市民文化，石库门文化和海派文化

记者：那么，怎么建设"海派文化"呢？是不是可以用"上海文化"取代"海派文化"？这两个概念一直有点混清。

陈：这个问题提得好。"上海文化"和"海派文化"两个概念确实容易搞混。让我稍微做些梳理。对这两个概念，我有我自己的理解，不一定与别人理解的相同。

先解释"上海文化"。我认为应该是指在开埠以后逐渐形成的具有鲜明地域特点的上海主流文化。上海开埠以后，部分地区建立了租界制度，城市建设与管理被逐渐纳入世界现代化进程。总体上说，这是一种以西方城市管理模式为样板的半殖民地的文化，这里

有两个元素:"西方城市管理模式"的现代性与"半殖民地"的侵略性是联系在一起的,这种文化一方面带来都市经济发展、人口交流密集等现代化特点,另一方面殖民性也带来了精神奴役的创伤。关于亚洲殖民地的双重性问题,马克思在《不列颠对印度的统治》等文章里说得很清楚。上海的这一文化特点吸引了大量内地人口流入,也吸引了西方冒险家来这里谋求发展机会,上海开始流行各种各样的文化圈子与文化形态,混杂在一起,互相影响和渗透,彼此融合。但是,从根子上制约上海文化发展形态的,有两大类:一类是上海市民文化,一类是上海新市民文化,都属于上海文化。请注意,我这里所说的"市民",不是指当下社会较为稳定的市民阶层,而是上海开埠一百多年来形成的一种动态历史现象。开埠后的上海逐渐成为一个移民城市,一个五湖四海文化交流与撞击的大平台,也就是现在人们所理解的"码头"。码头的特点就是嘈杂(众声喧哗)、多元(百家争鸣)、不单一(杂交文化)、充满力量感(现代性)。这与老北京文化完全不一样。以前有人称谁是"老北京",意味着这个人的家族是世代居住在北京的;而称某人是"老上海",则是说这个人住在上海时间比较久,熟悉上海,但他也是外地人。现在学界所说"上海文化",一般含义里不包括开埠前存在、开埠后依然存在的上海本土的传统文化。——这个问题我等会还会谈到。现在我们讨论的"上海文化",是指五湖四海文化汇聚在上海,展示出多元面相的文化交流状态。过去上海有个单口滑稽戏保留节目《十三人搓麻将》,由一个演员同时用十三种方言表演多人打麻将的吵架过程,里面有十三种方言,分几个层面,非常典型地呈现了上海市民文化特征。这十三种方言里,第一个层面是浦东话(上海农村的语言,属于本土文化的一种);第二个层面包括崇明、苏州、无锡、常州、常熟、丹阳、杭州、绍兴、宁波等地方言,属于江南文化,第三个层面是苏北、山东、广东等方言,属于更加远的地区。当然上海的语言文化区域远不止十三种,只是大的语言种类都有了,诸如广东、宁波、苏北等使用人数较多的方言。其中上海本土语言文化的成分只占很少部分,大部分是江南地区。从这些地区流入十里洋场的移民人口,经过殖民地的现代管理制度规训与改造,在上海保留下来的外来地域文化,已经不再是原汁原味的原乡地域文化,而是经过殖民管理和规训,并且与其他地域文化互相影响而形成的彼此较为接近的生活态度和生活习俗,当第一批上海市民阶层稳定以后,他们所创造的、不同于原来本土文化传统的都市市民文化,构成了"上海市民文化"。

记者:你是说,上海市民文化主要是由第一代外来移民构成的,而不是由上海本土人口所构成?

陈:准确地说,"上海市民文化"是第一代殖民地管理制度下规训出来的市民阶层的文化教养和生活习俗,受到过现代管理制度规训与没有受过规训、还处于原始形态的农村市镇本土文化当然是不一样的。这也不是说,只是外来移民才受到殖民地的现代管理制度的规训,生活在上海租界的本地居民也同样受到约束、改造和规训。上海市民文化里包括遵纪守法、讲究精致生活、举止文明、聪敏好学、谨小慎微、精明把细、自得其乐、崇洋迷外、自私狭隘、缺乏主人翁精神、"聪明不高明"、"亲兄弟明算账"、"六月债还得快"、"老鬼(读jù)不脱手"等特征,正面的和负面的元素都来自这样一个社会背景和文化环境,我把这种上海市民文化称为"石库门文化"。"石库门"是一种文化象征。

记者:那么,为什么又要概括出一个"新市民文化"呢?

陈：是这样的，上海是一个移民城市，随着现代化进程的加快，上海租界的现代管理和消费、杨树浦一带的现代工业生产，都在不断发展，日益成熟；流动人口也在不断膨胀和变化，用个比喻：流动人口就像海潮一样，一波一波的，不断流入上海，然后再分流到各个社会阶层——有上层的城市管理系统、有一般的中产阶级的社会职业、也有社会底层各行各业，逐渐融入上海市民阶级的各个层面。这是一个不断演变、流动、补充的过程。所谓"新市民文化"，是指从外地到上海，从农村到现代大都市，逐渐融入上海市民生活过程中的移民文化。这种移民文化已经不是原乡的故土文化，也不是殖民地现代管理制度下稳定、成熟的上海市民文化，它是一种在不断变化、改造、融合过程中的文化现象。移民带着本乡本土的地域文化来到上海，经过不同的工作实践，一边不断吸收来自西方的先进文化，一边不断提升自身的主体文化，集体把上海打造成一个海纳百川、中西交流、融汇各地文化优势、勇于开拓创新、从不成熟到成熟的充满活力的文化场域。这一种文化，才是我们现在津津乐道的海派文化。

我以前定义过两个"上海文化"的概念。一个是地域意义上的"上海文化"，另一个是文化意义上的"上海文化"。后者借用了"上海"这个地域发展而来，但它自身并不受地域文化的限制。现在我觉得这个定义还是不太清楚，更准确的表述是：一种是半殖民地现代管理制度下形成的上海市民文化，俗称"石库门文化"，其眼界、格局都比较狭小，是一种较为狭隘保守、内向型的文化性格；还有一种是作为东方魔都的上海吸引了五湖四海的外来人口而形成的杂交文化，偏重外向型的开放拓展，善于学习，追求新潮，但根基浅浅，缺乏文化传统底蕴，我把它命名为"新市民文化",俗称"海派文化"。所以"海派"这个词出现的时候,主要是指外来人口为主体的移民文化,并且带有贬义。我青年的时候听长辈嘴里说到某某人很"海派",就是说这个人不太靠谱的意思。这其实表达了上海市民文化对新市民文化的歧视,有点像现在上海市民对"新上海人"某种不太友好的轻视态度。

从历史现象上来看,"新市民"到"市民"有一个过程,市民生活相对稳定,生活方式相对精致,他们对"新市民"为主体的移民潮不断涌入和壮大,本能地感到不适,但他们又很欣赏新市民浪潮带来的新奇、刺激、富有变化的文化冲击力,两者既可以互相转换,又具有紧张的内在对立。"石库门文化"与"海派文化"也是一对相成相克的文化概念。前者是稳定了的市民文化,后者是动荡中不断变化融合的移民杂交文化,但后者的最终目标也是要加入到市民阶级中去,成为石库门文化的一员。而石库门文化虽然反感甚至排斥后者,但石库门文化自身也带着移民基因,也具有"海派文化"的基因。在这个意义上,上海市民文化有时候也会被人指认为海派文化。

所以,海派文化其实就是移民文化的一个分支,或者说,是发生在上海这个地域的移民文化。只有把移民文化纳入海派文化的研究范畴,你才能理解,为什么1949年以后建立严格的户籍制度,人口不能自由流动,海派文化随即萎缩。而石库门文化所象征的上海市民文化却逐渐做大,以致于被人误当作海派文化。上世纪80年代改革开放,特别是开发浦东以后,大批外来人口(包括外籍人口)流入上海,"新上海人"在上海的贡献和影响力越来越大,人口比例也越来越多,真正的海派文化基因马上就被激活了。于是,人们又开始重新关注、讨论海派文化的问题。

上海的文化构成:石库门文化、海派文化、上海本土文化传统

记者:想提个问题,上海历史上原本是渔村,文化基因里应当是有渔民彪悍的一面,那种男性的、敢于突破的东西,后来叫"敢为天下先",上海的文化基因里是否确实有这种因素?

陈:这个问题我没有研究过。渔民在上海历史上确实是存在的。我居住在虹口,那个地方原来叫作下海庙,据说就是渔民下海祭神的地方。上海历史上属于松江府管辖,它的历史文化也是悠久的,似乎可以追溯到楚国的春申君黄歇。松江府的历史文化积淀更丰厚。但是在开埠以后,上海本土文化传统显然是被遮蔽、改造的。我以前提出过这样一个看法:殖民地文化中,强势文化对弱势文化施行文化侵略,强势文化首先要剪灭的,是弱势文化(本土文化传统)的精英元素,保留的总是本土文化的糟粕。所以这一百多年来上海本土文化传统是被遮蔽的,它可能有一部分因素已经被改造后融入了上海市民文化中。但是,所谓"礼失求诸野",上海开埠历史毕竟不算太长,原上海都市周边的郊野区域,西方殖民者的强势文化影响比较薄弱,还是有相对稳定的本土文化传统的基因。这个文化传统,我们学界一向缺乏研究。上海本土文化是与江南文化连成一片的,或者说是江南文化的一部分。我们建设当代上海文化时提出海派文化、红色文化和江南文化三个概念,从上海文化的源头来说,海派文化基因来自移民(新市民)文化,逐渐成为上海的文化主流,红色文化基因来自海派文化内部的左翼文化,江南文化基因则隐含在上海本土的传统文化里。目前上海文化研究领

域的现状,我觉得媒体宣传都比较偏重于石库门文化的渲染炒作,其实是不妥当的,真正的研究关注点应该放到海派文化的创新意义和本土文化的复兴方面。尤其是上海本土文化传统的研究领域,还是一大片空白。

记者:老师你把"上海的文化"分做了三大文化流派:石库门文化、海派文化、本土文化,你又说,石库门文化是上海租界规训的市民文化,海派文化是移民族群构成的新市民文化,那么,被遮蔽的上海本土文化的社会基础在哪里呢?

陈:上海本土文化的传统根植于上海历史上的江南乡绅文化传统,这个传统我们没有很好地关注和研究。以前虽然被遮蔽,但它还是存在着的,滋养着一方水土。近代历史上黄炎培、张闻天、傅雷等文化名人的诞生,与上海本土文化传统是分不开的。其实上海本土文化并不"土",也有开阔的文化境界。我读过奚美娟写的一篇散文《后滩》,很受启发。这篇文章描写的就是上海本土文化传统。这篇散文提醒了我,上海本土文化传统不是孤立、静止地被遮蔽着,它是一直存在着的,不断产生文化的吞吐活力,是与海派文化产生互动而且发展的。譬如,散文里有这样一段描写:"虽然在表面上,后滩这个小小家园当年寂静得无人知晓,似乎要被遗忘;但事实上后滩历来有着开阔的襟怀,在后滩的居民中,除了上海本地的原住民,还有一部分居民是历史上从外埠的江苏等地,撑着木排从长江而来,再进入黄浦江,然后顺流拐到转弯处的后滩,天长日久,他们在后滩江边的滩涂上慢慢聚集,落地生根,成了与后滩的本地居民和睦相处的早期移民一族……"作者接着议论道:"后滩,本来只是蛰居在黄埔江一隅的小家园,竟然能敞开胸怀接纳一批批早期移民在此地生根开花,不能不说这是后滩的上海人,世世代代背靠着辽阔的大浦东平原,迎面接受的是浦江文明铸就的善良与开阔,在后滩这块土地的血脉气质里,多少年来,就已经不再拘泥于本土本乡的小格局了。"这段议论写得多好!可以说"后滩"揭开了一个我们以前并不熟悉的上海的世界,那就是上海本土文化如何促使了移民的进入,进而促使了海派文化的诞生。

海派文学的两个传统、四大特征

记者:老师刚才对"上海的文化"的几大流派做了全面分析,很有启发。我们现在能否再回到海派文学的话题上来,综合地谈谈海派文化与海派文学之间的关系?

陈:作为移民文化的海派文化对文学创作当然构成影响。"海派文学"也有复杂的定义,但也有一些彼此相通的特点:其一,是开埠以来发生于上海地区的各种类型、流派的文学现象;其二,是中外文化交流、融汇和冲撞的产物,产生了偏离中国传统的新元素;其三,美学上与新兴市民阶级的文化趣味联系在一起,呈现出现代都市文化的特殊形态;其四,海派文学不是孤立发生的,它与整体的海派文化、海派艺术(戏曲、绘画)等一起在变化发展中形成鲜明特色的地方文化。

我在最近写的一篇文章[1]里说过这个观点。

(下略)……

记者:按照你的说法,海派文化与海派文学是不同范畴,各有不同内涵。上海近代的文化建构中包含了"海派文化""石库门文化""本土文化"三种类型,而文学的海派则融汇了所有的文化类型,尤其融汇了"海派文化""石库门文化"两部分的内涵,在审美形态上创造出文学的"海派"潮流。

陈：是这样的，你梳理得很清楚。

记者：我们继续梳理：你在《论海派文学的传统》中提出海派文学也有两个传统："一种是以繁华与糜烂同体的文化模式描述出复杂的都市文化的现代性图像，称其为突出现代性的传统；另一种是以左翼文化立场揭示出现代都市文化的阶级分野及其人道主义的批判，称其为突出批判性的传统。"两个传统的形成，前者以韩邦庆的《海上花列传》为起点，后者以郁达夫的《春风沉醉的晚上》为起点，两个文学传统的生成，都是以现代都市文化（即海派文化）为基础的。是否可以这样理解：海派文学的左翼传统对应现代产业文化，也就是海纳百川的海派文化；而以繁华与糜烂同体为特征的现代都市文学，则是对应现代消费文化，也就是石库门为象征的上海市民文化？

陈：这样理解有点简单化。文化与文学的关系上说，两者不是机械的对应关系，文化与文学都是从实际生活中提炼出来的，总是互相渗透、互相影响，不是谁对应谁的问题。文化与文学，是从两种不同的角度对实际的社会生活的吸取、研究和提炼、阐释，不完全是一回事。文化与文学最好是分开来研究，不要混淆起来，否则会导致概念混乱，判断失误。我再举个例子。譬如，我前面分析过，石库门文化其实是海派文化的反面，相对保守狭隘，但石库门文化仍然包含了现代性消费以及吸收外来文化的元素，还是有海纳百川的海派文化的元素，而且海派文化与石库门文化之间是可以互相转换、互相影响的；这是一个问题。另一个问题，从文学角度说，描写石库门题材的文学创作，属于海派文学的一部分。像《亭子间嫂嫂》，应该归入"繁华与糜烂同体"为特征的现代都市文学；同样是石库门题材的话剧《上海屋檐下》、电影《万家灯火》《乌鸦与麻雀》，则应该属于海派文学的左翼传统。石库门只是一个故事场景，无关创作的性质和流派。举这个例子，说明文学创作本身要从实际的生活细节、场景出发的，不能从概念上先界定属于什么"文化"，再去创作故事，否则就本末颠倒了。

当代的海派文学，王安忆的创作

记者：那么，如何看当代的海派文学？是不是还是在这两个传统中发展呢？说到当代海派文学，就不能不说到王安忆的创作，她应该是当代海派文学最有代表性的坐标吧？

陈：王安忆在创作道路上每一个阶段的代表作，都与当代文学的发展节奏紧密配合，但不一定都属于当代的海派文学特征。王安忆并非土生土长的上海人，她的海派审美始终与上海文化的自然状态保持着一定的距离。在她的个人创作风格里，杂糅了海派文学中的左翼传统、五四精英文学的批判传统以及都市民间的流行文化传统，三位一体。她的创作内涵既包含了旧海派文学两个传统的元素，同时达到了超越传统海派的境界，成为当下时代发展的新海派文学的坐标。更可贵的是，她近些年的文学创作里，一再挖掘上海本土的文化传统元素，如《天香》的上海书写。这部小说写的是明代晚期上海地区一个家族的盛衰变故，很多人用明清小说的传统风格去比附它，其实这部小说不是要发思古之幽情，它以虚构形式追究上海现代性的前史，用造园、植桃、刺绣等故事来书写早期资本主义因素在江南（上海）文化中产生的萌芽状态，由此颠覆海派文化研究中殖民地理论的预设。这就是王安忆的创作高于一般海派书写之处，也是文学对新海派文化建设的根本意义。

记者：我还想到一个问题。你前面说，上海的文化由三种文化构成的：一种是海派文化（新市民文化），一种是石库门文化（上海市民文化），还有一种上海本土文化（与江南文化相关）。但是在上海相关的文学创作里，似乎对第三种上海本土文化传统的表现和描写不多，是不是我们以前不够关心上海文化中的这一块领域？

陈：很有意思的问题。当代上海的作家，极大多数都是移民的后代，真正从上海土生土长的家族出来的作家很少，他们的童年记忆里对本土性的文化因素比较淡漠。即使有本土出生的作家，也主要分布在周边郊县农村，而那一块不是他们描绘的主要对象。其实上海作家中出身于青浦、嘉定、松江等地的也有，但他们很少以上海乡土文化为写作对象。倒是王安忆在创作里经常涉及这一块领域。上海本土文化是江南文化的一部分，不能截然分开。王安忆的书写上海有一个特点，她的创作视域经常逸出上海都市而转移到周边农村，然而这个农村（或城镇）环境又是与上海都市密切相关，《长恨歌》就涉及这个领域，后来在《上种红菱下种藕》《遍地枭雄》《匿名》等作品里，都有更大的发展。《天香》更是虚构了作为江南文化一部分的上海城乡地理环境以及由此产生的明代乡绅文化。不过我们研究者、评论者都很少关注到这一点。还有像夏商的《东岸纪事》，以及薛舒早期的有些小说，都涉及这个领域的文化特征。

关于海派文化、海派文学的研究回顾

记者：今天我们已经谈得很多了，陈老师，你几十年来一直在研究海派文化问题，也直接参与上海文学批评的建设，还想问一下，你最近还在做这方面的研究吗？你能否对自己的海派文化研究做一个简单回顾。

陈：我祖籍在广东番禺，大约是祖父母一代迁移到上海居住，也属于移民家族，父亲一代的日常生活还是保持了广东习俗。但我又属于土生土长的上海人，我的生命过程始终与上海这座城市联系在一起，几乎没有超过半年以上的时间离开过它。在我的散文《上海的旧居》及相关文章里，我描述过曾经居住上海五个区八处宅所的情景，从老式石库门到工人新村，差不多都有实感了解。我从事的研究工作与上海文学场域也是分不开的。我不是一个关在书斋里苦心经营、钻研故纸堆的书生，而是自愿参与到当下文化建设中去的实践者。我的文化实践，差不多没有离开过上海文化建设这个主题。

我对上海文化建设的参与主要有三个方面：

一个方面是对海派文学建设的理论探索，主要有两个：一是溯源海派文学的两个源头和两种传统。所谓两个源头，就是指上海开埠以来的现代化过程中，以租界为区域的现代消费文化和以杨树浦为区域的现代工业文化；所谓两个传统：一种是以"繁华与糜烂同体"为特征的复杂的现代都市图像（偏重现代性的传统）；另一种是以左翼文化立场揭示出现代都市的阶级分野和进行人道主义的批判（偏重批判性的传统）。这两种传统是研究海派文学不可偏废的整体。大工业生产以及工人阶级的诞生，本身就是现代性的产物，在此基础上产生的左翼文化思潮必然成为海派文化的一个组成部分。工人是都市文明的创造者，也是一定程度的消费参与者，所以它与海派文化的另一个消费传统也有若即若离的关系。我们面对郁达夫、茅盾、丁玲、蒋光慈等人的左翼文学，既能读出一种批判的精神,也能感受到颓靡的气息,这是典型的海派左翼的美学风格。直到1930年代中国革命重心向农村转移以后,左翼文学也朝着乡土题材发展,这以后,左翼文学与都市文学(海派文学)的距离越来越远。

我对海派文学建设的第二个理论探索,是提出"都市民间"的概念。这个概念在理论表述上比较复杂,暂且不予展开,但是针对海派文化创作的阐释特别有效。抗战爆发以后,五四精英文学从上海、北京等都市撤退,汇集到大后方或者延安、香港等地,沦陷区在原有市民文学基础上滋生出来的文学创作,它没有参与"大东亚文学"的经营,保持了市民趣味的原创力,又结合都市新媒体的各种手段,营造出一种新旧混合的新市民文化。张爱玲是其中代表作家。我们把张爱玲的创作视为通俗文学,自然有失公正,但她确实利用了都市流行文学的元素,在日伪检查制度下游刃有余。这样一种"都市民间"的创作元素,时而整体,时而碎片,一直在滋养着海派文学。

第二个方面是对上海当代作家创作的研究,这也是我早期的学术工作的一部分,主要是通过文学评论来探索当代海派文学复兴的可能性。上世纪80年代,还没有"海派文学"等说法,上海文学创作与全国各地一样,出现了改革开放初期欣欣向荣的局面。上海的老作家巴金、柯灵、王元化、王辛笛、贾植芳、徐兴业、王西彦、黄裳、何满子,等等,奉献了他们晚年的心血之作,尤其像巴金的《随想录》,贾植芳的《狱里狱外》,成为一个时代的良心大书;还有更多的中青年作家,如春江潮水一波接着一波推动着文坛的进步。上海文学领域没有一支"五七大军"作为中流砥柱,白桦是后来才调到上海的,但是全国反思文学的发轫是从茹志鹃的《剪接错了的故事》开始的;更往上推,上海也没有出现像《今天》这样强悍的民刊和先锋诗人，但是宗福先的《于无声处》、卢新华的《伤痕》、沙叶新的《假如我是真的》、竹林的《生活的路》、戴厚英的《人啊人》以及黄佐临导演的写意剧《中国梦》等作品，都开了时代风气之先。在文学期刊领域，《收获》一如既往成为全国文学的一面旗帜，以《上海文学》为核心的青年评论队伍迅速崛起，稍后的《上海文论》发起"重写文学史"，在全国文学创作与理论领域都产生了引领风气的影响。综合这些文学创作和文学事件的发生，大致可以归纳出如下的特点：

一、在时代转型过程中，发生在上海的文学活动都处在时代前列，以先锋姿态推动全国文学发展；二、上世纪80年代上海文学创作、理论和期刊都是思想解放运动的产物，大胆突破文网禁区，在"伤痕文学""反思文学""知青文学""人道主义"以及揭露社会不正之风、引进西方现代主义文艺形式等一系列问题上，都能引领风气，具有原创性；三、当时上海的文学活动并没有地方文化自觉，还是与全国文学发展态势取同步姿态。《收获》《上海文学》等文学期刊主要版面都用来发表全国的优秀作品，而决不局限于本地作家的作品。上海文学批评家的视野也十分宽阔，他们批评的对象，也是全国的优秀作家作品。当时上海的文学格局并不以本地特色为骄傲，真正做到了海纳百川的大视野、大胸怀，其实这才是海派文学所需要的基本格局。因此说，今天上海的文学不能等同于传统意义上的海派文学，而是随着时代的发展，对传统海派文学的大幅度的拓展和提升。从1980年代上海文学的整体面貌上说，我可以判断这是新兴的海派文学复兴的先兆。

上世纪80年代末，我曾打算写一部关于上海文学的研究著作。作为准备，我有意识地从老中青不同年龄段的作家作品着手，写了巴金的《随想录》、徐兴业的《金瓯缺》，以及沙叶新、王安忆、赵长天、沈善增等人创作的研究札记，同时也评论李晓、竹林、陆星儿、程乃珊的部分作品。尤其对徐兴业的《金瓯缺》和程乃珊的《金融家》，我是很看好的。现在人们可能对徐兴业这个名字感到陌生，其实他倒是与传统的海派文化最为接近。徐先生晚年创作长篇小说《金瓯缺》，前两部出版后，引起了读书界强烈反响，普遍认为，作为历史小说，《金瓯缺》的艺术水平远在名重一时的《李自成》之上。我读过这部小说，有幸识荆徐先生，成为忘年交，他多次来我家里谈论《金瓯缺》的创作体会。待后两部小说出版后，我写了两篇《金瓯缺》的评论，他很高兴，几次邀请我去他的家——就是著名的上海宝庆路3号的花园洋房，在那里我听到了这幢房子的传奇故事。那还是在80年代后期，媒体悄无声息。1990年代，中国社会发生了深刻变化，上海缘着开发浦东开始了新一轮的腾飞，"海派"这个概念才频频出现在媒体上，于是，怀旧风才开始慢慢滋生。

第三个方面，我直接参与了各种有关上海文化建设的活动。像1993年参与人文精神的寻思和讨论、1994年开始策划"火凤凰"系列出版物、2003年到2006年主编《上海文学》杂志、从2010年开始我至今还兼任着杨浦区作家协会会长……这些工作，多多少少都与这座城市的文化建设有关，留下过一些用文字见证的生命痕迹。虽然微不足道，也是参与了当今海派文化建设的宏大工程。

2020年12月5日访谈录音于上岛咖啡
2021年1月23日最后定稿于鱼焦了斋

注 释

1 即《海派文学研究丛书·总序》。此处我重复"总序"的基本内容,特此说明。

图书在版编目(CIP)数据

海派与当代上海文学/陈思和著. —上海：复旦大学出版社,2021.10
(海派文学研究丛书)
ISBN 978-7-309-15236-4

Ⅰ.①海… Ⅱ.①陈… Ⅲ.①海派-文学流派研究-上海-当代 Ⅳ.①I209.951

中国版本图书馆 CIP 数据核字(2020)第 141493 号

海派与当代上海文学
陈思和 著
责任编辑/陈 军 郑越文

复旦大学出版社有限公司出版发行
上海市国权路 579 号 邮编：200433
网址：fupnet@fudanpress.com http://www.fudanpress.com
门市零售：86-21-65102580 团体订购：86-21-65104505
出版部电话：86-21-65642845
上海盛通时代印刷有限公司

开本 890×1240 1/32 印张 11.375 字数 264 千
2021 年 10 月第 1 版第 1 次印刷

ISBN 978-7-309-15236-4/I·1241
定价：48.00 元

如有印装质量问题，请向复旦大学出版社有限公司出版部调换。
版权所有　侵权必究